Anja Saskia Beyer
Nelkenliebe

AF177999

TINTE
&
FEDER

Das Buch

Die Liebe ist eine Revolution: ein Umsturz des Lebens durch die Macht der Gefühle.

Es ist der letzte Wunsch ihres Vaters und für Katharina ist klar: Sie wird ihn erfüllen, auch wenn sie dafür nach Portugal reisen muss. Ihre Aufgabe: die große Liebe ihres Vaters wiederzufinden, die ihn damals mitten in den portugiesischen Umtrieben der Siebzigerjahre in Lissabon ohne Erklärung verließ.

Für Katharina ist es der Aufbruch in eine revolutionäre Vergangenheit. Die unruhigen Ereignisse der Nelkenrevolution und die unerfüllte Sehnsucht ihres Vaters bringen auch ihre eigene Gefühlswelt durcheinander: Es wird eine Suche, die ihr Herz nicht vor Turbulenzen verschont. Die geheimnisvolle Geschichte, die sie mit ihrem Vater verbindet, führt Katharina nach und nach vor Augen, für was es sich im Leben zu kämpfen lohnt und was wahre Liebe wirklich bedeutet.

Die Autorin

Anja Saskia Beyer studierte Theaterwissenschaft, Kommunikationswissenschaft und Werbepsychologie in München. Seit 1996 schreibt und arbeitet sie erfolgreich als Drehbuchautorin und Dramaturgin für das Fernsehen, unter anderem für die Serien »Lindenstraße«, »Für alle Fälle Stefanie«, »Verliebt in Berlin« und »Dahoam is Dahoam«.

Seit 2013 schreibt sie auch Romane, ihr Debütroman wurde gleich ein E-Book-Bestseller. Die Autorin reist sehr gern, entführt ihre Leser in ihrem Top 1 Kindle-Bestseller und BILD-Bestseller »Mandelblütenliebe« nach Mallorca, in »Erdbeeren im Sommer« (Kindle- und BILD-Bestseller) nach Italien und in dem neuen Roman »Nelkenliebe« geht es ins wunderschöne Portugal.

Die Autorin lebt mit ihrem Mann und ihren Kindern in Berlin.

ANJA SASKIA BEYER

Nelkenliebe

ROMAN

Deutsche Erstveröffentlichung bei
Tinte & Feder, Amazon Media E.U. S.à r.l.
5 Rue Plaetis, L-2338, Luxembourg
Dezember 2017

Umschlaggestaltung: semper smile, München, www.sempersmile.de
Umschlagmotiv: Umschlagmotiv: © Africa Studio / Shutterstock; © Didecs
/ Shutterstock; © Max Maier / Shutterstock; © komkrit Preechachanwate /
Shutterstock; © NielsVK / Alamy Stock Foto; © Sergio Azenha / Alamy
Stock Foto
Lektorat und Korrektorat: Verlag Lutz Garnies, Haar bei München, www.vlg.de
Printed in Germany
By Amazon Distribution GmbH
Amazonstraße 1
04347 Leipzig, Germany

ISBN 978-1-503-94934-8

www.tinte-feder.de

1. Kapitel

»Sei bitte ganz ehrlich zu dir selbst: Hast du in deinem Leben schon einmal so richtig geliebt?«

Verblüfft hatte Katharina ihn angesehen, über die Frage nachgedacht – und war zu dem Schluss gekommen, dass mit ihrem Vater etwas nicht stimmte. Sein Mund lächelte nicht wie sonst.

Zwei Tage war das jetzt her. Und nun saß Katharina tatsächlich in Lissabon in der Rua de Belém in einem Straßencafé und aß ein Pastel de Nata. Sie spürte die vertraute Süße des Puddingtörtchens in ihrem Mund. Es schmeckte genauso wie früher, als ihr Paps diese wunderbaren portugiesischen Teilchen immer aus der Bäckerei in Moabit, in der er arbeitete, für sie mitgebracht hatte. Kein Wunder, das Rezept hatte er schließlich aus einer Pasteleria in Portugal.

Die Sonne stach vom blauen Himmel herunter und ihr Mund fühlte sich trotz des cremigen Törtchens trocken an. Mit einem Galão, einem Milchkaffee, versuchte sie, die Erinnerung an das weitere Gespräch wegzuspülen. Doch es gelang ihr nicht.

Am Nebentisch lachten ein paar Touristen, ein Straßenmusikant spielte ein melancholisches Lied auf seiner Geige. Und wieder einmal fiel ihr auf, wie dicht Freude und Leid beieinander lagen.

»Natürlich habe ich schon einmal so richtig geliebt«, hatte sie ihrem Vater geantwortet. Die Antwort kam etwas verzögert, aber so unerwartet, wie sie mit dieser Frage konfrontiert worden war, musste sie schließlich erst einmal nachdenken. »Ich liebe Arne, das weißt du doch.«

Erleichtert lächelte er sie jetzt an. Aber so richtig glücklich wirkte er nicht.

»Katharina-Schatz, da bin ich wirklich froh, der Arne ist auch wirklich ein Guter.«

»Das stimmt.«

»Mein Traumschwiegersohn, das ist er.«

»Ach ja?«

Arne und sie waren schon sieben Jahre zusammen, sie verstanden sich sehr gut. Und Paps hatte Arne, den ersten Mann, den seine Tochter damals seit Langem mit nach Hause gebracht hatte, sofort in sein Herz geschlossen. Er mochte Hertha, Bier und Grillen im Schrebergarten. Gut, mit Säge und Bohrmaschine konnte er nicht umgehen, aber wer war schon perfekt? Dafür hatte Katharina ja ihn. Arne und Paps hatten zwar ihre Anfangsschwierigkeiten, da Arne aus einer Bankerfamilie stammte und ihr Paps nur ein einfacher Bäcker war, aber das legte sich schnell. Dass die beiden miteinander konnten, bedeutete Katharina, die ihren Vater über alles liebte, sehr viel. Seit sie denken konnte, war sie ein »Papa-Kind«.

»Schatz, du bist jetzt schon fünfunddreißig. Höchste Eisenbahn, du kennst meine Meinung.«

Daher wehte also der Wind. Katharina hasste dieses Thema. »Na und? Heutzutage kriegen viele erst mit Anfang, Mitte vierzig Kinder. Manche sogar mit fünfzig.«

Paps schloss einen Moment die Augen und seine Miene wurde sehr ernst. Natürlich wollte sie das auch nicht, dieses Risiko eingehen für ihr Kind.

Die Sonne tauchte den Park in ein sommerlich warmes Licht, die Vergissmeinnicht am Wegesrand leuchteten blau.

Katharina musterte ihren Paps liebevoll und nachdenklich. Diesen großen Mann. Die Größe und das weiche Herz hatte sie von ihm.

»Großer Mann mit noch größerem Herz«, sagte ihre Mutter immer. Er hatte früher als Bäcker nahe der Grundschule gearbeitet, die Katharina besuchte. Alle kauften sich dort vor oder nach der Schule Gebäck oder Süßigkeiten, alle liebten ihn. Diesen fröhlichen Mann, der immer einen Scherz auf den Lippen hatte und gern aus seiner Backstube kam, um ein Schwätzchen mit den Schülern zu halten. Bäcker mit Leib und Seele. Torten verzierte er mit seinen großen Fingern so liebevoll und vorsichtig, als handelte es sich um frisch geschlüpfte Welpen. Der beste Paps der Welt. Doch heute wirkte er so ernst, seine Augen sahen etwas verquollen aus und seine Miene schien seltsam. Oder bildete sie sich das ein? Katharina machte sich plötzlich Sorgen. Er hatte sie nach Feierabend von der Kanzlei, in der sie als Rechtsanwaltsassistentin arbeitete, abgeholt, um mit ihr im nahen Park spazieren und ein Eis essen zu gehen. Das hatten sie schon lange nicht mehr getan. Viel zu lange. Denn Katharina arbeitete einfach zu viel. Genau wie Arne, der von seinem Chef ausgenutzt wurde, wo es nur ging. So war das heutzutage mit befristeten Anstellungsverträgen. Keine Sicherheit, nichts, worauf man eine Familie gründen konnte.

Sie und Arne hatten sich auf einer Studentenparty ihrer Fakultät kennengelernt. Die Jurastudentin, die nach dem Ersten Staatsexamen abgebrochen hatte, und der Herr Richter in spe. In seine klugen Worte hatte sie sich schnell verliebt. Er verstand nicht, warum Katharina ihr Jurastudium nicht fortsetzen wollte. Nicht konnte, da sie irgendwann keinen Sinn mehr darin sah. Panik bekam, vor Prüfungen, bis zur Atemnot. Dass sie nun deshalb als Rechtsanwaltsassistentin arbeitete, gefiel ihr zwar auch nicht, aber wie sagte ihr Vater immer: »Besser kleine Brötchen backen als gar keine.«

Und so ging Katharina jeden Tag von acht bis siebzehn Uhr ihrer Arbeit nach und fühlte sich in ihrem Leben gefangen. Freiheit, das war es, was sie sich wünschte, aber um sich selbstständig zu machen, mit was auch immer, fehlte ihr der Mut. Einzig ihr Food-Blog, den sie regelmäßig in ihrer Freizeit schrieb und für den sie ihre Kochkreationen oder Paps' Backkunstwerke fotografierte, machte ihr Spaß.

All diese Gedanken schwirrten Katharina im Kopf herum, und immer wieder kam sie zu der Frage: Wieso redete Paps plötzlich über die Liebe? Noch dazu so ernsthaft, ohne den Schalk, der ihm sonst immer in den Augen blitzte. Irgendetwas stimmte da nicht, und was das war, sollte sie schleunigst herausbekommen.

»Paps, falls du dir, warum auch immer, Sorgen um mich machst, mit mir und Arne ist alles in Ordnung.«

»Wirklich?« In seinen sonst so lustigen Augen sammelten sich Tränen. Er schnäuzte sich in sein zerknülltes Stofftaschentuch, das er immer in der Hosentasche trug, und behielt es in der zitternden Hand.

Erschrocken und liebevoll strich ihm Katharina über den Arm. Diesem Mann, der sie immer an einen Bären erinnerte. »Ganz wirklich. Was ist denn los, Paps?«

Er zuckte traurig mit seinen Schultern. Eis tropfte auf seine weißen Bäckerschuhe, die er immer noch trug, obwohl er seit Kurzem in Frührente war. Er bemerkte es nicht.

»Ach nichts.«

»Von wegen. Paps, jetzt rede mit mir!«

Er schniefte und sah sie bedrückt an. »Wenn du nie wirklich geliebt hättest, Mädchen«, stotterte er, »dann, dann hättest du nie richtig gelebt. Und das, das wäre schlimm.«

Hatte er sich in eine andere Frau verliebt?, durchfuhr es Katharina heiß und sie dachte an ihre Mutter, die alles für ihn tat.

Er schnäuzte sich erneut, versuchte, sich zusammenzureißen. »Du liebst deinen Arne also wirklich ganz dolle?«, unterbrach er ihre rotierenden Gedanken.

Katharina sah ihren Paps ängstlich an und nickte.

»Ja klar«, erwiderte sie tonlos. »So wie du Mama. Oder etwa nicht mehr?«

Katharina hielt den Atem an.

»Na ja, es ist so …«, begann er zögerlich. »Doch natürlich, sie ist ja auch eine tolle Frau – sonst hätte ich sie ja nicht geheiratet. Aber mein Herz hat vor ihr eine andere gestohlen. So sagt man doch, oder? Damals, in den Siebzigerjahren in Portugal.«

Fassungslos blickte Katharina ihn an.

»Marisa heißt sie«, fuhr er verträumt fort.

»Paps, wieso erzählst du mir das jetzt?«, brach es nun aufgebracht aus Katharina heraus.

Wieder schossen ihm die Tränen in die Augen und er schnäuzte sich erneut. »Weil ich … weil ich … Kathi, ich weiß nicht, wie ich es dir sagen soll.«

»Immer alles geradeheraus aus der Schnute, hast du immer gesagt, Paps.«

»Also gut. Mein Mädchen, ich hab … ich fürchte, ich hab nicht mehr lange zu leben.«

Katharinas Blut sackte aus ihrem Kopf in den Bauch und floss weiter in ihre Beine. Sie hörte auf, zu atmen.

»Was?«, hauchte sie und ihre Eiswaffel rutschte ihr zu Boden, fiel auf den Kiesweg und zerbrach. »Wieso, was hast du denn?«

Er atmete durch, wischte sich mit seiner großen Hand über die Augen, als seien sie zugeklebt mit Kleister. »Sie haben … sie haben einen Tumor entdeckt. Im Kopf. Und … den kann man nicht operieren, sagt der Doktor. Ein paar Monate noch, wenn ich Glück hab, ein bisschen länger.«

Der Wind hörte auf zu wehen, die Vögel verstummten. Sie schloss die Augen. Das, was Katharina immer verdrängt hatte, wurde Gewissheit. Ihre Eltern könnten sterben. Ihre Eltern würden sterben. Ihr Paps, ihr geliebter Paps auch noch zuerst.

Ein paar Monate. Was sind schon ein paar Monate, wenn man einen Menschen liebt und einen Vater braucht? Auch mit Mitte dreißig noch.

Katharina schluchzte auf, warf sich in seine Arme und drückte ihn so fest, als würde sie ihn nie wieder loslassen. Er roch so gut, so vertraut, nach dieser Mischung aus Puderzucker und Bourbonvanille. Erinnerungen an ihre Kindheit wurden wach und durchströmten ihren Körper. Ihr Paps, wie er sie als kleines Mädchen hier in diesem Park auf dem Spielplatz dort hinten angeschaukelt hatte. Bis ihre Zöpfe flogen, hoch in den Himmel. »Höher, noch höher«, hatte sie gerufen und er hatte gelacht und es gewagt. Mit ihr. »Zusammen schaffen wir alles, mein Mädchen«, hatte er immer gesagt. Er brachte ihr bei, wie man Fahrrad fährt, auch ohne Stützräder, wie man schwimmt, bis weit hinaus auf den See, und wie man mit dem Hammer einen Nagel einschlägt, auch als Mädchen. Ein Baumhaus hatte er ihr gebaut und sie durfte ihm dabei helfen. Er zeigte ihr, wie man Mohrrüben anpflanzt und regelmäßig gießt, wie man Frösche fängt und sie wieder freilässt, ohne dass ihnen das Geringste geschieht. Katharina und ihr Paps, sie waren ein tolles Team. Ihre Mutter fühlte sich oft außen vor.

Katharina zitterte, am ganzen Leib. »Paps, das geht nicht, ich meine … was soll ich denn ohne dich machen?«

Sanft streichelte er ihr über das Haar. »Schschsch«, tröstete er sie, »genau das wollte ich nicht, mein Mädchen. Und weil ich deine traurigen Augen nicht sehen kann, gebe ich auch nicht auf, versprochen. Wir doch nicht, was?«

»Wie viele Arztmeinungen hast du denn schon? Nur eine?«

»Nein, leider nicht. Zwei. Und bald drei.«

Katharina schluckte. »Und du hast mir die ganze Zeit nichts gesagt?«

»Ich konnte nicht, es tut mir leid. Aber deine Mutter hat noch einen Spezialisten ausgekundschaftet. In Berlin gibt es ja zum Glück die besten Ärzte. Euch zuliebe gebe ich nicht auf, wie gesagt.«

»Und was ist das für ein Spezialist?«

»Dr. Hell, der ist wohl auf genau so 'ne Dinger spezialisiert. Mit neuesten Bestrahlungsmethoden und so. Der hat mich auch schon untersucht, aber die Ergebnisse hab ich noch nicht. Dieser Dr. Hell, der soll deinem alten Vater noch ein paar Jährchen schenken. Und bevor ich da hingehe, erfülle ich mir noch schnell einen meiner drei Träume. Einen, an den ich vor lauter Ackern und Schuften all die Jahre gar nicht mehr gedacht hab. Und der Doktor meinte, es sei okay.«

»Welcher Traum ist das denn, Paps?« Erschüttert stellte Katharina fest, dass sie seine Träume nicht kannte. Keinen einzigen.

»Na siehste. Ich hab noch nicht mal mehr drüber gesprochen. Ich will mit deiner Mutter ganz gemütlich auf einer Harley rumtuckern. Am Meer. Jetzt wird es nur die Ostsee, aber immerhin …«, verträumt lächelnd hielt er inne.

Und allein bei dieser Vorstellung huschte auch über Katharinas Gesicht ein kleines Lächeln.

»Das klingt … wunderbar, Paps, ich komme mit.« Auch wenn ihr bei dem Gedanken, auf einer Harley zu fahren, der Hintern jetzt schon wehtat und der Angstschweiß austrat.

Jeden Tag, jede Sekunde wollte sie mit ihrem Vater verbringen und genießen, solange es noch ging.

»Nein, nein. Lass das mal Mama und mich machen. Dich brauch ich für was anderes. Für was ganz Wichtiges, was mir einfach keine Ruhe lässt. Aber zuvor sag ich dir meinen Traum Numero zwo.«

Katharina sah ihn erwartungsvoll an.

»Wo du den Arne doch so liebst, versprichst du mir, dass ihr bald heiratet? Also so, dass ich es vielleicht noch erlebe?«

Katharina schluckte. Arne hatte in dieser Richtung noch gar nichts verlauten lassen, und irgendwie ging ihr das jetzt alles zu schnell. Aber als sie ihrem Vater in die wässrigen, lieben Augen sah, konnte sie nicht anders, als zu nicken. »Natürlich, das machen wir, Paps, versprochen.«

Er atmete erleichtert aus. »Weißt du, ein Vater hat seine einzige Tochter einfach gern unter der Haube, bevor er geht.«

Katharina nickte erneut, kämpfte mit den Tränen. Ihre Eltern hatten sich damals so sehr noch ein zweites Kind gewünscht. Und Katharina ein Geschwisterchen, aber es sollte nicht sein. Heute wäre sie doppelt froh gewesen, wenn sie gewusst hätte, nicht irgendwann ganz allein zu sein.

»Und was ist Traum Numero drei?«, fiel ihr ein.

»Du musst sie suchen.«

»Wen?«

»Meine Marisa. In Portugal. Ich muss wissen, warum sie mich damals nicht mehr wollte. Ich hab sie so geliebt, weißt du. Und sie mich auch. Das hab ich doch in ihren Augen gesehen. Eines Tages war sie verschwunden. Und dann ist sie wieder aufgetaucht und hat Schluss gemacht. Sie hat mich nach Deutschland geschickt und ich Trottel habe auf sie gehört und bin irgendwann gegangen. Kurz danach bin ich wieder zurück, hab nach ihr gesucht. Aber sie war wie vom Erdboden verschluckt.«

Er hatte die ganzen Jahre nach ihr gesucht? Und ihre Mutter und sie hatten nichts davon mitbekommen?

»Weiß Mama davon?«, hakte Katharina tonlos nach.

»Natürlich nicht. Deshalb konnte ich ja auch nie so richtig nach Marisa weitersuchen. Also nicht mehr, nachdem ich deine Mutter kennengelernt hatte. Und vorher gab's ja kein Handy oder Internet. Nach Portugal wollte Mama nie, weil sie doch so 'ne Flugangst hat. Und drei Tage mit unserm ollen Auto fahren wollte sie auch nicht.«

»Verstehe.« Aber eigentlich verstand Katharina nichts. Hieß das, dass er sein Leben lang an eine andere Frau gedacht hatte? Dass sie selbst nicht das Kind einer großen, alles überstehenden Liebe war? Denn das hatte Katharina all die Jahre geglaubt. Während sich um sie herum die Eltern ihrer Freundinnen trennten, blieb die Ehe ihrer Eltern konstant gut. Nie hatte sie mitbekommen, dass sich ihre Eltern ernstlich stritten, wie es in so vielen Beziehungen der Fall war, nie hatte sie gesehen, dass da kein Respekt mehr vor dem anderen war. Mit viel Humor und Wärme hatten die beiden ihr Leben gelebt.

Hatte sich Katharina all die Jahre getäuscht? War es nicht Liebe gewesen, was ihre Eltern ihr vorlebten, sondern Pragmatismus, Freundschaft, Vertrauen? Ein Leben auf kleiner Flamme?

Und waren diese Komponenten womöglich die besseren Grundlagen für eine schöne, stabile Beziehung? Besser als große Liebe und Leidenschaft?

Mit einem Mal kam es Katharina so vor, als breche das Gerüst ihrer Kindheit über ihr zusammen wie ein falsch gestapeltes Bierdeckelhaus.

»Und, Schatz, tust du mir den Gefallen? Suchst du nach ihr? Nach Marisa? Du wolltest mit Arne doch jetzt eh bald Urlaub machen.« In seiner Stimme schwang Angst mit. Die Angst eines Mannes, der nicht mehr lange leben würde, aber diese letzte Ungewissheit seines Lebens aufklären musste, um seinen inneren Frieden zu finden.

»Natürlich, Paps«, erwiderte Katharina völlig aufgelöst. Ihr geliebter Vater würde sterben. Wie jeder Vater und jede Mutter irgendwann sterben würde. Aber es war ihr Paps und es gab plötzlich so eine Art Zeitpunkt und der Gedanke zerriss sie einfach, als zerre eine Urgewalt an ihr. Natürlich würde sie ihm seine beiden letzten Wünsche erfüllen. Arne heiraten und diese Marisa in Portugal finden. Hoffentlich.

2. KAPITEL

In Paps' Gegenwart hatte Katharina es mit Mühe und Not geschafft, sich etwas zusammenzureißen. Doch jetzt, nachdem er sich gerade mit einer langen, warmen Umarmung von ihr verabschiedet hatte und sie ihm den Parkweg entlang nachsah, diesem großen, kräftigen Mann, brach all der Schmerz aus ihr heraus. Sie versuchte, sich seinen Anblick für immer einzuprägen und hatte das Gefühl, plötzlich ganz allein auf dieser Welt zu sein. Paps wollte zu ihrer Mutter zurück, der es natürlich auch sehr schlecht ging, und er wollte sich hinlegen, ein wenig schlafen. Die Diagnose war für ihn nicht leicht, aber für seine Lieben unerträglich. Katharina fühlte sich, wenn sie ehrlich war, zurückgewiesen, versuchte aber, ihren Paps zu verstehen. Ihre Knie wurden weich, als er am Parkausgang anhielt, sich noch einmal umdrehte und mit einem Lächeln winkte. Dann wandte er ihr wieder den Rücken zu, ging durch das Tor und verschwand. Bald ganz aus ihrem Leben. Katharina setzte sich auf eine Bank, schluchzte erst leise, dann immer lauter vor sich hin. Ein kleines Mädchen, das mit seinem Vater auf Inlinern vorbeikam, zeigte neugierig auf diese aufgelöste junge Frau.

»Guck mal, Papa, was hat die denn?«

Bald keinen Papa mehr, dachte Katharina verzweifelt und sah in dem Mädchen mit ihrem Vater sich vor vielen Jahren, als Paps versucht hatte, für sie Inlineskaten zu lernen. Egal, wie oft er hinfiel, er rappelte sich immer wieder auf und ließ sich nicht unterkriegen. Der Vater der Kleinen lächelte sie mitleidig und entschuldigend an und bemühte sich, seine Tochter abzulenken.

Was mache ich denn nur, ich muss Papa helfen, überlegte Katharina verzweifelt. Sie schaffte es, den Kloß in ihrem Hals hinunterzuschlucken und sich darauf zu konzentrieren, wie sie diese Frau für ihren Paps finden könnte. Wo sollte sie nur anfangen? Portugal war groß. Da kam ihr eine Idee. Sie würde einen Campingwagen mieten, um mobil zu sein und alle möglichen Städte und Dörfer nach ihr absuchen zu können. Katharina ahnte zwar, dass Arne davon nicht gerade begeistert sein würde, denn seine Vorstellung von Urlaub war schon immer eine andere, schickere gewesen, aber das spielte jetzt keine Rolle. Katharina holte ihr Smartphone aus der Jackentasche und googelte nach Campingmobilen in Lissabon. Doch sofort wurde sie auf den Boden der Tatsachen zurückgeholt. Sie waren viel zu teuer für ihr schmales Urlaubsbudget und auf Kosten von Arne wollte sie nicht reisen. Frustriert wollte sie die Idee schon verwerfen, als ihr eine Seite mit gebrauchten, etwas älteren Campingmobilen ins Auge stieß. »Rent the sun«, hieß es da und ein sympathisch aussehender Portugiese namens Nuno lächelte ihr vor einem dieser Fahrzeuge mit Surfboard auf dem Dach entgegen. Was für ein offenes, herzliches Lächeln, dachte Katharina, es erinnerte sie an das ihres Paps'. Wohl deshalb sah sie sich das Bild genauer an. Er war ungefähr in ihrem Alter, trug ein lässiges T-Shirt und schien nicht nur breite Schultern, sondern auch gut trainierte Muskeln zu haben. Der Surfer Nuno betrieb diesen Verleih offenbar schon ein paar Jahre. Katharina klickte sich durch die weiteren Bilder der Homepage und sofort erfasste sie eine Sehnsucht nach diesem Land, nach warmer Sonne und wildem Meer. Sie verstand plötzlich sehr gut, dass sich ihr Vater damals, 1972, wie er ihr erzählt hatte, also vor fünfundvierzig Jahren, erst in diese wunderschöne Natur und dann in eine Frau verliebt hatte. Früher, das wusste Katharina von alten Fotos her, hatte auch er eine durchtrainierte, gute Figur gehabt und war, nicht zuletzt wegen seiner Größe und seiner blonden Haare, ein sehr attraktiver Mann gewesen. Wieder schossen Katharina Tränen in die Augen, aber sie wischte diese tapfer weg. Da nur noch ein Campingmobil für die nächste Woche zu einem bezahlbaren Preis zu mieten war, und die Woche darauf gar keines mehr, buchte sie spontan mit ein paar Klicks. Arne würde es sicher verstehen.

Katharina stand auf und wusste mit einem Mal nicht mehr wohin mit sich. Arne arbeitete heute länger, und der Gedanke, die nächsten Stunden allein in der gemeinsamen Wohnung zu verbringen, erschreckte sie. Es gab nur einen Platz, an dem sie ein wenig Trost finden konnte, eine Person, die wirklich verstehen würde, wie es gerade in ihr aussah, und die selbst Trost benötigte – ihre Mutter.

Sie hatten sich in einem Café im Tiergarten in der Nähe der elterlichen Wohnung verabredet, während Paps sein Schläfchen hielt. Als ihre Mutter die Sonnenterrasse des Cafés betrat, konnte sich Katharina kaum noch beherrschen.

»Mum!« Mit weichen Knien stand sie auf, stieß dabei fast ihren Latte macchiato um und umarmte ihre Mutter, die so blass aussah, als wenn sie einem Geist begegnet wäre. Wie gut das tat, diese kleine, zierliche, aber resolute Person zu riechen und zu spüren. So wie früher als Kind, wenn in der Schule etwas Unschönes vorgefallen war. Denn Katharina wurde damals oft gehänselt, weil sich ihre Eltern nicht die angesagten Klamotten für sie leisten konnten und ihre Mutter deshalb vieles selbst nähte. Später gab es dann den ein oder anderen Liebeskummer, den Katharinas Mum stets mit ihrer warmherzigen Art zu lindern verstand. Was es auch war, die Worte der Mutter taten immer gut. Ihre Sicht auf die Jungs war stets herzerfrischend komisch. Paps und Mum waren in Katharinas Augen die perfekten Eltern, egal was ihre Mitschüler sagten. Ihre Mutter, die ihren Mann über alles liebte, würde sie verstehen, da war sich Katharina sicher. Sie wusste, was es bedeutete, die Eltern zu verlieren, sie hatte es selbst viel zu früh erfahren. Arne dagegen, der ein kühleres Verhältnis zu seinen Eltern hatte, konnte sich wahrscheinlich weniger in Katharina einfühlen, vermutete sie.

»Mein Schatz, ich bin da«, flüsterte ihre Mutter in Katharinas Haar und streichelte es liebevoll.

Katharina schluchzte auf, versuchte dann aber, sich zusammenzureißen. Beinahe hatte sie ein schlechtes Gewissen, gerade von ihr Trost zu erwarten, denn um wie viel schmerzhafter musste es für ihre Mutter sein, den geliebten Mann in ein paar Monaten zu verlieren.

»Schsch, lass uns stark bleiben, Schatz.« Sie setzte sich, und Katharina tat es ihr nach. Dann nahm sie die Hand ihrer Tochter und streichelte sie. »Er will die Zeit, die ihm noch bleibt, voll ausschöpfen und das Leben genießen. Jeden Tag leben, als wäre es sein letzter. Das beginnt schon damit, dass ich jeden Morgen frische Brötchen holen soll.«

Katharina nickte und schluckte. Sie hatte ihre Eltern die letzte Zeit viel zu wenig gesehen. Wie recht ihr Paps hatte, jeden Tag zu leben, als wäre es der letzte. Sollte das nicht jeder tun? Man wusste es eigentlich, doch man tat es viel zu selten. Katharina beschloss, es ihrem Vater, der immer ein Vorbild für sie gewesen war, gleichzutun. Nicht unbedingt das mit den Brötchen jeden Morgen, aber intensiver im Hier und Jetzt zu leben.

»Es ist so schrecklich, aber ich gebe die Hoffnung nicht auf.«

»Das dürfen wir auch nicht. Der Spezialist, den du gefunden hast, wird ihm bestimmt helfen.«

»Ich weiß es nicht«, seufzte ihre Mutter. »Der Arzt konnte mir nichts versprechen. Aber das tun sie ja nie, die Ärzte. Er meinte aber, bereits der Glaube versetzt manchmal Berge. Das stimmt doch, nicht wahr?«

»Oh ja, Mum.«

»Gerd will kämpfen, für uns, das finde ich so wundervoll.«

»Das ist es. Und ich bin sicher, er schafft es.«

Katharina und ihre Mutter blickten sich kurz in die Augen, sahen dann schnell wieder weg. Jeder von ihnen war klar, an welchen Strohhalm sie sich damit klammerten.

In dem Moment wurde Katharina bewusst, dass sie ihre Mutter von der geplanten Reise unterrichten musste. Wie aber sollte sie ihr begreiflich machen, warum sie ausgerechnet jetzt in den Urlaub fahren wollte, ohne von dieser Marisa zu erzählen?

»Dein Vater hat mir gesagt, dass ihr euren Urlaub vorzieht, während wir die Harley-Tour an der Ostsee machen. Damit du dann da bist, wenn es vielleicht schon ernst wird.«

Danke Paps, dachte Katharina überwältigt. Er hatte an alles gedacht.

»Ja, es war seine Idee. Oder meinst du, ich sollte lieber ganz dableiben?«

»Unsinn. Keiner von uns weiß, wie lange er noch hat. Willst du jetzt jahrelang auf deinen Urlaub verzichten?«

Ihre Mutter lächelte sie sanft an.

»Mum, du bist die Beste.«

»Und er ist der Beste. Einen besseren Mann hätte ich mir nicht backen können.« Sie scherzte. »Immer frische Brötchen und Gebäck, was will eine Frau mehr.«

Sie lachten. Wie gut das tat, wie befreiend es sich anfühlte.

19

Katharina musste diese Marisa so schnell wie möglich finden, damit sie bald wieder zurück war, um mit ihren Eltern noch ganz viel Zeit zu verbringen.

***

»Katharina? Stell dir vor, der Boss hat um kurz vor acht noch angerufen, gut, dass ich noch in der Kanzlei war.«

Katharina saß in ihrem mintgrünen Pyjama und dicken Wollsocken auf dem Sofa, eine Tasse heißen Tee in der Hand, und hörte, wie Arne im Flur seinen Mantel ablegte und aus den Schuhen schlüpfte. Sie wusste, er würde Letztere sorgsam in die Ecke stellen und ihre Schuhe, die vermutlich wieder etwas chaotisch dastanden, mit einer hochgezogenen Augenbraue zurechtrücken. Aber heute war ihr das egal. Heute galten ihre Gedanken einzig ihrem Paps und der furchtbaren Vorstellung, bald ohne ihn leben zu müssen. Ihr Herz krampfte sich zusammen, wenn sie daran dachte, und ihr Bauch tat weh. Der Tee duftete tröstlich nach Vanille und Zimt, und sie erinnerte sich an die Abende, als sie noch ein Teenager war und zu Hause wohnte. Ihr Paps hatte ihr immer seinen Spezialtee gemacht, wenn sie Sorgen hatte, und der schmeckte genau wie dieser. Damals wirkte er meist sofort, heute leider nicht.

»Katharina? Bist du da? Wieso sagst du denn nichts?«, hörte sie Arnes Stimme aus dem Flur. »Hast du mein hellblaues Hemd für morgen gebügelt?«

Sie antwortete nicht, nahm einen kleinen Schluck Tee und verbrannte sich dabei fast die Zunge.

Arnes Kopf erschien im Wohnzimmer. »Katharina? Der Boss will mich morgen sehen, da brauche ich das Hemd. Alles klar bei dir?« Seine dunklen Haare wirkten wie frisch gekämmt, er sah gut aus wie immer.

Sie schaute ihn nur an, schüttelte stumm den Kopf.

»Oh nein, was ist denn? Hat dich deine Kollegin wieder genervt?«

Er setzte sich zu ihr. Sein weißes Hemd duftete noch immer nach dem Aftershave, das er sich morgens immer darauf sprühte.

»Du musst endlich mal mit ihr reden. Das grenzt ja schon an Mobbing.«

Katharina hörte ihm nicht wirklich zu. Sie dachte an ihre Mum, die nichts von dieser anderen Liebe ahnte, für die das Herz ihres Paps all die Jahre noch geschlagen hatte. Hatte sie denn gar nichts gespürt? Dass er sie nicht über alles liebte? Plötzlich bekam Katharina Angst, ihr könnte das mit Arne genauso ergehen.

»Katharina, jetzt sag schon. Was ist passiert?«

Sie seufzte und schniefte. »Etwas ganz Schreckliches. Paps hat einen Tumor im Kopf. Inoperabel. Die Ärzte sagen, er hat vermutlich nicht mehr lange zu leben.«

»Was? Das ist ja … das tut mir sehr leid. Ist das denn sicher, dass man nicht operieren kann? Bei wie vielen Spezialisten war er denn schon?«

»Bei zweien und in Kürze geht er noch zu einem weiteren.«

»Das ist gut.«

Hoffnungsvoll blickte Katharina auf. »Gut?«

»Entschuldige. So habe ich das nicht gemeint. Magst du etwas essen?«

»Nein, nicht wirklich. Iss ruhig allein.«

»Ich kann dir auch etwas kochen.«

»Nein, danke, das ist lieb von dir.«

Arne ging in die Küche und das kratzende Geräusch vom Öffnen des Gefrierfaches war zu hören. Vermutlich machte er sich eine Fertigpizza.

Katharina dachte derweil fieberhaft nach. Sollte sie Arne von dieser Marisa erzählen? Je mehr Leute von ihr wussten, desto größer war die Gefahr, dass ihre Mutter davon erfahren könnte. Andererseits musste sie es ihm aber sagen, schließlich sollte Arne ja mit ihr nach Portugal fahren. Der Camper war bereits gebucht.

Zögerlich ging sie zu ihm in die Küche. Er sah sie an, streichelte ihre Hand. »Irgendwas ist noch, habe ich recht?«

Er kannte sie einfach zu gut.

»Ich … mein Paps hat mich um etwas gebeten.«

»Und um was?«

Sie schluckte und dann sprudelte alles aus ihr heraus.

Er sah sie die ganze Zeit nur erstaunt an, während sie ihm von Marisa erzählte und davon, was ihr im Kopf herumging. Arne hörte nur zu, sagte kein einziges Wort.

»Was denkst du?«

»Na ja, was denke ich? Schade für deine Ma, dass er immer noch eine Andere im Kopf hat.«

»Allerdings. Wie kann man einer früheren Liebe nach fünfundvierzig Jahren und einer glücklichen Ehe noch nachtrauern. Wenn diese Frau damals sogar mit ihm Schluss gemacht hat.«

»Na ja, gerade das kann ein Mann nur schwer verkraften.«

Er küsste sie auf die Nasenspitze und scherzte: »Wehe, du machst Schluss mit mir.«

»Niemals«, erwiderte sie lächelnd, wurde aber gleich wieder ernst und nachdenklich.

»Irgendeine Jugendliebe, die einem nicht aus dem Kopf geht, haben, glaube ich, viele Männer.«

»Ach ja?« Merkte er überhaupt, was er da redete?

»Frauen doch genauso, oder wie war das mit deinem Mike damals?«

»Ach Mike.«

»Ja, ja, ach Mike.«

In Mike hatte sie sich mit achtzehn tatsächlich hoffnungslos verliebt. Aber da er mehr Interesse an Basketball hatte als an ihr, endete das Ganze in einem Gefühlsdesaster.

»Weiß sie es?«, unterbrach Arne die Stille. »Ich meine, deine Mum?«

»Eben nicht. Das ist ja das Problem. Mein Problem. Ich habe so eine Angst, mich zu verplappern, jetzt wo Paps mich eingeweiht hat.«

»Verstehe.«

»Arne?« Katharina sah ihn ernst an. Jetzt hatte er bestimmt genügend Verständnis für die Sache, so hoffte Katharina zumindest.

»Was?«

»Arne, wir wollten doch übernächste Woche Urlaub machen.«

»Ja und? Hast du ein Last-Minute-Angebot entdeckt?«

»Ja«, erwiderte sie unwohl.

»Und wo ist der Haken?«

»Keine vier Sterne, kein Pool. Aber ein nettes Restaurant und eine Open-Air-Bar dabei.«

Er blickte sie mit gerunzelter Stirn an. Aus dem Ofen strömte Pizzaduft.

»Es gibt eine kleine Planänderung. Wir müssen diese Woche schon Ferien machen, und zwar in Portugal. Paps hat mich gebeten, diese Marisa zu suchen. Es ist sein letzter Wunsch, verstehst du? Sie zu sehen und zu fragen, wieso sie damals Schluss gemacht hat, obwohl sie ihn noch liebte. Wir dürfen ihm das nicht abschlagen.«

Verblüfft starrte Arne sie an. »Wir?«

»Ja wir. Du gehörst schließlich auch zur Familie. Also quasi.« Um nicht ganz mit der Tür ins Haus zu fallen, erzählte Katharina ihm nichts von der Buchung, sondern packte ihren Plan in einen Vorschlag: »Und da wir ja nicht wissen, wo diese

Frau in Portugal jetzt wohnt, mieten wir am besten einen Campingwagen, um mobil zu sein.«

Arnes Miene sprach Bände. »Einen Campingwagen«, sagte er, als handelte es sich um eine ansteckende Krankheit.

»Ja genau. Das ist am praktischsten. Wir müssen uns schließlich beeilen, wer weiß, wie lange Paps noch hat. Außerdem will ich danach so rasch wie möglich zu ihm zurück.« Gespannt schaute Katharina den nach Aftershave duftenden Arne an. Hoffentlich sagte er ja.

»Katharina, ich bin nicht der Campertyp, das weißt du doch.«

»Ja«, rutschte es ihr heraus. »Schon, aber du bist doch immer auf der Suche nach dem besonderen Kick. Portugal ist eines der wenigen Länder in Europa, wo man noch wild am Strand campen kann. Das stelle ich mir unglaublich abenteuerlich und romantisch vor.«

Arne warf ihr einen Blick zu, als habe sie ihm vorgeschlagen, nackt über den Petersplatz in Rom zu spazieren.

»Wild campen. Klingt theoretisch gut. Aber praktisch heißt das: ohne Dusche, ohne Klo, ohne Pool und ohne Frühstücksbuffet.«

»Mein Gott, das Frühstücksbuffet mache ich dir und eine Minidusche und ein Klo ist in so einem Wohnmobil drin. Sei nicht so«, neckte sie ihn.

»Ich bin nicht so.«

»Bitte.«

»Nein. Wir fahren mit einem Mietwagen rum und nehmen uns immer Hotels.«

»Ich hab schon einen Camper gebucht.«

»Du hast was?«

»Besondere Situationen erfordern besonders spontane Aktionen oder so ähnlich. Mit einem Campingwagen sind wir viel flexibler. Außerdem ist Paps früher auch mit einem VW-Bus nach Portugal gefahren.«

Katharina spürte ihre Tränen hervorschießen.

Sein Blick wurde weich. »Okay, Süße. Ich bin bei dir, und zusammen finden wir diese Marisa für deinen Pa, versprochen.«

Überwältigt lächelte sie ihn an. Er nahm sie in den Arm. Wenn es darauf ankam, war auf Arne Verlass. Und das war es, was zählte.

»Und rede noch mal mit deiner Mutter, was die Ärzte genau gesagt haben.«

Katharina ärgerte sich über sich selbst, dass sie in ihrem ersten Schock daran nicht gedacht hatte. »Mach ich. Aber ich glaube nicht, dass Paps es mir so gesagt hätte, wenn es nicht wirklich ernst wäre.«

»Da hast du auch wieder recht.« Zusammen schwiegen sie.

Katharina blickte ihn an. Dann gab sie ihm einen langen, zärtlichen Kuss, schmeckte seine weichen Lippen, seinen Atem, und er fühlte sich richtig an. Wenigstens diesen Wunsch, seinen Traumschwiegersohn zu heiraten, konnte sie ihrem geliebten Paps erfüllen, auch wenn Arne von seinem Glück noch nichts wusste.

3. Kapitel

Lissabon, 2018

Katharina saß immer noch in diesem Straßencafé und wartete auf Arne. Sie hatte sich noch ein Pastel de Nata bestellt, diese Puddingtörtchen beruhigten sie irgendwie ungemein. Ihr zweiter Galão war mittlerweile kalt, aber sie mochte auch kalten Kaffee. Wo blieb Arne nur? Wegen eines wichtigen Kanzleitermins hatte er den Urlaub nicht so weit vorziehen können, wie geplant, und auch in den infrage kommenden Flugzeugen hatte es nur noch je einen Platz gegeben, deshalb hatten sie unterschiedliche Flüge nach Lissabon gebucht. So kurzfristig kostete das ziemlich viel, aber Paps hatte ihr angeboten, etwas dazuzugeben. »Mein vorzeitiges Erbe«, hatte er gesagt, mit einem Lächeln und einem Zwinkern im Auge. Katharina regte sich sofort wieder auf, wie er so reden konnte, aber als sie merkte, dass ihm der Humor half, mit dem Wissen um seine Krankheit besser umzugehen, verstummte sie. Außerdem schien ihm der Gedanke an seinen Tod weniger auszumachen als ihr. »Katharina-Schatz, wenn man in meinem Alter ist und sein Leben gut gelebt hat, also als guter Mensch, und wenn man es so leben konnte, wie man es sich gewünscht hat, dann fühlt es sich ruhig an da drin.« Er pochte auf sein

26

Herz. »Ich durfte mein Leben mit einer wunderbaren Frau verbringen, deiner Mutter, und habe eine großartige Tochter, auf die ich stolz bin. Und da ich euch beide gut versorgt weiß, Mama kriegt die Wohnung und den Schrebergarten, und du den Arne … was will ein alter Mann mehr?«

Katharina bemühte sich, zu lächeln. »Du bist der beste Paps von der ganzen Welt und dreiundsechzig ist kein Alter.«

»Welches Alter ist schon das richtige, um zu sterben?«

Katharina atmete durch. »Nun, wenn du es so sehen kannst, dann will ich dir nicht dreinreden. Aber, Paps, dass du jetzt unbedingt noch diese Marisa finden willst, heißt das denn nicht, dass du das Gefühl hast, etwas verpasst zu haben?«

»Nein, ganz und gar nicht. Keiner weiß, wie mein Leben mit ihr verlaufen wäre. Vielleicht wäre es eine Katastrophe geworden. Jeden Tag, ja, beinahe jede Sekunde triffst du Entscheidungen oder wirst vor solche gestellt, die dein Leben in eine völlig andere Bahn lenken. Wenn du immer nur darüber nachdenkst, was wäre wenn, dann machst du dich verrückt und wirst nie glücklich. Das hab ich nie getan. Na gut, ein bisschen vielleicht. Zumindest will ich den Grund erfahren, warum Marisa mich damals nach Deutschland zurückgeschickt hat. Wenn ich das weiß, dann ist wirklich alles gut.«

»Ich verstehe dich, Paps, ich werde sie für dich finden, zumindest gebe ich mein Bestes.«

»Danke, mehr kannst du nicht tun.«

Zwei Tage war das alles nun her und jetzt saß sie in Lissabon, auf diesem wunderschönen Platz, und fühlte sich einsam und verloren. Katharina schob sich ihre Sonnenbrille wie einen Schutzschild auf die Nase. Sie hatte sich von ihrem Vater sagen lassen, wo Marisa damals vor ihrem Verschwinden gewohnt hatte, um einen ersten Anhaltspunkt für die Suche zu haben. Trotz ausgiebiger Recherche im Internet hatte Katharina keinerlei weitere Hinweise zu Marisa finden können. Alles ließ sich doch nicht so einfach ergoogeln in dieser vermeintlich gläsernen Welt.

Plötzlich sah sie Arne, wie er, immer noch in seinem Businessanzug und dem hellblauen Hemd, die Rua de Belem entlangeilte, ein Fly-Case hinter sich herziehend. Er sah heute besonders gut aus, und Katharina, die ein wenig Italienisch verstand, entging nicht, dass ein paar italienische Touristinnen am Nebentisch prompt die Köpfe nach ihm wandten und sich über diesen »bell' uomo« unterhielten. Als dieser attraktive Mann allerdings direkt auf Katharina zuging, sie warm anlächelte und mit einem Kuss auf den Mund begrüßte, hörte Katharina, dass die Damen sagten, dass er so schön ja auch nicht sei.

Katharina freute sich sehr, Arne zu sehen. So vertraut fühlte es sich an, wie er neben ihr saß und sich eine Cola und einen Burger bestellte. Er würde also bald ihr Mann werden, das hatte sie ihrem Vater versprochen.

»Katharina, was denkst du?« Arne hatte ihr von seinem stressigen Mandantentermin und seinem holprigen Flug erzählt, aber Katharina hatte nur mit halbem Ohr zugehört.

»Entschuldige, ich war gerade wieder bei Paps.«

»Verstehe. Geht es ihm schlechter?«

»Nein, zum Glück nicht. Er hat auch immer noch kein Kopfweh oder sonstige Schmerzen. Er und Mum sind jetzt auf Rügen, und das mit der Harley-Tour am Meer scheint zu klappen.«

Arne lächelte. »Typischer Männertraum, würde ich mal sagen. Aber den hätte er sich doch schon längst erfüllen können.«

»Er war sein Leben lang Bäcker. Er hat es nicht gewagt, sich solche verrückten Träume zu erfüllen.«

»Zur Not hätten wir ihm was dazugegeben.«

»Ich weiß. Aber darum geht es, glaube ich, nicht. Sondern darum, dass wir alle irgendwelche Träume haben, die wir nicht verwirklichen, obwohl wir es vielleicht sogar könnten. Weil wir immer denken, das kann ich ja noch nächstes oder übernächstes Jahr machen.«

»Carpe diem, wie der Lateiner sagt. Nutze den Tag. Oh Mann, lass es uns besser machen, Katharina.«

Er nahm ihre Hand, führte sie zu seinem Mund und blickte sie mit seinen schokoladenbraunen Augen an. Die Italienerinnen am Nebentisch schmachteten nun doch wieder dahin. Katharina kam sich vor wie in einem Liebesfilm, mitten in Lissabon bei strahlendem Sonnenschein. Das Leben konnte auch wunderbar sein. Mit dem richtigen Menschen, am richtigen Ort.

Der Kellner zerstörte den romantischen Moment, stellte den Burger samt Pommes lautstark vor Arne ab, eine große Cola dazu.

»Obrigado«, sagte Arne. Er verblüffte Katharina immer wieder. »Hast du etwa heimlich Portugiesisch gelernt?«

Er grinste. »Am Flughafen, mit einer App. ›Danke‹ sagen zu können, würde ich jetzt aber nicht als ›Portugiesisch beherrschen‹ ansehen. Gar nicht so einfach, diese Sprache.«

»Aber schön.«

»Ja, mir gefällt sie auch. Kann dein Vater Portugiesisch, wenn er in den Siebzigern so lange hier war?«

Katharina, die über dieses Kapitel im Leben ihres Vaters erschütternderweise viel zu wenig wusste, zuckte die Schultern. »Ehrlich gesagt, ich weiß es nicht. Bitter, oder? Er hat nie viel darüber geredet. Vermutlich war es zu schmerzlich, vielleicht aber auch aus Rücksicht auf meine Mutter.«

»Bestimmt Letzteres. Er ist ja ein sehr feinfühliger Mensch. Das hast du von ihm.«

Katharina lächelte. »Das ist er.« Ihr wurde ganz warm ums Herz, als sie an ihren Vater dachte. Plötzlich kam ihr ein Gedanke: Vielleicht war es auch ein Geschenk, diese Diagnose bekommen zu haben. Denn so konnte sie die letzten Monate oder hoffentlich Jahre viel intensiver mit ihrem Vater verbringen, als sie es normalerweise getan hätte, in der Hektik des Alltags. Wie oft kam es vor, dass Menschen aus heiterem Himmel an einem Herzinfarkt starben und die Angehörigen keine Chance hatten, sich bewusst viel Zeit für die geliebte Person zu nehmen und sie gebührend zu verabschieden. Katharina erkannte plötzlich, dass man alles positiv und in seiner Bitterkeit als eine Art Güte des Schicksals sehen konnte. Wie viele Töchter und Söhne genossen die letzten Jahre mit ihren Eltern nicht mehr, weil keiner wahrhaben wollte, dass es urplötzlich zu Ende gehen konnte.

Sie spürte plötzlich Energie in ihren Körper schießen, wäre am liebsten sofort aufgestanden, um mit der Suche nach Marisa loszulegen. Etwas ungeduldig sah sie Arne zu, der hungrig wie ein Wolf seinen Burger verschlang, sodass ihm die rote Soße von den Mundwinkeln auf den Teller tropfte.

Endlich machten sie sich zur Campervermietung auf, die etwas außerhalb von Lissabon lag. Dazu mussten sie erst mit dieser alten Straßenbahn fahren, die als eine der bekanntesten Sehenswürdigkeiten der Stadt die Hügel von Lissabon hoch und runter kurvte, und anschließend mit einem Bus. Katharina hatte noch nicht viel von der Stadt gesehen, war aber schon jetzt begeistert und gespannt auf alles Neue. Viele ihrer Freunde flogen dieses Jahr in das sichere und bezahlbare Portugal. Mit seinen endlosen naturbelassenen Sandstränden, den mittelalterlichen Städten und malerischen Landschaften galt es als sehr angesagt.

***

Nach einem kleinen Fußmarsch von der Bushaltestelle erreichten sie endlich die Campervermietung. Sie lag in einem verlassen wirkenden Vorort von Lissabon. Weit und breit war kein Mensch zu sehen, nur ein großer schwarzer Hund kam plötzlich bellend auf sie zugerannt.

»Ho-hoffentlich beißt der nicht …«

Erschrocken umklammerte Arne Katharina am Arm und trat einen Schritt zurück.

»Versteckst du dich etwa hinter mir, du Held?«

»Was? Nein.« Er trat einen halben Schritt wieder vor. Mutig war Arne noch nie gewesen. Als Kind hatte ein Hund einmal seine Hand komplett ins Maul genommen und abgeschlabbert, und von diesem Schock hatte er sich bis heute nicht erholt.

Der Hund kam rasch näher. »Schsch, ganz brav«, versuchte es Katharina, wohl wissend, dass er ganz sicher kein Deutsch verstand. Gerade als sie doch erwägte, auf den nächsten Baum zu springen, ertönte ein Pfiff und der Hund stoppte augenblicklich.

Ein braun gebrannter dunkelhaariger Mann in ihrem Alter kam hinter einem modernen, neu aussehenden Campingwagen hervor und musterte die Ankömmlinge durch seine Sonnenbrille. Der Mann von der Homepage.

»Olá. Can I help you?«

Offenbar sah er ihnen an, dass sie Touristen waren.

»Yes, hello. We rented a Caravan.«

Er lächelte und sagte mit Akzent: »Dann seid ihr aus Deutschland? Katharina Winter?«

»Ja, genau.« Erleichtert, dass er Deutsch sprach, lächelte Katharina ihn an und ging, gefolgt von Arne, zu dem Mann, ein Auge nach wie vor auf den Hund gerichtet.

»Ella beißt nicht. Sie bewacht das alles hier nur.«

»Verstehe.«

Katharina stand ihm nun gegenüber. Er sah lässig aus, hatte etwas längere, zerzauste Haare, trug eine bunte Shorts und ein armfreies T-Shirt, das seinen muskulösen Oberkörper betonte.

Ein typischer Surfer, durchfuhr es Katharina. Sie wusste, dass Portugal als ein Paradies für Wellenreiter galt.

Sie schob ihre Sonnenbrille ins Haar, er tat es im selben Moment auch. Ihre Blicke trafen sich. Seine tiefblauen Augen funkelten sie freundlich an. Ein Portugiese mit blauen Augen, wunderte sie sich.

Arne war inzwischen auch herangetreten. »Hallo. Ich bin Arne Reimann, ihr Freund.«

»Hi. Ich bin Nuno.«

So sprach man seinen Namen also aus, dachte Katharina.

»Woher sprechen Sie so gut Deutsch?«, erkundigte sich Arne.

»Meine Vorfahren waren Deutsche. Sie sind um 1900 nach Portugal ausgewandert, wie einige zu dieser Zeit. Dass Salazar dann an die Macht kam, wussten sie damals ja nicht. Aber die Wellen sind hier am besten, insofern lebt es sich prima in diesem Land.« Katharina musste grinsen, sie lag also richtig mit ihrer Vermutung, dass er das Surfen liebte.

»Verstehe«, erwiderte Arne und betrachtete unwohl das Campingmobil.

Katharina wusste nicht viel über Salazar, nur, dass er in Portugal lange an der Macht gewesen war. Ein Diktator.

»Das ist also unser Camper?«, wollte Arne wissen. »Sieht ja wenigstens geräumig aus.«

Nuno musterte Arnes Outfit und plötzlich wurde Katharina bewusst, dass Arne immer noch seinen Businessanzug trug.

Der Portugiese schien sich das Grinsen verkneifen zu müssen. Es erinnerte sie an eine Szene mit ihrem Paps, als dieser sich aufregte, dass Arne im Anzug in den Schrebergarten gekommen war. Katharina hatte ihm damals erklärt, dass er sich so beeilt hatte, von der Arbeit zu ihr zu kommen, und deshalb auf das Umziehen verzichtet hatte. Das konnte er damals gleich in der Datsche, oder nun hier im Campingmobil ganz in Ruhe tun.

»Nein, der da hinten ist eurer. Dieser hier ist an Franzosen vermietet. Kommt mit, ich zeige euch alles.«

Nuno kraulte den Hund am Hals, der sich an sein Herrchen schmiegte und ihm folgte. Katharina und Arne gingen den beiden hinterher.

Nuno trug Flip-Flops und Katharina, deren Füße in ihren Sandalen mit Absatz schmerzten, beneidete ihn darum. Sie bogen um eine Ecke und da stand er – ihr Campingwagen. Ein altes, heruntergekommenes und viel kleineres Modell.

»Nicht dein Ernst«, entfuhr es Arne.

»Äh, wieso? Was meinst du?«

»Der ist ja Asbach uralt.«

»Von 1982. Stand aber so im Internet. Keine Sorge, er ist voll funktionstüchtig.«

Katharina, die Arne ansah, dass er am liebsten eine Kehrtwende vollführt hätte, streichelte ihn am Arm. »Tut mir leid, dass er so alt ist, hab ich überlesen.«

»Die moderneren kosten viel mehr«, sprang ihr Nuno bei. »Und haben keinen Charakter.«

»Jetzt lass ihn uns doch von innen ansehen«, schlug Katharina vor. »Ist bestimmt ganz gemütlich.«

Nuno öffnete die Tür und half Katharina galant in den Wagen. Er wartete draußen, da es sonst zu eng geworden wäre. Arne folgte ihr.

Pressspanplatten im rustikalen Eichenfurnier und bunt gemusterte, ältliche Polster auf der Sitzecke verschwammen vor ihren Augen. An Hässlichkeit war das Teil nicht zu überbieten. Auf einer der beiden Herdplatten in der kleinen Kochecke stand eine Espressokanne, immerhin konnte man sich frischen Kaffee zubereiten. Katharina wollte mobil sein, um diese Marisa für ihren Paps zu finden, wie die Muster der Polster aussahen, war ihr in diesem Moment egal. Aber sie sah Arne, der immer großen Wert auf stilvolle Möbel legte, an, dass er litt.

»Puh«, entfuhr es ihm. »Riecht irgendwie modrig.«

Jetzt roch sie es auch. Vermutlich kein Wunder, nach so vielen Jahren.

»Das kommt vom Salzgehalt in der Luft«, erklärte Nuno, der von außen hereinspähte. Er zwinkerte Katharina aufmunternd zu.

»Der Kühlschrank funktioniert. Wenn nicht, müsst ihr nur ein-, zweimal draufschlagen.«

»Draufschlagen?«

»Genau. Die Gasflasche ist gefüllt, das WC ist frisch. Wenn ihr es benutzt, kostet es extra«.

Arne sah ihn konsterniert an. »Wieso denn extra? Wir haben das Mobil doch so gebucht.«

»Ja, aber die meisten nehmen es nicht. Das Entsorgen und Reinigen lassen kostet halt. Ich mach das ganz sicher nicht selbst.«

Arne warf Katharina einen Blick zu. Die versuchte, ihn mimisch zu beschwichtigen.

»Habt ihr beide euren Führerschein dabei?«, erkundigte sich Nuno.

»Es reicht ja, wenn du fährst, Arne oder? Ich glaube, ich traue mir das nicht zu mit diesem Riesenwagen«, erklärte Katharina.

Arne verdrehte leicht die Augen.

Nuno lächelte sie verständnisvoll an.

»Na, dann fährt eben nur er«. Er deutete auf Arne. Der drängte nach draußen. Nuno machte den Weg frei, um sie beide aussteigen zu lassen.

Arne ging schweigend um den Wagen herum, betrachtete ein Rostloch neben dem Tank. »Aber der Tank ist nicht durchgerostet, hoffe ich?«

Nuno lachte. »Das hoffe ich auch.«

Arnes Miene entglitt.

Sie folgten Nuno in sein Büro, oder das, was er dazu ernannt hatte. In einem alten Container standen ein Schreibtisch und ein Stuhl. Nachdem der Papierkram erledigt war, wünschte Nuno den beiden eine gute Reise.

Katharina hatte den Wagen für ein paar Tage gebucht, aber was, wenn sie in dieser Zeit diese Marisa nicht finden würden? »Können wir den Wagen zur Not auch etwas länger haben?«

Arne warf ihr einen entgeisterten Blick zu.

Nuno sah in seinem Handy nach. »Leider nein, außer die springen noch ab.« Er blickte Katharina an und schien zu spüren, dass es um etwas Wichtiges ging. »Oder ist es sehr wichtig?«

»Ehrlich gesagt, ja. Ich möchte meinem Vater einen letzten Wunsch erfüllen und eine alte Liebe in Portugal suchen. Sie ist damals spurlos verschwunden, er schätzt, dass es etwas mit dem Regime zu tun hatte.« Wieso erzählte sie das alles?

Nunos Miene wurde ernst. »Verstehe.« Er starrte in sich gekehrt vor sich hin. Katharina sah Arne kurz an.

Dann gab sich Nuno einen Ruck. »Wenn du den Camper länger brauchst, gebe ich den anderen Mietern meinen und ihr könnt ihn zur Not länger mieten.«

»Was, wirklich? Das ist ja extrem nett.« Sie lächelte ihn dankbar an. Er schien wirklich ein guter Typ zu sein. Nuno blickte sie auch an, forschend, interessiert.

»Ja, dann auf in die Achtziger.« Arne schnappte sich die Wagenschlüssel und Katharina folgte ihm. Arne stieg an der Fahrerseite ein. In seinem Anzug wirkte er jetzt wirklich fehl am Platze.

Nuno trat hinter Katharina. Er verströmte einen Duft nach Sonne und Meer. »Na dann.« Katharina lächelte Nuno noch einmal an und seine Augen strahlten, oder war es die Sonne, die sich darin spiegelte?

Sie kletterte auf den Beifahrersitz und bemerkte, wie er sie nachdenklich aus den Augenwinkeln betrachtete.

35

»Viel Erfolg.«

»Danke. Hoffentlich haben wir den.« Sie hob ihre Hand zum Gruß, Nuno tat es ihr gleich.

»Auf ins Abenteuer«, sagte Arne neben ihr trocken und verschaltete sich auch prompt. Die Gangschaltung quietschte, als würde ein Hund gequält. »Na wunderbar. Mit dem ollen Ding, das kann ja nur schiefgehen.«

Musste er immer so negativ sein? Katharina dachte an ihren Vater, der immer positiv in die Welt sah, selbst jetzt noch, wo seine Tage auf diesem schönen Planeten gezählt waren. Während sie von dem Gelände fuhren und auf eine Landstraße einbogen, erinnerte sie sich an Paps' Erzählung kurz vor ihrer Abreise, wie er damals Anfang der Siebzigerjahre in einem bunt angemalten VW-Bus mit zwei Kumpels von Berlin nach Portugal gefahren war. Was für einen Spaß sie anfangs hatten!

4. KAPITEL

Portugal, 1972

Ein kunterbunt angemalter VW-Bus überquerte gerade hupend die spanisch-portugiesische Grenze. »He, Gerd, hast du den Grenzheini in seiner zu steifen Uniform gesehen, wie der uns neidisch angeguckt hat?«

»Oh ja, weil wir freie, bunte Vögel sind.« Gerd lachte. Aus dem Kassettenrekorder des VW-Busses dudelte »Eine neue Liebe ist wie ein neues Leben«, und Gerd summte mit. Sein Kumpel Peter beschwerte sich gespielt. »Oh Gott, was hast du denn da aufgenommen, Gerd?« Gerd lachte. Sie waren seit vier Tagen unterwegs von Berlin nach Portugal und hatten auf der Fahrt viel Spaß gehabt. Die drei in ihren Hippieklamotten passten zwar äußerlich gut zusammen, aber im Grunde waren sie sehr verschieden. Peter, der Lebemann der Truppe, der schon so viele Frauen gehabt hatte, dass er sie nicht mehr zählen konnte; Hans, ein ruhiger Typ, der meist bekifft war und sich vorgenommen hatte, eine Portugiesin zu heiraten und mit ihr zehn Kinder zu machen; und Gerd, der Familienmensch, der seine Bäckerlehre gerade seinem Opa zuliebe abgeschlossen hatte und jetzt erst einmal Pause vom täglichen Frühaufstehen brauchte – auch wenn er seinen Job wirklich gern machte. Die Luft im Bus roch nach Marihuana und die Klamotten ebenso. Alle drei hatten lange Haare und Koteletten, trugen Schlaghosen und bunte Hemden. Jeder machte das, was ihm gefiel. Sie hatten sich bei einem Pink-Floyd-Konzert in Berlin kennengelernt, und als Hans und Peter hörten, dass Gerd gerade einen VW-Bus von seinem Opa geerbt hatte, hatten sie spontan beschlossen, ihn bunt anzumalen, damit nach Portugal zu fahren, in irgendeine Hippiekolonie oder einfach nur von Strand zu Strand zu tingeln und das Leben zu genießen.

»Der hat wahrscheinlich gedacht, oh Mann, wenn ich doch auch nur meine verdammte Uniform ausziehen könnte.« Gerd grinste. »Scheiß Diktatur in Portugal, bin mal gespannt, ob man da was von mitbekommt.«

»Immerhin haben sie uns einreisen lassen.« Peter lachte. »Ich freu mich schon so auf ein kühles Bier, das glaubt ihr gar nicht.«

Gerd nickte. »Frag mich mal. Aber erst müssen wir Geld wechseln.«

Peter hakte nach. »Wie viel hast du eigentlich dabei?«

Gerd zuckte die Schultern. »Na ja, fünfhundert Mark, mein ganzes Erspartes und Erbe. Dachte, wer weiß, wie lange wir bleiben.«

»Sehr gut. Und wenn unsre Kohle weg ist, lassen wir uns von drei schönen Portugiesinnen bekochen und verwöhnen, was haltet ihr davon?«

Die Jungs johlten gut gelaunt.

Die Landschaft wurde immer karger, vereinzelt sahen sie ein paar Ziegen, doch keine Menschenseele weit und breit.

»Ganz schön urig, die Landschaft hier, findet ihr nicht?«

»Allerdings, wie abgefahren, guckt mal, ein Eselskarren.«

Und tatsächlich bog von einem kleinen Weg rechter Hand gerade ein von einem Esel gezogenes hölzernes Fuhrwerk auf die Straße. Gerd stieg auf die Bremse und konnte gerade noch mit einem Schlenker ausweichen und das Gefährt überholen. »Heiliger Strohsack, haben die Portugiesen etwa keine Autos?« Er wischte sich ein paar Schweißtropfen von der Stirn. An die Hitze, die schon in Spanien, das sie durchquert hatten, immer stärker geworden war, hatte er sich noch nicht gewöhnt.

»Na ja, arm sind sie, aber so arm?« Hans rekelte sich auf dem Rücksitz.

»Alles wegen diesem Salazar. Der Herr Diktator hat hier über dreißig Jahre alle kleingehalten«, regte sich Peter, der politischste von den dreien, auf. Er hob den Arm. »Und sein Nachfolger macht es genauso. Keiner darf aufmucken, immer schön den Mund halten. Die spinnen doch. Jetzt haben sie die fette Wirtschaftskrise. Es lebe die Revolution«, scherzte er.

»Das kannst du mal schön vergessen. Die Portugiesen sind ein genügsames, ruhiges Volk.« Gerd hatte sich ein bisschen über das Land informiert. »Da is nüscht mit Revolution.«

»Na ja, Hauptsache, die lassen die Hippies ins Land. Soll ja echt billig sein hier und obergeniale, einsame Strände haben.«

»Ja, jeder, von dem ich gehört habe, dass er nach Portugal wollte, ist hier hängen geblieben. Muss ein Traum sein.«

»Allerdings. Nur ein paar mehr Straßenschilder könnten sie anbringen, die Portugiesen. Wo geht's denn jetzt lang?«

Peter, der auf dem Beifahrersitz saß, versuchte sich anhand der schon ziemlich zerfledderten Karte zu orientieren. »In der Richtung müsste das Meer sein.«

»Ich rieche es schon. Also immer der Nase nach.« Gerd fühlte die Vorfreude auf dieses Land in sich hochsteigen. Ihm hatte die Arbeit in der Bäckerei in Berlin zwar Spaß gemacht, aber sein Lehrherr war ein ziemlicher Sklaventreiber und zahlte auch noch schlecht. Außerdem war Gerd gerade nicht liiert, es gab also nichts und niemanden, das ihn in Berlin hielt. Außer natürlich seine liebe Mutter, aber die hatte vollstes Verständnis und gönnte ihrem Jungen eine Reise mit seinen

Freunden. Ihr Vater, also sein Opa, der nach langer Krankheit verstorben war, hatte seinem Lieblingsenkel den VW-Bus und das Geld hinterlassen, wofür er hart gearbeitet hatte. Aber er hatte noch auf dem Sterbebett zu Gerd gesagt, dass er es gut finden würde, wenn sein Junge sich einen Herzenstraum damit erfüllen würde, zum Beispiel eine Reise, die ihm sein Leben lang in Erinnerung bliebe. Das, was er selbst leider nie getan hatte. Gerd war sich nicht sicher gewesen, ob sein Großvater, dem zuliebe er Bäcker gelernt hatte, mit einer Hippiefahrt nach Portugal einverstanden gewesen wäre. Aber seine Mutter hatte ihn beruhigt: »Du machst Erfahrungen und lernst dabei sicher etwas fürs Leben, Opa wäre bestimmt auch gern gereist. Aber sein Leben war hart und er musste schon früh seine Familie ernähren. Du dagegen bist ungebunden. Nur, wehe du verliebst dich dort und bleibst da unten. Meine Enkel will ich schon in Berlin miterleben.«

Gerd hatte gelacht und seiner Mutter hoch und heilig versprochen, dass das ganz sicher nicht geschehen werde. Nach seiner letzten Erfahrung mit einer Frau, die ihm das Herz gebrochen hatte, würde er dieses so schnell nicht wieder verschenken.

Gerd wollte also das Land, die Frauen und die Sonne in Portugal genießen, ein paar Wochen vielleicht, und dann wieder ins heimatliche Berlin zurückkehren.

Nachdem sie sich ein paar Mal verfahren hatten, weil Peter die schon ziemlich zerknitterte Karte nicht lesen konnte und Hans zu bekifft dazu war, kamen sie endlich müde, aber voll freudiger Erwartung an einer Steilküste am Atlantik an.

Die Aussicht überwältigte alle. Die Sonne ging bereits unter und tauchte den Himmel in ein orangerotes Licht. Das Meer erstreckte sich vor ihnen, so weit das Auge reichte. Die Abendsonne glitzerte am Horizont und spiegelte sich im Wasser. Ein nach beiden Seiten hin endlos wirkender Sandstrand erstreckte sich vor ihnen.

»Wow. Einfach nur wow.« Gerd stellte den VW-Bus ab und sprang raus. Die anderen beiden taten es ihm juchzend gleich.

Alle drei schienen fast sprachlos ob dieser wunderschönen Natur.

»Ganz schön hohe Wellen«, stellte Gerd ehrfürchtig fest. »So hohe hab ich noch nie in meinem Leben gesehen. Und so einen schönen Strand auch nicht.«

»Denkst du, ich?«, entfuhr es Hans. Die beiden Jungs standen neben Gerd, mit offenen Mündern. Von dem Felsvorsprung, auf dem sie standen, führte rechts ein Pfad hinunter, der Sand am Strand lud geradezu dazu ein, wie Kinder herumzutoben. Und so rannten sie los, stolperten im weichen Sand, rappelten sich lachend auf und liefen weiter, zogen im Rennen ihre Schuhe aus, warfen sie von sich, sprangen mit nackten Füßen hinein in die Gischt. »Waaaaah, wir sind da! Wir sind endlich da, im Land unserer Träume!«

»Boah, ist das Wasser eiskalt! So kalt.« Peter zeigte mit den Fingern zwei Zentimeter und lachte.

»Klar, wir sind am Atlantik.« Gerd konnte sich nicht sattsehen an diesem wilden Meer.

»Ich hab Hunger«, verkündete Hans.

»Tja, hier gibt's keine Currywurstbude.« Peter fröstelte, schlang die Arme um seinen Oberkörper. »Sollen wir ein Lagerfeuer machen und die eingelegten Sardinen essen, mit Oliven und dem spanischen Landbrot?« Dies hatten sie alles in einem Supermarkt in Spanien gekauft.

»Und aus was willst du das Lagerfeuer zaubern? Siehst du hier irgendwo Brennholz, du Schlaumeier?« Peter hatte die Angewohnheit, Gerd, den einfachen Bäcker, hin und wieder als dumm hinzustellen. Was Gerd gehörig gegen den Strich ging, aber er hatte keine Lust, sich die ganze Zeit gegen die beiden »Studierten« zu verteidigen. Peter und Hans hatten sich an der Uni in Berlin eingeschrieben, besuchten allerdings nur selten

41

irgendwelche Lehrveranstaltungen. Dafür kassierten sie Geld von ihren Eltern aus Westdeutschland, die davon ausgingen, dass ihre Sprösslinge in Berlin fleißig lernten. Gerd mochte das nicht. Ehrliche, wenn auch einfache Arbeit war ihm lieber. Er wollte auch keinem auf der Tasche liegen, hatte sich auch deshalb dagegen entschieden, auf seinen Realschulabschluss noch das Fachabi draufzusetzen. Dass sein Großvater ihm die fünfhundert Mark und den Bus vererbt hatte, hatte Gerd zuerst gar nicht fassen können. Gerührt hatte er seiner Mutter angeboten, das Geld ihr zu geben, aber die hatte ihn in den Arm genommen und abgelehnt. Und das, obwohl sie es als Witwe gut hätte brauchen können. »Opa wollte das so. Dann passt das schon.«

Vier Tage zusammen in so einem engen Bus, da hatte man nicht nur Spaß, sondern man lernte sich auch so richtig kennen. So manche Eigenart kam zum Vorschein, so manche Charakterseite, die bislang weniger zum Tragen gekommen war. Hans, der Ruhige, hielt sich meist aus allem raus und äußerte selten eine eigene Meinung, was auch anstrengend sein konnte. Peter dagegen provozierte gern, spielte sich immer mehr auf und wusste eigentlich alles besser. Gerd, der die Ruhe in Person war, hielt das zwar eine ganze Zeit lang aus, aber irgendwann würde er platzen, das kannte er von sich. Er funkelte Peter an. »Hier direkt am Strand gibt es natürlich kein Brennholz, aber da oben, bei unserem Bus, da gab es jede Menge trockenes Gebüsch. Das brennt bestimmt wie Zunder.«

Peter schnaubte skeptisch. »Für ein Strohfeuer langt's vielleicht, für mehr aber auch nicht.«

Kurz darauf hatten sie tatsächlich genug Brennmaterial gesammelt und trotz des Windes ein kleines Feuer entzündet. In einer Sandkuhle, die Gerd eigens dafür gebuddelt hatte, um den Wind abzuschirmen. Die drei jungen Männer lagen auf Decken und in ihren Schlafsäcken um das Feuer, froren etwas, aber die Stimmung hatte sich wieder gebessert, denn die Mägen waren einigermaßen gefüllt und das spanische Bier schmeckte. Wie man an den unzähligen leeren Flaschen sah.

Gerd steckte sich genüsslich eine Olive in den Mund, biss von dem Weißbrot ab und kaute es fachmännisch. Zu wenig Salz, stellte er fest. Aber sonst ganz ordentlich. Er war schon gespannt, was die Portugiesen für ein Brot backten. Überhaupt, auf die portugiesische Küche freute er sich sehr. Die lange Fahrt und das billige Bier ließen seine Augenlider schwer werden. Den anderen ging es ähnlich. Heute wollten sie nicht eingequetscht im Bus schlafen, sondern unter freiem Himmel am Sandstrand. Dass dieser Wind hier so kalt sein würde, hätten sie nicht gedacht, aber die Erschöpfung und der Alkohol ließen sie dann doch rasch einschlafen.

Am nächsten Morgen brannte Gerd die Sonne ins Gesicht. Sein Mund fühlte sich trocken an, er blinzelte. Es waren eindeutig ein, zwei Bier zu viel gewesen gestern Nacht.

Sein Rücken schmerzte. Er fühlte sich in seinem Schlafsack wie eine Raupe in ihrem Kokon. Rasch zog er den Reißverschluss auf und befreite sich aus dem Ding. Hans und Peter schienen schon aufgestanden zu sein. Und erstaunlicherweise hatten sie ihre Schlafsäcke und Jacken schon in den Bus zurückgebracht, hier jedenfalls lag nichts mehr. Gerd setzte sich auf, rieb sich die Augen. Wie genial, am Meer aufzuwachen. Wie großartig es sein musste, am Meer zu leben. Er blickte nach oben, wo er seinen Bus geparkt hatte. Seltsam. Hatte Peter ihn umgeparkt? Er stand nicht mehr dort.

Gerd rappelte sich auf, wühlte in seiner Hosentasche nach dem Autoschlüssel, fand ihn jedoch nicht. Seltsam. War er ihm in der Nacht herausgerutscht und die Freunde hatten ihn sich genommen, um Brötchen zu holen? Er schnappte sich seinen Schlafsack und sammelte den Flaschen- und Dosenmüll in eine Tasche. Diese wunderschöne Natur durfte nicht zuge-müllt werden, auf keinen Fall. Dann sah er wieder nach oben. Hoffentlich würden sie gleich mit Brötchen oder Weißbrot zurückkommen. Gerd verspürte Hunger. »Junge, du glaubst immer an das Gute im Menschen«, hatte sein Großvater einmal zu ihm gesagt. »Bewahre dir das. Leider wurde ich im Krieg eines anderen belehrt. Damals, als sie Berlin bombardierten und deine Großmutter vor meinen Augen erschossen wurde.«

Ein ungutes Gefühl beschlich ihn. Gerd beeilte sich, den Hang hinaufzuklettern. Warum kamen ihm die Worte seines Großvaters plötzlich in den Sinn? Hatte er vielleicht recht gehabt und Gerd war manchmal wirklich zu naiv? Nein, so sehr konnte man sich in Menschen nicht täuschen. Die Jungs waren entspannt, auch wenn Peter ab und zu mit seiner Klugscheißerei nervte. Hans war ein Guter, das hatte Gerd sofort gespürt. Er war oben angekommen und stellte fest, dass sie alles eingepackt hatten. So, als würden sie nicht zurückkommen. Blanke Panik ergriff ihn. Das konnte doch nicht sein, das durfte nicht sein. Der Bus war von seinem Großvater! Im selben Moment kam ihm das geerbte Geld in den Sinn, das er in seiner Jacke ver-staut hatte, die ihm als Kissen diente. Er ließ den Schlafsack fallen und wühlte die Innentaschen seiner Jacke durch. Sein Mund wurde immer trockener. Das mühsam ersparte Geld sei-nes Großvaters war weg. Er hatte es in eine kleine Plastiktüte gesteckt und diese mit einem Gummi zusammengebunden. Sie war weg. Alles deutete darauf hin, dass ihn die beiden im Schlaf beraubt hatten. Dass sie die fünfhundert Mark gestohlen und sich in seinem VW-Bus, dem Bus von Großvater, davonge-macht hatten! Gerd stand in einem fremden Land, rund zwei-tausendachthundert Kilometer von Zuhause entfernt, einsam am Strand und hatte nichts mehr. Nicht einmal mehr das Geld für ein Brötchen. Eine Möwe über ihm kreischte, als verhöhnte sie ihn.

5. Kapitel

Lissabon, 2018

Katharina beobachtete Arne am Steuer des alten Campers, wie er konzentriert auf die Straße sah. Die Sonne ging bald unter und es wurde Zeit, am Meer außerhalb Lissabons einen Schlafplatz zu finden. Paps hatte Katharina ja Marisas alte Adresse in Lissabon gegeben, als ersten und einzigen Anhaltspunkt. Marisa hatte damals in einer kleinen Wohnung direkt neben der Pasteleria der Familie Ferraz gewohnt. Ihr Paps ging nicht davon aus, dass noch jemand von der Familie dort lebte, denn auf einen Brief hatte er einst keine Antwort bekommen. Diese Adresse von Marisas Wohnung wollte Katharina morgen früh aufsuchen. Hoffentlich gab es Nachmieter oder Nachbarn, die ihnen weiterhelfen konnten. Katharina dachte an die Erzählung ihres Vaters, an sein Erlebnis damals, als er von seinen Freunden beklaut worden war. Denn das war tatsächlich der Fall gewesen. Es hatte ihm das Vertrauen in Menschen, die vorgaben, Freunde zu sein, ein wenig genommen, wie er ihr gestern bei der Verabschiedung gestanden hatte. Und das Vertrauen in seine Menschenkenntnis. Nie hätte er gedacht, dass er sich so sehr in anderen täuschen konnte. Gerade auch, weil sie damals gemeinsam gegen das Establishment rebellierten und gemeinsam für

45

den Frieden kämpften, menschlichere Lebensformen finden und einfach alles besser machen wollten. Dieses Gefühl, nicht mehr zu wissen, ob derartige Ziele überhaupt erreichbar waren, und nicht mehr zu wissen, wem er noch vertrauen konnte, schmerzte fast noch mehr als der Verlust des Wagens und des Geldes. Wobei die Tatsache, dass es sich um das Auto und das sauer verdiente Geld seines verstorbenen Großvaters handelte, Gerd damals verdammt wütend gemacht hatte. So wütend, dass er offenbar aufs Meer hinaus geschrien habe, so laut, dass er das Tosen der Wellen fast übertönte, wie er sagte.

Katharina, die die Brandung durch das geöffnete Wagenfenster hörte, stellte sich ihren armen Vater in seiner Verzweiflung vor. Er war jung und die Fahrt nach Portugal seine erste große Reise gewesen. Wie einsam und verloren musste er sich gefühlt haben, ohne jeden Pfennig in der Tasche.

Der Atlantik sah gigantisch aus. »Arne, ist das nicht wunderschön hier?«, entfuhr es Katharina aufgewühlt. Der Fahrtwind blies ihr ins Gesicht, der Geruch von Sonne und Meer strömte in ihre Nase. Der köstlichste Duft der Welt.

»Was? Ja. Ich muss mich konzentrieren, dieses Gefährt ist nicht so einfach zu lenken.«

»Wirklich?«

»Na ja, der ist von 1982, der hat keine Servolenkung.«

Katharina, die wenig Auto fuhr, weil sie kein eigenes Auto besaß und dies in Berlin auch nicht nötig war, nickte nur. Arne sah angestrengt aus.

Er trug immer noch seinen Anzug, hatte das Jackett jedoch ausgezogen und in den Achseln breiteten sich Schweißflecken auf seinem blauen Hemd aus.

»Wollen wir nicht anhalten und du ziehst dir etwas Legeres an?«

»Was?« Er sah an sich hinunter.

»Gute Idee. Ich hab eh Hunger, du nicht?«

Seit sie von der Diagnose ihres Vaters gehört hatte, hielt sich ihr Appetit in Grenzen. Nur auf Süßes konnte sie wie immer nicht verzichten.

»Dann lass uns doch einen Supermarkt suchen, in dem wir uns für die Woche mit dem Nötigsten eindecken können. Kaffee, Milch, Zucker, Brot, Käse, Oliven, Wein, Kekse, Schokolade und so«, schlug Katharina vor.

»Was? Willst du etwa die ganze Zeit hier in dem alten Wagen essen? Umgeben vom Mief der Achtzigerjahre?«

»Nein, das müssen wir natürlich nicht. Aber wenn wir irgendwo wild campen, dann haben wir wenigstens etwas zu frühstücken, können uns einen Kaffee machen und am Strand sitzen. Und abends bei Wein und Oliven den Sternenhimmel beobachten.«

Arne atmete durch. »Ich würde ehrlich gesagt lieber essen gehen im Urlaub. Hier gibt es doch bestimmt gute Fischrestaurants.«

Sie schluckte. Wild campen und essen gehen, das klang nicht nach den gleichen Vorstellungen. Und berührte ein weiteres Thema, das Katharina, die in ihrem Job ziemlich schlecht bezahlt wurde, belastete.

»Du weißt doch, dass ich nicht so viel verdiene.«

»Ich lade dich ein.«

»Und du weißt, dass ich das nicht ständig möchte.«

»Immer diese emanzipierten Frauen. Und ich möchte im Urlaub nicht Butterbrote essen müssen.« Er sagte es scherzhaft, aber sie wusste, dass er es ernst meinte.

Ihre unterschiedlichen Einkünfte waren schon oft Thema und Auslöser für Auseinandersetzungen gewesen.

»Wir können auch frischen Fisch am Markt kaufen und in der Pfanne brutzeln. Sardinen sind eine Spezialität in Portugal, die sind ganz einfach zuzubereiten. Ich brate sie auch.«

»Auf diesen zwei alten Gasherdplatten?«

»Natürlich, wieso nicht?«

Arne schien sich geschlagen zu geben, lenkte den Wagen weiter, hielt den Camper plötzlich an und kletterte nach hinten, um sich umzuziehen. Katharina hoffte insgeheim, dass er mit seinem steifen Businessanzug auch seine Angespanntheit ablegte. Sie war derweil ausgestiegen, sah auf das Meer und atmete die Luft tief in ihre Lunge.

Ihr Paps war so stolz darauf, dass Katharina einen gut verdienenden Mann wie Arne an ihrer Seite hatte. Was alles damit einherging, davon bekam er ja nichts mit. Als sie Arne kennenlernte, hatte er nicht so gut verdient. Das hatte sich inzwischen geändert. Arne hatte sich an seinen luxuriösen Lebensstandard schnell gewöhnt und Katharina schon öfter auf ein Wellnesswochenende mit Spa und Vier-Gänge-Menü eingeladen. Katharina war das immer unangenehm, aber die Alternative wäre gewesen, allein zu Hause zu bleiben. Außerdem wollte Arne eine Begleitung. Und eben nicht irgendeine. Ja, wenn in einer Partnerschaft der eine mehr verdiente als der andere, konnte das wirklich zu Problemen führen. Bisher hatten sie einen Mittelweg gefunden, der für beide passte, aber momentan sah es nicht danach aus. Wobei sich allerdings die Frage aufdrängte, ob das ausschließlich am unterschiedlichen Einkommen lag. Katharina konnte sich laue Sommerabende vor dem Camper in wilder Natur mit Blick auf das Meer so wunderbar romantisch vorstellen, doch Arne schien es beim Gedanken daran eher zu frösteln.

Endlich kam Arne aus dem Wagen gesprungen. Er trug T-Shirt und Jeans und schien sich tatsächlich wohler zu fühlen. »So, also, wo ist hier der nächste Supermarkt?«, scherzte er mit Blick aufs weite Meer.

Katharina lächelte. »Wir sind vor Lissabon, da finden wir bestimmt einen.«

»Wenn du meinst. Hoffentlich gibt es da auch irgendwelche Delikatessen.«

»Ganz bestimmt. Die portugiesische Küche ist köstlich.«

»Ich kenne nur diesen getrockneten Fisch, der schmeckt gekocht wie laue Käsefüße.«

Katharina lachte. »Woher weißt du denn, wie Käsefüße schmecken?«

Er lachte auch. Arne kam einen Schritt auf sie zu, nahm sie in den Arm und hauchte ihr, die einen Kopf kleiner war als er, einen Kuss aufs Haar. »Ich liebe dich.«

»Ich dich auch«, erwiderte sie und dachte an die Worte ihres Paps. »Hast du in deinem Leben jemals so richtig geliebt?« Gab es noch eine tiefere Liebe als die zu Arne? Wohl kaum. Sie würde ihn bald heiraten, darauf freute sich ihr Vater doch so sehr. Und sie erst. Hoffentlich würde Paps die Feier noch erleben, durchfuhr es sie. Am besten wäre, sie heirateten ganz bald nach ihrer Portugalreise. Ob sie es Arne jetzt sagen sollte? Katharina entschied sich dagegen, denn es sollte ein noch romantischerer Moment sein, wenn sie ihm einen Antrag machte.

Katharina schossen Tränen in die Augen, als ihr wieder so knallhart bewusst wurde, dass ihr geliebter Paps womöglich nicht mehr lange zu leben hatte. Arne sah ihre Tränen, verstand, drückte sie tröstend an sich.

»Du liebst deinen Vater sehr, und er dich.«

»Ja, sehr sehr. Du weißt ja, ich war schon immer ein Papa-Kind. Er hat so viel mit mir gemacht damals, mit mir gespielt, war immer fröhlich und gut gelaunt.«

»Ich weiß. Das ist ein Geschenk.« Katharina wusste, wie sehr Arne unter der schlechten Beziehung zu seinem Vater litt, und drückte ihn fest. Arnes Vater, ein wohlhabender Banker, war mehr mit dem Job verheiratet als mit seiner Frau. Für seine Kinder hatte er von klein auf kaum Zeit gehabt und er hatte bis heute keinen wirklichen Draht zu ihnen. Im Babyalter konnte er nicht mit ihnen reden, wie er immer sagte. Und später wusste er auch nicht, was man mit Kindern anfangen sollte. Vielleicht auch deshalb hatte sich Arne in Katharinas herzlicher Familie gleich so wohlgefühlt. Sich so gut mit ihren Eltern, vor allem mit ihrem Paps verstanden, in ihm so eine Art Vaterersatz gesehen. Ihr Paps hatte ihm in seiner Laube im Schrebergarten handwerklich einiges beigebracht und danach hatten sie immer ein Bier zusammen getrunken. Arne und Paps wirkten zwar auf den ersten Blick sehr unterschiedlich, aber irgendwie hatten sich da zwei Seelen gefunden. Deshalb war sich Katharina auch so sicher, dass Arne der Richtige für sie war.

Sie löste sich von ihm, sah ihm liebevoll in die Augen. »Morgen früh fahren wir nach Lissabon und vielleicht wird die Suche nach dieser Marisa ja ganz einfach.«

»Hoffentlich. Ich will meinen Urlaub schließlich noch genießen. Dann nehmen wir uns für die restlichen Tage ein Hotel. Ich zahle, keine Widerrede.«

Katharina seufzte. »Na gut. Aber erst, wenn wir unsere Mission erledigt haben.«

»Okay, abgemacht.«

Arm in Arm standen sie vor ihrem Camper und schauten aufs Meer. Angesichts dieser Weite und Naturgewalt wurde Katharina wieder einmal bewusst, dass das Leben und der Tod einfach zusammengehörten. So bitter und traurig es war.

»Komm, dann nichts wie auf zum nächsten Supermarkt. Ich möchte heute nur noch etwas essen und dann sofort schlafen. Ich hab die letzten Tage so schlecht geschlafen und bin hundemüde.«

»Gern. War es wegen dieses anstrengenden Mandanten?«

»Ja, genau.« Leise fügte er hinzu. »Und weil mir das mit deinem Paps auch ganz schön an die Nieren geht.«

Nachdem sie die schier endlosen Kreisverkehre kurz vor Lissabon gemeistert hatten, erblickten sie endlich einen Discounter, die gleiche Billigmarke wie in Deutschland.

»Na, ob man hier portugiesische Spezialitäten bekommt?«

»Wir sehen einfach mal nach.« Tatsächlich gab es an einem Stand vor dem Laden portugiesische Spezialitäten: Pastéis de Bacalhau, gebackene Kabeljau-Küchlein, Alheira de Mirandela, geräucherte Würstchen und allerlei mehr.

»Mmhm, ich würde sagen, wir nehmen von jedem ein bisschen.« Katharina wollte schon vorfreudig bestellen, doch Arne bremste sie ein. »Du weißt doch gar nicht, wie das alles schmeckt.«

»Na und? Genau deshalb will ich es ja probieren.«

Katharina kaufte ein und anschließend gingen sie in den Supermarkt, um noch die nötigsten Sachen fürs Frühstück und den Sundowner am Camper zu besorgen.

»Klopapier«, fiel Katharina an der Kasse noch ein.

Arne sah sie konsterniert an.

»Du willst doch etwa nicht … in dieses Campingklo …?«

»Na ja, wieso nicht, dafür ist es doch da?«

»Du hast doch gehört, was der Vermieter gesagt hat, keiner benutzt das freiwillig. Ich werde immer ein Restaurant anfahren.«

Katharina seufzte. »Ich glaube, das sollten wir nicht an der Kasse ausdiskutieren.«

Arne lachte unglücklich auf. »Oh Mann, Katharina, du weißt schon, was das heißt, dass ich das alles für dich mitmache?«

Katharina beugte sich lächelnd zu ihm und drückte ihm einen zärtlichen Kuss auf die Wange.

»Oh ja. Du bist der Beste.«

***

Mit einer Flasche portugiesischem Rotwein, einem »Pinta Negra Tinto«, lagen sie nach einem einfachen, aber köstlichen Sardinenmahl am späten Abend auf einer Decke am Strand vor ihrem Camper. Aneinandergekuschelt blickten sie satt und nachdenklich auf das Meer, das in der Abendsonne glitzerte.

»Weißt du, was mir die ganze Zeit im Kopf rumgeht?« Katharina drehte ihr Gesicht, um ihm in die Augen sehen zu können.

»Was?«

»Dass meine Mutter nicht die Frau des Lebens für ihn war. Das macht mich sehr traurig.«

»Unsinn. Er liebt sie über alles, das sieht man doch. Diese Marisa, das ist doch nur … eine sentimentale Erinnerung. Die erste große Liebe, das verklären viele. Wer weiß, wenn er damals mit ihr zusammengekommen wäre, hätte er womöglich festgestellt, dass sie überhaupt nicht zusammenpassen. Sonst hätte sie sich doch nicht von ihm getrennt.«

Katharina zuckte die Schultern. »Da ist was dran. Aber wenn es gepasst hätte? Dann hätte es mich nicht gegeben. Wie anders wäre sein Leben verlaufen. Nur eine winzige Nuance im Leben kann alles verändern.«

»Tja, so ist es. Aber in Liebesdingen sollte man nie zurücksehen und die Frage nach dem ›Was wäre wenn‹ stellen. Es bringt ja nichts. Du weißt einfach nicht, wie es gelaufen wäre.«

»Du meinst, es ist nicht gut, wenn wir sie finden?«

Arne nickte nachdenklich. »Eigentlich meine ich das. Aber wenn er es nun mal unbedingt will. Dann sollten wir ihm diesen letzten Wunsch erfüllen.«

»Du bist ein Schatz, weißt du das?« Katharina sah zu ihm auf, atmete seinen Geruch ein und hoffte, gleich morgen früh einen Hinweis auf Marisas Verbleib zu erhalten.

Am nächsten Morgen wachten sie im Camper auf und die Sonne schien herein. Arne strubbelte sich durch die Haare. »Oh Gott, diese alten Matratzen von anno dazumal sind so weich, mir tut mein ganzer Rücken weh.«

Katharinas Rücken schmerzte auch etwas, aber sie hatte im Vergleich zu Arne geschlafen wie ein Murmeltier. Die frische Luft schien ihr gutzutun. Arne dagegen meinte, dass er wegen des heftigen Winds und des ständigen Klapperns am Wagen kaum ein Auge zugetan habe und sich fühle wie nach einer durchzechten Nacht.

»Du Armer. Morgen campen wir an einer windgeschützteren Stelle, okay?«

Arne nickte nur, machte sich an dem kleinen Waschbecken im Camper frisch und fluchte herzhaft, weil er sich in der engen Badkabine immer wieder wehtat. Nachdem sie die Brötchen von gestern aus dem Supermarkt gefrühstückt und dazu den Espresso getrunken hatten, den Katharina auf einer der Gasplatten zubereitet hatte, schwang sich Arne hinter das Lenkrad und startete den Wagen.

Doch der Motor leierte nur, sprang nicht an.

»Shit, auch das noch. Die alte Karre gibt ihren Geist auf. Gleich am ersten Tag.«

»Sie hat wahrscheinlich gehört, wie du immer über sie redest.«

»Und ist jetzt beleidigt oder was? Jesus, Katharina!« Angespannt versuchte er, erneut zu starten, doch außer einem hässlichen Geräusch tat sich nichts.

»Lass mich mal.«

»Du? Du hast doch gar keine Erfahrung.«

»Und wie. Ich hab früher bei Paps' alten Wagen öfter das Starten geübt.«

»Wie bitte?«

Katharina grinste. »Rutsch rüber.«

Sie setzte sich ans Lenkrad, drehte den Schlüssel um und gab vorsichtig, mit ganz viel Gefühl Gas. Und tatsächlich. Erst eierte er, aber nach ein paar Sekunden startete der Motor und Katharina hupte vergnügt. »Na, was hab ich gesagt?«

Arne lachte. »Okay, nicht schlecht. Lass mich wieder ran.«

Sie rutschte auf den Beifahrersitz und dachte plötzlich daran, wie sinnbildlich diese Situation für ihr bisheriges Leben war. Katharina hatte in ihrem Leben oft versucht, zu starten, mit Erfolg, gab dann aber irgendwie nie weiter Gas, blieb nicht an ihrem Vorhaben dran, fuhr sozusagen nicht weiter. In ihrem Jurastudium damals, das sie so voller Enthusiasmus begann, hatte sie bald keinen Sinn mehr gesehen, hatte zwar das Erste Staatsexamen bestanden, aber danach nicht weitergemacht. Vielleicht hätte sie mit dem Abschluss sogar einen Job in einer Kanzlei gefunden. Doch irgendwann hatte sie aufgehört, sich zu bewerben, arbeitete nun als bessere Bürokraft in einer kleinen Kanzlei, als Anwaltsgehilfin, ein Job, den Arne vermittelt hatte. Aber im Grunde langweilte sie das, was sie Tag für Tag tat.

Katharina wurde bewusst, dass sich in ihrem Leben etwas ändern musste. Diesen öden Job konnte sie auf keinen Fall bis zur Rente weitermachen, sie wollte anderen helfen, etwas Sinnvolles tun. Nur was?

In Lissabon wurde der Verkehr immer dichter. Die Sonne erhitzte den Wagen. Da sie im Stau standen, kam auch kein Lüftchen durch die geöffneten Fenster.

»Nicht mal eine Klimaanlage haben wir«, brummelte Arne.

»Wir haben so viel«, entfuhr es Katharina mit Blick auf einen Bettler am Straßenrand. Er hatte nur noch ein Bein. Katharina dachte daran, wie reich sie in ihrem bisherigen Leben beschenkt worden war. Wie wenig sie das oft zu schätzen wusste. Seit der Diagnose ihres Paps ging sie bewusster und mit offeneren Augen durchs Leben, und es fühlte sich richtig an.

Arne verstand, nickte. Der Wagen fing an, seltsame Geräusche von sich zu geben. »Oh nein, ist jetzt der Motor heiß gelaufen? Hörst du das?«

»Ja.« Katharina schluckte. Hoffentlich hielt der alte Camper durch.

Doch kurz darauf schnurrte er wieder, als wenn nichts gewesen wäre.

»Wenn er noch einmal so klingt, ruf ich in der Vermietstation an. Noch sind wir nicht weit von denen entfernt. Was, wenn wir im Süden oder Norden von Portugal sind und eine Autopanne haben?«

Katharina dachte sofort an den attraktiven Vermieter, an Nuno, und etwas in ihr hoffte, dass der Wagen erneut Geräusche machte.

Endlich kamen sie in der Alfama, einem der ältesten Stadtteile von Lissabon an, in einem Labyrinth von engen Straßen. Die Alfama führte von der Mündung des Tejo bis oben hinauf auf den Burghügel. Katharina holte ihren Reiseführer hervor. Einige der historisch wichtigsten Gebäude befanden sich in diesem sehr alten Viertel. Die Kathedrale Sé, die Festung Castelo de São Jorge, das Panteão Nacional und die Sankt-Antonius-Kirche. Katharina las Arne aus dem kleinen Handbuch vor und der nickte, als wisse er das alles auswendig. »Vor dem 13. Jahrhundert lag Alfama außerhalb der Stadtmauern. Hier wohnten die Ärmsten der Armen. Heute ist es eine trendige Gegend. Am besten erkundet man sie mit der Straßenbahn der Linie 28.«

»Ich würde auch vorschlagen, wir stellen den Camper ab und nehmen wieder diese alte Tram. Hier komme ich eh nicht durch die engen Gassen.«

»In Ordnung.«

Nachdem sie endlich einen Parkplatz für ihr Riesengefährt gefunden hatten, gingen sie zur nächsten Haltestelle und fuhren mit dieser kleinen antiquierten Straßenbahn, deren Rattern und Knarzen sie bereits von ihrer Fahrt zum Camperverleih kannten. Oben an der Burg stiegen sie aus und gingen Hand in Hand weiter zum schönsten Aussichtspunkt von Alfama, der Terrasse Miradouro de Santa Luzia.

»Unglaublich«, entfuhr es Katharina fasziniert. Vor ihnen tat sich ein wunderbarer Blick über die Ziegeldächer der Alfama auf, weithin bis zur Tejomündung. Ein laues Lüftchen wehte hier und der Geruch von Zitronen strömte in ihre Nase. Katharina sah sich um, entdeckte einen Zitronenbaum, an dem eine Vielzahl der großen gelben Früchte hing. Sie dachte an ihren Paps, der ihren Saft und die Zesten immer für seine Puddingtörtchen nahm. »Das Aroma von frischen, sonnengereiften Zitronen kann nichts ersetzen«, hatte er damals erklärt, als er Katharina als Kind beibrachte, wie sie ihre Lieblings-Puddingtörtchen selber backen konnte.

Wie oft er wohl damals hier auf der Aussichtsterrasse gestanden hatte, bestimmt genauso überwältigt wie sie. Wie schön, sich auf seinen Spuren zu bewegen, durchfuhr es sie. Einiges zu durchleben, was er als junger Mann erfahren hatte. Katharina hatte das Gefühl, ihrem Paps auf diese Weise noch näherzukommen, und dieses Gefühl durchströmte sie warm und tröstete sie ein wenig über die schreckliche Diagnose hinweg.

Was, wenn sie gleich einen Hinweis auf Marisa bekommen würden? Es war sehr unwahrscheinlich, aber Katharina spürte die Aufregung in sich hochsteigen. Ihre Schläfen pochten. Gleich würden sie in der Rua de Santiago ankommen und erfahren, was Sache war.

»Sie wohnt bestimmt nicht wieder in der Alfama.« Arne, der alte Pessimist, bremste ihre Euphorie.

»Wieso musst du immer so negativ denken? Warten wir es doch einfach ab.«

»Ich denke nicht negativ, sondern realistisch. Die Alfama ist ein trendiges Viertel geworden, viele Touristen kommen her. Die Mieten werden in den letzten fünfundvierzig Jahren enorm gestiegen sein, sodass sich diese Marisa bestimmt keine Wohnung mehr hier leisten kann. Gentrifizierung gibt es nicht nur in Berlin und München.«

»Vielleicht vermietet sie Zimmer oder hat einfach von früher her noch eine günstige Miete.«

»Katharina, sei nicht so naiv. Wenn sie wieder hier leben würde, hättest du sie im Internet gefunden.«

Katharina schnaubte durch. Arne hatte die unschöne Angewohnheit entwickelt, sie auffallend oft zu kritisieren, und Katharina fragte sich, ob er begann, den Respekt vor ihr zu verlieren. Eine Beziehung, in der man sich nicht gegenseitig respektierte, funktionierte nicht. Sie bollerte immer dagegen, sobald er etwas in der Richtung sagte, von wegen naiv oder Dummchen, und Arne tat es dann auch immer sofort leid. Aber es strengte sie an und kostete unnötige Kraft.

»Ich bin nicht naiv. Es sind nicht alle über Sechzigjährigen im Internet, Arne. Außerdem könnte sie ja inzwischen einen anderen Namen haben. Ich kenne ja nur ihren Mädchennamen und habe den mit ihrem Geburtsdatum eingegeben.«

Die Hitze ließ beide gereizt werden.

Er sah ihr offenbar an, dass er sie gekränkt hatte, und ruderte zurück. »Ist ja gut.«

Arne legte den Arm um sie, zog sie zu sich und drückte ihr einen Kuss auf die Wange.

»Komm, wir klingeln einfach mal an ihrer alten Wohnung und fragen die Nachmieter, ob sie irgendetwas wissen.«

Katharina nickte und spürte ihre Beine ein wenig weich werden. Vielleicht würde sie bald der ehemals großen Liebe ihres Vaters gegenüberstehen, was dann?

Sie fanden die Nummer 25, ein altes, hübsches Haus, dessen Fensterbretter Blumentöpfe mit roten und rosa Geranien schmückten. Im Nebenhaus befand sich im Erdgeschoss die kleine Pasteleria, ein paar Cafétische standen davor.

»Mhm, hier riecht es köstlich. Nach Vanille und Zimt.«

»Bist du nervös?«

»Natürlich. Ich will meiner Mum ja nicht wehtun. Was, wenn Paps es Mama doch sagt, dass es Marisa gab und sie ihm all die Jahre im Kopf herumgespukt hat?«

»Das wird er schon nicht. Außerdem hat er sie zwischendurch bestimmt komplett vergessen. Und jetzt drück schon auf die Klingel.« Es stand ein unleserlicher Name darauf.

Katharina atmete durch und legte ihren Zeigefinger auf den alten Messingknopf, den seinem Aussehen nach schon viele andere Besucher vor ihnen betätigt hatten.

Ein dunkler, schriller Ton erklang. Zunächst tat sich gar nichts, doch dann bewegte sich eine Gardine hinter den Geranien.

»Es ist zumindest jemand da.« Katharina war mindestens so nervös wie vor einer mündlichen Prüfung im Studium. Ihr Mund fühlte sich trocken an.

Mit einem Knarzen ging die Tür auf und eine kleine Frau Mitte sechzig mit grau-schwarzen Haaren sah die beiden Fremden skeptisch an.

»Olá?«

Katharina schluckte. »Olá.« Sie probierte es auf Englisch: »Wir suchen eine Marisa da Silva …«

Die alte Frau runzelte die Stirn, kniff die Augen zusammen und musterte Katharina und Arne. Dann schüttelte sie den Kopf, drückte die Tür mit Schwung wieder zu und drehte innen den Schlüssel herum.

Verdutzt sahen sich Katharina und Arne an. »Vielleicht hat sie uns nur nicht verstanden. Sie kann bestimmt kein Englisch.« In Katharinas Stimme schwang Hoffnung mit.

»Den Namen hat sie verstanden.«

»Vielleicht hat sie gedacht, wir wollen ihr etwas verkaufen oder so.«

Arne seufzte, drückte noch einmal auf die Türklingel. Doch nichts rührte sich.

»Die Dame scheint Angst zu haben. Vor irgendwas«, überlegte er laut.

Katharina wunderte sich. »Vor was denn?«

»Keine Ahnung. Das werden wir noch herausfinden.«

Katharina sah sich in der Straße um, musterte die Klingelschilder des Nebenhauses, an der Tür neben der Pasteleria. Dort stand leserlich: »Ferraz«. Offenbar lebte also noch jemand von der Familie Ferraz hier. Sie läutete.

Nach ein paar Minuten ging die Tür auf und eine junge Frau um die Zwanzig stand da und sagte. »Sim, por favor?«

Katharina versuchte es wieder auf Englisch. »Entschuldigen Sie bitte, ich bin die Tochter von Gerd Winter, der vor vielen Jahren für das Ehepaar Ferraz in der Bäckerei gearbeitet hat.«

Doch die Frau zuckte nur irritiert die Schultern.

»Wir suchen Marisa da Silva.«

Die junge Frau antwortete in schlechtem Englisch. »Tut mir leid, die kenne ich beide nicht.«

Katharina sah Arne hilfesuchend an, wandte sich dann wieder an die junge Frau. »Ist vielleicht Ihr Vater da?« Die Ferraz hatten einen Sohn, erinnerte sich Katharina an die Erzählung ihres Vaters. Er hatte damals aber nicht vorgehabt, die Pasteleria zu übernehmen.

Die junge Frau überlegte. »Wieso?«

Katharina lächelte sie hoffnungsvoll an. »Könnten Sie vielleicht ihn fragen, ob seine Eltern einmal etwas von einer Marisa da Silva erzählt haben? Ob er zufällig weiß, was aus ihr geworden ist?«

Die junge Frau zögerte, schien keine Zeit und Lust zu haben, sich weiter mit diesen Touristen zu beschäftigen. Arne sprang Katharina bei, packte seinen ganzen Charme aus und bat die Frau mit seinem galantesten Lächeln, doch bitte einmal nachzufragen. Normalerweise wäre Katharina diese »Flirterei« ziemlich gegen den Strich gegangen, aber in diesem Fall war sie ihm dankbar dafür.

Die Frau zögerte, strich ihre langen, dunklen Haare kokett zurück. Offenbar ging sie nun davon aus, dass Arne und Katharina kein Paar waren.

»Okay, ich frage mal meine Großmutter.«

Senhora Ferraz lebte also noch.

Die junge Frau schloss die Tür und dann dauerte es schier endlose Minuten, bis sie diese wieder öffnete. »Meine Großmutter sagt, soweit sie gehört hat, ist Marisa da Silva schon vor langer Zeit in den Süden gezogen.«

»In den Süden?« Katharina hakte aufgeregt nach. »In den Süden von Portugal oder was meint sie damit?«

»Ja, genau. An die Algarve.«

»Und hat sie vielleicht eine Adresse von ihr?«

Die junge Frau sah Arne in die Augen, lächelte ihn an. »Leider nicht. Nur den Namen eines Restaurants in Faro, in dem sie damals angefangen hat, zu arbeiten.«

»Großartig.« Arne lächelte die Frau auffordernd an. »Und wie heißt das Restaurant?«

»Restaurante São Pedro.«

Katharina blickte Arne nervös an. »Ein Restaurant von vor über vierzig Jahren. Das gibt es doch mit Sicherheit nicht mehr.«

Arne wandte sich erneut an die hübsche Portugiesin. »Entschuldigung, wären Sie so nett, Ihre Großmutter zu fragen, ob sie noch einen Hinweis für uns hat? Oder können wir vielleicht selbst mit ihr sprechen?«

Die Portugiesin seufzte, schüttelte unwillig den Kopf. Doch in dem Moment erschien eine Mitte Neunzigjährige, gebückte Frau, die ganz offensichtlich die Großmutter war, hinter ihrer Enkelin an der Tür und fragte diese etwas auf Portugiesisch. Die junge Frau antwortete ihr und eine kurze vehemente Unterhaltung entspann sich, von der Katharina leider kein Wort verstand.

Die Enkelin seufzte und bat die beiden mit einer Geste, hereinzukommen. »Meine Großmutter führte damals unsere Pasteleria, Bäckerei, verstehen Sie? Und Marisa war ihre Angestellte und so etwas wie ihre Tochter, sagt sie.«

6. Kapitel

Marisa liebte es, in aller Herrgottsfrühe in die kleine Pasteleria zur Arbeit zu kommen, liebte den Duft von frischgebackenem Kuchen, der sie jeden Morgen empfing. Als Bäckereiverkäuferin musste sie ihre langen schwarzen Haare immer zu einem Zopf zusammengebunden tragen. Darauf achtete ihre Chefin Catarina Ferraz, eine stolze, herzliche Portugiesin, Anfang vierzig, sehr. Sie mochte Marisa, genau wie ihr Mann, der deutlich ältere Bäcker Martim Ferraz. Dank dieser Wärme fühlte sich Marisa hier geborgen und wie zu Hause. Ein Gefühl, das sie ihr Leben lang vermisst hatte.

Denn Marisa war in einem Waisenhaus in Lissabon aufgewachsen. Dort hatte man sie eines Morgens vor der Tür gefunden, als Säugling, eingewickelt in ein weißes Laken, ohne Brief, ohne Hinweis auf ihre Herkunft, nur eine Kette mit einem Kreuz und einer seltsamen Jesusfigur daran war in das Bündel mit hineingelegt worden. Die strengen Schwestern im Waisenhaus hatten Marisa gesagt, dass ihre Mutter ganz sicher sehr jung war, sie bestimmt auch sehr liebte, aber wohl keine Möglichkeit gehabt hatte, ihr Kind zu ernähren. Oft lag Marisa als Kind nachts in ihrem Bett, spielte an ihrer Jesuskette am

Hals herum und dachte über diese Worte nach. Sie konnte es nicht glauben, denn alle anderen armen Mütter schafften es doch auch, ihr Kind großzuziehen, und würden es niemals weggeben. Kaum eine legte es so einfach ungeschützt vor einem Heim ab, in der Gewissheit, dass ihm kein schönes Leben bevorstand. Marisa weinte sich viele Jahre mit diesen Gedanken in den Schlaf, sehnte sich nach ihrer Mutter und einem Vater und fühlte sich verlassen und allein.

Der Hausmeister des Kinderheimes, ein kleiner, gedrungener Mann mit einer Warze auf der Nase, hatte Marisa einmal gesagt, dass er die Frau in jener Nacht gesehen habe. Ihre Mutter. Dass sie eine Hexe sei, die immer mehrere Liebhaber habe. Er war ein kleiner, böser Mann und Marisa wusste, dass er das nur sagte, um ihr wehzutun. Denn er hasste es, wenn jemand seine peinlich umhegten Nelken im Garten pflückte. Und Marisa tat das immer wieder. Zum einen, um ihn zu ärgern, wie es alle Mädchen im Waisenhaus machten, zum anderen aber, weil sie Blumen über alles liebte, besonders Nelken, die so gut dufteten. Ganz anders als die Gerüche im Heim, die billige Kernseife, der Schweiß der Erzieherinnen, das verkochte Essen, all das ekelte sie an. Die Nelken auf ihrem Nachttisch neben dem Bett verströmten einen herrlichen Duft. Manchmal zart, manchmal überwältigend stark. Marisa, die viel über ihre Nase wahrnahm, schnupperte jeden Abend daran und der Geruch tröstete sie sehr.

Der Hausmeister hatte es dennoch irgendwann geschafft, dass sie sich für ihre Mutter, auch wenn sie diese nicht kannte, aus tiefstem Herzen schämte.

Marisas Geruchssinn schien ausgeprägter zu sein als bei anderen Menschen und so überlegte sie als Jugendliche oft, was sie damit machen konnte. Parfümverkäuferin? Doch den oft penetranten Parfümgeruch manch aufgetakelter Damen mochte sie nicht. Viel lieber den Duft von Kuchen und frisch gebackenem Brot. Die Kinder im Heim gingen nur zur Grundschule, wie alle anderen Kinder in ihrem Alter auch. Eine weitere Schulbildung für sie erachtete man in diesem Regime als nicht wichtig. Erst recht nicht für Mädchen. »Ein Mädchen muss nichts lernen«, war die Devise der Heimleiterin. »Kochen und backen solltest du für deinen Ehemann können, aber das kannst du ja.«

Tatsächlich liebte Marisa es zu kochen, aber noch viel lieber zu backen. Sie arbeitete nach der Schule in der Küche des Waisenhauses mit und lernte dort viel von den oft schlecht gelaunten Köchinnen. Vor allem, wie man es nicht machte, lernte sie. Wie man Gemüse verkochte, Suppen mit Wasser streckte, den Kuchen zu lang im Ofen ließ und dann die schwarze Kruste mit einer dicken Zuckergussschicht überdeckte.

Eines Tages hatten die Köchinnen keine Lust mehr auf diese neunmalkluge Helferin. Sie vermittelten sie in die kleine Pasteleria in der Alfama und erfüllten Marisa damit ungewollt einen Herzenswunsch. Rauszukommen aus dem Heim, ein eigenes Leben zu führen, außerhalb dieser beklemmenden Mauern.

Marisa fühlte sich bei Catarina Ferraz und ihrem um einiges älteren Mann in der Pasteleria gut aufgehoben. Sie bekam ein Zimmer in einer kleinen Wohnung im Haus nebenan, in der noch ein Mädchen wohnte, und auch wenn sie nur als Bäckereiverkäuferin arbeitete, so bekam sie doch mit, wie etwas gebacken wurde. Manchmal gab sie ihrem Chef, dem Senhor Ferraz, dem Bäcker, sogar Tipps, die dieser oft ausprobierte. Ein gutmütiger Mann mit dickem Bauch, der Marisa mochte und die Diktatur zwar hasste, es aber nur in seinen vier Wänden wagte, darüber zu schimpfen und Kritik zu üben. »Salazar hat Portugal sechsunddreißig Jahre lang unterdrückt und uns alle kleingehalten. Jetzt ist er seit zwei Jahren tot und wir haben immer noch die dauerhafteste Diktatur Westeuropas. Weil keiner Mumm in den Knochen hat. Weil es immer noch keine Versammlungs- oder Meinungsfreiheit gibt.«

Seine Frau rügte ihn: »Sei still, sonst steckt uns die Pide noch ins Gefängnis.«

Er schnaubte durch, hielt seinen Mund und knetete seine Wut in den Teig.

Marisa hatte es früher oft miterlebt, wenn die geheime Staatspolizei, die Pide, wie sie unter Salazar hieß, Regimegegner mitgenommen hatte. Einfach so. Was dann mit den Menschen geschah, daran vermochte man nicht zu denken.

»Es geht uns doch gut«, wiederholte Catarina wie ein Mantra.

Geht es uns wirklich gut?, fragte sich Marisa insgeheim. Sie hatte die Schimpftiraden von Senhor Ferraz immer mit offenem Ohr und wachsender Neugier in sich aufgenommen. Im Heim war nicht über Politik geredet worden. Doch Senhor Ferraz hatte schon recht. Überall in Westeuropa herrschte seit Jahren Demokratie, die Menschen lebten frei, nur in Portugal hielt man an der Diktatur fest und knechtete das Volk.

Eines Tages regte sich Senhor Ferraz in der Backstube wieder so über die autoritäre Herrschaft in diesem Land auf, dass er einen Herzinfarkt erlitt und mit dem Gesicht ins Mehl fiel.

Marisa drehte ihn um, schrie schockiert nach der Chefin und einem Arzt und versuchte ihn wiederzubeleben, indem sie im schnellen Rhythmus und mit aller Kraft auf seinen Brustkorb drückte.

Zum Glück überlebte Senhor Ferraz dank Marisa, doch er musste von nun an sein Herz schonen und die meiste Zeit zu Hause auf dem Sofa verbringen.

Catarina Ferraz bat Marisa in ihrer Not, vorübergehend in der Backstube einzuspringen. Marisa tat das natürlich sofort.

Sie liebte es, all die herrlichen Backwaren herzustellen, vor allem diese köstlichen, typisch portugiesischen Puddingtörtchen. Das extrem frühe Aufstehen fiel Marisa anfangs zwar schwer, doch für ihre Leidenschaft, das Backen, nahm sie alles in Kauf.

Irgendwann stand Catarina in der Tür der Backstube und sah sie peinlich berührt an. »Marisa, es tut mir leid, aber die Kundschaft möchte, dass hier ein gelernter Bäcker bäckt, sonst kauft sie nicht mehr bei uns ein. Und ein Mann soll es sein. Außerdem brauchen wir jemanden, der die Mehlsäcke und alles andere Schwere schleppt.«

Marisa versuchte, Catarina von sich und ihrer Kraft zu überzeugen, doch diese blieb dieses Mal hart gegenüber ihrem Ziehkind. Ein neuer Bäcker wurde gesucht, doch diesen zu finden, war gar nicht so leicht, da viele portugiesische Männer in den Kolonialkriegen gefallen waren. Schließlich wurde Marcos Sousa eingestellt, ein regimetreuer, dunkelhaariger, gut aussehender Mann Anfang dreißig, der trotz seines Hinkebeins in seiner Freizeit Fußball spielte. Er hatte in Angola gekämpft, redete aber selten darüber. Bald stellte sich heraus, dass er wegen seines Beines keine schweren Säcke schleppen konnte – oder es nicht wollte. Der Nachbar aus dem Gemüseladen, der seit seiner Kindheit Catarina verehrte, half manchmal aus, oder Marisa und Catarina quälten sich gemeinsam mit den Mehlsäcken ab. Marcos weigerte sich strikt, es tue seinem Bein nicht gut, wenn es so belastet werde.

Catarina verdrehte jedes Mal die Augen und warf Marisa einen vielsagenden Blick zu. Da Marcos jedoch ein Anhänger des Regimes war und ihnen vielleicht sogar als eine Art Spion zugeteilt worden war – so lautete zumindest die Verschwörungstheorie von Senhor Ferraz –, durfte ihm nicht gekündigt werden.

Marisa besuchte Senhor Ferraz auf seinem Sofa, so oft es ging. Diskutierte mit ihm über die Grundrechte eines jeden Menschen und lernte viel von ihm. Meist häkelte sie bei diesen Unterhaltungen, weil sie das gern tat.

Marcos betrachtete die Backstube als sein alleiniges Revier und schickte Marisa zurück in den Verkaufsraum. Nicht ohne ihr auf den Hintern zu sehen, wie sie aus dem Augenwinkel beobachtete.

Er fand sie sehr hübsch und sagte ihr das auch bald. Was Marisa nicht berührte, eher abstieß. In der Art, wie er es von sich gab. Viele junge Männer hatten das schon zu ihr gesagt. Aber um ja nicht so zu werden wie es ihrer Mutter nachgesagt worden war, hatte sie sich nie auf einen Verehrer eingelassen. Zumindest war es nicht weiter gegangen als bis zu einem keuschen Kuss. Als gute Katholikin, zu der sie im Heim erzogen worden war, wusste sie, was sich gehörte. Sie wollte auf keinen Fall ein Flittchen werden, pfui. Ekel überkam sie jedes Mal bei dem Gedanken. Dafür hatten die kaltherzigen Erzieherinnen im Heim schon gesorgt. Vor der Ehe mit einem Mann zusammen zu sein, galt unter strengen Katholiken als Todsünde.

Die Kirche gab Marisa den Halt, den sie als Kind nie bekommen hatte. Das Denken und Tun ihrer Heimleiterin war – wie bei so vielen in der Zeit des diktatorischen Regimes – ganz von der christlichen Religion bestimmt. Marisa spürte bald, dass auch ihr der Glaube guttat und Kraft gab.

Salazar hatte das Land mit unerbittlicher Hand regiert und die Menschen in Unwissenheit und Unmündigkeit gehalten. Sein Volk durfte sich nur für Religion, Musik und Sport interessieren. Gott, Fado und Fußball. Marisa war im Heim oft zurechtgewiesen worden, dass sie gefälligst nichts zu hinterfragen habe, Portugals Präsident sei zwar sehr streng, dies diene jedoch dem Wohl des Volkes. In Wahrheit gelang es Salazar nur durch massive Ausbeutung der portugiesischen Kolonien, den

Lebensstandard der Bevölkerung anzuheben. Als Anfang der Sechzigerjahre die Aufstände in den Kolonien begannen und deren Bekämpfung zum blutigen Krieg führte, der auf beiden Seiten Unmengen von Toten forderte, wandte sich die Kirche von Salazars Regime ab. Dies war auch der Zeitpunkt, an dem Marisa das erste Mal unsicher wurde. Und als sie schließlich Senhor Ferraz und dessen Meinung zum Regime in der kleinen Pasteleria kennenlernte, erwachte in ihr eine Sehnsucht nach einem anderen Leben, die sie bis dahin nicht gekannt hatte.

Eines Tages stand ein blonder junger Mann vor der Pasteleria und starrte auf das Schild. Catarina hatte es in ihrer Not, bislang keinen gefunden zu haben, der die schweren Säcke schleppen konnte, ausgehängt. Ihr Rücken schmerzte immer heftiger und Marisa allein schaffte es nicht. »Aushilfsbäcker gesucht«, stand darauf. Sicherheitshalber hatte sie es auf Englisch daruntergeschrieben: »Baker wanted«. Es drängten immer mehr Touristen ins Land. »Und wenn einer dabei ist, der backen und Säcke schleppen kann und will, warum sollen wir es dann nicht mit ihm versuchen«, hatte Senhora Ferraz gesagt. »Hauptsache, es ist keiner von diesen Langhaarigen, die haben doch alle keine Lust zu arbeiten.«

Marisa beobachtete den blonden Mann durch die Schaufensterscheibe, während sie für eine Kundin einen Laib Maisbrot einwickelte. Er trug ein buntes Hemd, eine Hose mit Schlag und kinnlange, vom Wind zerzauste Haare.

»Darf es noch etwas sein?«, fragte sie die ältere Frau mit Damenbart, die das Gebäck in der Glasvitrine musterte.

»Ja, ein Stück Torta de Nata, bitte.«

»Gerne.« Marisa hatte darauf gewartet, denn diese Kundin nahm jeden Tag ein Stück von diesem köstlichen Sahnekuchen mit.

Im selben Moment ging die Tür auf und der blonde Mann betrat die kleine Pasteleria. Neugierig betrachtete Marisa sein Gesicht, registrierte sein markantes Kinn und die hohen Wangenknochen, während sie die Torte durchschnitt. Ihre Blicke trafen sich und ein lustiges Funkeln in seinen blauen Augen traf sie unvorbereitet. Schnell senkte sie ihren Blick auf die Torte, packte das Stück ein und kassierte ab.

Der Mann wartete geduldig, bis er an der Reihe war, lächelte Marisa dann an und versuchte es auf Englisch: »You need help?«

Er deutete lächelnd auf sich. »I am a baker.«

Marisa verstand, was er meinte, auch wenn sie diese Sprache nicht kannte. Unsicher wie selten, strich sie sich über den Arm, lächelte zurück. Er hatte schöne, blendend weiße Zähne und sah aus wie ein Mensch, der immer gute Laune versprühte. Ganz im Gegensatz zu Marcos, der seine ständig schlechte Laune oft an ihr ausließ.

»Warten Sie«, bat sie ihn auf Portugiesisch, wohl merkend, dass nun er nicht so recht wusste, was sie gesagt hatte. Sie reichte ihm rasch einen ihrer Haargummis, den sie in ihrer Schürzentasche hatte, und bedeutete ihm gestisch, seine Haare zusammenzubinden. Gerd verstand, tat es amüsiert. Es stand ihm gut. Marisa lächelte, eilte in die Backstube, dann weiter in den Flur und die Treppe hinauf zur Wohnung der Ferraz.

Catarina hatte für sich und ihren Mann gerade Kaffee gekocht, als Marisa ihnen aufgeregt von dem Fremden unten erzählte, der Bäcker zu sein schien.

»Sie schickt der Himmel«, sagte Catarina kurz darauf zu Gerd. Sie beherrschte zum Glück ein klein wenig Deutsch, da sie deutsche Vorfahren hatte.

»Sie sprechen Deutsch?« Gerds Herz hüpfte vor Erleichterung. Denn ihm war durchaus bewusst, dass er kaum eine Chance hatte, einen Job zu finden, solange er kein Wort

Portugiesisch verstand. Catarina nickte lächelnd, betrachtete zunächst skeptisch seine zusammengebundenen Haare, dann aber durchaus angetan seine muskulösen Oberarme und stellte ihn schließlich zur Probe ein. Endlich wieder ein Mann im Haus, der schleppen konnte. Und Brötchen und Kuchen backen noch dazu. Einen Pferdeschwanz bei einem Mann hatte sie zwar noch nie gesehen, aber er sah gut damit aus.

Gerd freute sich unbändig, reichte den beiden Frauen die Hand und als er Marisas zarte Hand in seiner fühlte, wusste er schlagartig, dass sie einen ganz besonderen Draht zueinander haben würden. Diese zierliche junge Frau mit den großen, dunklen, samtenen Augen gefiel ihm sehr gut. Sie hatte zwar einen etwas traurigen Blick, aber immer wenn sie ihn ansah, lag ein Lächeln darin.

Marcos war alles andere als begeistert über diesen deutschen Hippie, der sich da in seiner Backstube breitmachte, das merkte Gerd sofort. Im Geiste zückte der Portugiese bereits das Messer. Aber Gerd, der ein umgänglicher Geselle war, hoffte, dass sich das legen werde. Und Marcos hielt sich vorerst zurück, denn die Chefin bestand darauf, dass er ihm so rasch wie möglich alles zeigte.

Hoffentlich verschaut sich meine Chefin nicht in mich, dachte Gerd, als Senhora Ferraz ein wenig kokett mit ihm scherzte, aber sie schien eine treue Seele zu sein und ihren Mann über alles zu lieben.

Gerd bekam ein Zimmer in der Wohnung der Familie Ferraz, das ehemalige Zimmer ihres Sohnes Diogo, der als Soldat nach Portugiesisch-Timor, eine der Kolonien in Südostasien, geschickt worden und dort immer noch stationiert war. Zum großen Ärger der Ferraz, doch sie konnten nichts dagegen tun. Das Zimmer war klein und Gerd fühlte sich anfangs etwas unwohl zwischen all den Sachen eines anderen. Aber es lag direkt neben der Wohnung, in der Marisa ihr Zimmer hatte.

Das merkte er, als er am Abend sein Fenster öffnete, denn da hörte er aus dem Fenster im Nebenhaus ihre Stimme. Sie sang vor dem Schlafengehen ein Lied, das so traurig und melancholisch klang, dass Gerds Beschützerinstinkt sofort geweckt wurde.

Am nächsten Morgen beobachtete er Marisa, wie freundlich und zuvorkommend sie mit den Kunden sprach, ihnen Törtchen und Kuchen empfahl. Und wie nett sie ihn immer anlächelte, wenn er ihr ein Blech voller Backwaren überreichte.

Mit Marisa konnte er sich nur gestisch verständigen, oder Senhora Ferraz übersetzte für sie, und so beschloss Gerd, Portugiesisch zu lernen.

»Und sie will Deutsch lernen«, dolmetschte Senhora Ferraz lächelnd und lobte die beiden für ihr Vorhaben. »Dann könnt ihr doch gleich heute nach Feierabend damit anfangen.«

Marisa nickte, blickte ihn mit ihren dunklen Samtaugen an und schlug lächelnd die Lider nieder.

Nach Feierabend spazierte Gerd mit Marisa durch die Gassen von Lissabon. Marisa duftete nach Sommer, versuchte, ihm ein paar Worte beizubringen, und hatte das entzückendste Lachen, das Gerd je gehört hatte. Obwohl sie sich nicht wirklich unterhalten konnten, lachten sie zusammen über ihrer beider Schwierigkeiten, die Sprache des anderen auszusprechen. »Durst«, sagte Gerd und bedeutete, etwas zu trinken. »Sede«, erwiderte sie und machte es ihm gleich. Ihre Blicke, ihre Gesten sagten mehr als tausend Worte.

Marisa deutete auf eine Bar, die sich ein paar Stufen nach oben befand. Sie gingen hoch, überquerten die Terrasse, doch alle Plätze waren belegt. Marisa bedeutete Gerd, hineinzugehen. Verschiedene Kuchen standen in einer Vitrine und von der Decke hing ein luftgetrockneter Schinken. Marisa deutete auf den Schinken und sagte: »Presunto.«

Sie setzten sich an einen Tisch und Marisa bestellte für sie beide Kuchen. Schüchtern sahen sie sich immer wieder in die Augen und brachten sich weiter Worte bei. »Schmeckt gut«, sagte Gerd und bedeutete es mit zwei Fingern, die er an den Mund legte. »Ser saboroso«, übersetzte Marisa. Selten hatte sich Gerd in Gegenwart einer Frau so wohl gefühlt. Am späten Abend gingen sie zusammen zur Pasteleria zurück und verabschiedeten sich vor der Tür.

»Boa noite«, flüsterte Marisa und Gerd lächelte. »Gute Nacht.«

Obwohl er erst vorgestern ausgeraubt und von seinen Kumpels zutiefst enttäuscht worden war, schlief er in dieser ersten Nacht glücklich ein. Wie schnell konnte sich das Leben drehen, wie wunderbar konnte es sein. Das wollte sich Gerd für sein ganzes zukünftiges Leben merken. Dass die Welt, egal wie schlecht einem mitgespielt worden war, kurz darauf schon wieder wunderschön aussehen konnte.

Jeden Tag nach Feierabend schlenderten sie zusammen durch die Gassen von Lissabon und lehrten einander ein paar neue Wörter.

Wann immer es möglich war, beobachteten sie sich in der Pasteleria. Gerd transportierte die Backbleche einzeln in den Verkaufsraum, suchte immer wieder einen Grund, zu ihr zu gehen.

Sie fühlten sich so wohl zusammen und es zog sie immer wieder in die Gassen der Alfama oder zu anderen schönen Plätzen der Stadt.

Am liebsten hätte er sie, wie die Mädchen in Deutschland, bald schon geküsst. Aber er spürte, dass er bei Marisa behutsamer vorgehen musste, weil sie etwas ganz Besonderes war.

Die Wochen vergingen und Gerd lernte immer besser Portugiesisch und Marisa Deutsch. Sie lernte viel schneller als er, der in der Schule schon nicht der Beste gewesen war. Deshalb hatte er auch kein Abitur gemacht und nicht studiert. Gerd tat sich schwer, aber Marisa zuliebe blieb er dran und versuchte, sich diese seltsame Sprache einzuprägen.

Dafür konnte er in der Backstube glänzen und ihr noch einiges beibringen. Und diesem Marcos auch. Wobei dieser nichts von einem Deutschen lernen wollte und seinen eigenen Stiefel durchzog. Es kam öfters zum Streit, in dem Gerd aber immer einlenkte. Er war ein gutmütiger, harmoniebedürftiger Mensch.

Eines Morgens überreichte Marisa ihm in der Pasteleria eine mit roten Blumen verzierte, selbst gehäkelte Decke für sein Bett. Es seien Nelken, erklärte sie, sie habe die Decke in der Nacht fertiggestellt. Gerd sah Marisa überwältigt an, denn noch nie hatte eine Frau etwas für ihn gehandarbeitet, nicht einmal seine Mutter.

Wenn er nach ihrem allabendlichen Streifzug durch Lissabon im Bett lag und durch das geöffnete Fenster ihrem Gesang lauschte, betrachtete er die gehäkelten roten Blüten, strich über die Wolle, und es wurde ihm ganz warm ums Herz. Obgleich er nicht geplant hatte, lange in Portugal zu bleiben, so konnte er es sich mittlerweile sehr gut vorstellen. Denn seine Gefühle für Marisa und auch ihre Gespräche wurden immer tiefer und intensiver.

Eines Tages machten sie am Wochenende einen Ausflug an den Strand von Carcavelos, einen der großen Strände in der Nähe von Lissabon. Das Meer glitzerte in der Sonne und der Wind umspielte Marisas Haar.

»Es ist so schön hier«, sagte Gerd. Dabei wollte er eigentlich sagen, dass sie so schön sei. Aber er wusste, wie sehr sie die plumpen Komplimente von Marcos hasste. Sie sah ihn an, verstand und lächelte. Dann nahm sie seine Hand und es kribbelte in Gerds Körper. Wie feingliedrig sich ihre kleine Hand in seiner anfühlte, das verblüffte ihn immer wieder. Gerd wusste plötzlich, dass sie seine Frau werden würde. Irgendwann. Das Schicksal hatte sie zusammengeführt. Mittlerweile war er seinen vermeintlichen Freunden fast schon dankbar, dass sie ihm den VW-Bus und das Geld seines Großvaters gestohlen hatten. Denn wenn er nicht ohne einen Pfennig in der Tasche dagestanden wäre, hätte er doch niemals in der kleinen Pasteleria angefangen und Marisa kennengelernt. Marisa, die so viel nachdachte wie keine andere Frau, die er kannte. Die ihm schon so viel über diese Diktatur, in der sie aufgewachsen war, erzählt hatte. Interessiert lauschte er ihren holprigen Schilderungen, konnte es nicht fassen, dass dieses Land nach der langen Zeit immer noch so funktionierte. Dass die Menschen sich all die Jahre so unterdrücken ließen. »Wieso tut denn keiner was dagegen?«, wollte er wissen.

»Vermutlich, weil keiner den Mut dazu hat«, antwortete sie nachdenklich. »Zu viele haben ihre Söhne verloren. Im Krieg in den Kolonien oder sie sitzen im Gefängnis.«

»Es ist nicht gut für ein Volk, wenn es in Angst verharrt.«

»Ich weiß.«

Er spürte, dass sie sich schämte. Versuchte, es klarzustellen, dass er ihr keine Vorwürfe machte, dass es unter Hitler in Deutschland auch nur wenige gab, die etwas gegen diese Bestie getan hatten.

»Eure Zeitungen werden immer noch zensiert, habe ich recht?« Gerd, der sich, um Portugiesisch zu lernen, ab und zu eine Zeitung kaufte, hatte schnell gemerkt, dass nichts Regimekritisches darin stand.

»Ich nehme es an.«

Verwundert sah er sie an. »Wie, du nimmst es an?«

»Die Leute sagen es.«

Er sah, wie sie schluckte, den Blick abwandte.

»Liest du keine Zeitung?«

Sie zögerte, schüttelte den Kopf, sah zu Boden.

»Was ist mit dir?«

»Wozu soll ich sie lesen, wenn doch nur Blabla drinsteht«, versuchte sie zu scherzen.

Eine Ahnung beschlich ihn. Er sah sie forschend an.

»Na gut, ich kann nicht lesen«, hauchte sie.

»Was?« Es war ihm herausgerutscht, denn in Deutschland konnte jeder lesen, oder zumindest fast jeder.

»Es gibt viele hier, die nicht lesen und schreiben können«, erklärte sie traurig. »Zu viele.«

»Wie viele denn?«

»Salazar wollte nicht, dass sein Volk gebildet wird. Das hätte gefährlich für ihn werden können, verstehst du? Und sein Nachfolger, Caetano, will es auch nicht.«

Gerd nickte erschüttert. »Wie viele sind es denn ungefähr, die nicht lesen und schreiben können?« Erst jetzt fiel ihm auf, dass er von den Ferraz nie einen Arbeitsvertrag bekommen hatte. Womöglich auch aus diesem Grund? Konnte Senhor Ferraz, der sich so für Politik interessierte, etwa auch nicht oder kaum lesen? Und das alles nur wegen dieses Diktators? Gerd fühlte Groll in sich aufkeimen.

Marisa zuckte die Schultern. »Ich habe mal gehört, dass jeder Dritte oder Vierte in Portugal nicht lesen und schreiben kann.«

Fassungslos und voller Mitgefühl sah Gerd diese so kluge Frau an. Diese Frau, die von einem machtsüchtigen, autoritären Diktator schon als Kind klein gehalten worden war, wie so viele. Die nur die Grundschule besuchen durfte und das, weil sie im Heim oft mithelfen musste, sehr unregelmäßig. Das geflügelte Wort »Wissen ist Macht« brachte es auf den Punkt, und genau deshalb war es so wichtig, etwas zu lernen und sich immer weiterzubilden. Gerd war zwar gewiss kein Intellektueller, aber in der politischen Landschaft von Deutschland kannte er sich zumindest einigermaßen aus, und Zeitung las er auch regelmäßig. Über Salazar und seinen Estado Novo, wie dessen Anfang der 1930er Jahre errichtete und nach wie vor bestehende autoritäre Diktatur in Portugal genannt wurde, wusste er allerdings kaum etwas außer dem Wenigen, das er bislang von Marisa erfahren hatte, oder eben von Senhor Ferraz. Und dass es so viele Analphabeten hier gab, erschütterte Gerd zutiefst.

7. Kapitel

Lissabon, 2018

Nach dem Besuch der Pasteleria schlenderten Katharina und Arne Arm in Arm durch Lissabons Stadtzentrum und stießen unverhofft auf eines der Wahrzeichen der Metropole, den Elevador de Santa Justa. Der historische Personenaufzug ragte mit seiner Höhe von fünfundvierzig Metern eindrucksvoll vor ihnen auf. Wie Arne von seinem Smartphone vorlas, verband er seit 1902 das unten liegende Stadtviertel Baixa mit dem höher gelegenen Viertel Chiado. Das Gerüst erinnerte Katharina ein klein wenig an den Eiffelturm in Paris. Arne blieb beeindruckt davor stehen und sah nach oben, doch Katharina konnte im Moment nur an die Erzählung der alten Frau Ferraz denken, daran, wie ihr Paps hier damals seine Marisa kennenlernte und das Regime dieses Landes. Dass ein so großer Teil der Bevölkerung noch in den Siebzigerjahren nicht lesen und schreiben konnte, hatte auch sie nicht gewusst, und ihr wurde mit einem Mal klar, wie gut sie es hatte, in Deutschland, in einer Demokratie, aufgewachsen zu sein.

»Wollen wir hochfahren?« Arne schien nur Augen für diese Sehenswürdigkeit zu haben.

»Was? Nein, du weißt doch, dass ich Höhenangst habe. Außerdem wollen wir weiter.«

»Ach komm, sei kein Frosch, deine Angst musst du überwinden. Und wenn ich schon mal in Lissabon bin, will ich auch etwas sehen. Diese Marisa läuft uns nach so langer Zeit schon nicht weg.«

Katharina seufzte. »Ich habe schon oft versucht, meine Höhenangst zu überwinden, es hat nichts geholfen.«

Einige Zeit später hatte sich Katharina dann doch überreden lassen. Jetzt stand sie mit Arne in einer der beiden noch original holzvertäfelten und mit glänzenden Messingbeschlägen ausgestatteten Kabinen. Mindestens zwanzig Touristen hatten sich mit ihnen hineingequetscht.

Arne lächelte ihr aufmunternd zu und drückte ihre Hand, doch Katharina wurde sofort schwindelig, als sich die Kabine in Bewegung setzte und langsam in die Höhe fuhr. Ursprünglich wurde der Aufzug wohl mit Dampfmaschinen angetrieben, inzwischen aber elektrisch, erzählte ein Deutscher neben ihnen.

»Ein altes Restaurant an der Algarve, das ist keine Spur, das ist eine Katastrophe. So finden wir sie nie«, flüsterte sie Arne zu.

»Jetzt beruhige dich, ich glaube, du wirst gerade etwas hysterisch.«

Er hatte recht. Die Höhe, die vielen Leute und der Gedanke, ihrem Paps womöglich seinen Wunsch nicht erfüllen zu können, ließen Katharina fast durchdrehen. Schweißperlen standen ihr auf der Stirn, ihr Atem ging flach. »Ich muss hier raus«, japste sie. Eine ältere deutsche Touristin lächelte sie verstehend an. »Wieso fahren Sie denn hoch, wenn sie das nicht vertragen, Kindchen?«

Katharina zuckte nur die Schultern, wollte schon antworten, weil mein Freund es gesagt hat, doch da merkte sie, wie dämlich das geklungen hätte. Sie musste schließlich selbst für sich entscheiden, was ihr guttat und was nicht. Viel zu lang hatte sie auf Arne gehört und gemacht, was er gut fand.

Endlich hielt der Aufzug oben und die Touristen drängten hinaus, um den weiten Blick über Lissabon zu genießen.

»Wow, das hat sich doch gelohnt«, rief Arne beeindruckt und fing an, mit seinem Handy Fotos zu machen. »Lissabon ist wirklich der Hammer.«

Doch Katharina hatte gerade keinen Sinn für die Schönheit der Stadt. Sie drückte sich mit dem Rücken an die Wand des Aufzugschachts, ihr Herz flatterte, sie spürte die Panik größer werden. »Ich will wieder runter.«

Ehe Arne reagieren konnte, drehte sich Katharina um und ging in die Kabine des Aufzugs zurück, die sich gerade schloss, um hinunterzufahren. Arne blieb verdutzt oben zurück.

Unten angekommen, atmete Katharina tief durch. Ganz langsam wurde ihr Puls wieder ruhiger und sie konnte sich entspannen. Die Sonne schien und das Leben um sie herum pulsierte in den wunderschönen Straßen von Lissabon.

Katharina konnte gut verstehen, dass sich ihr Paps in diese Stadt verliebt hatte, die nicht zuletzt durch ihre hügelige Lage so besonders war. Die vielen Azulejos, die typisch portugiesischen Bilder oder Ornamente auf Keramikfliesen, die oft Fassaden und Monumente schmückten, gaben der Stadt ein ganz eigenes Flair. Die Souvenirshops waren voll davon und Katharina überlegte, sich ein, zwei Azulejos zu kaufen, um sie als Topfuntersetzer zu verwenden. Oder sollte sie ihre Küchenzeile mit diesen Kacheln fliesen? Im Flieger konnte sie so viele schlecht mitnehmen.

Sie sah auf die Uhr. Wie lange wollte Arne da oben denn noch zubringen?

Katharina zog es weiter an die Algarve, in der Hoffnung, über das genannte Restaurant Marisa zu finden.

Endlich saßen sie wieder im Camper, Fado-Musik tönte aus dem alten Radio. Getragen, traurig, wunderschön.

»Ist diese Musik nicht ergreifend?« Katharina wandte sich an Arne, der aber nur die Schultern zuckte.

»Ehrlich gesagt kann ich damit nicht so viel anfangen. Für mich klingen diese Lieder leicht depressiv.«

»Sie handeln ja auch oft von unglücklicher Liebe und der Sehnsucht nach besseren Zeiten.« Katharina wusste das von ihrem Paps, und je mehr sie über die Geschichte dieses Landes erfuhr, umso mehr verstand sie seine Musik, den Fado.

»Können wir nicht etwas anderes hören?«

»Bitte nicht. Dieses Lied passt gerade so gut zu meiner Stimmung.«

Arne sah sie mitleidig an. »Du denkst an deinen Paps?«

»Natürlich. Die ganze Zeit. Ich erfahre hier so viel über ihn, und das macht mich glücklich und traurig zugleich. Ich verstehe ihn jetzt schon viel besser. Zum Beispiel warum er früher oft so melancholisch ausgesehen hat, wenn er mir als Kind Geschichten von Portugal erzählt hat. Dieses Land, diese Menschen, was sie alles erleben mussten.«

Arne löste seine rechte Hand vom Lenker und streichelte ihr kurz über den Arm. »Selbst wenn wir diese Marisa nie finden, war es gut für dich, hierherzukommen, glaube ich.«

»Das glaube ich auch.« Katharina lächelte ihn an, sah dann wieder aus dem Fenster, auf die karge portugiesische Landschaft. Sie befanden sich auf der Auto-Estrada do Sul, die sie nach Faro bringen würde. In zwei Stunden und vierzig Minuten. Im Grunde war dieses Land nicht sonderlich groß, aber in Katharinas Familiengeschichte nahm es schon jetzt einen sehr großen Platz ein.

Kurz vor Faro machte der alte Camper plötzlich erneut diese seltsamen Geräusche. Ein Knirschen, irgendwo vorn im Motorraum.

»Oh Gott, ich wusste es«, entfuhr es Arne.

»Was wusstest du?«, konterte Katharina wütend. Immer meinte er, recht zu haben. Typisch Mann oder typisch Arne? So viel Erfahrung mit Männern hatte Katharina nicht, um dies einzuschätzen. Ihr Paps war da jedenfalls anders. Wenn man gute Argumente hatte, ließ er sich auch überzeugen.

»Dass wir mit diesem alten Hobel aus den Achtzigern irgendwann liegen bleiben. Irgendwo im Nirwana.«

»Wir sind nicht im Nirwana, wir sind kurz vor Faro.«

»Siehst du hier eine Autowerkstatt?«

»Nein, aber die sehe ich in Deutschland auf der Autobahn auch nicht.«

Die Stimmung wurde etwas angespannt. Das Knirschen hörte sich an, wie wenn Kies zwischen zwei Mahlsteinen zerrieben würde.

»Hörst du das? Wir sollten demnächst anhalten«, schlug Arne vor. »Wenn wir das Fossil nicht ganz zugrunde richten wollen.«

Katharina schluckte. »Dann fahr doch bei der nächsten Ausfahrt raus und ich rufe gleich Nuno an. Er hat doch noch gesagt, wenn irgendetwas mit dem Wagen ist, sollen wir zuerst ihn anrufen.«

»Ja, ich schätze, weil er kein Geld für eine richtige Autowerkstatt hat.«

»Keine Ahnung, aber schau, da ist die Abfahrt nach Albufeira, fahr dort bitte raus.«

Arne setzte den Blinker und steuerte das inzwischen sehr laut knirschende Gefährt in Richtung Albufeira.

Katharina suchte im Handschuhfach nach Nunos Nummer. »Wo ist denn das Papier?« Die Hitze, die, je weiter sie in den Süden des Landes kamen, noch stärker wurde, setzte ihr zu. Oder eher die Tatsache, dass sich ihre Suche nun unnötig verzögerte? Sie spürte Schweißperlen auf ihrer Stirn, wischte sie mit dem Handrücken ab. Endlich fand sie den Zettel, zog ihr Handy heraus und tippte Nunos Nummer ein. Kurz darauf hörte sie seine ruhige, tiefe Stimme. »Olá?«

»Hallo, hier ist Katharina. Ich fürchte, unser Wagen macht seltsame Geräusche.«

»Oh. So ein Knirschen?«

Arne warf ihr einen Blick zu.

»Ja, genau. Was sollen wir jetzt tun?«

»Wo seid ihr?«

»Wir waren auf der A2 Richtung Faro und sind jetzt wegen des Geräusches bei Albufeira abgebogen.«

»Sehr gut. Dann wartet dort bei der ersten Tankstelle auf mich. Ich setze mich gleich auf mein Motorrad und komme.«

Arne, der Nunos Worte aus dem Handy offenbar gehört hatte, zischte ihr zu: »Das dauert ja ewig. Ich fahr zu einer Werkstatt, sag ihm das.«

»Äh, Nuno, Arne sagt, das dauert zu lang, ob wir nicht besser zu einer Werkstatt fahren sollten?«

Stille am anderen Ende der Leitung. Dann räusperte er sich. »Ehrlich gesagt wäre mir das nicht so recht. Das wird verdammt teuer.«

»Verstehe.«

Arne verzog sein Gesicht, hielt sich aber zurück.

»Wenn ich das richtig in Erinnerung habe, ist bei der ersten Tankstelle nach der Abfahrt von der Autobahn auch ein Café nebenan. Esst und trinkt auf meine Kosten.«

»In Ordnung, danke. Dann bis später.«

»Ja, ich beeile mich. Ach, Katharina?«

»Ja?«

»Danke, du bist sehr sensibel.«

Ein warmes Gefühl durchströmte sie. Genau das hatte ihr Paps auch schon öfter zu ihr gesagt. Es machte klick und Nuno hatte aufgelegt.

»Na wunderbar. Ich sag nur: Abenteuerurlaub.«

Katharina strich sich eine Haarsträhne aus dem Gesicht. »Er kommt mit dem Motorrad, das geht sicher schneller als mit dem Camper.«

»Wollen wir es hoffen.«

Ein paar Minuten später entdeckten sie die Tankstelle samt Café. Rot-weiße Sonnenschirme mit Eiswerbung darauf warfen ihren Schatten auf ein paar einfache Tische und Stühle. Es war nicht gerade ein pittoreskes Café, aber das war Katharina jetzt egal. Dass Nuno kam, gab ihr ein gutes Gefühl, es fühlte sich besser an, als in eine anonyme Werkstatt zu fahren.

»Dieser Nuno scheint sich mit Autos ja gut auszukennen, sonst würde es ja keinen Sinn haben, dass wir auf ihn warten.«

»Sieht so aus.«

»Nur das richtige Werkzeug kann er auf dem Motorrad schlecht mitbringen. Und was, wenn er eine Hebebühne, Ersatzteile oder so was braucht?«

»Arne, jetzt sei bitte nicht immer so pessimistisch, er wird schon wissen, was er tut.«

»Das hoffe ich.«

Eine hübsche Portugiesin kam und fragte sie auf Englisch, was sie trinken wollten.

»One Galão, por favor«, bestellte Katharina für sich.

»Two. And one Coke please.« Arne strich sich durch das kurze Haar, setzte die Sonnenbrille auf, holte sein Handy aus der Hosentasche und checkte die Mails.

Katharina beobachtete eine Familie an der Tankstelle, die sich in ihrem Mietwagen vermutlich auf dem Weg zum Strand befand. Zwei aufgeblasene Schwimmdelfine ragten aus den Wagenfenstern, Kinder hielten sie mit ihren kleinen Händen fest. Katharina versuchte sich zu erinnern, was ihr Paps ihr früher einmal über Albufeira erzählt hatte. Sie war sich sicher, dass er diesen Ort an der Algarve erwähnt hatte. Aus ihrem

Reiseführer wusste Katharina, dass das ehemals ruhige, kleine Fischerdorf bei Touristen vor allem wegen seiner Strände sehr beliebt war. Die typischen im Meer stehenden, zerklüfteten Felsen der Algarve konnte man hier sehen, die creme- und kupferfarbenen Klippen und natürlichen Grotten bewundern und im glasklaren Wasser schwimmen und schnorcheln. Sie verspürte große Lust, genau das jetzt zu tun.

»Sollen wir nicht einfach an den Strand fahren und uns im Meer erfrischen, bis Nuno da ist?«, schlug sie Arne vor. Seine Augen leuchteten augenblicklich auf.

»Das machen wir. Die paar Meter wird die Karre bestimmt noch fahren. Und wenn er das nicht versteht …«

Die Bedienung brachte die Getränke. Arne bezahlte gleich, und sobald sie ihren Kaffee und die Cola getrunken hatten, standen sie auf. Katharina hatte Nuno derweil eine WhatsApp-Nachricht geschickt, dass sie sich am Praia de São Rafael mit ihm treffen wollten. Er hatte sofort zugestimmt.

Arnes Stimmung stieg zusehends und Katharina wurde bewusst, dass sie etwas mehr Rücksicht auf ihn nehmen musste. Schließlich handelte es sich um seinen Sommerurlaub und es war eh schon sehr nett von ihm, dass er ihn mit der Suche nach dieser Marisa verbringen wollte.

»Wow«, entfuhr es ihr kurz darauf. Arne hatte den inzwischen stark ächzenden Camper am Parkplatz abgestellt. Sie zogen sich schnell die Badesachen an, Strandkleid und T-Shirt und Shorts darüber, und machten sich auf den Weg zum Strand. Es herrschte zwar viel Betrieb, dieser Küstenabschnitt von Portugal schien mehr als beliebt zu sein, aber kein Wunder bei diesem Anblick. Kinder buddelten mit ihren Schäufelchen und Rechen im Sand, während sich ihre Eltern auf Liegestühlen entspannten. Herrlich. Katharina zog ihre Sandalen aus, lief los, aufs Meer zu.

Der Sand an ihren Füßen fühlte sich heiß an und so rannte sie immer schneller, bis sie das Wasser erreichte. Wie gut das Nass an ihren Beinen tat! Arne war ihr gefolgt, beide warfen ihre Habseligkeiten in den Sand und zogen rasch ihre Klamotten aus. Dann liefen sie ins Meer und spritzten sich lachend nass. Wie gut diese Unbeschwertheit tat, nach diesen schweren Tagen, denn seit Paps' Diagnose hatte sich ihre Welt in eine andere verwandelt. Katharina tauchte mit dem Kopf unter und genoss die Kühle. Schade, dass sie keine Taucherbrille dabeihatte, aber vermutlich gab es hier am Sandstrand gar nicht so viel Interessantes im Wasser zu beobachten.

Als sie wieder auftauchte, stand Arne dicht vor ihr. Er nahm sie in die Arme und sie spürte seinen nackten Oberkörper, der sich warm und weich anfühlte. Eng umschlungen standen sie da, Katharina schloss ihre Augen und genoss die Sonne auf ihrer Haut. Als sie die Augen wieder öffnete, lächelte er sie an.

»Schön hier, was?«, fragte sie.

»Oh ja. Und du bist auch schön.«

»Du bist süß, Arne.«

Er lachte. »Genau das, was jeder Mann hören will.«

»Entschuldige, ich meine …«

»Schon gut. Komm, wir legen uns ein bisschen in die Sonne zum Trocknen, dieser Nuno wird ja bald da sein, wenn er ordentlich Gas gibt.«

»Obwohl es doch eigentlich egal ist, wie viel Zeit er sich lässt. Hier kann man es aushalten.«

»Das stimmt. Ich dachte nur, dass du doch nach Faro willst.«

»Will ich auch. Aber auf die paar Stunden kommt es jetzt wirklich nicht an.«

Hand in Hand gingen sie zu ihren Sachen, breiteten die Handtücher aus und ließen sich darauf nieder.

Katharina betrachtete ihn. »Soll ich dich eincremen? Nicht, dass du gleich einen Sonnenbrand bekommst.«

»Okay, ist sicher besser.«

Arne legte sich auf den Bauch und Katharina cremte erst ihn und anschließend sich selbst ein. Er hatte genauso eine weiße Haut wie sie. Dann legte sie sich neben ihn, nahm seine Hand und gemeinsam dämmerten sie in der Sonne dahin.

Nach einiger Zeit breitete sich ein Schatten auf ihrem Gesicht aus. Katharina öffnete die Augen und erblickte Nuno. Er trug nur Shorts, sein gebräunter Oberkörper sah – wie sie schon vermutet hatte – muskulös und durchtrainiert aus. »Hi.«

Eine Strähne seines längeren dunkelbraunen Haars fiel ihm ins Gesicht, mit einer lässigen Handbewegung strich er sie zurück. »Ich habe mich beeilt.« In der Hand hielt er einen Motorradhelm, aus seinem Rucksack ragten ein Lederjackenärmel und ein Stück seiner Jeans.

Seine Augen funkeln so blau wie das Meer, durchfuhr es Katharina. Sie stand auf, lächelte ihn an. »Danke, das ist lieb von dir.«

Arne drehte sich um, kniff die Augen zusammen, rappelte sich auf. Nunos Blick streifte ihre Figur, aber nur ganz kurz. Sofort wurde Katharina bewusst, dass sie im Bikini vor ihm stand.

»Hi.« Arne setzte seine Sonnenbrille auf. »Und was hast du jetzt vor? Hast du eine mobile Autowerkstatt dabei?«, versuchte er zu scherzen.

»Na ja, das leider nicht. Aber ich kenne hier jemanden, der kann uns mit Werkzeug aushelfen.«

»Wieso hast du uns nicht gleich zu ihm geschickt?«

»Weil er mir nur seine Werkstatt zur Verfügung stellt, ich muss schon selbst schauen, was die alte Dame hat.«

»Die alte Dame?«

Nuno lachte. »So nenne ich den Camper manchmal. Weil er genauso störrisch sein kann, wie meine Großmutter es war.«

»Das heißt, er macht öfter Probleme, und mit so was schickst du Touristen los?« Arne sah ihn herausfordernd an.

»Jedes ältere Auto hat so seine Eigenheiten, aber bis jetzt hat der Camper noch keinem den Urlaub verdorben, ganz im Gegenteil. Die Leute haben ihn mir immer mit strahlenden Augen zurückgegeben. Weil es einfach etwas Besonderes ist, in einem Camper aus den Achtzigern durch Portugal zu fahren. Es ist das Gegenteil von spießig. Auch hin und wieder wild zu campen. In welchem europäischen Land ist das schon noch erlaubt. In keinem. In Italien oder Frankreich musst du deinen Stellplatz Monate lang vorbuchen und dich dicht an dicht neben deine Nachbarn stellen. Hier bist du spontan und vor allem frei.«

Katharina wusste, was er meinte. So einen Urlaub konnte man nicht pauschal buchen. In diesem alten Wagen zu fahren, fühlte sich an wie eine Reise in die Vergangenheit. Im Grunde unbezahlbar. Arne schien da allerdings anderer Meinung zu sein, was seine Miene ausdrückte. Ein luxuriöses Frühstücksbuffet und ein Pool fehlten ihm immer noch. Nicht jeder war offen für dieses Lebensgefühl. Katharina schlug vor, den Wagen gleich zu reparieren. Der Zeitdruck hatte sie wieder gepackt. Sie vermisste ihren Paps, wollte ihm so schnell als möglich das fehlende Puzzle seines Lebens präsentieren.

»Okay, Leute, dann wollen wir mal. Ich lasse mein Motorrad hier stehen und fahre euch zu der Werkstatt.«

»In Ordnung.« Arne schlüpfte in Shorts und T-Shirt, Katharina in ihr Strandkleid. Sie folgten Nuno. Was für ein leichter, lockerer Gang, dachte Katharina. Hier in Portugal zu leben, entschleunigte ganz bestimmt.

Nuno setzte sich ans Steuer, startete den Motor, lauschte dem brummenden Geräusch und nickte fachmännisch. »Hab ich mir schon so was gedacht.« Was genau, verriet er nicht, und Arne, der sich mit Autos überhaupt nicht auskannte, fragte auch nicht nach.

Nuno lenkte den Camper durch die kleinen Straßen von Albufeira. Der Tourismus war hier ziemlich präsent, aber ein Stück außerhalb der Stadt, in einer Art Industriegebiet, wurden die Gebäude schäbiger, die Gegend ärmer. Hier befand sich die sehr einfache Werkstatt von Nunos Bekanntem. Ein drahtiger Portugiese in Shorts und Muskelshirt. Die beiden begrüßten sich herzlich, klopften sich auf die Schulter. Nuno erklärte ihm offenbar das Problem und die beiden legten sich auf dem Rücken unter den Camper.

Katharina und Arne standen etwas unbeholfen daneben, Arne sah immer wieder auf sein Handy. »Was, wenn das jetzt Stunden dauert?«, flüsterte er.

Katharina seufzte. »Das wird es schon nicht. Er scheint sich ja gut auszukennen.«

Es imponierte ihr, wie Nuno da unterm Wagen lag und mit einer Zange an irgendetwas klopfte und zog. Dann raunte er seinem Kumpel ein paar Worte zu und bekam von diesem eine Drahtschlinge gereicht, mit der er etwas befestigte. Es erinnerte Katharina wieder an ihren Paps, der handwerklich alles hinbekam. Mit Optimismus und verrückten Ideen.

Nuno kroch unter dem Wagen hervor und blickte sie dabei intensiv an. Ein Geruch nach Sonne und Meer wehte zu ihr herüber. Katharina sah schnell weg, denn sie wusste, Arne konnte ziemlich eifersüchtig sein. »Es tut mir leid, ein bisschen dauert es. Da hinten ist ein Café, es geht alles aufs Haus.«

»Schon wieder in ein Café?« Arne bemühte sich zwar, neutral zu klingen, aber es gelang ihm nicht.

Nuno lachte. »War ein Scherz. Ist schon repariert.«

»Was, so schnell?« Arne schien nun fast so beeindruckt wie Katharina.

»Wow. Toll«, entfuhr es ihr.

Arne warf ihr einen Blick von der Seite zu, den sie geflissentlich ignorierte.

»Nuno, kennst du in Faro eigentlich auch Leute, so wie in Albufeira?«, hörte sich Katharina fragen, ohne darüber nachzudenken, was ihre Worte hervorriefen.

»In Faro? Ja, klar, dort war ich schon oft surfen. Dort kenne ich auch einige Leute. Wieso?«

»Weil ich einen Hinweis bekommen habe. Dass diese frühere Liebe meines Vater später in einem bestimmten Restaurant in Faro gearbeitet hat.«

Arne mischte sich ein. »Das ist doch sehr unwahrscheinlich, dass er genau die richtigen Leute kennt. Lass uns fahren.«

Nuno blickte Katharina an, die seinen Blick förmlich auf sich spürte. »Ich kenne ein paar Leute und vielleicht kennen die das Restaurant. Ich helfe dir gern. Wie wäre es, wenn ich mit dem Motorrad vor euch herfahre und dort für euch dolmetsche.«

»Das würdest du tun?« Wieso machte er das für sie, er musste doch sicher arbeiten. Einen Mitarbeiter hatte sie in der Campervermietung nicht gesehen. Tat er es wegen ihr? Ein verrückter Gedanke, den sie schnell wieder beiseiteschob. Aber warum sah er sie ständig so an?

»Ich wollte eh nach Faro, einen Kumpel treffen, der einen Camper für mich hat. Also einen alten, den ich eventuell kaufe.«

Ach deshalb.

»Trotzdem, wir kommen allein klar.« Arne wollte ihn nicht dabei haben, so viel stand fest.

Irgendetwas ritt Katharina, als sie sagte: »Das ist doch sehr nett von Nuno. Vielen Dank. Einen Dolmetscher können wir sehr gut gebrauchen, Arne. Noch dazu einen, der in Faro Leute kennt.« Sie spürte erneut Arnes Blick, aber sie wollte ihren Paps nicht enttäuschen, durfte auf keinen Fall ohne Infos über seine Marisa nach Hause kommen.

Nuno lächelte sie an. Auf seinen Wangen bildeten sich Grübchen. Verdammt, der Mann hatte das gewisse Etwas, das, was Frauen zum Schmelzen brachte. Oder sprang nur sie so auf ihn an? Was war mit ihr los?

Katharina beeilte sich, in den Camper zu steigen. Dabei rutschte ihr Sommerkleid ein wenig hoch und sie spürte seinen Blick auf ihren nackten Beinen.

***

Nachdem sie Nuno zu seinem Motorrad gefahren hatten, fuhr er damit vor ihnen her. Es ging von der Avenida dos Descobrimentos auf die N395. Nunos schwarzer Helm glänzte in der Sonne. Er trug eine schwarze Bikerjacke und eine blaue, ausgefranste Jeans, dazu Chucks. All das hatte er in seinen Rucksack gestopft gehabt, als er in Albufeira zu ihnen an den Strand kam.

Seine Schultern wirkten noch breiter in dieser Lederjacke, seine braunen Haare lugten frech unter dem Helm hervor. Katharina war bisher nie auf einem Motorrad mitgefahren, weil ihre Mutter ihr immer eingebläut hatte, wie gefährlich das sei. Doch musste man im Leben nicht ab und zu Risiken eingehen? Manche ganz sicher, aber bestimmt nicht alle. Plötzlich scherte ein Lastwagen so vor Nunos Motorrad aus, dass dieser ruckartig ausweichen musste. Katharina zuckte zusammen, krampfte ihre Hand an der Seitenhalterung fest. Sie machte sich Sorgen um Nuno. Eine Sekunde Unachtsamkeit und er wäre vor ihren Augen überfahren worden. Wie schrecklich und wie schön zugleich das Leben sein konnte.

»Mann, das war knapp«, befand nun auch Arne. »Manche fahren ja wirklich wie die Henker. Das war bestimmt ein Tourist, kein Portugiese. Die scheinen ja eher die Ruhe weg zu haben.«

Es stimmte. Portugiesen galten als eher ruhiges, melancholisches Volk. Vermutlich auch ein Grund, weshalb sie sich all die Jahre gegen diesen Salazar nicht wirklich gewehrt hatten. Oder waren sie in ihrer Unfreiheit so geworden?

»Zum Glück ist ihm nichts passiert«, entfuhr es Katharina.

»Der hat es dir ja ganz schön angetan.«

»Ach was. Ich bin nur froh, dass niemandem etwas geschehen ist.«

Katharina merkte, dass sie aufpassen musste, was sie sagte.

Endlich bogen sie in Richtung Faro ab, folgten Nunos Motorrad durch verschiedene Sträßchen, an Souvenirläden und Restaurants vorbei. So langsam wurde es eng für den Camper, aber Arne lenkte ihn tapfer weiter durch die schmalen Straßen hindurch. Er schwitzte. Die Sonne schien hell und tauchte die Hafenstadt Faro, die von einer Lagune geschützt wurde, in ein gleißendes Licht.

»Du machst das großartig, ich könnte hier wirklich nie fahren.«

»Das stimmt. Gut, dass du mich hast.«

Arne grinste sie an. »Du weißt schon, dass ich das alles nur für dich tue und jetzt was gut habe?«

»Natürlich. Du bekommst dafür ... einen Kuss.« Sie hauchte ihm lächelnd einen Luftkuss zu.

Faro unterschied sich stark von dem hektischeren Albufeira. Die Stadt, in die die Touristen vor allem wegen ihres Flughafens kamen, ehe sie in ihre Ferienunterkünfte weiterfuhren oder geshuttelt wurden, wirkte geradezu malerisch, ursprünglich. Eine Stadtmauer umgab die Altstadt. Nuno, der immer noch direkt vor ihnen fuhr, wurde langsamer und blinkte nach rechts.

Er bedeutete Arne gestisch, den Wagen hier in der Nähe der Stadtmauer abzustellen. Arne tat, wie ihm geheißen, atmete erleichtert aus, als er den Motor abstellte. »Jetzt hab ich mir aber ein kühles Bier verdient.«

»Das hast du.« Katharina stieg aus und ging Nuno, der seinen Helm absetzte und sich mit der Hand durch seine zerzausten Haare fuhr, entgegen. Er lächelte sie an, als sähe er etwas ganz Besonderes vor sich. Katharina schluckte. »Das war ganz schön knapp vorhin.«

»Ach das. Ja. Dabei ist das Leben viel zu schön, um früh zu sterben.«

Augenblicklich dachte sie an ihren Paps und Tränen schossen ihr in die Augen.

»Oh, entschuldige, habe ich etwas Falsches gesagt?«

»Nein, nein. Es ist nur … mein Vater. Er ist ja so schwer krank.«

»Das tut mir sehr leid.« Er hatte es mehr gehaucht als gesagt. Sein Blick zeigte so viel Mitgefühl.

Arne trat hinzu und räusperte sich. »Also, wo bekomme ich ein kühles Cerveja?«

»Da drüben geht's in die Altstadt. Hier ist es nicht so touristisch wie an der übrigen Algarve. Da ist auch das Restaurant, das genau so heißt, wie ihr gesagt habt.«

Katharina, die es bei Google nicht hatte finden können, warf Arne einen hoffnungsvollen Blick zu. Was, wenn sie Marisa hier und jetzt in der Altstadt von Faro finden würden? Dank Nuno. Ihr Herz begann zu klopfen.

»Hier in Faro gibt es mehr historische Gebäude als im Rest der Algarve«, hörte sie Nuno sagen. »Im Hafen starten Touren zum Nationalpark Ria Formosa und es gibt Fährverbindungen zu abgelegenen Stränden auf den Sandbank-Inseln.«

»Das klingt wunderschön, aber dafür haben wir leider keine Zeit.«

»Wenn wir die Dame gleich finden, dann schon«, warf Arne ein.

»Sicher, dann ja.«

Arne nahm ihre Hand, drückte sie fest und so gingen sie neben Nuno her durch den Eingang der maurischen Stadtmauer hindurch in die Cidade Velha, die Altstadt von Faro. Katharina fühlte sich, als betrete sie eine andere Welt.

»Fast alles, was heute an Gebäuden innerhalb der Stadtmauer steht, stammt aus dem 18. Jahrhundert«, erklärte Nuno. Er führte sie durch mehrere Gassen auf den zentralen Platz Jardim Manuel Bivar. Von hier aus konnte man auf die Lagune Ria Formosa sehen.

»Sehr, sehr schön«, entfuhr es Katharina. Sie löste ihre Hand von Arnes und sah sich um. »Und wo geht es jetzt zum Restaurant São Pedro?«

Nuno lächelte beruhigend, er schien ihre innere Ungeduld zu spüren. »Wir sind auf dem Weg. Aber auch wenn man ein Ziel hat, sollte man die Dinge, die einem auf dem Weg dorthin begegnen, nie außer Acht lassen.« Er sah sie dabei lange an und Katharina war sich nicht sicher, ob sie verstand, was dieser Mann ihr sagen wollte. Dass sie ihr Augenmerk auch auf ihn lenken sollte? Es war nicht mehr zu übersehen, dass er Interesse an ihr hatte, obwohl sie gerade noch Hand in Hand mit ihrem Freund neben ihm gelaufen war. Noch nie hatte Katharina einen Mann kennengelernt, dem das so egal zu sein schien. Was trieb diesen Kerl an? Hatte er sich Hals über Kopf in sie verliebt? Gab es das also wirklich? Liebe auf den ersten Blick? So wie er sie ständig ansah, konnte man es vermuten. Und so eifersüchtig, wie sich Arne verhielt, schien er das genauso zu spüren wie sie. Auch wenn Arne normalerweise nicht der besonders sensible Typ war. Was Rivalen betraf, dafür hatte er aber wohl eine Antenne.

Wieder einer dieser Blicke von Nuno.

Auch Katharina glaubte an eine starke Anziehung zu einem Menschen, selbst wenn man seinen Charakter noch nicht kannte. Denn wie ihr jetzt bewusst wurde, hatte sie sich in Nunos Gegenwart vom ersten Moment an geborgen gefühlt. Aber was interessierte diesen viel unkonventionelleren Mann an ihr?

»Du bist wirklich extrem sensibel«, flüsterte er ihr zu, als Arne einen Moment in einem Kiosk verschwand, um sich sein kühles Bier zu kaufen.

Katharina sah Nuno überrumpelt an. »Woher willst du das eigentlich so genau wissen?«

»Das spüre ich.«

»Das sagt mein Vater auch oft, vermutlich habe ich das von ihm.« Sie versuchte, zu lächeln. Ihre Feinfühligkeit stand ihr oft im Weg. Arne empfand sie hin und wieder sogar als zu empfindlich. Vielleicht war sie das auch. Aber Nuno schien genau diese Sensibilität zu gefallen. Sie hatte diesen Surfertypen offenbar ziemlich falsch eingeschätzt. Oder war es nur eine Masche, die bei den meisten Touristinnen zog?

Arne kam mit seinem Bier in der Hand zurück und Katharina trat automatisch einen Schritt auf ihn zu. »Also, jetzt können wir.«

»Da entlang.«

Nuno ging rechts neben Katharina und sah sie aufmunternd an. »Ich kenne die Leute nicht, ein Kumpel wusste nur, dass es hier ein Restaurante mit diesem Namen gibt.«

»Wir fragen einfach nach dieser Marisa. Vielleicht erinnert sich jemand daran, dass sie früher hier gearbeitet hat.« Katharina versuchte, ihre Hoffnung herunterzuschrauben.

Sie kamen an einem alten Gebäude an. Auf einem verblichenen grünen Holzschild stand tatsächlich »Restaurante São Pedro«.

»Mein Gott, ganz schön heruntergekommen. Ist das überhaupt noch in Betrieb?« Arne trat darauf zu, doch Katharinas Beine schienen plötzlich den Dienst zu versagen.

»Mir ist etwas schwindelig.«

Arne ignorierte das. »Ach was, komm. Bringen wir es hinter uns.« Mit seinem Bier in der Hand trat Arne bereits ein.

Katharinas und Nunos Blicke trafen sich. »Soll ich dich stützen?«, fragte er.

»Danke, aber es geht.« Wie fürsorglich er war im Vergleich zu Arne.

Sie sah ihm in die Augen. Sein Lächeln gab ihr Kraft.

Dann atmete sie durch, ging vor und Nuno folgte ihr.

Arne wartete bereits auf die beiden, denn offenbar kam er mit seinem Englisch hier nicht weiter. »Mister Dolmetscher, dein Typ wird verlangt.«

Nuno befragte die Mitte sechzigjährige Frau hinter der Bar nach einer Marisa da Silva. Sie hätte es sein können, denn Marisa musste auch ungefähr in dem Alter sein. Katharina hielt die Luft an, beobachtete ihre Augen genau. Doch sie schien es nicht zu sein und ihre Augen erhellten sich auch nicht. Sie schüttelte den Kopf, zog die Nase hoch, schüttelte noch einmal den Kopf. »Não.«

»Frag sie, ob es noch jemanden gibt, der in den Siebzigern oder Achtzigern hier gearbeitet hat.« Katharina wartete gespannt.

Nuno übersetzte das auf Portugiesisch, aber wieder schüttelte die Frau den Kopf.

Katharinas Blut schien in ihre Beine zu sacken, sie fühlte sich elend, dachte an ihren Paps, dem sie seinen sehnlichsten Wunsch offenbar nicht erfüllen konnte. Denn nun hatte sie keinen einzigen Anhaltspunkt mehr.

»Was mach ich denn jetzt?«

Arne zuckte die Schultern. »Wenn dein Pa keine weiteren Hinweise hat, dann kannst du auch nichts dafür. Lass uns die restliche Zeit in Portugal genießen, Surfen, gut essen gehen und in der Sonne liegen.«

Nuno sah Katharina intensiv an. »Du wirst sie finden, ich bin mir ganz sicher.«

»Wie kannst du dir sicher sein? Hast du noch eine Idee?«

Nuno schüttelte bedauernd den Kopf. »Im Moment nicht, aber bestimmt fällt mir noch etwas ein.«

Wie oft hatte sie diesen Satz von ihrem Paps gehört. »Mir fällt bestimmt noch was ein.« Wenn der Toaster kaputt war oder das Auto nicht ansprang. Immer hatte er nach vorn geschaut, voller Zuversicht. Und genau das wurde Katharina erst jetzt so richtig bewusst. Sie beschloss, sich von dieser positiven Art ihres Vaters, die offenbar auch Nuno besaß, eine Scheibe abzuschneiden.

Arnes Handy klingelte. Er sah darauf, verdrehte leicht die Augen und nahm ab. »Hallo? Ja, grüße Sie. Ich bin gerade im Urlaub in Portugal … Was? Ja, ich hab mein Laptop dabei …«

***

Während Arne mit seinem Laptop in einem Café saß, um etwas Eiliges für einen Kunden fertigzustellen, schlenderten Katharina und Nuno durch die Gassen Faros. Getrockneter Bacalhau, der typisch portugiesische Stockfisch, hing hier und dort in den Läden, Meeresfrüchte lagen in der Auslage eines Restaurants. Katharina fotografierte Fische und Tintenfische für ihren Food-Blog, köstliche Gerüche umwehten ihre Nase, Fadomusik, aber auch aktuelle Hits drangen aus den Bars. Beide sagten eine Zeit lang nichts, sahen sich jedoch immer wieder aus den Augenwinkeln an, um dann wie ertappt rasch wegzusehen.

Diese Stille fühlte sich zwar nicht unangenehm an, aber sie wollte mehr über diesen Mann erfahren. »Magst du Fado?«, erkundigte sich Katharina bei Nuno.

Nuno bejahte. »Sehr sogar. Die Musik drückt diese Sehnsucht aus, die ich auch in mir habe. Seit Jahren.«

»Sehnsucht nach was?«

»Das weiß ich nicht. Oder bisher nicht.« Er sah sie an und verstummte.

Was sollte das? Er meinte doch nicht sie? Katharina war mit Arne zusammen und wollte Arne heiraten. Was fiel diesem Kerl ein, ihre Gefühle durcheinanderzuwirbeln? Denn genau das machte er gerade, verdammt. Wäre sie nicht schon Mitte dreißig gewesen und hätte nicht bereits genug Erfahrungen mit Männern wie ihm gemacht, hätte sie sich vielleicht in ihn verliebt. Aber so, nach all den Enttäuschungen vor Arne, wusste sie, was sie an ihm hatte. Nicht umsonst wünschte sich ihr Paps Arne für sie als Mann. Ihr Paps, der nicht nur ein großes Herz, sondern auch ein hohes Maß an Menschenkenntnis besaß. Auch wenn er das letztens abgestritten hatte. Denn warum Marisa ihn damals nicht mehr wollte, das konnte er sich ja bis heute nicht wirklich erklären.

Ihr Paps. Sie musste wissen, wie es ihm ging. »Weißt du was?«, lenkte Katharina von sich ab, »ich rufe meinen Vater an und frage ihn, ob ihm nicht doch noch etwas von damals einfällt, was uns weiterbringen könnte. Ich will eh hören, wie es ihm heute geht.«

»Das verstehe ich.« Er blieb stehen.

»Du musst nicht wegen mir hier in Faro bleiben«, entfuhr es ihr. »Arne hilft mir bei meiner Suche. Du musst doch sicher in deine Campervermietung zurück?«

Sie sah ihn herausfordernd an. Er betrachtete sie mit diesem seltsamen Blick und nickte schließlich. »Du hast recht. Du wunderst dich sicher, warum ich dir helfen will.«

»Ja, ein wenig schon.«

Er zögerte, rückte mit der Sprache dann doch nicht heraus.
»Ich … wollte nur …«

»Was?«

»Vermutlich ist es besser, wenn ich gehe.«

Nuno drehte sich um, doch dann hielt er inne, wandte seinen Kopf zu ihr. Hoffentlich geht er jetzt endlich, dachte Katharina, die spürte, wie gefährlich ihr dieser Mann werden konnte.

»Ich möchte dir gern helfen. Es hat im Grunde nichts mit dir zu tun.«

Dieser Mann wurde immer mysteriöser.

»Nicht?«

»Nein. Also, wenn du die Hilfe eines Einheimischen brauchst, ruf mich jederzeit an.«

»Das mache ich. Danke.«

Er lächelte sie mit diesem melancholischen Blick an, als habe er schon einiges in seinem Leben erlitten. Nur was? Nuno drehte sich erneut um und machte sich auf den Weg zu seinem Motorrad.

Katharina blickte die Bar an, vor der sie stand, rang mit sich. Die vielen bunten Kacheln an den Wänden, die Azulejos, gaben dem Lokal ein gemütliches Flair. Entschlossen nahm sie ihr Handy zur Hand, wählte Paps' Nummer.

Es klingelte, aber keiner nahm ab. Endlich, nach schier endlosen Sekunden, machte es klick und sie hörte seine vertraute Stimme, die sie in ein paar Jahren nicht mehr hören würde. Diese bittere Tatsache berührte sie in ihrem tiefsten Inneren und schnürte ihr für einen Moment die Kehle zu.

»Kathi, Schatz, wie geht es dir?«

»Wie geht es dir, Paps?«

»Och jo, geht schon, wa? Hast du was Neues rausgefunden, mein Mädchen?«

»Erst will ich wissen, ob du schon auf einer Harley sitzt.«

»Ja, aber wie. Mann, Mann, Mann, das war ein Gefühl …
Also im Moment sitze ich nicht drauf. Mir ist … irgendwie
schwindelig geworden.«

»Oh nein. Wo bist du jetzt?«

»In einer Klinik in Rostock. Mama ist bei mir. Alles gut.«

Katharina atmete besorgt durch. »Was sagen die Ärzte in
der Klinik? Wirst du da gut behandelt?«

»Also die Schwestern sind Zucker zu mir. Deine Mutter
ist schon ganz eifersüchtig.« Er lachte. »Nein, nein, Spaß.
Sie versorgt mich mit Kuchen, den würde ich aber besser
hinkriegen.«

Katharina lachte. »Auf jeden Fall.« Ihr Vater konnte selbst
der schlimmsten Situation noch Gutes abgewinnen. »Wie lange
musst du bleiben?«

»Ich darf heute wieder raus, aber leider nicht mehr Harley
fahren, weil mir ja schwindelig werden könnte.«

»Das tut mir leid für dich, Paps.«

»Ja, mir auch. Aber ist wohl besser so. Nicht, dass ich noch
jemanden umfahre.«

»Oh Gott, ja.«

»Wir machen uns noch 'nen schönen Tag an der Ostsee
und fahren dann nach Berlin zurück. Hast du schon was
rausgefunden über Marisa?«

»Nein, leider nicht. Deshalb ruf ich auch an. Alle Spuren
verlaufen irgendwie im Sand.«

Er scherzte. »Na ja, in dem Land mit den vielen Sandstränden
ja auch kein Wunder.«

»Du sagst es.« Sie musste unwillkürlich lächeln.

»Wo bist du denn gerade?«

»An der Algarve, in Faro.«

»Hach«, seufzte er. »Da war ich auch mal mit ihr. Da ist es
schön.«

»Ja, das ist es wirklich. Anscheinend hat sie hier in Faro in einem Restaurant gearbeitet. Im Restaurante São Pedro. Kennst du das?«

»Nein. Das muss nach unserer Trennung gewesen sein.«

»Hmm.«

»Ach, meine Kleene, da hab ich dir was eingebrockt, was?«

»Nein, nein, Paps, ich tu das doch gern für dich. Außerdem lerne ich dich auf die Weise gleich noch besser kennen. Ich wusste das ja alles nicht, von dir damals.«

»Ich hab auch nie wieder darüber geredet. Vielleicht war das alles auch eine Schnapsidee. Wenn Mutti das rauskriegt, ist sie todunglücklich, und das will ich nicht. Weißt du was, hör auf zu suchen, genieß die Strände in Portugal, die Puddingtörtchen und den Urlaub mit deinem Arne.«

»Nein, Paps. Du hast es dir doch gewünscht. Wenn schon deine Harley-Tour nicht klappt, will ich dir wenigstens diesen Wunsch erfüllen. Und mehr über dich erfahren, du bist schließlich meine Familie.«

»Kathi, wenn ich dich nicht hätte. Genau deshalb ist es alles richtig, wie es gekommen ist.«

»Und trotzdem sollst du wissen, was damals geschehen ist. Es hat dich belastet und das verstehe ich. Und ich will auch mehr wissen über dieses Land, über seine und deine Geschichte. Bitte erzähl mir noch etwas von Marisa, vielleicht komme ich so auf einen Hinweis, der mich weiterbringt.«

8. Kapitel

Lissabon, 1972

Gerd knetete den Teig in der Backstube, summte ein Lied und beobachtete Marcos, der sich mal wieder eine Zigarette im Hof anzündete, anstatt zu schuften. Dieser Kerl könnte ein Spitzel der Regierung sein, hatte Marisa ihm anvertraut. Deshalb durften ihm die Ferraz nicht kündigen. »Aber was will er denn bitteschön bei euch bespitzeln? In einer Pasteleria?«, hatte er sie gefragt.

»Na immerhin ist Senhor Ferraz gegen die Diktatur und sie wollen verhindern, dass sich Leute dagegen zusammenschließen.«

Gerd verstand das mittlerweile. Seitdem beobachtete er Marcos, den er von Anfang an nicht besonders leiden konnte, ganz genau. Typen wie den hatte er wirklich gefressen. Typen, die andere in die Pfanne hauen wollten. Aber nicht mit ihm. Dieses Würstchen sollte sich mal warm anziehen. Wehe, wenn der dem Herrn Ferraz irgendwie schädlich werden würde. Dann wäre Gerd zur Stelle. Gerd hatte mehr Muskeln als Marcos und das wusste der. Es schmeckte ihm nicht, dass sich Gerd so gut mit Marisa verstand, das wusste Gerd ganz genau. Denn Marcos war selbst interessiert an Marisa und starrte ihr immer auf den Hintern. Aber Marisa wollte nichts von diesem Teiggesicht. Ob

101

sie etwas von Gerd wollte, das wusste er immer noch nicht, denn sie waren sich immer noch nicht nähergekommen. Dabei sehnte er sich so sehr nach ihr. Er liebte ihr Lachen, ihre natürliche, unkomplizierte Art. Das Scheue, das ihn an ein Reh erinnerte. Dabei schlummerte in ihr eine Wölfin. Gerd musste schmunzeln, doch dann wurde er schlagartig ernst. Es durfte nicht sein, dass diese wunderbare Frau, dass seine zukünftige Frau nicht lesen und schreiben konnte. Und so beschloss er, es ihr beizubringen.

»Marisa, hast du heute Abend Zeit?«, flüsterte er ihr zu, als sie mehrere Kuchen auf dem Backblech abholte, um sie nach vorne in den Verkaufsraum zu bringen.

Sie lächelte ihn an, ihre weißen Zähne blitzten. »Ich muss einer Kundin noch Brot liefern, aber danach habe ich Zeit.«

Am Abend trafen sie sich, wie so oft, am Miradouro de Santa Luzia, der großen Aussichtsterrasse. Der Blick auf die Stadt beeindruckte Gerd immer wieder sehr. Aber noch mehr Marisa, die gerade auf ihn zukam. Sie trug ihr selbst genähtes rotes Sommerkleid, das ihr so gut stand. Gerd begrüßte sie mit einem keuschen Küsschen auf die Wange. Wie gut sie wieder duftete! Er sog ihren Geruch unbemerkt ein.

»So schön, dass es geklappt hat.« Inzwischen konnte er ein wenig Portugiesisch und sie besser Deutsch. Sie konnten sich unterhalten, auch wenn es oft ziemlich durcheinanderging.

»Du wirkst so aufgeregt, was hast du vor?«, fragte sie ihn.

»Ich fange heute an, dir lesen beizubringen.«

»Was?«

Sie wirkte erschrocken, so, als ob er etwas Verbotenes von ihr verlangte. Oder hatte sie Angst, sich vor ihm zu blamieren?

»Es ist nicht schlimm, wenn es dauert. Bei mir hat es auch nicht gleich geklappt. Aber ich hatte gute Lehrer. Und ich hoffe, ich bin auch kein so ganz schlechter. Vertrau mir.«

»Das tu ich.« Marisa schien immer noch hin- und hergerissen zu sein. »Vielleicht hast du recht. Es ist besser, wenn ich lesen lerne. Und schreiben.«

Er lachte. »Eins nach dem anderen, ja?«

»Ja.«

Ihre Augen leuchteten plötzlich. Wie die Sterne am Himmel. Ein Liebespaar ging Arm in Arm an ihnen vorbei.

»Und wie?«

»Wie wir anfangen?«

Sie nickte aufgeregt. Tatsächlich hatte sich Gerd darüber noch nicht wirklich Gedanken gemacht. »Wir kaufen eine Zeitung und dann versuchen wir es. In der Grundschule hast du doch die Buchstaben gelernt, oder?«

Sie bejahte. »Schon. Aber es ist lange her. Und ich durfte ja nicht oft zur Schule gehen.«

»Kein Problem. Zusammen schaffen wir das.«

Ihr warmes Lächeln bestätigte ihn. In seinem Entschluss, sie zu heiraten. Irgendwann. Wie gern hätte er sie jetzt geküsst. Aber er wusste, er durfte sie nicht verschrecken. Diese scheue Frau, die noch nie mit einem Mann zusammen gewesen war, das spürte er.

Sie überquerten die Straße, gingen zu einem Kiosk und Gerd kaufte eine Zeitung, überflog sie. Wie zu erwarten stand weder etwas Regimekritisches noch etwas wirklich Informatives darin. Eine Farce. Im Grunde musste man sich in diesem Land keine Zeitung kaufen. Nur, um Lesen zu üben, dafür reichte es.

»Lass uns eine Flasche Wein kaufen und zum Castelo de São Jorge gehen. Lesen soll dir Freude machen und keinen Druck.«

Marisa lächelte erfreut. »Du bist ein sehr feinfühliger Mann.«

***

103

Sie wanderten über die Travessa de Santa Luzia, eine Gasse, die steil bergauf ging, vorbei an Souvenirläden und Cafés. Nach ungefähr zehn Minuten kamen sie oben auf dem höchsten Hügel Lissabons bei der Burg an.

Auch hier tat sich ein atemberaubender Blick über die Stadt auf. Die Sonne ging bereits wie ein roter Feuerball am Horizont unter und glitzerte auf der Tejomündung, die man von hier wunderbar sah. Gerd setzte sich auf die Burgmauer zwischen zwei Zinnen, Marisa tat es ihm gleich, nahm ihm die Zeitung weg und versuchte, etwas zu entziffern. Gerd trat zu ihr, beugte sich neben ihr über die Zeitung und ihre Köpfe berührten sich fast. Er half ihr, die Buchstaben zu lesen, sie aneinanderzureihen, sodass sie ein Wort ergaben, und roch dabei ihren wunderbaren Duft.

Bald schon musste sie ihre Augen zusammenkneifen, um die Buchstaben noch erkennen zu können, denn im Grunde war es bereits zu dunkel.

Doch ihr Ehrgeiz war erwacht, Marisa wollte es lernen, am liebsten sofort. Dass es so mühsam und langsam ging, machte sie wütend. Aber sie verlor ihren Humor nicht und blieb eisern dran, und so lachten sie viel zusammen. Bei ihren Versuchen, einzelne Wörter zu entziffern, konnte Gerd nicht immer helfen, oft kannte er die portugiesischen Wörter nicht und Marisa tat ihr Möglichstes, sie ihm mit Händen und Füßen zu erklären, wenn ihr deutscher Wortschatz nicht ausreichte. Die Zeit verflog, und als es so dunkel war, dass man die schwarzen Buchstaben wirklich nicht mehr entziffern konnte, faltete Gerd die Zeitung zusammen, trank erneut einen Schluck Wein aus der Flasche und sah Marisa lange an. Sollte er es wagen, sie jetzt zu küssen? Gerade als er sich zu ihr beugte, stand sie temperamentvoll auf. »Muss ich dich jetzt zum Dank küssen?« Ihre Stimme vibrierte. »Ihr Deutschen denkt wohl, die portugiesischen Frauen sind so wie die Frauen in Deutschland? Das sind wir aber nicht.«

Gerd stand erschüttert auf. Er hatte genug von den deutschen Blumenmädchen, die es nicht ernst meinten, die sich nur unverbindlich mit ihm einließen, weil ihnen sein gut gebauter Körper gefiel und sie Sex wollten. »Nein, überhaupt nicht. Ich möchte auch keinen Dank dafür, dass ich dir lesen beibringe. Ich … habe noch nie eine Frau kennengelernt, zu der ich so eine Nähe gespürt habe. Von Anfang an.«

Marisa schluckte. Sah ihn mit ihren dunklen, leidenschaftlichen Augen an. Dann lächelte sie plötzlich. »Wirklich?«

»Wirklich.«

Sie standen sich nah gegenüber. Marisa packte ihn an seinem Hemdkragen, spielte damit herum, zierte sich, schlug die Augenlider nieder. Gerd atmete flach, spürte ihren warmen Körper so nah, musste sich zusammenreißen, sie nicht einfach in seine Arme zu nehmen. Diese Frau wusste unbewusst, wie man Männer zappeln ließ. Aber auf eine ganz wunderbar erotische Weise.

»Lass uns gehen«, schlug er vor.

Überrascht öffnete sie die Augen, blickte ihn lächelnd an und nickte. Und so nahm er die inzwischen fast leere Weinflasche und ging voraus. Er konnte warten, da er wusste, dass es sich bei dieser Frau lohnte.

Marisa rannte an ihm vorbei wie ein junges Fohlen, lachte ihn an. »Ich lerne lesen«, rief sie. »Ich lerne lesen!«

***

Am nächsten Morgen schleppte Gerd gerade einen Mehlsack in die Backstube, als Marisa durch den Hof auf ihn zukam. Sie lächelte ihn an, beugte sich über den Mehlsack und las gedehnt: »Farinha«. Gerd nickte erfreut. »Sehr gut. Und auf Deutsch heißt das Mehl.«

»Mehl.« Sie lachte.

Marcos, der im Hof eine rauchen wollte, trat heran und augenblicklich verstummte Marisa und ging zurück in den Verkaufsraum.

Marcos sah ihr finster hinterher. Durfte er nicht mitbekommen, dass sie lesen lernte? Vermutlich besser nicht, beschloss Gerd, wenn er wirklich ein Spion der Regierung war.

»Lass die Finger von unseren Frauen«, warnte ihn Marcos und Gerd hob abwehrend die Hände.

»Euch Deutschen ist nichts heilig«, schimpfte Marcos weiter. Er hatte sich schon oft über die deutschen Hippies aufgeregt, die immer wieder nach Portugal kamen und sich an den Stränden niederließen, als gehörten sie ihnen. Demonstrativ spuckte er vor Gerd aus, nahm noch einen Zug von seiner Zigarette und trat sie dann am Boden aus. Gerd war kurz davor, zu explodieren, doch dann besann er sich und bewahrte Ruhe. Mit diesem Typen sollte man sich nicht anlegen. Immerhin musste er noch weiter mit ihm zusammenarbeiten. Dass Marcos eifersüchtig war, weil er spürte, dass Marisa sich zu Gerd hingezogen fühlte, sah ein Blinder. Aber das gab Gerd Hoffnung, dass Marisa seine Gefühle wirklich erwiderte.

Immer wieder suchte er einen Grund, nach vorn in den Verkaufsraum zu Marisa zu gehen. Senhora Ferraz war krank und Marisa somit allein beim Bedienen der Kundschaft. Gerd wartete ab, bis der alte Senhor Gonzalez gegangen war, und brachte ihr ein Blech frischgebackener Pastéis de Nata. Er wusste, wie sehr sie diese Puddingtörtchen liebte. Und Liebe ging ja bekanntlich durch den Magen.

»Mmhm, wie sie wieder duften«, sagte sie erfreut.

Gerd roch die Vanille, vermischt mit Marisas blumigem Parfüm. Sie trug heute ein gelbes Kleid, bestimmt auch selbst geschneidert.

»Möchtest du ein Törtchen essen? Ich habe extra ein paar mehr gebacken, es wird Senhora Ferraz nicht auffallen, dass eines fehlt.«

»So etwas machst du?«, sagte sie grinsend und griff zu. Sie steckte es sich in den Mund, biss hinein und schloss genießerisch die Augen. Gerd konnte fast nicht hinsehen, so erotisch sah es aus. Diese Frau wusste nicht, wie sie auf Männer wirkte, und das machte sie umso verführerischer. Kein Wunder, dass ihr Marcos immer begierig hinterhersah. Aber Gerd, der mehr von ihr wollte als eine Bettgeschichte, zügelte sich, beobachtete sie ganz genau und liebevoll. Sie schien diesen Blick zu spüren, öffnete die Augen und schluckte den Bissen hinunter.

»Entschuldige, ich vergesse alles um mich herum, wenn ich das esse.«

Er freute sich. »Dann scheine ich kein schlechter Bäcker zu sein.«

Sie schmunzelte. »Nein, ganz im Gegenteil. Ein guter Bäcker – und ein guter Mensch.«

»Magst du heute Abend weiter lesen üben?«

»Da fragst du noch?«

Ihre Augen strahlten wieder wie eine Lampe, die unter dieser Diktatur keinen Strom bekommen hatte, doch jetzt endlich wieder leuchtete.

***

»Cornucopias com creme pasteleiro«, las Marisa gedehnt, aber schon recht flüssig.

»Sehr gut, hast du wieder nachts unter der Bettdecke geübt?« Gerd sah sie rügend an. Seit Tagen trafen sie sich, um lesen zu üben, und Marisa wurde immer blasser und die Schatten unter ihren Augen immer dunkler.

107

Denn sie übte bis spät in die Nacht im Bett. Ob sie es tat, um ihm zu gefallen, oder einfach, weil sie es jetzt können wollte, da war er sich nicht sicher.

Marisa lenkte ab. »Diese portugiesischen Cremehörnchen gibt es bei euch nicht?«

»Butterhörnchen schon. Aber mit dieser Vanillecreme kenne ich sie nicht.«

»Und die Zimtkuchen?«

Gerd lächelte. »Nein. Also Zimtkuchen schon, aber er schmeckt nicht so gut wie die portugiesische.«

»Und unsere Tarte de Limao? Habt ihr Pudim Flan Caseiro?« Marisa neckte ihn, dann wurde sie ernst, sah vor sich hin.

»Was hast du?«

»Nichts.«

»Ich sehe doch, dass dich etwas beschäftigt.«

Sie sah ihn an, seufzte. »Wann gehst du zurück nach Deutschland?«

Erst jetzt begriff Gerd, warum sie sich gefühlsmäßig vermutlich nicht weiter auf ihn einließ. Nicht einlassen konnte. Weil sie Angst hatte, dass er jeden Moment wieder gehen würde. Verständlich, denn er Idiot hatte ihr auch noch erzählt, dass ihm seine Mutter seit einigen Wochen immer öfter schrieb und in ihren Briefen fragte, wann er denn endlich zurückkomme.

»Ich will nicht mehr zurück«, antwortete er fest und sah ihr ernst in die Augen.

»Was? Wieso denn nicht? Deutschland ist deine Heimat.«

»Heimat ist dort, wo man sich am wohlsten fühlt. Wo Menschen sind, die man liebt.«

Marisa knetete überfordert ihre Hände. »Und deine Mutter? Liebst du sie etwa nicht? Weißt du, was ich dafür geben würde, eine Mutter zu haben, noch ein paar Jahre mit ihr verbringen zu können?«

Aufgewühlt wischte sie sich eine Träne aus den Augenwinkeln. Gerd wusste um ihr Schicksal als Waisenkind und er versicherte ihr sofort: »Doch, natürlich liebe ich meine Mutter. Es tut mir leid. Aber ich bin jung und möchte eine eigene Familie gründen. Wenn sie mich genauso liebt, hat sie dafür Verständnis. Und vielleicht können wir ja zusammen nach Deutschland gehen und dort eine kleine Bäckerei aufmachen.«

Marisa starrte ihn fassungslos an.

»Oder hier in Lissabon eine Pasteleria, wie du willst.« Er konnte in ihrem Gesicht nicht lesen, was sie dachte. Liebte sie ihn doch nicht? Hatte er sich so getäuscht?

»Wir?«, hauchte sie.

Er nahm ihre zarte Hand in seine vom Arbeiten rauen Hände.

Gerd setzte alles auf eine Karte: »Marisa, ich liebe dich. Möchtest du meine Frau werden?«

Ängstlich erwartete er, dass sie ihm ihre Hand entziehen und weglaufen würde. Doch sie blieb. Wie gelähmt starrte sie ihn immer noch ungläubig an.

Dann schüttelte sie langsam den Kopf. »Es geht nicht.«

»Warum?«

»Ich bin katholisch und du …«

Ein gottloser Hippie, das dachte sie wohl, das sah er ihr genau an. Wieso nur hatte er ihr am Anfang erzählt, dass er aus der Kirche ausgetreten war, dass er an keinen Gott glaubte. Gerd verfluchte seine bunten Klamotten, seine Koteletten und längeren Haare. »Ich schneide mir die Haare ab und trete in die katholische Kirche ein.«

Marisa schüttelte wieder den Kopf. »Das ist nur außen, das reicht nicht. Und außerdem …«

»Was?«

»Ihr habt eine andere Einstellung.«

»Was meinst du damit?«

»Ihr haltet nichts von Treue.«

»Ich schon!« Er hatte es vehement gesagt und er meinte es so. Sicher, in Deutschland vögelte jeder mit jedem, zumindest die Hippies, und er hatte auch schon einige Frauen gehabt. Aber Gerd hatte schon lange gespürt, dass es nicht das war, was ihn glücklich machte.

»Und dann … ich will mehr aus meinem Leben machen, nicht immer nur in einer Pasteleria stehen und süße Teilchen verkaufen.«

Gerd sah sie überrascht an. »Ich dachte, du liebst Kuchen. Was möchtest du denn sonst?«

Marisa lächelte schüchtern, nahm seine Hand. »Jetzt, wo ich lesen kann, und auch schon ein bisschen schreiben, möchte ich studieren.«

Erstaunt blickte er sie an. »Wirklich?«

»Ja. Erst mache ich meinen Schulabschluss nach und dann gehe ich an die Universidade de Lisboa.« Ihre Augen strahlten. »Ich will etwas gegen dieses Regime tun. Ich will frei sein, Freiheit für alle Portugiesen.«

»Ich wusste, dass du eine ganz besondere Frau bist. Das finde ich gut.«

»Gerd, ich liebe dich. Wenn ich fertig mit dem Studium bin, werden wir heiraten.«

Er lächelte erleichtert, aber er hatte auch Angst, dass er, der kleine Bäcker, ihr dann womöglich nicht mehr genügte.

9. KAPITEL

Lissabon, 1973

Marisa übte jeden Tag fleißig lesen und schreiben, nach Feierabend und bis spät in die Nacht. Sie legte jeden Escudo beiseite für ihr künftiges Studium. Dabei wusste sie genau, dass sie in dieser Diktatur keinen Studienplatz bekommen würde. In dieser Diktatur, in der sie es einem ohne entsprechende Kontakte nahezu unmöglich machten, zu studieren, noch dazu, wenn man kaum Geld besaß.

Aber genau das schien Marisas Ehrgeiz eher noch anzuheizen. Sie musste diese Zustände ändern. Gerd verstand das, da er, je mehr er über das Leben der Portugiesen hier mitbekam, immer dankbarer wurde, in Deutschland, in einer Demokratie aufgewachsen zu sein und zu leben. Und eigentlich wollte er auch dorthin zurück. Doch Marisa hatte es sich in den Kopf gesetzt, ihr Land, ihre Leute zu befreien, redete bald ständig davon und eine »Flucht« nach Deutschland kam für sie nicht infrage. »Wenn du mich liebst, bleib hier«, hatte sie sogar eines Abends in seinen Armen zu ihm gesagt. Er roch ihren köstlichen Duft, schmiegte sich an diese Frau und versprach ihr, bei ihr zu bleiben. Außerdem liebte er Lissabon mittlerweile auch sehr. Diese hügelige Stadt mit ihrem mediterranen Klima, das so viel angenehmer war als die eiskalten Winter in Deutschland. Das Meer so nah, und seine Arbeit in der Pasteleria bei den Ferraz machte ihm immer noch Spaß. Senhor Ferraz musste auf seiner Couch viel liegen, aber Gerd und auch Marisa besuchten ihn dort oft und redeten über Politik und den neuesten Tratsch.

Marcos, der von der Verlobung von Marisa und Gerd alles andere als angetan gewesen war, blaffte Gerd immer wieder an, wenn in der Backstube etwas schiefging. Doch das prallte an Gerd ab. Marcos durfte nur nicht mitbekommen, was Marisa vorhatte, das sagte Gerd ihr auch immer wieder. Ansonsten ließen sie diesen Griesgram, der immer mehr Alkohol trank, in Ruhe und kümmerten sich um sich selbst. Um ihre Liebe, die mit jedem Tag mehr wuchs und inniger wurde. Gerd wollte trotzdem eine eigene kleine Pasteleria aufmachen, irgendwann, wenn er genug gespart hatte. Um damit Marisas Studium zu finanzieren, denn das Gehalt bei den Ferraz reichte dafür lange nicht. Außerdem wollte Gerd seine Familie später gut ernähren können. Er träumte von ihren künftigen Kindern, fast jede Nacht.

»Und, was haben unsere Kinder heute wieder angestellt?«, erkundigte sich Marisa morgens in der Pasteleria. Da die Ferraz streng katholisch waren, durfte sie nicht in Gerds Zimmer übernachten, auch wenn nichts passieren würde.

»Heute haben sie dem Lehrer ein Bein gestellt.« Gerd lachte. »Ich weiß auch nicht, was das ist. Unser Sohn wird ein ziemlicher Rabauke.«

»Und unser Mädchen?«

Sie redeten oft darüber. »Unser Mädchen wird wunderschön und klug, so wie ihre Mutter. Und kämpferisch.«

»Und findest du das auch gut?«

»Ja, sehr. Ich verstehe gar nicht, wie man in so einem Regime nicht kämpferisch werden kann.«

Marisa lächelte, stellte sich auf die Zehenspitzen und küsste ihn. »Du bist genau der richtige Mann für mich.«

Er nahm sie in seine Arme, in seinem Bauch zog es und am liebsten hätte er die Zeit angehalten, seine Marisa bei sich. Aber die Zeit konnte man nicht anhalten, die Welt veränderte sich unaufhaltsam und meist war das auch gut so.

***

Marisa entwickelte sich zur reinsten Streberin. Zumindest in Gerds Augen. Sie besuchte seit einiger Zeit einen Kurs, um das Abitur nachzumachen, und hatte oft abends keine Zeit mehr für ihn, weil sie sich mit den anderen aus dem Kurs traf, um gemeinsam zu lernen. Hätte er ihr doch nur nicht lesen und schreiben beigebracht, dachte er an manch weinseligem, einsamem Abend. Aber natürlich wusste er, dass dies Unsinn war, und insgeheim war er mächtig stolz auf sein Mädchen. Was aus einer schüchternen Pasteleria-Verkäuferin doch werden konnte! Gerd knetete seine Einsamkeit in den Teig, ließ sich vor Marisa nicht anmerken, wie schade er es fand, dass sie nicht mehr jeden Abend gemeinsam durch Lissabon schlenderten, so wie früher. Und er schärfte ihr immer wieder ein, dass sie auf keinen Fall zu den falschen Leuten und am besten überhaupt zu niemandem über ihre neue Leidenschaft reden sollte. Wurde er auch schon duckmäuserisch in diesem Regime? Er ertappte sich dabei und verstand die Leute in Portugal immer besser. Es lebte sich einfacher, wenn man nicht aufmuckte, sondern stillschweigend tat, was von einem erwartet wurde. Lieber kleine Brötchen backen und ein gemütliches Leben führen als Ärger zu bekommen und Sorgen zu haben. Die Staatspolizei flößte auch ihm Angst ein. Er hatte schon so einige Geschichten gehört. Der Sohn einer Kundin zum Beispiel wurde von der Pide mitgenommen und kam erst nach vielen Monaten mit Knochenbrüchen und stark wesensverändert zurück. Er redete nicht über die Zeit in deren Klauen und lebte von nun an ruhig und melancholisch sein Leben.

Eines Abends, sie schlenderten gerade am Strand entlang, küsste Marisa ihn innig. Danach sah sie ihn an und sagte: »Ich gehe morgen Abend mit ein paar Leuten lernen.«

»Schon wieder?«

»Du weißt doch, dass ich bald Prüfungen habe. Rodrigo hilft mir sehr bei einem Thema.«

»Rodrigo, ja?«

»Bitte, du hast keinen Grund, eifersüchtig zu sein.«

»Woher soll ich das wissen?«

Marisa zögerte. Er sah, dass es ihr nicht passte. Und er fühlte sich selbst nicht gut mit seinem Genörgel. Aber sie fehlte ihm jetzt schon. Den ganzen Tag würde er Torten und Brot backen und konnte sich dabei nicht einmal auf den gemeinsamen Abend freuen. Denn eigentlich hatten sie vorgehabt, morgen gemeinsam zu einem Fado-Konzert zu gehen. Eine kostenlose Veranstaltung natürlich, denn nach wie vor wurde jeder Escudo für Marisas Studium gespart.

»Bitte, sei mir nicht böse.«

»Ich bin dir nicht böse. Nur etwas traurig.«

»Bitte auch nicht traurig sein. Du weißt, wie wichtig die Prüfung für mich ist.«

Ihrem Charme konnte er einfach nicht widerstehen. »Natürlich, wie dumm von mir.«

»Nein, du bist nicht dumm, du liebst mich. Und ich dich.« Wie sie ihn ansah. Mit dieser Sehnsucht, dieser Leidenschaft. Sofort wusste Gerd wieder, dass sie ihn auch über alles liebte. Mit jeder Faser ihres Körpers. Aber dass sie ebenso dieser Sehnsucht nach Bildung, nach freiheitlichem Denken folgen musste. Und das war ja auch gut so.

Er küsste sie zärtlich auf den Mund.

Sie lächelte, nahm seine Hand und führte ihn um einen Felsen zu einer einsamen Bucht. Gerd wunderte sich. Er fragte sich, was sie vorhatte, und folgte ihr gespannt. Die Sonne ging bereits unter, die Luft umschloss ihn warm.

Marisa blieb stehen, sah ihn mit einem Mal sehr schüchtern an. Dann begann sie, die Träger ihres Kleides über ihre Schultern zu streifen, sodass ihre braun gebrannten Schultern nackt waren. Ihr Blick senkte sich und sie befreite sich aus ihrem Kleid, zog auch noch ihren Slip aus und stand nun nackt vor ihm, in ihrer ganzen Schönheit. Gerd, der kaum zu atmen wagte, hatte noch nie eine so schöne Frau gesehen. Was tat sie da? »Bist du dir sicher?«, flüsterte er überwältigt.

Marisa nickte entschlossen und ihre Augen glühten. Da er sich immer noch nicht bewegte, knöpfte sie sein Hemd auf, fuhr ihm über seine behaarte Brust, streifte ihm das Hemd ab und atmete seinen Duft ein. Gerd legte seine Hände vorsichtig auf ihre nackten Arme, zog sie sanft zu sich und drückte sie an seinen Oberkörper. Wie heiß und weich sie sich anfühlte. Wie ihre Brüste sich gegen seine Brust schmiegten, als gehörten sie zusammen, seit jeher. Die Wellen des Meeres rauschten und berauscht fühlte sich auch Gerd. Sie küssten sich erst zärtlich, liebkosten gegenseitig ihre Lippen, mit wachsendem Verlangen, leidenschaftlich, voller Liebe. Eng umschlungen ließen sie sich in den noch warmen Sand sinken, Gerd entledigte sich seiner Schuhe und Shorts, und nackt, wie Gott sie geschaffen hatte, lagen sie da. Er spürte den weichen Sand, Marisas noch viel weichere Haut, ihre harten Brustwarzen in seinen Händen. Wieder hielt er inne, sah sie fragend an, doch Marisa nickte, presste ihren Schoß gegen seinen Unterleib, und er drang in sie ein. Und als wären sie füreinander geschaffen, verschmolzen ihre Körper. Sie stöhnte schmerzvoll auf, dann voller Lust, hielt sich an seinem Rücken fest, als wollte sie ihn nie wieder loslassen. Er bewegte sich erst langsam, im Einklang mit ihr, im Rhythmus der Wellen. Ihrer beider Lust wurde immer größer, bis sie erschöpft in seinen Armen liegen blieb.

Der Mond schien in dieser Nacht besonders hell, die Sterne funkelten. Ihre Lust überkam sie noch mehrere Male. Immer inniger, immer vertrauter fühlte es sich an.

Als der Morgen bereits zu dämmern begann, setzte sich Gerd auf, betrachtete seine nackte Marisa und streichelte ihr sanft mit einem Finger über die Hüften. »Du bist so wunderschön.«

Sie lächelte verträumt. Dann setzte sie sich auch auf. »Musst du nicht zur Arbeit?«

Er nickte bedauernd. »Dann sehen wir uns morgen Nacht, nachdem du gelernt hast? Kommst du zu mir?«

»Ja, das werde ich. Danke, dass du mich verstehst.«

»Was wäre ich für ein Mann, wenn ich es nicht täte.«

»Ein portugiesischer Mann hätte weniger Verständnis für so eine eigenwillige Frau.«

»Gut, dass du einen deutschen Mann hast«, scherzte er.

***

Den ganzen Tag in der Pasteleria kribbelte sein Körper. Nicht einmal der Duft von Zimt beruhigte ihn heute. Er hatte Entzugserscheinungen, sehnte sich nach ihr, tauchte so oft im Verkaufsraum auf, dass sich Senhora Ferraz schon lustig machte.

Nach Feierabend verabschiedete sich Marisa von ihm ohne Kuss, da Marcos gerade zugegen war.

Gerd streunte am Abend allein durch die Gassen Lissabons, glaubte immer wieder ihr Lachen zu hören, doch jedes Mal handelte es sich um eine andere Frau. Er ging in die ein oder andere Bar, aber nicht einmal die Gazpacho, die kalte Gemüsesuppe, die sie oft zusammen gegessen hatten, schmeckte ihm heute allein.

In der Nacht lag er lange wach und sah immer wieder auf die Uhr. Wo blieb Marisa nur? Gerd hatte fast eine Flasche Wein auf seinem Zimmer getrunken und plötzlich rotierten seine Gedanken. Was, wenn sie sich in ihren Kommilitonen verliebt hatte? Gerd kam sich plötzlich vor wie ein Trottel. Man kannte das doch. Von wegen mit einem Kommilitonen »lernen«. Wie hatte er nur so naiv sein können? Gerd wälzte sich in seinem schmalen Bett von einer auf die andere Seite. Sein ganzer Körper schmerzte, als läge er auf einem Nagelbett. Die schlimmsten Gedanken und Bilder schossen ihm durch den benebelten Kopf. Marisa nackt, mit einem heißblütigen Portugiesen, ebenfalls nackt. Marisa auf diesem leidenschaftlichen Südländer reitend. Ihre Brüste in den Händen dieses Kerls. Gerd ächzte im Halbschlaf, in den er gefallen war, drehte und wendete sich, sodass er fast aus dem Bett fiel. Seine Marisa. Auch ärgerte er sich wieder, dass er ihr lesen und schreiben beigebracht hatte. Seine bisher so schüchterne, scheue Marisa veränderte sich in Riesenschritten. Und er hechelte hinterher oder kam eigentlich schon lange nicht mehr nach. Was hatte er getan? Der Alkohol umnebelte sein Hirn. Die Bilder wurden immer schlimmer und grausamer.

Als er am nächsten Morgen aufwachte, tat ihm der Schädel weh, als hätte jemand mit einem Holzhammer mehrmals draufgehauen. Oh Gott, er hatte seinen Wecker überhört. Es war bereits sieben Uhr. Für einen Bäcker viel zu spät. Rasch stand Gerd auf, hielt schmerzvoll inne, rieb sich die Schläfen.

Wieso hatte ihn Senhora Ferraz nicht geweckt? Er wollte diesem Marcos keinen Grund geben, schlecht über ihn zu reden. Obwohl der das sicher trotzdem tat.

Gerd hoffte sehr, Marisa gleich in der Pasteleria anzutreffen. Sie fehlte ihm so sehr. Ihr gut duftender Körper, ihr Mund, mit dem sie ihn so innig liebkost hatte.

Rasch zog er seine weiße Bäckerkleidung an und eilte hinunter. Das Frühstück musste heute ausfallen, aber er würde sicher einen Galão von Marisa bekommen. Und Brötchen gab es ja genug in der Backstube.

Marcos blickte ihn missmutig an, als er eintrat, kaute auf einem Kaugummi, verzog den Mundwinkel. »Ich hab Senhora Ferraz gleich gesagt, dass so einer wie du nur am Anfang schön tut und dann irgendwann ewig in den Federn liegt. Typisch für euch Hippies.«

»So ein Quatsch. Ich hab einfach verschlafen.«

Marcus musterte ihn angewidert. »Du beschmutzt Marisas Ehre.«

»Das tue ich nicht. Wir sind verlobt.«

Er ließ diesen missmutigen, eifersüchtigen Kerl stehen und ging in den Verkaufsraum. Aber dort stand nur Senhora Ferraz mit einer Kundin bei einem Schwätzchen.

»Ist Marisa nicht da?«

»Nein, oder siehst du sie?« Die sonst so nette Senhora Ferraz funkelte ihn wütend an. »Was soll das? Erst lässt du mich hängen und sie mich jetzt auch noch. Ich habe bei ihr geklopft, dann habe ich aufgeschlossen. Zum Glück habe ich einen Schlüssel. Sie ist heute Nacht nicht nach Hause gekommen. Weißt du, wo sie ist? Muss ich mir Sorgen machen?«

Gerd schluckte schwer, zuckte nur die Achseln. Sie war immer noch nicht zurück? Lag sie etwa tatsächlich in den Armen dieses Portugiesen und schlief dort seelenruhig? Sein Herz pochte, seine Hände ballten sich zu Fäusten.

»Tut mir leid, dass ich verschlafen habe. Aber wo Marisa ist, weiß ich nicht. Sie war gestern lernen.«

»Seit du hier bist, ist sie so anders«, schimpfte Senhora Ferraz. Die Kundin, die alles interessiert mitangehört hatte, stimmte ihr zu und begann ungeachtet Gerds Anwesenheit über die Deutschen zu lästern.

Der aber hatte jetzt andere Sorgen. Wo war Marisa? Einerseits war er immer überzeugter davon, dass sie ihn betrogen hatte, andererseits wollte er an das Gute in ihr glauben und ihr vertrauen. Denn jetzt, wo der Alkohol seine Gedanken nicht mehr verwirrte, war er sich nicht mehr so sicher, ob die Bilder in seinem Kopf nicht doch übertrieben waren.

Er ging zurück in die Backstube. Marcos, der heute alle Brötchen allein gebacken hatte, trat gerade einen Schritt vor die Tür in den Hof und zündete sich eine Zigarette an. »Und? Wo ist sie?«

»Ich weiß es nicht.«

Marcos lachte auf. »Soll ich es dir sagen?«

»Ja?«

Marcos grinste und genoss das Gefühl der Überlegenheit. »Marisa ist wie jede Frau. Sie nutzen dich aus. Du warst gut genug, ihr lesen und schreiben beizubringen. Du hast doch nicht etwa ernsthaft geglaubt, dass eine stolze Portugiesin einen wie dich heiratet?«

Gerd kochte innerlich, versuchte aber, sich zurückzuhalten, da er hoffte, Marcos wüsste, wo sie steckte. »Wieso nicht. Wir lieben uns.«

Marcos bekam einen künstlichen Lachkrampf und Gerd ging drohend ein paar Schritte auf ihn zu. Wie gern hätte er ihm jetzt eine reingeschlagen. »Hör sofort auf, sonst kriegst du eine geschossen.«

Gerd war mindestens einen Kopf größer als dieser schmächtige Portugiese.

Marcos, der Gerds entschlossener Miene wohl ansah, dass er es ernst meinte, verstummte und nahm hämisch grinsend einen weiteren Zug an seiner Zigarette. »Also gut, ich sage es dir.«

Gerd, der innerlich vor Zorn kochte, sah ihn abwartend an.

»Ich hab sie gestern Abend gesehen. Zufällig. Als ich mit einem Kumpel in einer Bar war.«

»Na und? Was sagt das? Sie hat sich mit einem Kommilitonen getroffen, um zu lernen, das weiß ich.«

Marcos genoss den Moment, genoss es, ihn zappeln zu lassen. »Lernen nennt man das jetzt?« Er grinste. »Vielleicht hat er ihr küssen beigebracht.«

Gerd schüttelte um Fassung bemüht den Kopf. »Du erzählst doch bloß Schwachsinn, wer soll dir denn das glauben?«

»Du.« Marcos' Tonlage wurde ruhig und fast drohend. »Sein Name ist Rodrigo und er ist heiß auf sie.«

Woher kannte er den Namen? Gerds Blut schoss aus seinem Kopf. Ohne nachzudenken, verpasste er Marcos einen Kinnhaken, der diesen torkeln und schließlich gegen die Hauswand prallen ließ. Wie ein Mehlsack sackte Marcos mit dem Rücken an der Mauer entlangschleifend in sich zusammen. Entsetzt sah Gerd, der eigentlich keiner Fliege etwas zuleide tun konnte, was er getan hatte. Ausgerechnet in dem Augenblick musste auch noch Senhora Ferraz mit einem leeren Plätzchenblech aus der Pasteleria kommen. »Oh mein Gott!« Sie ließ das Backblech scheppernd fallen. »Was ist denn hier los? Gerd?!«

»Ich ...« Er brachte keinen Ton mehr heraus. Marcos dafür umso schneller.

»Er ist brutal, ich hab es von Anfang an gesagt, Senhora. Er verschläft und er schlägt mich zusammen. Schmeißen Sie ihn raus.«

Senhora Ferraz, die viel von Gerd hielt und wenig von Marcos, sah Gerd nur fragend und abwartend an. Doch der konnte nur die hängenden Schultern zucken. Zu aufgewühlt war er durch Marcos' Worte. Denn wie kam Marcos auf den Namen Rodrigo? Marisa, die nur die allernötigsten Worte mit Marcos wechselte, hatte ihm ganz sicher nicht erzählt, mit wem sie lernte. Sagte er also die Wahrheit? Gerds Gedanken rotierten. Vielleicht hatte er die beiden wirklich in einer Bar getroffen und Marisa hatte ihm Rodrigo aus Höflichkeit vorgestellt. Geküsst mussten sie sich deshalb noch lange nicht haben. Aber der Stachel saß und der Zweifel, der ihn schon die halbe Nacht gekostet hatte, bohrte weiter. Was, wenn er, der Bäcker, Marisa nicht mehr genügte und sie von der Ernsthaftigkeit seiner Liebe nicht überzeugt war, immer noch den unzuverlässigen, treulosen deutschen Hippie in ihm sah? Gerd verfluchte plötzlich all die Hippies, die mit ihren verrosteten Bussen, den Kopf voll »freier Liebe«, nach Portugal kamen, dort am Strand lebten und feierten, in den Tag hineinschliefen und ihren Müll zurückließen. Natürlich hatten die Portugiesen ein schlechtes Bild von den Deutschen. Dass es auch die anderen gab, junge Männer wie ihn, die zwar eine Zeit lang auch so rastlos lebten, aber in ihrem tiefsten Inneren ehrlich, anständig und kinderlieb waren, das sahen die portugiesischen Frauen natürlich nicht.

10. KAPITEL

Lissabon, 2018

Katharina hatte ihren Paps nicht davon abhalten können, einen Flug nach Lissabon zu buchen, und insgeheim freute sie sich unbändig. Er hatte die Ärzte überredet, ihn fliegen zu lassen, wenn er schon keine Harley mehr fahren durfte. Beim Fliegen konnte schließlich nichts passieren, zumindest nichts, was mit seiner Krankheit zusammenhing. Auf eigenes Risiko, das musste er unterschreiben. Katharinas Mutter hatte er offenbar gesagt, dass er nach dem geplatzten Harley-Traum ein paar Tage mit seiner Tochter im Land seiner Träume verbringen wollte. Vermutlich das letzte Mal. Was ja im Grunde keine Lüge war. Katharina hatte zwar trotzdem ein ungutes Gefühl, ihrer Mutter die ganze Wahrheit vorzuenthalten, andererseits hätte diese sie zutiefst verletzt, und das sollte natürlich auch nicht sein. Ein Dilemma, aber letztendlich musste das ihr Vater entscheiden.

Während Arne den Camper am Lissabonner Flughafen parkte, stand Katharina schon am Terminal und hielt nach ihrem Paps Ausschau. Da kam er. Katharina rannte ihm entgegen, als sei sie ein kleines Mädchen. Ihr Paps, dieser große, stämmige Mann, breitete seine Arme aus, drückte sie an sich und flüsterte ihr ins Ohr. »Mein Mädchen, ich freue mich so auf die Tage mit dir.«

Katharina schmiegte sich an ihn, roch seinen unverkennbaren Duft, löste sich dann nach einer kleinen Weile und lächelte ihn an. »Und ich erst.«

Dann musterte sie ihn besorgt. »Du siehst blass aus. Und hast du abgenommen?«

»Na ja, durch die Chemo hab ich ja nicht viel im Magen behalten.« Er versuchte, zu scherzen. »Hat auch seinen Vorteil. Du kannst Kuchen und Torten essen, so viel du willst, und nimmst nicht zu.«

»Ach Mensch. Was sagen denn die Ärzte? Gibt es schon die neuen Untersuchungsergebnisse?«

Er schüttelte den Kopf. »Die krieg ich nach meiner Reise.« Seine Stimme wurde leiser. »Ich darf keine Wunder erwarten, hat mein Arzt gesagt. Aber wenn man nicht mehr an Wunder glaubt, ist dann nicht eh schon alles vorbei?«

Betroffen blickten sich die beiden an.

In dem Moment trat Arne dazu, begrüßte seinen Schwiegervater freudig, umarmte ihn. »Grüße dich, Gerd, schön, dass du da bist.«

Katharina wusste, dass er nicht wirklich begeistert darüber war, einen Teil seines Jahresurlaubs statt in trauter Zweisamkeit in Begleitung seines Schwiegervaters zu verbringen, auch wenn er ihn noch so sehr mochte. Sie rechnete es ihm hoch an, dass er sich nichts anmerken ließ.

Gerd lachte verlegen auf. »Keine Sorge, mein Junge, ich werde nicht wie eine Klette an euch kleben. Ich hab mir ein Zimmer in einer Pension in Lissabon genommen, ganz in der Nähe der Pasteleria, in der ich damals gearbeitet hab. In eurem Camper ist sowieso kein Platz für drei.«

Arne und Katharina warfen sich einen Blick zu, denn der Camper war für eine Familie konzipiert, daher hätten sogar vier

Personen darin schlafen können. Aber Arnes Blick sprach Bände und so schluckte Katharina ihren Einwand, dass Paps durchaus bei ihnen im Camper Platz habe, hinunter. Vermutlich war es besser so. Sie durfte Arnes Gutmütigkeit nicht überstrapazieren. Und ihr Paps war ein kranker Mann. In einer kleinen Pension nahe seiner Pasteleria mit der Möglichkeit, sich jederzeit zurückziehen zu können, fühlte er sich sicher wohler.

»Ich mach mir keine Sorgen, Gerd«, erwiderte Arne nett. »Sollen wir gleich dorthin fahren, damit du dich hinlegen kannst? Die Reise war sicher anstrengend für dich.«

Paps schüttelte lächelnd den Kopf, blickte erst Arne, dann Katharina an. »Ich bin nicht zum Schlafen hergekommen. Die letzten Wochen meines Lebens will ich wach sein. Viel wacher als früher. Viel zu oft geht ein Tag einfach so rum und du hast ihn nicht wirklich gelebt.«

»Oh Paps, du hast so recht«, erwiderte Katharina und drückte ihrem Paps einen Kuss auf die Wange. »Komm, ich zeig dir unseren Camper. Wir fahren zur Pension, checken ein, und wenn dir danach ist, führst du mich durch dein Lissabon. Zu allen Orten, an denen du mit deiner Marisa am liebsten gewesen bist.«

Allein bei dem Gedanken daran leuchteten Paps' Augen. Wie schön, ihn so voller Vorfreude zu sehen, durchfuhr es Katharina. Sie traten vor das Flughafengebäude und Katharina spürte die Wärme der Sonne auf ihrer Haut, registrierte den leuchtend blauen Himmel über Portugal und fühlte sich dankbar und glücklich, diese Tage mit ihrem Paps erleben zu dürfen.

***

Nachdem ihr Vater in der kleinen Pension eingecheckt hatte, ließ Arne die beiden allein und machte sich auf zum Strand von Carcavelos. Er hatte in einem Online-Reiseführer gelesen, dass dieser etwas außerhalb von Lissabon liegende Strand vor allem bei Surfern sehr beliebt war. Katharina gab ihm einen Kuss, wünschte ihm viel Spaß und hakte sich bei ihrem Paps unter. Diesem großen, starken Mann, dem Helden ihrer Kindheit.

»Willst du dich wirklich nicht erst mal hinlegen?«

»Nein, ich will Lissabon sehen, wie es nach so vielen Jahren aussieht.«

»Gut, aber du sagst, wenn wir Pause machen sollen. Wo fangen wir an?«

»Am besten …« Verträumt hielt er inne. »Dort, wo ich den ersten Abend mit Marisa verbracht habe. Es ist eine kleine Bar, es gab herrlich duftende Kuchen dort. Keine Ahnung, ob es sie noch gibt. Also die Bar, die Kuchen von damals bestimmt nicht mehr.« Er lachte.

Verrückt, dachte Katharina, da steht dieser sterbenskranke Mann und macht noch Scherze.

»Dann führe mich.« Sie lächelte ihn an und ein warmes Gefühl durchströmte sie. An diesen Tag mit ihm würde sie sich ihr restliches Leben erinnern, das wusste sie in diesem Moment. Und wieder fühlte sich Katharina sehr dankbar, dass sie dies mit ihrem Vater noch erleben durfte. Auch wenn die schreckliche Wahrheit, dass seine Zeit begrenzt schien, im Grunde unerträglich war. Gerade machte es ihr keine Angst, er sorgte mit seiner guten Laune sogar dafür, dass sich ein unbeschwertes Gefühl in ihr breitmachte. Sie beschloss, heute möglichst nicht an seine Erkrankung zu denken, sondern jede Stunde, jede Minute mit ihm zu genießen.

»Da entlang, ich erinnere mich wieder.« Seine blauen Augen leuchteten und Katharina sah in ihm plötzlich den jungen Mann, der er in den Siebzigern gewesen war. Viel schlanker und bestimmt sehr attraktiv mit dem blonden Haar und der ständig leicht gebräunten Haut, die er heute seiner allsommerlichen Arbeit im Schrebergarten verdankte.

Und so schlenderten sie eingehakt durch die engen Gassen der Altstadt, der Alfama, und bergauf, vorbei an den geöffneten Fenstern ebenerdiger Wohnungen, durch die man in die Räume der Einheimischen sehen konnte. Köstliche Kochdüfte strömten ihnen hier und dort entgegen, Leinen voll bunter Wäsche hingen quer über den Gassen. Katharina fühlte sich wohl hier, sie verstand gut, warum es ihrem Vater damals auch so ergangen war. Kein Wunder, dass von Jahr zu Jahr mehr Touristen diese wunderbare Stadt besuchten.

»Hier, da geht es lang.«

Er deutete auf eine schmale, steile Steintreppe, die auf eine Terrasse führte.

»Bist du sicher? Ich meine, es ist ja schon so viele Jahre her.«

»Es war mein erster Abend mit Marisa, natürlich bin ich mir sicher.« Er ging voran, keuchte ein wenig, blieb stehen und stützte sich vornübergebeugt mit den Händen auf den Knien ab.

»Paps, alles in Ordnung?« Besorgt sah Katharina ihn von der Seite an, legte ihre Hand auf seinen breiten Rücken. Schweißtropfen rannen ihm die Schläfen hinab.

Er wischte sie mit dem Ärmel weg, nickte tapfer lächelnd und ging weiter.

Was, wenn er sich doch viel zu viel zumutete und gleich vor ihren Augen zusammenklappen würde? Wieder hielt er inne, schien ihre Gedanken erraten zu haben.

»Kleines, mach dir keine Sorgen, der neue Arzt, der Dr. Hell, hat mir grünes Licht für diese Reise gegeben und ich pass auf mich auf. Mama wartet schließlich zu Hause auf mich mit ihrer leckeren Bohnensuppe.« Seine Stimme wurde leiser. »Ich bin so verdammt froh, Portugal jetzt mit dir noch mal erleben zu dürfen. Du glaubst gar nicht, wie froh ich bin.«

»Ich auch, Paps. Und wie.«

Die beiden lächelten sich an, er drehte sich um und stieg weiter Stufe um Stufe die Treppe hinauf. Plötzlich mit mehr Energie und sogar etwas Schwung.

Oben angekommen schien ihnen die Sonne ins Gesicht. Sie befanden sich auf einer kleinen Terrasse mit Blick über die Dächer Lissabons.

»Wie wunderschön«, entfuhr es Katharina.

Und auch ihr Paps schien von diesem Anblick, den er über vierzig Jahre nicht mehr gesehen hatte, überwältigt zu sein.

Er nahm ihre Hand und drückte sie. Jetzt erst erblickte Katharina die kleine Bar zur Rechten, davor standen drei Holztische samt Stühlen.

»Es gibt sie noch«, stellte er fest. »Wir saßen damals drin, haben einen Wein getrunken, uns in die Augen gesehen und ich wusste sofort, das ist sie.«

Er hielt inne, sah Katharina fast entschuldigend an. »Du weißt, dass ich deine Mutter über alles liebe, nicht wahr?«

»Natürlich, Paps. Das musst du jetzt nicht jedes Mal erwähnen.«

»Dann ist es ja gut. Man kann auch mehrere Menschen im Leben sehr doll lieben. Du musst wissen, dass du ein Kind der Liebe bist, das ist mir sehr wichtig. Oder wie sagt man das?«

Katharina musste lächeln. »Das weiß ich. Dieses Gefühl habt ihr mir auch immer gegeben. Alles ist gut.«

Beruhigt ließ er seinen Blick über die Dächer der Altstadt schweifen. »Trotzdem würde ich gern herausbekommen, was damals mit ihr geschehen ist.«

»Das verstehe ich so gut. Magst du hier etwas trinken? Bei dieser Hitze solltest du viel trinken.«

»Du aber auch.«

Sie setzten sich an einen der Tische und bestellten sich eine Flasche kühles Mineralwasser.

Dann fragte er die Bedienung, eine junge, zierliche Frau, etwas auf Portugiesisch.

»Wow, du sprichst ja noch fließend Portugiesisch.«

»Na ja, Marisa hat es mir schließlich damals beigebracht. Aber es ist so lange her, ich kann es überhaupt nicht mehr gut.«

»Für mich klang es toll. Was hast du sie denn gefragt?«

Er lächelte. »Ob sie noch diesen köstlichen portugiesischen Mandelkuchen haben. Sie meinte, ja.«

Und tatsächlich. Die junge Kellnerin kam mit zwei weiß-blauen Tellern Mandelkuchen zurück. Er sah fast aus wie der mallorquinische Mandelkuchen, den Katharina bei ihren Urlauben mit Arne auf Mallorca immer so gern gegessen hatte. Sie nahm ihr Handy heraus und machte ein paar ansprechende Fotos für ihren Food-Blog. Dann probierte sie ein Stück und er schmeckte genial.

»Mmhm, köstlich.«

»Oh ja.« Ihr Paps wischte sich glückselig eine Träne aus dem Augenwinkel. »Genauso verzückt hat Marisa auch geschaut, als sie ihn gegessen hat.« Er atmete durch, blickte Katharina an, so voller Wärme, so voller Liebe, und legte seine große Hand auf die ihre. »Vielleicht bin ich einfach ein gehörntes Rindvieh, und sie hat in mir nur den blonden Deutschen gesehen, mit dem man Spaß haben kann.«

»Ich bin überzeugt davon, dass ihr bewusst war, was für ein besonderer Mann du bist.« So inbrünstig Katharina das sagte, meinte sie es auch. Doch im selben Moment wurde ihr klar, dass ihr Paps durchaus auch recht haben konnte mit seiner Vermutung. Wie oft liebte einer mehr als der andere. Wie oft gab es Missverständnisse zwischen Mann und Frau. Sie dachte an sich und Arne. Wer von ihnen beiden liebte mehr? Anfangs ganz sicher sie, denn Arne wirkte nicht Hals über Kopf verliebt, als sie ihn auf dieser Tagung für Rechtsanwälte kennenlernte. Kein Wunder, denn sie stand gerade am Buffet, lud sich den Teller mit mediterranen Köstlichkeiten voll und dabei flutschte ihr eine grüne Olive in den Ausschnitt ihrer weißen Bluse. Zum Glück stand gerade keiner um sie herum und Katharina fühlte sich unbeobachtet. Doch Arne hatte das von ihr unbemerkt gesehen und beobachtete amüsiert, wie Katharina in ihrem Ausschnitt herumfischte, um diese Olive wieder einzufangen. Die allerdings immer tiefer und tiefer rutschte, und als Katharina schweißgebadet aufsah, blickte sie in Arnes olivgrüne Augen. Der lächelte und schlug vor, die Bluse unten doch einfach aus dem Rock herauszuziehen. Daran hatte Katharina in ihrer Panik nicht gedacht, zog die Bluse mit hochrotem Kopf vorn ein Stückchen aus dem Bund und, schwupp, kullerte die Olive zu Boden – genau vor Arnes Füße. Romantischer konnte eine erste Begegnung nicht sein. Arne bückte sich galant, hob die Olive auf und wusste einen Moment nicht, was er damit machen sollte. Katharina, die ihre Kleidung rasch wieder geordnet hatte, nahm sie ihm ohne lang nachzudenken aus der Hand, berührte ihn dabei das erste Mal, und warf sie in hohem Bogen in einen Mülleimer. Den sie natürlich verfehlte. Nun mussten beide lachen und Katharina merkte, wie sympathisch dieser Mann war. Denn andere, die sie kannte, hätten mit Sicherheit Sprüche losgelassen wie: »Da, wo die Olive ist, wäre ich jetzt auch gern«, oder dergleichen. Irgendwie war sie bisher immer eher an diese Sorte Mann geraten. Bis sie Arne kennenlernte, diesen edlen Mann aus gutem Hause. Der sogar mit ihrem Paps, einem einfachen Bäcker, gut auskam und keinen Standesdünkel hatte. Eher im Gegenteil. Er liebte es, in Katharinas Familie zu sein, wo es herzlich und ungezwungen zuging und wo es gutbürgerliche Gerichte gab, die satt machten und schmeckten. Arne erzählte ihr einmal von dem sechzigsten Geburtstag seines Vaters, der in einem edlen Restaurant gefeiert wurde. Die Portionen auf den Tellern waren so klein, dass alle hungrig nach Hause gingen.

Die ganzen angespannten Verwandten und Geschäftskollegen. Arne suchte anschließend sogar einen Dönerladen auf. Während dieser Feier war zudem kein einziges Mal gelacht worden, und als ein kleines Mädchen, die Tochter einer Kollegin, trotz Ermahnens immer wieder laut plapperte und kicherte, hatte man es »entfernt«. Derart ungezogene Kinder störten die Gesellschaft, hörte er seine Tante ihrem Mann zuraunen. Arne, der Familienfeste nicht anders kannte, bis er mit Katharina zusammenkam, genoss es, in legerer Kleidung im Schrebergarten zu grillen, Bier zu trinken und laute Musik zu hören. Katharina liebte es, ihn zu beobachten, wenn er sich endlich einmal frei bewegen konnte.

»Weißt du, was mir jetzt hier mit dir auch immer wieder durch den Kopf geht?«, unterbrach ihr Vater ihre Gedanken.

»Was? Was denn?«

»Dass ich Marisa für ihr Verschwinden dankbar sein muss. Denn sonst hätte ich Mama nicht kennengelernt und es würde dich nicht geben.«

»Du musst das wirklich nicht ständig sagen, Paps.«

»Ich weiß. Ich sag es trotzdem immer wieder, weil ich mich so freue, dass es euch gibt. Weißt du eigentlich, warum ich mich in Mama verliebt habe?«

»Nicht so genau. Nur, dass ihr euch in der Bäckerei in Moabit kennengelernt habt, weil Mama unbedingt das Rezept von deinen Puddingtörtchen wollte.«

Er lächelte. »Genau. Sie wollte unbedingt den Bäcker sprechen, der diese leckeren Törtchen gebacken hat. Im Nachhinein hat sie mir verraten, dass sie mich immer von gegenüber, von dem Blumenladen, in dem sie arbeitete, beobachtet hat. Dass sie von Anfang an wusste, das ist der Mann, mit dem ich Kinder will. Dass sie aber lang viel zu schüchtern war, um mich anzusprechen. Ich hab sie ehrlich gesagt zwar ab und zu vor dem

Laden bei den Blumen gesehen, aber sie hat immer nur schüchtern auf den Boden geguckt, wenn ich rübergelinst hab.«

»Mama war tatsächlich so schüchtern?« Katharina amüsierte sich. Ihre Mutter, die zu Hause das Regiment führte wie eine italienische Mamma. Schwer vorstellbar.

»Ja, sie wirkte wie eine Blume, die lang kein Wasser gekriegt hat. Sie hat oft den Kopf hängen lassen, weil sie – wie ich mir später zusammengereimt habe – bei ihrer alleinerziehenden Mutter nichts zu lachen hatte, sich ständig um die jüngeren Geschwister kümmern musste und selbst viel zu kurz kam. Als ich ihr dann das Rezept für die Törtchen verraten und zum ersten Mal gesehen hab, was für eine hübsche, liebenswerte junge Frau sie war, konnte ich förmlich mitansehen, wie sie von Treffen zu Treffen immer mehr aufgeblüht ist. Wie eine Rose.«

»Paps, du wirst ja richtig poetisch.«

Er lachte. »Und das ich, was?«

Katharina aß ihren letzten Bissen Mandelkuchen.

»Weißt du eigentlich, dass ich als junger Mann gedichtet hab?«

»Was? Nein.« Was sie hier alles erfuhr.

»Na ja, in der Hippiezeit wollte man ja besonders lässig sein. Und meine Kumpels damals, die haben alle studiert. Also hab ich mir gesagt, Gerd, was kannste? Schreiben kannste, und reimen kann ja eigentlich jeder. Probier's doch einfach.«

»Toll. Darf ich die Gedichte mal lesen?«

»Auweia.« Er lachte. »Wenn's sein muss. Aber was ich dir damit eigentlich sagen will: Irgendwas kann jeder gut. Und manchmal muss man es einfach ausprobieren, ob man ein Talent für etwas hat. Ich meine nur, weil du doch nicht so glücklich bist in deinem Job, mein Mädchen.«

Erstaunt sah Katharina ihn an. »Woher weißt du das?«

Er zuckte die Schultern, sah sie liebevoll an. »Das merkt man als Vater einfach und der Arne hat auch mal so was angedeutet.«

Katharina gab zu, dass sie sich das lange selbst nicht eingestehen konnte. »Weißt du, wie ich mich in der Kanzlei manchmal fühle?«

»Wie denn?«

»Wie eines deiner Kaninchen früher. Jeden Tag gibt's das Gleiche zu essen, jeder Tag läuft gleich ab. Und dann auch noch gefangen im Stall. Draußen scheint die Sonne, die Blumen blühen, aber ich kann nur durch das Gitter zusehen.«

»Woher weißt du denn, wie sich meine Kaninchen früher gefühlt haben?«

»Weil sie immer diesen traurigen Blick hatten.«

»Deshalb hast du sie freigelassen?«

»Ja, deshalb.«

Katharina hatte den Stall der vier Kaninchen, die ihr Vater einmal zum späteren Verzehr aufgepäppelt hatte, als Kind mit Absicht offen gelassen. Als Paps das am nächsten Morgen entdeckte, hatte er Katharina nicht geschimpft, sondern sie auf seinen Schoß gesetzt und ihr ins Ohr geflüstert: »Ich hätte sie eh nicht schlachten können. Das hast du gut gemacht.«

Seitdem stand im Haushalt Winter kein Kaninchenbraten mehr auf dem Speiseplan. Auch nicht von tiefgefrorenen, bratfertig gekauften Tieren. Nur aus Hefeteig gebackene Kaninchen gab es, mit Zuckerguss und Rosinenaugen.

Wenn Katharina in ihrem Büro saß und stumpfsinnige Dinge tun musste, dachte sie oft an den Blick der Kaninchen zurück. Nur eines von ihnen war lebhafter gewesen und hatte leuchtende Augen besessen. Genau wie ihre Kollegin, die Assistentin des Chefs. Der schien ihr Job wirklich Spaß zu machen, sie fühlte sich offenbar nicht gefangen und die tägliche Routine gefiel ihr. So tickte jeder Mensch und manches Kaninchen eben anders.

»Ich muss mir jobmäßig was überlegen, Paps, sobald ich wieder zu Hause bin. Vielleicht eine Fortbildung machen oder so. Ohne mein Zweites Staatsexamen komme ich in der Kanzlei einfach nicht weiter. Irgendwie schon ärgerlich, dass ich damals das Studium nicht fortgesetzt habe. Ich sah einfach keinen Sinn mehr darin.«

»Du könntest ja auch was ganz anderes machen. Dein Food-Blog macht dir doch Spaß.«

»Ja, schon, aber von lecker aussehenden Fotos kann man sich leider nicht ernähren. Außer man wird Instagram-Star.«

»Da kenne ich mich nicht aus. Aber viel brauchst du doch nicht zum Leben, oder? Hauptsache, du bist glücklich.«

»Ja, aber ich brauche etwas, das mich ausfüllt. Ein Food-Blog allein ist es auch nicht. Ich will etwas bewegen, Gutes tun. Ich weiß nur noch nicht, was das sein könnte und wo ich ansetzen soll.«

»Das kommt schon noch. Ich bin jetzt schon sehr stolz auf dich.«

Wie er das sagte und sie dabei ansah, durchfuhr sie ein unbeschreibliches Glücksgefühl. Wie kostbar diese Stunden doch waren, die sie mit ihm allein und in dieser schönen Umgebung verbringen durfte. Zuhause in Berlin war meist ihre Mutter dabei. Die Katharina auch über alles liebte, aber mit ihr verliefen die Gespräche einfach anders. »Isst du auch genug, Kind?«, fragte sie jedes Mal. Oder: »Die Elfriede kriegt jetzt schon ihr drittes Enkelkind.«

Katharina wich dem Thema immer aus, da sie sich einfach noch nicht bereit dazu fühlte, Mutter zu werden. Vielleicht würde sie sich aber auch nie bereit fühlen, wer wusste das schon. Jedenfalls waren Kinder momentan zwischen Arne und ihr kein Thema und sie wollte auch erst mit sich und ihrem Job zufrieden sein, um weiter darüber nachzudenken.

»Wollen wir? Ich hab Hummeln im Hintern.«

»Klar, lass uns gehen.«

Sie zahlten und kletterten die Stufen wieder hinab. Katharina bestand darauf, die Hand ihres Paps zu nehmen, damit er mehr Halt hatte. Denn dass er seit seiner Erkrankung schwächer auf den Beinen war, konnte er mit seinem grenzenlosen Optimismus nicht übertünchen. Sie sah es einfach, wie das eine Tochter eben sah.

»Wollen wir jetzt zur Pasteleria?«, fragte er. »Als ich von dir gehört habe, dass Senhora Ferraz noch lebt, habe ich mich gefreut wie ein kleines Kind, das am Teig naschen darf.«

»Gern. Sie ist eine sehr nette alte Dame. Sie scheint dich sehr gemocht zu haben.«

»Ich glaube, sie war sogar ein bisschen verliebt in mich. In den großen blonden Deutschen. Aber zum einen war ich ja viel jünger als sie und zum anderen hatte ich eh nur Augen für Marisa. Ja, Senhora Ferraz war eine wirklich gute Seele.«

Die kleine Pasteleria, die Katharina bei dem Besuch mit Arne nicht betreten hatte, wirkte bereits von außen wie aus längst vergessenen Zeiten. Der köstliche Duft von Kaffee und süßen Teilchen strömte ihnen entgegen, als sie die Tür öffneten. Und die Ladenglocke klang laut Paps genauso wie früher. Es stand niemand hinterm Tresen, aber im Hinterzimmer hörte man jemanden rumoren.

»Wie gern würde ich jetzt ein Pastel de Nata essen«, seufzte Katharina, »hätte ich nur nicht gerade den Mandelkuchen verputzt.« Sie musste aufpassen, um bei all den Leckereien nicht zuzunehmen.

»Ach komm, diese kleinen Puddingteilchen passen immer noch rein. Außerdem: Bedaure nichts, was du in deinem Leben getan hast.«

»Paps, an dir ist wirklich ein Philosoph verloren gegangen.«

»Ist er nicht.« Er lächelte. »Ich hab mir beim Dichten halt viele Gedanken über das Leben gemacht.«

Wie wahr. Der dichtende Bäcker. Hatte sein Leben gelebt und genossen, wie es ihm schmeckte. Mit ganz viel Zuckerguss und Vanille. Er liebte es, zu backen, und schrieb Gedichte, wenn es ihn überkam. Genoss seinen Schrebergarten, seine Familie, so oft es ging. Einzig der Stachel, den diese Marisa in ihm hinterlassen hatte, den musste er loswerden. Katharina beschloss, ihn ihrem Vater zu ziehen. Wie sehr konnten Menschen verletzt werden. Wie tief in ihrem Inneren. Wie sehr wollten wir alle nur eines: geliebt werden. Und Antworten auf unsere Fragen.

»Wieso bist du nicht noch mal nach Portugal gekommen? Wieso hast du nicht weiter nach ihr gesucht?«

»Weil es sehr wehgetan hat. Und dann hab ich ja irgendwann Mama kennengelernt. Das wäre unfair und dumm gewesen.«

»Da hast du recht.«

»Danke. Aber jetzt. Wo es zu Ende geht, will ich es wissen.«

»Oh ja.«

Die junge Frau, die Enkelin von Senhora Ferraz, kam aus dem Hinterzimmer, erkannte Katharina und begrüßte sie auf Englisch.

Katharina stellte ihren Paps vor, bestellte je zwei Pastéis de Nata und zwei Galão und bat sie, ob sie ihrer Großmutter sagen könne, dass Gerd überraschend gekommen sei.

Die Enkelin erledigte rasch die Bestellung und ging hoch, ihrer Großmutter die frohe Kunde zu überbringen.

Katharina und ihr Vater ließen sich draußen in der Sonne an einem der kleinen Tische die Puddingtörtchen und den Milchkaffee schmecken. Es dauerte erstaunlich lange, bis Senhora Ferraz kam. Aber vermutlich hatte sie ein Schläfchen gehalten, in ihrem Alter.

Sie sah angespannt aus, zitterte ein wenig, als sie Gerd gegenübertrat. Der stand überwältigt auf, nahm die kleine, alte Frau in seine Arme und sagte etwas auf Portugiesisch.

Plötzlich begann Senhora Ferraz in seinen Armen zu weinen. Und Katharina und auch ihr Paps merkten, dass sie das nicht aus Freude tat, sondern aus Verzweiflung. Und Scham?

»Was ist mit ihr?«, fragte Katharina besorgt nach. Gerd redete einfühlsam auf Senhora Ferraz ein, aber die schüttelte nur unter Tränen ihren Kopf. Sie schämte sich, das konnte man nun deutlich sehen. Katharina hatte Mühe, alles zu verstehen, denn Senhora Ferraz' Deutsch war nach all den Jahren nicht mehr so gut wie früher, daher wichen die beiden immer wieder ins Portugiesische aus.

»Was hat sie?«, wollte Katharina wissen.

»Marisa hat Senhora Ferraz nach dem Tod ihres Mannes besucht. Von ihr hat sie erfahren, dass sie in diesem Restaurante in Faro eine Stelle gefunden hat. Es war wohl Jahre, nachdem ich wieder zurück nach Deutschland gegangen bin.«

»Ja und, wieso schämt sie sich so?«

»Weil sie es mir nicht geschrieben hat. Weil sie nicht auf meinen Brief geantwortet hat. Aber sie dachte, dass ich inzwischen Familie in Deutschland hatte. Dass es besser sei für mich. Sie hat gesehen, wie sehr ich damals gelitten habe.«

Senhora Ferraz senkte den Kopf. Sie trug eine Hochsteckfrisur, ihre Haare waren grau und sahen licht aus. Zittrig ließ sie sich auf einen der Caféstühle sinken, rieb sich über ihre faltigen Wangen und berichtete, was ihr Marisa unter Tränen erzählt hatte.

11. KAPITEL

Der Gefängnisflur roch nach verdorbenem Essen und Abfall. Marisa wurde von einer korpulenten, nach Schweiß stinkenden Gefängniswärterin am Arm festgehalten und den Flur entlanggeschoben wie Schlachtvieh. Sie fühlte deren festen Griff, ihre viel zu langen Fingernägel, die sich in ihre Haut bohrten. Spitz, roh und gemein, als habe Marisa ihr etwas getan. Dabei hatte sie das nicht, sie hatte überhaupt nichts getan. Verstand diese Frau das denn nicht? Wusste sie nicht, was Solidarität unter Frauen bedeutete? Wie wichtig diese war? Wie existenziell, gerade in einer Diktatur, deren Regierende auch vor dem weiblichen Geschlecht nicht haltmachten?

Diese Wärterin hatte bestimmt einmal gut ausgesehen, in jüngeren Jahren, das konnte man noch sehen. Auch wenn ihre Nase sehr lang und ein wenig gebogen war. Doch die Verletzung an der rechten Wange, die große, schlecht verheilte Narbe, gab ihr das Gesicht einer Hexe. Vor allem der böse Blick. Wie konnte ein Mensch nur so verbittert und verhärmt wirken? Was hatte die Arme womöglich selbst erleben müssen? Kein Mensch kam böse auf die Welt. Viel zu viele hatten unter Salazar gelitten,

137

auch Frauen. Die Pide hatte viele Frauen wegen aufrührerischer Aktivitäten festnehmen und einsperren lassen. Viele landeten wie Marisa hier im Gefängnis in Caxias, unweit von Lissabon.

Marisa war das nicht unbekannt gewesen, sie hatte von Senhor Ferraz, der wiederum viel von Nachbarn zugetragen bekam, einige solcher Geschichten gehört. Nie aber hatte sie dabei gedacht, dass es sie treffen könnte. Wie man immer dachte, »mich betrifft es nicht«. Bis das Schicksal zuschlug. Gnadenlos. Dabei hatte sie mit ihrem Kommilitonen Rodrigo in dieser Bar nur über die Freiheit geredet, nichts Verbotenes angestellt, rein gar nichts.

Und nun stand sie hier und würde die – laut den Erzählungen von Senhor Ferraz beliebtesten – Foltermethoden, die in Caxias angewandt wurden, am eigenen Leibe erfahren. Ganz oben auf der Liste stand Schlafentzug, bis zu einer Woche, sagte man, bestimmt auch ab und zu länger. Eine weitere Methode hieß »Tortura de estatua«. Hier musste die Gefangene stundenlang auf der gleichen Stelle stehen, ohne sich zu bewegen. Die Pide mochte diese Methode sehr. Auch bei männlichen Gefangenen. Aber die Folterung von Frauen war im Salazarismus vor allem in den Sechzigerjahren sogar extra auf den weiblichen Körper zugeschnitten worden. Man hatte sich Gedanken gemacht, was für Frauen besonders erniedrigend sein könnte, und dies in die Tat umgesetzt. Zum Beispiel, keine Toilette aufsuchen zu dürfen, sondern die Notdurft im Stehen auf den Boden verrichten, sich danach auszuziehen und mit der eigenen Kleidung die Exkremente aufwischen zu müssen. Einige Frauen hatten berichtet, dass sie dabei nackt fotografiert und anschließend geschlagen worden waren. Dass sie sich nicht waschen durften, auch nicht, wenn sie ihre Periode hatten. All diese Berichte, die laut Senhor Ferraz von Gefangenen aus den Sechzigern in Briefen gefunden worden waren, schwirrten Marisa durch den Kopf wie ein Schwarm angriffslustiger Hornissen.

Das Knarzen der dicken Holztür, die die Gefängniswärterin soeben aufschloss, brachte sie in die Gegenwart zurück. In ein schwarzes Loch, in das sie hineingeführt wurde. Marisa stoppte augenblicklich, versuchte, sich zu sträuben, doch sie wusste, es hatte keinen Sinn. Aus Caxias entkam man nicht. Aus dem Klammergriff dieser Wärterin noch viel weniger. Nur wenn diese es wollte. Tatsächlich ließ sie Marisas Arm jetzt los und schubste sie mit Kraft in den dunklen Raum. Es gab kein Fenster, nur ein schwacher Schein des Flurlichts erleuchtete die Tristesse. Marisa torkelte. Ihre Augen gewöhnten sich an die Dunkelheit. Keine Pritsche, kein Eimer, nichts. Marisa ging wieder zur Tür, sträubte sich jetzt doch, wie eine Tigerin fuhr sie aus einem Reflex heraus ihre Krallen aus. Doch gnadenlos zog die Wärterin ihren Knüppel hervor und schlug auf sie ein. Ins Gesicht, auf die Brust, traf den Kopf – sodass ihr Schädel knirschte und Marisa vor Schmerz in die Knie ging.

»So. Das hast du jetzt davon«, zischte die Frau wie irre und Marisa sah fassungslos in deren fratzenhaftes Gesicht mit dem hämisch verzogenen Mund voll schiefer Zähne und der hässlichen Narbe an der Wange. »Wer hat dir das angetan?«, hätte sie am liebsten gefragt. Aber es hatte so wenig Sinn, das sah sie an den ausdruckslosen Augen. Die Wärterin drehte sich um, verließ wortlos den Raum, schloss von draußen ab und entfernte sich den Flur entlang. Marisa hörte das Klacken ihrer Absätze, spürte ihren schmerzenden Kopf, der schier zu bersten schien, und ihren rumorenden Magen. Sie hatte Hunger, seit bestimmt achtzehn Stunden keinen Bissen gegessen.

Etwa so lange war es her, dass sie von der Pide in dieser Bar mit Rodrigo gefasst worden war. Nur weil sie ihre Meinung gesagt hatte, in einem öffentlichen Raum. Und zuvor hatten sie Marcos getroffen, dieses Schwein.

Endlose Stunden vergingen. Ihre Sinne gewöhnten sich immer mehr an die Dunkelheit und die Stille. Eine Spinne mit behaarten Beinen kroch über ihrem Kopf am Gemäuer entlang. Wenigstens gibt es hier keine Ratten, dachte sich Marisa, denn vor diesen hatte sie panische Angst. Ein Stöhnen drang plötzlich aus der Nebenzelle. Das Stöhnen einer Frau, vermutlich gerade erwacht aus einem finsteren Traum. Das Frauengefängnis schien gut gefüllt zu sein. Kein Wunder, denn die portugiesischen Frauen galten als mutig. Als vorlaut und stark. Keine ließ sich den Mund verbieten, nur waren viele so klug, ihn zu halten. Immer gelang es nicht. So wie es ihr gestern passiert war, als dieser Wirt sie provoziert hatte. Rodrigo hatte versucht, sie zum Schweigen zu bringen, doch Marisa redete weiter über die Freiheit, darüber, dass jeder Mensch frei sein müsse, dass es das Grundrecht eines Menschen sei.

Gefangen in einem Loch. Das hatte sie jetzt als Quittung. In einer Zeit, in der sich in Gerds Heimat die Menschen jede erdenkliche Freiheit nahmen. Sogar die, mit jedem zu schlafen. Sie fühlten sich zumindest so frei wie niemals zuvor. Marisa glaubte nicht daran, dass es funktionieren konnte, einen Menschen, den man liebte, zu teilen. Sie würde das bei Gerd nicht schaffen, das wusste sie. Lieber verzichtete sie ganz, als womöglich sogar noch zuzusehen, wie er eine andere streichelte. Vor ihren Augen.

Gerd. Ihr Gerd. Wie sehr sehnte sie sich nach ihm. Nach seinen Berührungen, seinem Geruch. Zimt und Vanille. Nach ihrem ganz besonderen Mann. Er würde sie hier herausholen, da war sie sich sicher. Und dieses Gefühl beruhigte ihren rasenden Puls ein wenig. Das Klackern von Absätzen im Flur kündigte an, dass sich die Wärterin näherte. Kurz darauf wurde der Schlüssel im Schloss geräuschvoll umgedreht und die Tür quietschend aufgestoßen.

»Komm. Sie wollen dich sehen«, zischte sie wie eine Schlange.

»Wer?«, entfuhr es Marisa. Konnte Gerd bereits da sein? War er gekommen, um sie hier herauszuholen? Insgeheim ahnte sie, dass es nicht sein konnte. Dass er nichts tun konnte gegen dieses Regime.

Marisa ging mit. Hauptsache raus aus diesem Loch, in dem sie sich so fürchtete. Die Wärterin packte sie am Arm und wieder bohrten sich die viel zu langen gelben Fingernägel in ihre Haut. Gelb vom Rauchen, wie ihre Zähne auch.

Die Wärterin führte Marisa den langen Flur in die andere Richtung entlang. Erst jetzt registrierte Marisa, dass rechts und links ähnliche Holztüren wie die zu ihrer Zelle abgingen. Hinter jeder Tür ein Loch und in jedem Loch ein Schicksal. Eine verängstigte Frau, eine leidende Frau, ein Mensch. Erniedrigung pur. Darum ging es ihnen, um nichts anderes.

Endlich kamen sie am Ende des Ganges an, bogen nach rechts ab, gingen eine kleine Treppe hinauf. Dort wieder eine Tür, eine hellere diesmal. Die Wärterin führte sie hinein. Drei Männer saßen an einem Tisch. Ein Tribunal mit grimmigen Mienen. Auch ihnen hatte Marisa nichts getan. Was also sahen sie Marisa so abschätzend an?

»Stell dich da hin«, raunzte der mittlere Mann, ein kleiner Untersetzter mit schiefen Zähnen und geiferndem Blick. »Und steh gerade, wenn du mit uns sprichst.«

Ich spreche doch gar nicht, dachte sich Marisa, wusste aber, dass sie ihren Mund halten musste. Zumindest nicht frech werden. Das, was sie früher nie war, jedoch ein wenig geworden war, seit sie lesen und schreiben konnte. Seit sie die Ungerechtigkeit in diesem Land besser verstand und bereit war, diese in ihrem vollen Ausmaß zu sehen. Zuvor hatte sie es natürlich auch verstanden, aber die Augen verschlossen, das Wissen verdrängt und gekuscht wie so viele, die einfach nur in Ruhe leben wollten.

Vorbei die Ruhe. Vielleicht für immer. Denn Marisa wusste, wenn man sich einmal in den Klauen der Pide befand, bedeutete das Leid.

Der Mann, der rechts von dem Geifernden saß, ein dürrer Jüngerer mit vorstehendem Kinn, sprach sie zackig an. »Name, Alter, Kinder?«

»Marisa da Silva, neunzehn, keine Kinder.«

Kinder. Wie sehr wünschte sie sich Kinder mit Gerd. Wieso nur hatte sie ihm gesagt, erst nach ihrem Studium? Wenn es denn jemals ein Studium geben würde.

»Sie haben sich gegen das Regime gestellt.« Es klang, wie wenn sie seine Mutter getötet hätte.

»Nein. Ich meine, das ist so nicht richtig.«

Er zog seine rechte Augenbraue hoch. Der Geifernde schüttelte missbilligend den Kopf. Der Linke, ein sportlicher, ruhiger Typ, Marke Mitläufer, blieb stumm. Glotzte sie mit seinen schwarzen Augen an, als wollte er sie hypnotisieren, um sie zu einem Geständnis zu bewegen.

Der Dürre starrte auf ein Papier, das vor ihm lag, und las vor: »Zielperson hat sich gegen das Regime gestellt. ›Freiheit ist ein Grundrecht jedes Menschen. Wir müssen etwas gegen diese Regierung tun‹«, zitierte er sie.

Wortwörtlich, so ein Mist. Dieser Pide-Büttel, von dem sie in der Bar bespitzelt worden war, hatte offenbar alles brav mitgeschrieben. Zielperson. Das hieß also, sie waren schon länger hinter ihr her? Vielleicht hatten sie mitbekommen, dass sie lesen und schreiben gelernt hatte und sich weiterbildete, alles das, was im Estado Novo nicht erwünscht war. Hatte hier etwa Marcos seine schmutzigen Finger im Spiel.

»Also? Wollen Sie immer noch behaupten, das niemals gesagt zu haben?«

Marisa zögerte. Es hatte keinen Sinn, das sah sie den dreien an. Sie wollten sie quälen und leiden sehen. Nur daraus zogen sie ihre innere Genugtuung. Vermutlich hatten sie zu Hause bei ihrer Frau nichts zu sagen und hier konnten sie endlich mal auftrumpfen …

»Wollen Sie immer noch behaupten, das niemals gesagt zu haben?« Die Stimme des Dürren überschlug sich.

Marisa nickte nur. Sie bestritt einfach, dies gesagt zu haben, beschloss sie. Eine Tonbandaufnahme hatte der Spitzel ganz sicher nicht gemacht. Vermutlich war es am besten, sich nicht weiter dazu zu äußern. Nicht ohne einen Anwalt.

»Sie müssen antworten!«

»Ich habe das Recht auf einen Anwalt«, hörte sie sich sagen. Sie hatte es kürzlich gelesen. Wusste aber auch, dass dies zwar ihr Recht war, dieses aber im herrschenden Regime meist mit Füßen getreten wurde. Möglichst wenige Rechte für die Bevölkerung, hieß die Devise. So ging das, solange Marisa denken konnte. Frauen besaßen in diesem Land kein Wahlrecht, außer sie hatten das Gymnasium absolviert, aber wer hatte das schon. Fast alle besuchten nur die Grundschule, erlernten dann einen Beruf oder auch nicht, bekamen Kinder. Sie wurden klein gehalten, besonders die Frauen. Und genau so sahen diese drei Schergen sie im Moment auch an. Als wollten sie Marisa mit ihren Blicken schrumpfen. Doch Marisa, die die letzten Wochen und Monate dank Gerd gehörig an Selbstbewusstsein gewonnen hatte, hielt den Blicken stand und senkte nicht ihre Lider, wie es vermutlich viele Frauen in dieser Situation taten.

Der Dürre erhob sich wütend und verlangte, dass sie näherkommen solle. Marisa zögerte einen Moment, tat es schließlich. Sie sah jetzt, dass er Spucke in seinem Mund sammelte. Trotzdem rechnete sie nicht damit, dass er sie anspuckte, was er jetzt tat, mitten in ihr Gesicht. Angewidert wischte sie seinen Speichel ab, rieb sich die Hände an ihrem Rock ab. Ekelte sich zutiefst. Die beiden anderen lachten. Das Spiel gefiel ihnen, Frauen zu erniedrigen, egal wie.

»Einen Anwalt will sie«, höhnte der Dürre. »Auch noch frech werden.«

»Das ist mein Recht«, beharrte Marisa.

»Und mein Recht ist, dir unter den Rock zu sehen«, sagte plötzlich der Geifernde, stand auf, kam um den Tisch herum, zu Marisa, die unwillkürlich zurückwich.

»Nein!«, fauchte sie.

Doch hinter ihr stand die alte Wärterin und noch eine Jüngere, groß und stark. Sie würden sie nicht gehen lassen, ihr nicht helfen, so viel war gewiss.

Der Geifernde kam weiter auf sie zu. Mindestens einen Kopf kleiner war er und er stank aus dem Mund, das roch Marisa sofort. Seine Bartstoppeln sahen aus, als habe er sich seit zwei Tagen nicht mehr rasiert. Sie prallte mit dem Rücken auf die Wärterinnen, die sie gnadenlos von sich stießen, auf ihn zu. Sofort schlang er einen Arm um sie wie ein Krake, mit dem anderen griff er ihr unter den Rock, packte ihren Schoß, so schnell, dass sie ihre Beine nicht rechtzeitig zusammenpressen konnte. Ein Gefühl des Ekels und der Übelkeit überkam sie. Marisa versuchte, sich zu wehren, seine Hand unter ihrem Rock wegzuschieben, doch der Geifernde besaß mehr Kraft, als man vermuten mochte, und die anderen zwei Männer hatten ihren Spaß daran und lachten, was ihn noch mehr anheizte. »Nicht!«, schrie sie, fuchtelte um sich und stieß ihr Knie in sein Gemächt.

Mit einem gellenden Schrei ließ er von ihr ab und krümmte sich.

Marisa atmete schwer. Hasserfüllt befahl er den Wärterinnen, dieses »Flittchen« mitzunehmen. »Schafft dieses Miststück weg!« Marisa, die wusste, dass sie einen riesigen Fehler gemacht hatte, torkelte zurück in die Arme der alten Wärterin, die sie packte und nun doch mit einer Spur von Mitleid ansah. Wie oft hatte diese arme Frau schon Derartiges miterleben müssen?

»Einzelhaft. Schlafentzug!«, schrie der Geifernde, der wehleidig wie ein kleines Kind seinen Schritt knetete.

Marisa schluckte. Zumindest bekam sie Schonfrist.

Die alte und die jüngere Wärterin hakten sich rechts und links unter und zerrten sie in dieser Stellung hinaus.

Was hatte sie nur getan? Jetzt würde alles noch viel schlimmer werden, als es ohnehin schon war.

Sie schleppten sie in eine andere Zelle. Keine Pritsche, wieder kein Eimer, nichts. Nur der blanke Boden. Immerhin brannte anfangs Licht, sodass Marisa mit einem Blick sehen konnte, wo sie die nächsten Stunden, Tage, vielleicht Wochen oder Monate verbringen sollte. Da entdeckte sie die fette Ratte, die mit ihrem langen, unbehaarten Schwanz in der Ecke saß.

»Nein, bitte nicht!« Ihr Atem wurde flach, ihr Puls raste. »Ich hab riesige Angst vor Ratten!«

Die jüngere Wärterin feixte. »Die eine Ratte ist das Wenigste, was dich erwartet.«

Marisa blickte der Frau in die Augen, erschüttert ob so viel Bosheit.

Panik machte sich in ihr breit. »Es ist nicht die einzige Ratte hier«, fügte die Frau hinzu. »Wenn du dich auf den Boden legst, um zu schlafen, wirst du angenagt wie ein Hühnerschenkel. Also bleib stehen.«

Marisa wurde hineingeschubst und zu ihrem großen Entsetzen löschten sie das Licht. Totale Dunkelheit herrschte um sie herum, sie sah nicht einmal die Hand vor ihren Augen. Mucksmäuschenstill stand sie da, in der Mitte des kleinen Raumes, wurde sich ihrer Sandalen und nackten Füße bewusst. Die Ratte, die sicher Hunger hatte, würde sich bestimmt gleich an ihr festbeißen, Fleischstücke aus ihren Zehen oder

Waden reißen und Marisa konnte ihr nicht entfliehen. Ihr Herz raste so schnell wie ein Hase auf der Flucht, der Haken schlug. Ihr Herz stolperte bei jedem Haken. Doch noch hörte sie nichts. Kein Rascheln, kein Dribbeln, nichts. Absolute Stille. Vermutlich saß die Ratte genauso starr in der Ecke, wie Marisa in der Mitte der Zelle stand. Wie lange konnte man so stehen? Ohne sich zu bewegen, ohne Nahrung, ohne Wasser, ohne Schlaf?

Ohne es zu wissen, hatten sie ihr das Schlimmste angetan, sie in ihren größten Albtraum geschickt, den sich ein Mensch für sie ausdenken konnte. Manche Leute hatten panische Angst vor Spinnen, andere vor Höhe, vor Menschenmengen oder vor Schlangen. Sie aber fürchtete sich vor Ratten, seit sie sich erinnern konnte. Als kleines Kind, mit ungefähr drei Jahren, war sie von einer kranken Ratte angefallen und in den Finger gebissen worden. Marisa hatte geschrien wie am Spieß und zum Glück konnte sie gerade noch von einer Erzieherin des Waisenhauses gerettet werden. Sie bekam hohes Fieber und Schüttelfrost, war lange krank und die Narbe am Ringfinger sah man heute noch. Auch das Trauma blieb. Seitdem bekam sie Atemnot und Panik, wenn sie eine Ratte nur von Weitem sah. Jetzt noch dazu in dieser Nähe. Ausgehungerte und bestimmt halb verdurstete Ratten. Denn wer fütterte sie schon hier drin. Oder gab ihnen zu trinken. Und dann auch noch Schlafentzug. Marisa hatte schon immer sehr viel Schlaf benötigt. Wenn sie zu wenig bekam, ging es ihr körperlich schlecht, ihr wurde schwindelig und sie drohte umzukippen. Das auch noch, durchfuhr es sie. Irgendwann würde sie sich nicht mehr auf den Beinen halten können. Da sie bereits die letzte Nacht seit der Festnahme nicht mehr geschlafen hatte, fühlte sie jetzt im Dunkeln ihre Lider schwer werden. Aber sich auf den Boden zu legen war wegen der Ratte nicht möglich. Im Stehen konnte sie sich vielleicht noch durch ständiges Treten gegen einen Rattenangriff zur Wehr setzen. Vielleicht. Aber im Liegen würde sie tatsächlich bei lebendigem Leibe aufgefressen werden. Ein kalter Schauer durchfuhr sie. Wie lange musste sie hierbleiben? Wann würden die Ratten anfangen, sie zu attackieren, an ihr zu nagen? Da hörte sie ein Rascheln aus der Ecke, wo die Ratte saß, und erstarrte.

12. Kapitel

Katharina schlug die Hände vor den Mund, blickte ihren Paps, der ihr gerade Senhora Ferraz' Worte fertig übersetzt hatte, erschüttert an. Sie sah die Tränen in seinen Augen. Auch sie hatte Mühe, nicht loszuweinen, so sehr fühlte sie mit der armen Marisa von damals mit.

Seine Stimme zitterte wie ein Blatt im Wind, als er sich an Senhora Ferraz wandte, die genauso mitgenommen wirkte wie die beiden: »Ist sie, konnte sie … ich meine, wurde Marisa von den Ratten stark verletzt?«

Senhora Ferraz sah ihn bedauernd an. »Das hat sie nicht gesagt. Ich habe nicht gewagt, sie das zu fragen.«

Paps atmete schwer, knetete seine Finger, trank mit zitternder Hand seinen letzten Schluck Galão. »Danke, dass Sie es mir jetzt gesagt haben.«

»Ich bin mir nicht sicher, ob das richtig war.«

»Doch, das war es.«

Er starrte vor sich hin, dachte vermutlich an Marisa, die womöglich durch dieses Erlebnis schwer traumatisiert worden war. Angefressen von Ratten.

Katharina mochte es sich nicht weiter ausmalen. Etwas Schrecklicheres konnte sie sich nicht vorstellen. Vielleicht war ja auch ein Wunder geschehen und Marisa hatte die Tage in der Rattenzelle unbeschadet überlebt. Nur wie? Allein ihre Panikzustände mussten die Hölle auf Erden gewesen sein.

Senhora Ferraz sagte etwas zu Paps. Der reagierte nicht, schien in seiner eigenen Welt gefangen zu sein.

»Was hat sie gesagt, Paps?«

Er riss sich zusammen. »Sie sagt, wenn wir mehr darüber wissen wollen, könnten wir nach einer gewissen »Filippa der Großen« suchen. Einen Nachnamen weiß sie leider nicht. Sie saß damals mit Marisa ein, war die Chefin der Gefangenen und kannte alle. Vielleicht weiß sie, was Marisa weiter im Gefängnis erlebt hat. Oder hat sonst einen Hinweis für uns.«

»Das machen wir. Nur wo sollen wir anfangen, diese Filippa zu suchen?«

Katharinas Hoffnung schwand, als sie das Schulterzucken von Senhora Ferraz sah. Und auch Paps' Gesicht sprach Bände. »Sie weiß es nicht. Sie will sich umhorchen.« Er schrieb ihr seine Handynummer auf, verabschiedete sich herzlich von seiner ehemaligen Chefin, umarmte diese alte Frau, versprach, vor seiner Heimreise noch Lebewohl zu sagen, und bedeutete Katharina, aufbrechen zu wollen. Mit hängendem Kopf ging dieser große Mann voran.

***

Keuchend stand er an der Brüstung des Miradouro de Santa Luzia. Katharina betrachtete mitleidig den bebenden Rücken ihres Vaters und wieder erinnerte er sie an einen Bären. Jetzt an einen verwundeten Bären, der litt. Sehr sogar.

»Ich mache mir solche Vorwürfe«, hörte sie ihn sagen.

»Was? Wieso das denn?«

149

»Ich hätte diesem Schwein nicht glauben dürfen. Aber er bestätigte damals nur meine Eifersucht.«

»Von wem redest du?«

»Von Marcos, dem Bäcker in der Pasteleria. Dem Spitzel, dem Pide-Büttel.«

Katharina atmete durch. »Bitte Paps, das bringt doch jetzt alles nichts mehr.«

»Das stimmt, man kann die Vergangenheit nicht rückgängig machen. Man kann sich aber vornehmen, künftig richtig zu handeln. Merkst du dir das, mein Kind?«

»Das werde ich.« Katharina legte wortlos ihren Arm um seine Schulter.

»Ich konnte mir einfach nicht vorstellen, warum sie eine junge, unschuldige Frau ins Gefängnis stecken sollten. Dann die Aussage von Rodrigos Mutter, bei der ich war, dass er ständig mit Frauen abtauchte. Es sprach alles dagegen, dass Marisa im Gefängnis saß. Sie hat es ja auch später abgestritten. Es sprach vielmehr alles dafür, dass sie mich betrogen hatte.«

Katharina merkte, dass er sich vor sich selbst rechtfertigte.

Kleinlaut fügte er an: »Der Verdacht kam mir damals natürlich schon. Ich habe in den Gefängnissen angerufen. Bin zu Ämtern, was hätte ich auch anderes tun sollen? Sie haben mir alle gesagt: ›Eine Marisa da Silva, die gibt es bei uns nicht. Sitzt nicht im Gefängnis.‹«

»Aber dann musst du dir doch überhaupt keine Vorwürfe machen.«

»Doch. Weil ich mich nicht so hätte abspeisen lassen dürfen. Weil sie mich gebraucht hat und ich nicht bei ihr war. Mein Gott, stell dir das doch einmal vor, wenn du da drin gewesen wärst. Und Arne würde nicht kommen, um dich rauszuholen.«

Katharina schluckte. »Ich wäre sehr enttäuscht von Arne. Aber ich würde es verstehen, dass es vielleicht nicht möglich ist. Gerade unter der Diktatur damals. Marisa muss das gewusst haben. Dass dir keiner Auskunft gibt, wo sie ist. Dass sie Leute verschwinden lassen, das hört man doch immer wieder von solchen Regimes. Auch heutzutage. Die Verwandten und Freunde sind machtlos. Das ist ja das Schlimme.«

Er atmete durch und fügte leise an. »Ich habe es versucht, aber ich habe nicht alles gegeben. Weil dieser Zweifel in mir saß wie der Stachel einer Hornisse.«

»Paps, du hast absolut keine Chance gehabt. Gegen solche Typen, die Leute so behandeln und den Rechtsstaat mit Füßen treten, da ist es aussichtslos.«

Aber Katharina wusste, wäre sie an seiner Stelle gewesen, dann würde sie sich jetzt auch schlecht fühlen, unendlich schlecht. Ihr armer Paps. Wieso nur hatte sie sich auf diese Reise eingelassen, auf diese Suche, die offenbar nur Unglück brachte?

»Wir lassen das jetzt, wir suchen nicht weiter. Es tut dir nur alles viel zu sehr weh.« Entschlossen sah sie ihn an. Doch er schüttelte den Kopf. Gequält. »Ich habe grade schreckliche Kopfschmerzen, Kathi, aber ich will es wissen, alles. Jetzt, wo ich hier in diesem wunderschönen Land bin, ist alles wieder so wie früher.«

Katharina seufzte. »Dann lass uns in deine Pension gehen, du legst dich hin, nimmst deine Tabletten, und wenn du unbedingt willst, erzählst du mir von damals. Aber nur, wenn dir danach ist.« Er rieb sich die Schläfen und lächelte. Dieser unglaubliche Mann, der sogar noch mit den stärksten Schmerzen lächeln konnte.

13. Kapitel

Seine Kopfschmerzen waren stärker geworden. So stark, »wie wenn eine Teigmaschine deinen Kopf knetet«, hatte er gesagt. Katharina hatte die Jalousien in seinem Pensionszimmer heruntergelassen, ihm seine Tabletten mit einem Glas Wasser gegeben und sich neben sein Bett gesetzt, bis er eingeschlafen war. Dass es so viele Tabletten waren, die er nehmen musste, hätte sie nicht gedacht. Schockiert starrte sie auf die Pillenbox, warf ihrem Paps dann noch einen liebevollen Blick zu und stand leise auf. Er hatte nicht erlaubt, dass sie einen Arzt rief, also hatte sie es gelassen. Auf Zehenspitzen schlich sie sich aus dem Zimmer. So hatte sie es mit ihm vereinbart. Wenn er aufwachen würde, wollte er sie anrufen. Aber in Anbetracht dieser heftigen Medikamente würde das noch eine Weile dauern.

Katharina schloss leise die Tür. Was nun? Sie hatte Arne bereits eine WhatsApp geschickt, aber es war mitten am Tag, vermutlich surfte er gerade auf dem Meer, genoss die perfekten Wellen in Portugal und sah länger nicht auf sein Handy.

Katharina ging hinunter in die Lobby, verließ die Pension und schlenderte durch die Gassen Lissabons. Herrliche Gerüche strömten ihr aus den Restaurants entgegen. Sie bekam Lust auf Süßes – wie immer, wenn sie traurig oder im Stress war. Im

Moment traf beides zu. Unglaubliche Trauer, weil es ihrem Paps so schlecht ging und seine Diagnose wie ein Damoklesschwert über ihnen hing, und im Stress, weil sie sich überfordert fühlte. Was, wenn sie ihm seinen Wunsch nicht erfüllen konnte, Marisa zu finden. Wenn diese denn überhaupt noch lebte. Außerdem verunsicherte es Katharina, mit diesem todkranken Mann in diesem heißen Land unterwegs zu sein und jede Sekunde Angst haben zu müssen, dass alles zu viel für ihn war und er vielleicht gleich vor ihren Augen tot zusammenbrechen würde. Sie hoffte immer noch, auch wenn es nur eine minimale Chance gab, dass die Ärzte sein Leben verlängern konnten. Aber das hier, dass er nach Portugal geflogen war und sich diesen ganzen Strapazen aussetzte, das würde es vermutlich eher verkürzen. Und das wollte sie ja auf keinen Fall. Es war zwar unglaublich schön, diese Stunden mit ihm in Lissabon zu verbringen, aber war es nicht auch komplett unvernünftig und egoistisch ihrer Mutter gegenüber? Die ihn sicher unendlich vermisste und sich ganz bestimmt die größten Sorgen machte. Hatte sie ihm wirklich geglaubt, dass er einfach ein paar schöne Tage mit seiner Tochter allein verbringen wollte? Das tun, was sie selbst mit ihrem Mann schon so viele Jahre wollte, die beiden aber vor Paps' Rente nicht geschafft hatten, weil ein jeder im Korsett seines Alltags steckte?

Ihr Handy piepte. Sie nahm es heraus, sah darauf. Nuno. Sobald sie seinen Namen las, durchfuhr sie ein wohliger Schauer. So ein Mist. Sie hatte versucht, nicht an ihn zu denken, was ihr während der schönen Stunden mit ihrem Paps und der schrecklichen Erzählungen von Senhora Ferraz auch gelungen war. Aber der Kerl ließ nicht locker. Was wollte er von ihr? Irgendwie spürte sie immer intensiver, dass er ein Geheimnis mit sich herumtrug. Eines, das ihn belastete. Nur welches?

Sie klickte die Nachricht auf und las: »Wie geht es dir? Und deinem Vater?«

»Geht so«, schrieb sie zurück. »Haben erfahren, dass Marisa im Gefängnis saß.«

Er antwortete nicht sofort. »In welchem?«, folgte dann.

»Außerhalb von Lissabon«, schrieb sie. Den Namen hatte sie sich nicht merken können.

Was interessierte ihn das überhaupt? Katharina ging weiter und wunderte sich sehr. Sie setzte sich in eines der Straßencafés und ließ es sich gut gehen, bestellte eine Torta de Azeitão, eine luftige, mit Ei bestrichene Kuchenrolle, die sie noch nicht probiert hatte, und dazu einen Galão.

»Wo bist du?«, schrieb Nuno, als sie gerade den letzten Bissen hinuntergeschluckt hatte. »Können wir uns treffen?«

Katharina starrte auf ihr Handy. Warum sollte sie ihn jetzt treffen? Aber ihre Neugierde ließ sie nicht cool bleiben. Paps würde sicher noch eine Zeit lang schlafen, so erschöpft, wie er gewirkt hatte, und Arne würde bestimmt noch eine gute Weile am Strand verbringen, auch um ihr und ihrem Vater genug Zeit miteinander zu lassen.

Katharina kämpfte mit sich. Wenn sie diesen Nuno treffen würde, diesen Mann, auf den sie einfach stand, bei dem ihr Körper eindeutige Signale aussandte, ihr Bauch vibrierte, konnte es gefährlich werden. Für ihre Beziehung mit Arne, die schon einmal eine große Krise überstanden hatte. Und ihr Paps wollte seine Tochter in guten Händen wissen, bevor er starb. In Arnes Händen, denn Arne war ein guter Mensch. Was sie von Nuno im Moment nicht wissen konnte, dafür kannte sie ihn einfach nicht gut genug. Im Moment war sie sich ziemlich sicher, dass dieser melancholische Portugiese eine dunkle Seite verbarg, diesen Eindruck hatte sie einfach. Er war nicht nur der lässige, unbeschwerte Surfer, der er vorgab, zu sein. Sie zögerte, dann tippte sie in ihr Smartphone. »Okay, und wo?«

Drei Sekunden später kam die Antwort. »Ich bin gerade in der Alfama und du?«

»Ich auch«, schrieb sie. Nuno nannte ihr eine Straßenecke und Katharina schrieb ihm, dass sie da hinkommen werde. Sie aß rasch den luftigen Kuchen, den der Ober brachte, trank noch ihren Galão aus und zahlte. Dann gab sie die beiden Straßennamen, die Nuno ihr genannt hatte, in ihr Navi ein und marschierte los.

Auf dem Weg dorthin betrachtete sie zögerlich das Schaufenster eines zauberhaft nostalgischen Lebensmittellädchens, an dem einige Jahrzehnte spurlos vorübergegangen zu sein schienen. Der Name und die Adresse des Ladens waren mit schwarzen Pflastersteinen im Gehsteig davor eingelassen. Spezialitäten wie Schafskäse, Honig, Olivenöl und Wein standen im Schaufenster, liebevoll dekoriert. Daneben befand sich ein Knopfgeschäft, das sich vermutlich auch schon seit Jahren im Familienbesitz befand, so wie es aussah. Katharina nahm ihr Handy und machte Fotos von dem Olivenöl, Honig, Wein und Schafskäse. Sie liebte es, Nahrungsmittel oder ein schön angerichtetes Essen zu fotografieren. Und sie beschloss, diese Portugalreise auf ihrem kulinarischen Blog hervorzuheben. Ihr eine besondere Bedeutung zu geben, nicht nur in ihrem Herzen, dieser vermutlich letzten Reise mit ihrem Vater.

Sie spazierte weiter, immer der Naviansage nach. Zum Glück fand sie die Straßenecke recht schnell. Ihr Blick suchte Nuno, aber er stand nicht in der Rua dos Remédios. Einige Minuten vergingen. Was sollte das? Wieso ließ er sie warten?

Gerade als ihre Emotionen hochkochen wollten, nahm sie den Geruch von Meer und herbem Aftershave wahr. Sie drehte sich um. Nuno stand dicht hinter ihr, sah sie mit seinen dunklen, melancholischen Augen an.

»Huch.«

»Habe ich dich erschreckt? Das wollte ich nicht.«

»Ein wenig. Ich war gerade in Gedanken. Das kommt häufiger vor bei mir.«

Er lächelte. »Schön.«

Schön?, dachte Katharina. Arne hatte ihr kürzlich gesagt, sie solle nicht immer so viel tagträumen.

Wieso eigentlich nicht, hatte sie geantwortet, aber auf Diskussionen dieser Art stieg er nie ein.

»Sollen wir ein wenig das Viertel erkunden?«

»Gern. Aber deshalb bist du sicher nicht gekommen.« Was sagte sie da. Wollte sie hören, dass er ihretwegen hier war?

»Nein, bin ich nicht. Ich habe etwas herausgefunden, das euch vielleicht weiterhelfen könnte.«

Gespannt folgte sie ihm. Sie kamen durch ein malerisches Labyrinth aus Gässchen und verwinkelten Treppchen. Katharina sog den Duft nach längst vergangenen Zeiten und gegrillten Sardinen ein. Lauschte Nuno, der angespannt wirkte, ihr erst etwas über seine Stadt erzählen wollte. Dies aber so voller Leidenschaft, wie sie es selten erlebt hatte. In windschiefen, alten Gemäuern hatten sich kleine Bars, sogenannte Tascas, Gemüse- und Krämläden einquartiert. Azulejos zierten auch hier viele Wände und Bögen. In den Fenstern der Privatwohnungen hingen kleine Vogelkäfige mit gelben Kanarienvögeln darin.

»Einer Legende nach wurde Lissabon von Odysseus gegründet. Und unter den Römern, die sich hier an der Tejo-Mündung ansiedelten, gewann es als großer Handelsplatz an Bedeutung. Später wurde Lissabon von den Mauren erobert, deshalb findest du zwar römische, aber vor allem auch maurische Überreste in der Stadt. Interessiert dich das überhaupt?«

»Aber natürlich. Es ist so viel schöner, das alles von einem Einheimischen zu hören, als in einem Reiseführer nachzulesen. So wird Geschichte lebendig.« Sie lächelte ihn an. Anscheinend hatte sie ihn wirklich unterschätzt. Aber was wollte er ihr wirklich sagen?

»Seine wahre Größe hat Portugal im 15. und 16. Jahrhundert mit den Entdeckungen und Eroberungen der portugiesischen Seefahrer erlangt. Ich wollte mit vierzehn auch zur See fahren, aber meine Mutter hat es mir verboten.«

»Das verstehe ich gut. Welche Mutter lässt ihr Kind schon freiwillig gehen. Gut, dass du geblieben bist«, rutschte ihr noch heraus.

Er sah sie an, mit seinen meerblauen, sehnsüchtigen Augen, und bestätigte: »Ja, das finde ich auch.«

Katharina wurde heiß, oder lag das an dieser Gasse, in der sich die Hitze staute. »So gern ich mehr über Lissabon erfahren würde, sag mir jetzt bitte, was du herausgefunden hast.«

Er stoppte, so abrupt und genau vor ihr, dass sie gegen ihn prallte. Sie spürte seine Muskeln unter dem T-Shirt, und die Haut seiner nackten Arme fühlte sich unglaublich weich an.

Seine Nähe machte sie fast wahnsinnig. Katharina trat einen Schritt zurück, sah ihm herausfordernd und bemüht gleichgültig in die Augen. »Hast du etwas über diese Marisa gehört?«

Er zögerte, sagte dann: »Ich kenne Filippa.«

Verblüfft blieb Katharina stehen. »Woher?«

Redete er womöglich von einer anderen Filippa?

»Welche Filippa meinst du? Sprechen wir von derselben?«

Wieder zögerte er, kickte einen kleinen Stein auf dem Boden zur Seite. »Filippa die Große. Sie saß im Frauengefängnis in Caxias, zusammen mit Marisa da Silva.«

Katharina starrte ihn sprachlos an. Woher wusste er das? Wieso hatte er ihr nicht an der Algarve davon erzählt?

»Du willst wissen, woher ich das weiß, richtig?«

»Richtig.«

Er fuhr sich mit seinen schönen Händen durchs schwarze Haar. »Ich bin ziemlich gut im Rätselraten. Und nachdem ich von der Algarve zurückgefahren bin, habe ich mir alles durch den Kopf gehen lassen und ein paar Leute gefragt.«

»In Lissabon leben Millionen Menschen. Und du behauptest, ein paar Leute gefragt zu haben, und ganz zufällig genau die richtigen?« Misstrauisch blickte sie ihn an. Seine Miene wurde schmerzerfüllt. Wieder dieser melancholisch-traurige Blick. Sein Gesicht verschloss sich wie eine fleischfressende Pflanze am Abend.

»Soll ich dich zu dieser Filippa führen oder nicht?«

Ganz offensichtlich wollte er sein Geheimnis partout nicht preisgeben.

»Ja, bitte, natürlich.«

In dem Moment piepte ihr Handy. Eine Nachricht von Arne. »Wo seid ihr? Fahre gerade vom Surfen zurück, stelle den Camper wieder auf diesem Parkplatz ab und komme dann zu euch. Sag an, wohin.«

Das auch noch. Katharina atmete durch, schrieb Arne, dass ihr Paps schlief und sie gerade auf einer heißen Spur sei. Das Wort »heiß« löschte sie schnell wieder. »Ich melde mich später. Warte doch auf dem Platz vor Paps' Pension im Café. Kuss.« Das musste reichen.

»Also gut, lass uns zu dieser Filippa gehen.« Die Sache kam ihr merkwürdig vor.

Nuno führte sie durch mehrere Gassen, dann ein paar kleine, schiefe Steinstufen nach oben bis zu einer alten Holztür. Dort klopfte er und nach einer gefühlten Ewigkeit, in der Katharina neben ihm stand und auf ihn schielte, öffnete sich knarzend die Tür. Eine Frau Ende sechzig öffnete. Sie trug ihr schwarzes Haar in einem Knoten am Hinterkopf. Von der Statur her war sie eher kräftig und groß, hatte für eine Portugiesin recht breite Schultern und einen großen Busen. Sie lächelte Nuno an, dabei blitzte ein Goldzahn auf. Offenbar hatte sie die beiden erwartet, was Katharina noch befremdlicher fand.

Diese Frau sagte etwas auf Portugiesisch und bat ihren Besuch gestisch herein. Nuno antwortete und folgte ihr. Katharina tat es ihm gleich, betrat eine abgedunkelte, einfache Wohnung, in der es nach Zwiebeln und Fisch roch. Filippa ging in ihr Wohnzimmer voraus und bat sie, auf dem Sofa Platz zu nehmen. Ein altes, geblümtes Kanapee gegenüber einem Röhrenfernseher. Die Frau schien nicht viel Geld zu haben, achtete aber sehr auf Reinlichkeit.

Nuno übersetzte im Folgenden alles, verriet Katharina aber immer noch nicht, woher er diese Filippa kannte oder wie er auf sie gekommen war.

»Sie war 1973, als Marisa von der Pide gefangen genommen wurde, auch im Frauengefängnis in Caxias, schon mindestens ein halbes Jahr.«

»Woher weißt du …«

»Das spielt jetzt keine Rolle.«

»Weiß sie denn, ob Marisa heute noch lebt?«

Nuno dolmetschte, aber Filippa ging nicht auf diese Frage ein, sondern rügte Katharina, wie Nuno übersetzte, dass die Deutschen immer alles »schnell, schnell« wollten. Statt sich Zeit zu nehmen für das Leben, für den Moment, der so rasch vorüber sein konnte. Katharina musste an die Diagnose ihres Paps denken, daran, dass sie selbst es wirklich lernen musste, den Augenblick zu leben, ihn zu genießen. Selbst wenn er nicht so schön oder sogar traurig sein mochte. Jegliches Gefühl, sei es auch ein aufwühlendes, sagte einem, dass man lebte.

»Sie fragt, ob du einen Tee möchtest?«

»Ja, gern.«

Filippa stand mühevoll auf, fasste sich an den Rücken, der offenbar schmerzte, und watschelte in ihren karierten Pantoffeln in die Küche.

Nuno wandte den Blick zu Katharina, während sie alleine zurückblieben. Seine Miene wurde ernst.

»Weißt du, was ›saudade‹ bedeutet?«

Katharina schüttelte den Kopf. Irgendwo hatte sie dieses Wort schon einmal im Zusammenhang mit Portugal gehört. Aber wieso fing er jetzt damit an?

»Saudade, dieser typisch portugiesische Begriff, kann im Grunde nicht übersetzt werden.« Nuno setzte sich auf dem Sofa zurecht. »Saudade ist das portugiesischste aller Gefühle, es wurde von einer Jury zum schönsten Wort der Welt gekürt.«

»Ich versteh leider nicht, was du damit meinst und wieso du jetzt davon redest.«

Nuno versuchte, es zu erklären. »Es geht um die Melancholie, um ein gefühltes Loch im Herzen, um die Sehnsucht nach einem Menschen oder einer geliebten Sache, um die Einsamkeit.«

Katharina begann zu ahnen, was dieser melancholische Portugiese ihr sagen wollte. Nach was sehnte er sich? Wieso fühlte er sich im Herzen so einsam? Der Mann sah gut aus, hatte genug, um zu leben, und konnte jeden Tag surfen. Und dennoch fehlte ihm das gewisse Quäntchen zum Glück.

»Der Begriff ist vermutlich während der großen portugiesischen Entdeckungsreisen entstanden, als die Seefahrer, aber auch die Daheimgebliebenen den Schmerz der Entfernung und Einsamkeit verarbeiten mussten«, fuhr Nuno nachdenklich fort. Er sah dabei auf ein Ölgemälde über einer Anrichte, auf der ein Segelschiff in See stach.

Und plötzlich wusste Katharina, was sie mit Nuno auf so magische Weise verband: die innere Einsamkeit, die Sehnsucht nach etwas, das sie bisher nicht hatte beschreiben können. Hier in Portugal schien sie sich immer mehr selbst kennenzulernen, zu spüren, was ihr in ihrem Leben in Berlin fehlte. Denn im Prinzip hatte sie alles, um glücklich zu sein. Einen langjährigen Freund, einen Job, keine finanziellen oder gesundheitlichen Sorgen. Zumindest keine eigenen. Doch hundertprozentig glücklich hatte sie sich die letzten Jahre nicht gefühlt, wenn sie ehrlich zu sich selbst war. Früher, in ihrer Kindheit ja. Und auch jetzt noch, mit ihren Eltern im Schrebergarten bei Erdbeertörtchen mit Sahne. Aber sonst? Im Alltag, in ihrem Job, mit Arne? Machte sie sich in letzter Zeit selbst etwas vor? War es höchste Zeit, ihr Leben zu überdenken und etwas zu verändern?

»Ich glaube, ich verstehe ein wenig, was ›saudade‹ bedeutet.«

Die beiden blickten sich an. Was war es nur, was Nuno so schmerzte?

»Saudade ist auch ein positives Gefühl.« Nunos Augen leuchteten. »Es bedeutet auch eine tiefe Verbundenheit mit einem anderen Menschen.«

»Ich weiß«, flüsterte sie.

Filippa kam mit einem Tablett mit Tee und Gebäck aus der Küche zurück.

»Alfajores de Maizena«, sagte sie.

»Portugiesische Macarons«, übersetzte Nuno. »Hast du die schon einmal gegessen?«

»Nein, die kenne ich noch nicht.«

Filippa reichte Katharina den Teller. Sie nahm eines der grün eingefärbten Macarons, verziert mit Kokosraspeln, und biss hinein.

»Mhmm, ich liebe sie.«

»Ich auch.« Nuno lächelte, ohne den Blick von ihr zu lösen.

Filippa goss ihnen Tee ein, nahm dann selbst ihre Tasse in beide Hände, wie um sich zu wärmen. Ihre Hände begannen plötzlich zu zittern, sodass Tee herausschwappte. Sie stellte die Tasse ab und eine Teelache bildete sich um sie herum auf dem kleinen Tisch. Dann sprach sie sehr schnell und aufgewühlt. Nunos Miene wurde immer ernster, er starrte sie entsetzt an. Katharina, die kein Wort verstand, bat ihn, zu übersetzen. Nuno zögerte einen Moment. »Sie sagt, sie ist sehr krank, sie hat Brustkrebs, und dass sie Schuld auf sich geladen hat. Dass sie sich gut erinnert, wie Marisa in ihre Zelle kam.«

14. KAPITEL

Caxias, im Frauengefängnis, 1973

Marisa trug einen Verband an ihrem rechten Fuß, in den eine Ratte gebissen hatte. Aber einen Verband um ihre Seele, die in dieser Rattenzelle großen Schaden genommen hatte, gab es nicht. Zum Glück hatte eine neue Wärterin Erbarmen mit ihr gehabt, nachdem die Ratte erneut Hunger bekommen hatte. Sie hatte nach der Ratte getreten, die um Hilfe schreiende Marisa aus der dunklen Zelle gezogen und sie sogar kurz mit in ihren Pausenraum genommen. Es gab noch Menschen hier, dachte Marisa, als sie noch völlig geblendet vom plötzlichen Licht im Raum der Wärterin saß, die ihre Wunde versorgte. Wenn auch nur wenige, die ein Herz besaßen. Traumatisiert und mit leerem Blick wurde sie anschließend von der Wärterin in eine geräumige Zelle geschoben, in der mehrere Frauen auf großen Stufen herumsaßen und sich zu Tode langweilten.

Alle starrten sie feindselig, aber auch neugierig an, tuschelten, eine lachte.

»So, hier wirst du die nächsten Jahre bleiben«, verkündete die Wärterin. Etwas netter fügte sie leise hinzu: »Hier gibt es keine Ratten, aber die Frauen sind auch nicht zu unterschätzen. Pass auf dich auf.«

Marisa hätte beinahe aufgelacht. Wie sollte sie hier auf sich aufpassen, inmitten von offenbar verrohten Frauen, wenn es stimmte, was die Wärterin sagte. Was hatte dieser Staat nur aus diesen bestimmt einmal liebevollen Ehefrauen, braven Töchtern und warmherzigen Müttern gemacht? Denn Marisa war sich ziemlich sicher, dass hier in diesem Gefängnis zum Großteil keine Mörderinnen oder Diebinnen saßen, sondern Frauen, die ihre eigene Meinung vertraten und gegen das Regime, gegen die Unterdrückung und für die Freiheit kämpften.

Eine von ihnen, eine große, stämmige, stand auf, kniff die Augen zusammen und rief: »Wie heißt du, Neue?«

»Ist doch egal«, antwortete Marisa nur. Sie wollte in Ruhe gelassen werden, sich in eine Ecke verziehen und schlafen. Aber die Stämmige ließ nicht von ihr ab, kam sogar drohend näher. »Du meinst wohl, du bist was Besseres, ja?«

»Nein, das meine ich nicht.«

Die Frau stand nun vor ihr. Stemmte ihre Hände in die Hüften und fauchte: »Ich bin hier die Chefin und wenn eine nicht macht, was ich sage, dann …«

»Dann was?«

»Das wirst du schon sehen.«

Wieder lachten ein paar der Frauen. Zwei andere sahen sie mitleidig und verhuscht an. Wieso konnten Frauen nicht einmal in dieser Situation zusammenhalten, fragte sich Marisa insgeheim traurig. Wieso neigten Menschen dazu, in Notsituationen aufeinander loszugehen, egal welchen Geschlechts?

»Also, Name?«

»Marisa.«

»Wie weiter?«

»Marisa da Silva.« Marisa hatte keine Kraft, gegen diese Frau zu kämpfen. Sie war gerade der Hölle entkommen und offenbar in der Vorhölle gelandet.

»Ich heiße Filippa. Sie nennen mich Filippa die Große«, fügte sie nicht ohne Stolz hinzu. »Und wer mir nicht dient, der wird es büßen.«

Mit diesen Worten und unter dem Beifall ihrer Anhängerinnen, drehte sich Filippa um und ging an ihren Platz zurück. Zum besten Platz in der Zelle, wie Marisa feststellte. Diese zögerte, stand verloren da, ging dann zur einzig freien Ecke der Zelle, in der ein Eimer mit Deckel stand, ließ sich in die Knie sinken und setzte sich auf den Boden. Zu spät roch sie, warum hier keine saß. Aus dem Eimer stank es bestialisch, aber Marisa schaffte es nicht, wieder aufzustehen. Sie schloss ihre Augen und hoffte, nie wieder aufzuwachen. Denn was sie hier erlebte, war kein Albtraum, sondern bittere Realität. Gefangen zu sein für bestimmt viele Jahre. Eingesperrt mit diesen Frauen, mit dieser Filippa, vor der die anderen Angst zu haben schienen.

Marisa fiel in einen unruhigen Schlaf, träumte von gefräßigen Ratten, Jauchegruben und Frauen, die keifend übereinander herfielen.

Als sie aufwachte, saß eine junge, zarte Frau neben ihr und sah sie an. Marisa setzte sich sofort etwas auf, wurde unruhig. Was wollte diese blasse Frau von ihr? Doch schnell merkte sie, dass sie es gut mit ihr meinte, denn sie hielt ihr ein Stück Brot hin, dazu einen Becher voll Wasser. Marisas Mund fühlte sich trocken an, ihr Bauch schmerzte vor Hunger. Dankbar und begierig aß und trank sie und bedankte sich leise bei der Fremden. Die anderen Frauen hockten zusammen und unterhielten sich, es klang wie Dorftratsch, es wurde gelacht, der Geräuschpegel stieg.

»Ich heiße Paula«, sagte die Frau leise. »Ich bin seit drei Jahren hier. Seit ich achtzehn bin. Sie stehlen mir meine besten Jahre.«

Erschüttert blickte Marisa sie an. »Das tut mir so leid für dich.« Die bittere Gewissheit, dass sie hier nicht so schnell wieder herauskommen würde, holte sie ein wie ein Gespenst mit einer Fratze.

So oft hatte sie von Senhor Ferraz gehört, dass ein Spitzel der Regierung jemanden verraten hatte und vor allem junge, politische Menschen plötzlich spurlos verschwanden. Ihren Vätern und Müttern wurde gesagt, sie seien nach Spanien abgehauen oder einer Sekte beigetreten oder sie seien an einer Lungenentzündung gestorben, trotz bester medizinischer Versorgung. Die Machthaber und ihre Handlanger logen, betrogen und nahmen Menschen ihr Leben. Zwangen sie, dahinzuvegetieren in Zellen wie dieser, zusammengepfercht mit anderen Gefangenen wie diesen vielen Frauen und solchen wie dieser Filippa, die bestimmt hielt, was sie androhte.

»Was macht Filippa mit einem, wenn man nicht tut, was sie sagt?«, fragte Marisa leise.

Paula schluckte, schüttelte den Kopf. »Das willst du nicht wissen. Mach besser, was sie verlangt. Sie braucht das, endlich mal Macht zu haben und andere nach ihrer Pfeife tanzen zu lassen. Draußen war sie eine einfache Putzfrau in einer Bar in Belém. Sie kostet das hier so richtig aus.«

Marisa atmete durch. Vielleicht sollte sie diesen Rat besser befolgen.

Eine der Anhängerinnen von Filippa kam auf Marisa zu. Sie lächelte abfällig, ging dann zu dem Eimer, nahm den Deckel beiseite, hob ihren Rock, setzte sich darauf und verrichtete ihre Notdurft. Paula half Marisa rasch hoch und die beiden beeilten sich, ohne zu atmen eine andere Ecke der Zelle aufzusuchen. Dort ließen sie sich auf dem Boden nieder. Marisa wusste in dem Augenblick eines ganz sicher: Lange hielt sie es hier drin nicht aus. Entweder Gerd schaffte es, sie herauszuholen, nur er kam infrage, denn sie hatte sonst niemanden, oder sie würde sich das Leben nehmen.

Doch die Tage vergingen, immer im gleichen Rhythmus. Frühmorgens, kurz nachdem irgendwo in der Ferne der Hahn krähte, wurden sie unsanft durch ein Klopfen auf einen Blechteller geweckt und konnten sich in der viel zu kleinen Waschecke notdürftig frisch machen. Dann ging es in einen großen Speiseraum, in dem es ein kärgliches Frühstück gab, anschließend weiter in die Werkstätten, um zu arbeiten. Harte, anstrengende Arbeit, Männerarbeit. Aber die meisten Frauen hatten sich wohl mittlerweile daran gewöhnt und in ihr Schicksal gefügt. Manche allerdings, wie eine gewisse Joana, eine Frau Ende dreißig, wirkte psychisch verstört, arbeitete apathisch vor sich hin. Marisa tat, was von ihr verlangt wurde, ohne zu klagen, und gab sich größte Mühe, nicht wie diese Frau zu enden, sondern auch im Inneren lebendig zu bleiben. Immerhin lebe ich, dachte sie in letzter Zeit immer wieder. Tatsächlich hatte sie ihre positive Grundeinstellung wiedergefunden. Sogar hier in diesem menschenunwürdigen Knast, in dem Frauen gefoltert und misshandelt wurden, in dem es stank und keine Möglichkeiten zur Hygiene gab. Inzwischen dachte sie nicht mehr daran, ihr Leben selbst zu beenden, inzwischen kämpfte sie, jeden Tag, gab die Hoffnung, dass Gerd sie fand oder ein Wunder geschah, nicht auf.

Eines Abends passierte es, dass sie gegen Filippa aufbegehrte, weil ihr deren Wichtigtuerei schon lang auf die Nerven ging. Sofort wurde sie von Filippa und deren Gefolgschaft eingekesselt. Filippa baute sich drohend vor ihr auf und Marisa sah, umnebelt vom sauren Körpergeruch der großen Frau, deren schweißglänzende Stirn und die dunklen, hasserfüllten Augen dicht vor sich. »Wenn du nicht machst, was ich sage, finde ich heraus, wer deine Liebsten sind. Ich werde ihnen sagen, dass du gestorben bist, dann werden sie nicht mehr nach dir suchen. Ich komme bald raus, verlass dich drauf.« Die anderen Frauen, auch Paula, wagten nichts zu sagen.

Marisa schluckte, aber sie hoffte, dass Filippa nur bluffte. Sie antwortete nicht, denn schweigen war oft besser als reden, das hatte sie in jahrelanger Unterdrückung gelernt. Aber stimmte das wirklich?

Die Wochen vergingen. Filippa blieb nicht verborgen, dass Marisa nach kurzer Zeit mindestens genauso viele Frauen hinter sich hatte wie sie selbst. Mit ihrer einfühlsamen, positiven Art war Marisa schnell beliebt bei den Frauen geworden und so manche hatte sie in ihr Herz geschlossen. Paula hatte sie in den Kreis ihrer »Freundinnen« eingeführt, einer Clique, die im Grunde gegen Filippa eingestellt war. Die aber nicht wagten, Widerworte zu geben und sich alles gefallen ließen. Wenn Filippa Hunger hatte, mussten ihr die anderen ihr Essen abgeben. Wenn eine von ihnen Geschenke oder Zigaretten von draußen bekam, musste sie den Großteil an Filippa aushändigen. Marisa versuchte in solchen Situationen immer, auf Filippa einzureden, sie mit Argumenten davon zu überzeugen, dass man in der gemeinsamen Not zusammenhalten müsse. Aber das Wort Frauensolidarität kannte Filippa nicht. Nicht nur, weil sie es nicht kennen wollte, sondern weil sie es mit ihrer einfachen Schulbildung nicht verstand und in ihrem bisherigen Leben auch nicht damit konfrontiert worden war. Alle Frauen in dieser Zelle hatten lediglich die Grundschule besucht und entweder nie gelernt, flüssig zu lesen oder zu schreiben, oder es bereits wieder vergessen. Die meisten hier waren Analphabetinnen. Filippa ebenso. Auch wenn sie anfangs noch versuchte, es zu verheimlichen. Marisa, die von einer Wärterin hin und wieder eine Zeitung zugesteckt bekam, merkte schnell, dass sie die Einzige hier war, die gut lesen konnte. Und so las sie den Frauen immer etwas vor, auch wenn in der vom Staat zensierten Zeitung nie wirklich etwas Spannendes stand. Aber es lenkte von der Tristesse des Alltags ab und unterhielt ein wenig. Und so stieg die Stimmung unter den Frauen immer dann, wenn

Marisa vorlas. Selbst Filippa schien allmählich aufzutauen, oder gab sie das nur vor? Es konnte sich ebenso um die Ruhe vor dem Sturm handeln, aber immerhin tat diese Ruhe gut. Marisa hatte für sich verstanden: Wenn du die Situation nicht ändern kannst, dann ändere deine innere Einstellung, aber bleib dir treu dabei. Von nun an versuchte sie, das Beste aus ihrer misslichen Lage zu machen. Und sie hoffte immer noch auf Gerd, dass er sie hier fand und herausholte. Sie sehnte sich so sehr nach ihm. Jede Nacht vor dem Einschlafen dachte sie daran, wie er ihr das Lesen beigebracht hatte, wie gut er immer duftete, nach Backstube, nach Zimt und Vanille. Was für ein liebevoller, einfühlsamer Mann er doch war. Ganz anders als die portugiesischen Männer, die immer so unnahbar wirkten, so verschlossen, melancholisch und abwesend. Gerd dagegen, mit seiner fröhlichen Art, hatte Licht in Marisas Leben gebracht. Bis zuletzt. Jetzt fühlte sie sich oft, als dämmerte sie dahin, in der Dunkelheit, für immer. Doch noch schaffte sie es, dieser Dunkelheit nicht zu verfallen. Sie hielt sich vor Augen, dass Gerd in ihrer Situation nie aufgegeben und so recht damit gehabt hätte. Ja, Marisa wollte kämpfen, für ihn, für sich und alle Frauen dieser Welt. Sie durften sich nicht unterkriegen lassen, sich ihr Leben von einer irregeleiteten Regierung, von zumeist fehlgeleiteten Männern, nicht zerstören lassen. Keine von ihnen durfte sich ihr Leben so einfach aus der Hand nehmen lassen.

Um sich die Langeweile zu vertreiben, die am Nachmittag immer einkehrte, nachdem sie ihre Arbeit in den Werkstätten verrichtet hatten, begann Marisa den Frauen das Lesen beizubringen. Erst einer, dann zweien, dann immer mehr Gefangenen. Momentan waren sie zu zwölft in dieser Zelle, es gab also reichlich zu tun.

Filippa weigerte sich anfangs, von Marisa unterrichtet zu werden. Vielleicht auch, weil sie Angst hatte, es nicht so schnell zu lernen wie die anderen. Sie kam aus einer einfachen Bauernfamilie, ihr Intellekt war ungeübt und – wie sich herausstellte – sie tat sich wirklich schwerer damit als die meisten der Mitgefangenen. Doch Marisa half auch ihr, ihrer Feindin, aus christlicher Nächstenliebe und Solidarität, außerdem war ihr durchaus bewusst, dass es sich besser lebte, wenn man sich seinen Feind zum Freund machte.

Und tatsächlich ließ sich Filippa immer mehr auf Marisa ein, auch wenn die Buchstaben und Wörter noch so vor ihren Augen tanzten, wie sie irgendwann zugab. Sie merkte, dass keine der Frauen sie auslachte, sondern endlich ehrlich respektierte, und lachte manches Mal sogar über sich selbst, wenn sie ein Wort nicht entziffern konnte. Doch solche Augenblicke währten nicht lang. An schlechten Tagen flippte sie aus, warf brüllend Blechbecher gegen die Wand, sodass sich die Frauen, die gerade dort saßen, ducken mussten und Angst vor ihr bekamen.

Marisa versuchte ihr klarzumachen, dass es nicht von einem Tag auf den anderen ging, dass ihr Freund Gerd ihr auch wochenlang das Lesen beigebracht hatte und sie es erst nach geraumer Zeit und vielem Üben endlich konnte. Filippa horchte auf. »Soso, Gerd heißt er.«

Verdammt, dachte Marisa, sie hatte ihn Filippa gegenüber eigentlich nicht erwähnen wollen, aus Angst, dass diese unberechenbare Frau etwas gegen ihn unternehmen könnte. Wenn es stimmte, dass sie bald das Gefängnis verlassen durfte. Die anderen Frauen zweifelten wie Marisa daran, aber Filippa war sich ihrer Sache ganz sicher. »Ich schwöre euch, ich komme hier vor euch allen raus. Weil ich cleverer bin als ihr.«

Paula vermutete Marisa gegenüber, dass Filippa als Spitzel angeworben worden war und Informationen weitergab, sowie sich eine von ihnen regimekritisch äußerte. Sie mussten besser aufpassen, was sie vor ihr sagten. Marisa hatte nun Angst um Gerd. Denn Filippa würde leicht herausfinden, wo Marisa gearbeitet hatte und dass es dort einen Bäcker namens Gerd gab. Diesen typisch deutschen Namen, den in Portugal keiner trug.

Ob er überhaupt noch dort arbeitete? Ob er lange nach ihr gesucht hatte? Vielleicht lebte er auch längst wieder in Deutschland, in diesem freien Land, das die freie Liebe propagierte. Selbst das, auch wenn sie nicht daran glaubte, dass es funktionierte, wäre Marisa nun lieber gewesen, als hier zu sitzen, eingesperrt in diesem schrecklichen Gefängnis.

Eines Tages schien Paula etwas auf dem Herzen zu haben. Die feinfühlige Marisa bemerkte es und sprach sie darauf an.

»Mein Verlobter, Tiago, ich würde ihm so gerne schreiben. Er kann zwar auch nicht besonders lesen, aber seine Mutter. Sie könnte es ihm vorlesen.«

»Wieso schreibst du ihm denn dann nicht? Du kannst es doch jetzt.«

»Aber noch nicht so gut.«

Marisa lächelte sie aufmunternd an. »Du hast schon richtig tolle Fortschritte gemacht.«

»Schon, aber mir fallen auch nicht so schöne Worte ein, die meine ganze Liebe ausdrücken.«

»Ich helfe dir.«

»Mir auch?«, bat Ariana neben ihr, die zugehört hatte. Eine zarte Frau um die dreißig, die, wie Marisa wusste, zwei Kinder hatte. »Ich will dem Vater meiner Kinder schreiben. Dass ich ihn liebe und die Kinder auch. Dass ich das alles nur für sie getan habe. Dass sie frei leben können, nicht so wie wir.«

»Ich auch. Meinem Mann will ich schreiben. Hilfst du mir bitte auch, Marisa?« Beatriz, eine kleine, rundliche Frau mit schlechten Zähnen, sah Marisa bittend an. Und plötzlich wollten mindestens sechs Frauen, dass Marisa ihnen beim Verfassen ihrer Briefe half.

»Von mir aus«, antwortete diese lachend.

»Oh danke! Du wirst unsere Liebesbriefschreiberin, du bist so ein Goldschatz.«

Und so dichtete und schrieb Marisa für die gefangenen Frauen einen Liebesbrief nach dem anderen und dachte bei jedem Wort voller Sehnsucht an Gerd. Die Buchstaben flossen nur so aus ihr heraus, die Briefe wurden hochemotional, fast schon poetisch, voller Gefühl.

Die Frauen lasen sich die Briefe gegenseitig vor, gaben sich ganz ihren eigenen Sehnsüchten hin und fühlten mit den Verliebten mit. Die Stimmung stieg. Sogar Filippas Anhängerinnen baten Marisa, ihnen zu helfen. Und Filippa, die sie anfangs noch zusammenstauchte, gab nach und ließ es geschehen. Litt insgeheim darunter, selbst keinen Freund oder Mann draußen zu haben, auch wenn sie das vor den anderen nie zugegeben hätte. Sie lauschte mit großen Ohren den gefühlvollen Worten, die die anderen vorlasen, und wunderte sich darüber, wie viel Spaß diese Frauen hier haben konnten. Denn Spaß war für Filippa, die in extrem ärmlichen Verhältnissen aufgewachsen war, dazu noch mit einem herrschsüchtigen, gewalttätigen Vater, ein Fremdwort.

Einzig Marisa schrieb keine Liebesbriefe an Gerd. Denn man hatte ihr unmissverständlich klargemacht, dass Briefe von ihr nicht weitergeleitet werden würden. Eine weitere Schikane, weil sie diesem Geifernden in sein Gemächt getreten hatte.

15. Kapitel

Lissabon, 2018

»Wie tragisch, dass Marisa keine Liebesbriefe an meinen Vater schreiben durfte.« Katharina sah Filippa, die ihre Erzählung sichtlich aufgewühlt hatte, betreten an. Diese harmlos wirkende alte Frau sollte so eine missgünstige, gemeine Chefin der Gefangenen gewesen sein? Ein Spitzel der Regierung? Doch sie hörte auch so etwas wie Reue heraus. Warum sonst sollte Filippa ihr davon erzählen. Filippa nahm das letzte Macaron und stopfte es sich in den Mund. Wohl auch, um nichts mehr sagen zu müssen.

Katharina blickte Nuno in die Augen, er wirkte noch melancholischer als sonst. »Wie toll, dass die gefangenen Frauen sogar aus dieser schrecklichen Situation das Beste machen konnten. Davon sollte sich jeder eine Scheibe abschneiden.«

»Oh ja.« Nuno übersetzte und Filippa nickte nur kauend.

»Marisa, die Liebesbriefschreiberin der Frauen, das finde ich so schön. Vor allem, weil mein Paps ihr das Schreiben beigebracht hat.«

Filippa kaute ganz offensichtlich extra langsam, hatte keine Lust oder keinen Mut mehr, sich weiter dazu zu äußern.

»Vielen Dank, dass Sie mir das alles erzählt haben. Mit jedem Bericht wird mir diese Marisa sympathischer, mit jeder Erzählung verstehe ich mehr, warum sich mein Vater so in sie verliebt hat, warum er sie all die Jahre nicht ganz vergessen konnte.«

Nuno übersetzte, nahm seine Teetasse und trank einen Schluck. Nachdenklich, sehr in sich gekehrt.

Katharina dachte daran, wie sehr sie sich oft in ihrem Bürojob wie in einem Gefängnis fühlte. Wie dumm und ignorant von ihr. Wie frei sie im Gegensatz zu diesen armen Frauen war, die das Pech hatten, in einer Diktatur zu leben, und eingesperrt, gefoltert und misshandelt worden waren, weil sie ihre Meinung laut verkündet hatten. Katharina beschloss, von nun an ihr Leben mehr selbst in die Hand zu nehmen und es aus einem weiteren Blickwinkel zu betrachten. Das Schreckliche war ja, dass es nach wie vor Länder gab, in denen die Menschen weggesperrt wurden, wenn sie Kritik am herrschenden Regime äußerten. Mit einem Mal wurde Katharina bewusst, dass sie sich künftig aktiv für die Menschen einsetzen wollte, denen es so erging. Portugal zur Zeit des Estado Novo war nicht die Ausnahme. Auch heute saßen in viel zu vielen Ländern unschuldige Menschen im Gefängnis, wie damals Marisa. Und diese Erkenntnis ließ Katharina erschauern. Auch sie nahm rasch einen Schluck Tee, doch der war inzwischen kalt geworden.

»Erzählen Sie mir bitte mehr, Filippa. Wissen Sie, ob Marisa noch lebt und wenn ja, wo?« Nuno dolmetschte weiter.

Filippa zuckte bedauernd die breiten Schultern. »Sie wurde ziemlich krank im Gefängnis, die hygienischen Zustände waren eine einzige Katastrophe. Die Bettwäsche zum Beispiel wurde mehrere Jahre nicht gewechselt.«

»Mehrere Jahre? Das kann doch nicht sein.«

»Doch, das stimmt leider«, mischte sich Nuno ein. »Sogar 2014 gab es noch einen Skandal in einem portugiesischen

Gefängnis in Carregueira. Stand in vielen Zeitungen. Zwölf Jahre wurden die Matratzenbezüge der Wachleute nicht gewaschen. Und zwei Jahre die Bettdecken der Häftlinge nicht.«

Katharina starrte ihn fassungslos und angeekelt an. »So lange?«

Filippa mischte sich wieder ein. »Das ist nicht normal für portugiesische Gefängnisse heute. Aber damals war es normal. Es gehörte mit zur Folter – vor allem bei Frauen, weil sie sich noch schneller vor etwas ekeln als Männer. Und einige von uns, darunter auch Marisa, sind sehr schwer krank geworden.«

***

Katharina trat neben Nuno hinaus in die Sonne. Filippas weitere Schilderung dröhnte in ihrem Kopf, all das Gehörte schnürte ihr fast die Luft ab. Sie musste es erst einmal sacken lassen, überlegen, was davon sie ihrem Paps erzählen konnte und sollte.

»Geht es dir gut?«, fragte Nuno fürsorglich nach. Er wirkte seltsam berührt, dabei ging ihn die ganze Sache doch im Grunde nichts an. Vielleicht war er einfach ein sehr sensibler Mann, so wie ihr Vater. Dem man es auf den ersten Blick auch nicht zutraute, so einfühlsam und verletzlich zu sein.

»Sagst du mir jetzt, woher du diese Filippa kennst?«

Nuno zögerte, schüttelte dann aber den Kopf. »Es spielt keine Rolle.«

Tut es doch, wollte Katharina schon erwidern, hielt sich aber zurück. Ob Männer reden wollten oder nicht, bestimmten leider nicht die Frauen. Entweder ein Mann redete von sich aus oder er tat es nicht, egal, wie sehr eine Frau ihn bearbeitete. So viel hatte sie in ihrer Beziehung mit Arne gelernt.

Arne. Mit schlechtem Gewissen dachte sie an Arne, der sich bestimmt wunderte, wo sie steckte. Sollte sie ihm wirklich sagen, dass sie mit Nuno bei dieser Filippa war? Warum eigentlich nicht, beschloss Katharina im selben Moment. Schließlich hatten sie sich versprochen, sich alles zu sagen. Seit jenem Tag, der ihre Beziehung komplett verändert hatte. Dem Tag, an dem sie herausgefunden hatte, dass Arne sie betrogen hatte. Katharina hatte die Erinnerung daran in eine Schublade gesteckt, diese zugeschoben und fest verschlossen. Warum fiel ihr das gerade jetzt wieder ein? Weil man nicht davonrennen konnte, vor seinen Gefühlen und Problemen, vor sich selbst? Es hatte verdammt wehgetan, zu erfahren, dass er ein Verhältnis mit einer Praktikantin seiner Kanzlei gehabt hatte. Mit dieser Lisa. Wie ein Dolch hatte sich dieser Vertrauensbruch in ihren Körper gebohrt. Arne tat es damals so leid, wie er sagte. Er hatte den Dolch herausgezogen und geschworen, dass dies nie wieder geschehen werde, dass er aus seinem Fehler gelernt habe, dass er wieder wisse, was für eine großartige Frau Katharina sei. Ihre Reaktion, nicht mit Porzellan nach ihm zu werfen, sondern bereit zu sein, ihm diesen einen Fehltritt zu verzeihen, wenn so etwas nie wieder vorkommen werde, empfand er als menschliche Größe und Beweis ihrer Liebe. Katharina war sich nicht sicher, ob sie tatsächlich so großmütig war oder nur naiv genug, zu glauben, einmal sei keinmal. Doch da Arne zu ihr gehörte, zu ihrem Leben, da sie ihn wirklich liebte und auch ihr Paps Arne in sein Herz geschlossen hatte, willigte sie ein. »Einmal werde ich dir verzeihen«, hatte sie gesagt, die Augen voller Tränen. Im Magen einen riesigen Kloß. Wieso musste ihr, Katharina Winter, das passieren, wovon sie immer gedacht hatte, es passiere nur den anderen. Ihren Freundinnen, ihren Kolleginnen, in Fernsehserien oder im Kino. Aber Arne sah so elend aus, reumütig wie ein kleiner Hund, der im Bett geschlafen hatte, obwohl er wusste, dass es nicht erlaubt war. Und sie verzieh ihm. Versprach sogar, ihren Freunden und Freundinnen und erst recht ihren Eltern nichts davon zu erzählen. Kurz ärgerte sie sich über seine Bitte, denn sie wollte immer noch selbst entscheiden, was sie ihren Freundinnen erzählte und was nicht. Und ihrem Paps, den konnte sie doch nicht anlügen. Aber Arne machte ihr klar, dass es keine Lüge sei, etwas nicht zu erzählen. Katharina, die sich auch irgendwie schämte, dass es tatsächlich ihr passiert war, betrogen zu werden, noch dazu mit der Praktikantin, sagte »Ja. Keine Sorge, ich sag niemandem was.«

Wieso kam ihr all das hier in Portugal, in der Sonne, in den heißen Gassen Lissabons in den Sinn?

Sie blickte Nuno an und ahnte es. Weil sie selbst sich plötzlich in einer Situation befand, in der sie für nichts garantieren konnte? Weil sie eine unglaubliche Nähe zu einem Mann fühlte, den sie im Grunde überhaupt nicht kannte?

»Ich muss Arne anrufen und meinen Paps«, hörte sie sich sagen. »Vielen Dank, dass du mich zu Filippa geführt hast. Auch wenn du mir nicht sagen willst, woher du sie kennst. Ich werde meinem Paps erzählen, was ich jetzt alles weiß. Es macht ihn sicher froh, aber auch traurig, noch mehr über Marisa zu erfahren. Auch wenn wir ihr Geheimnis, warum sie mit ihm Schluss gemacht hat, immer noch nicht kennen.«

Nuno nickte nur stumm, sah sie an, wieder mit diesem intensiven Blick.

»Wann sehen wir uns wieder?«, fragte er leise.

»Ich weiß es nicht.« Sie hatte es schnell und hart gesagt. Sie durfte ihn nicht wiedersehen. Sie durfte nicht genauso treulos sein, wie Arne es einmal gewesen war. Den sie dafür verachtet hatte. Wie sie jeden Menschen verachtete, der nicht treu sein konnte. Auch sich selbst. Sie, Katharina Winter, hatte noch nie jemanden betrogen und dabei würde es auch bleiben.

»Rufst du mich an?«, fragte er und in seiner Stimme schwang Sehnsucht mit.

»Ich weiß es wirklich nicht«, sagte sie fast unhörbar und eilte davon. Sie wollte ihn anrufen, aber sie wusste, sie durfte es nicht tun.

Katharina eilte durch die Gassen, landete im Chiado, einem Viertel neben dem Bairro Alto. Vorbei an der Oper São Carlos trugen sie ihre Füße, als ob sie allein wüssten, wohin. Vorbei an prächtigen alten Theatern und kleinen Antiquariaten, immer weiter und weiter. Katharina erinnerte sich, dass ihr Paps einmal erzählt hatte, der Stadtteil Chiado sei jahrhundertelang der Treffpunkt von Künstlern, Dichtern und Intellektuellen gewesen. Vor einer Bronzestatue, die einen an einem Tisch sitzenden Mann vor dem Café »A Brasileira« darstellte, blieb sie außer Atem stehen. Nunos Gegenwart hatte sie aufgewühlt, sie fühlte sich fast wie auf der Flucht. Der bronzene Cafégast hatte einen so ernsten, nachdenklichen Blick, dass Katharina neugierig wurde. Sie las, wen Lissabon hier mit einem so ungewöhnlichen Denkmal ehrte: Fernando Pessoa. Natürlich, Portugals berühmter Schriftsteller. Von ihm standen ein paar Bücher in Paps' Bücherregal. Schon als kleines Kind hatte sie die Buchdeckel gelesen, mehr aber auch nicht. Dass ihr Vater diese Bücher immer und immer wieder herauszog und darin las, verwunderte die kleine Katharina damals zwar sehr und sie nahm sich vor, dies auch zu tun, wenn sie einmal groß war. Aber erfüllt hatte sie diesen Vorsatz bisher nicht. Katharina ärgerte sich über sich selbst. Viel zu wenig wusste sie all die Jahre von ihrem Vater, viel zu wenig über seine Vergangenheit, über das von ihm so geliebte Land.

Sie ging den Hügel hinab in Richtung Alfama. Durcheinander, wie sie war, rutschte sie ein paar Mal auf den blanken Steinen fast aus, suchte Halt, aber sie fand ihn nicht. Immer wieder fing sie sich noch rechtzeitig und mit jedem Schlitterer wurde ihr klar, dass sie es konnte: sich selbst auffangen, egal was geschah. Auch wenn ihr Paps irgendwann nicht mehr da war, um sie zu halten, wie er das all die Jahre getan hatte, wenn es ihr schlecht gegangen war, so wusste sie im Grunde, dass sie es inzwischen selbst konnte. Und mit diesem beruhigenden Gedanken ging sie weiter.

Durstig und müde kam sie in der Alfama an und hielt in den Straßencafés vor Paps' Pension Ausschau nach Arne. Etliche Touristen saßen in der Abendsonne, löffelten ein Eis, tranken Bier oder ein Glas Wein.

Endlich erblickte sie ihn, vor sich ein Bier, auf sein Handy starrend. Allein an einem Tisch, die Beine übereinandergeschlagen. Vermutlich »daddelte« er wieder, wie er es seit ein paar Monaten gern tat. Dieser gebildete Mann, der es plötzlich »erholsam« fand, einfache Handyspiele zu spielen, wie er kürzlich erklärte. Katharina, die sich für diese Spiele nicht begeistern konnte, verstand ihn in diesem Punkt zwar nicht, aber sie hatte gelernt, dass sich Männer manchmal ein wenig merkwürdig verhielten und man sie einfach lassen musste.

Sie schlich sich von der Seite an und machte »Buh!«, wie sie es oft tat. Wie immer zuckte Arne zusammen, aber statt zu lachen wie sonst reagierte er sehr unwirsch und harsch, als sie ihm über die Schulter blickte. »Mein Gott, was soll denn das kindische Getue immer?!« Schnell legte er sein Handy weg.

»Hallo. Was ist denn mit dir los?«

Sie setzte sich zu ihm, bestellte beim Ober ein Glas Mineralwasser und sah ihn an. Er wirkte blass. Ziemlich blass sogar.

Besorgt erkundigte sich Katharina, ob etwas vorgefallen sei.

»Nein«, kam nur brummelnd zur Antwort.

»War es denn nicht schön am Strand?«

»Doch.«

»Arne, jetzt sag endlich, was los ist.«

Er seufzte. Lang und tief, als laste das ganze Leid dieser Welt auf seinen Schultern.

»Arne. Ist etwas mit Paps?« Ihre Stimme vibrierte.

»Was? Nein. Nicht, dass ich wüsste. Ich habe ihm eine Nachricht an der Rezeption hinterlassen, dass ich hier bin. Wenn er aufwacht. Offenbar ruht er sich noch aus.«

»Sehr gut. Und was ist dann los?«

Arne sah sie an mit einem Blick, den sie an ihm nicht kannte. Gequält, leidend, mit sich hadernd.

Sie gab ihm Zeit. Und da er wusste, dass sie nicht nachgeben würde, nicht aufhören würde, nachzubohren, begann er endlich zu reden.

»Es ist … Katharina, ich … ich kann mich einfach nicht entscheiden.«

»Zwischen was?« Ein Problem, das sie kannte, das vermutlich jede Frau oder fast jede kannte. Zwischen zwei Paar neuen Schuhen. Zwischen dem, was man kochen könnte. Doch dieses Problem schien größer zu sein.

»Ich … ich hab wieder was mit Lisa angefangen und sie will mich ganz oder gar nicht.«

Die Touristen um sie herum bewegten ihre Münder, aber wie in Styropor gepackt verstand Katharina kein Wort.

»Die Praktikantin?«

»Sie ist schon länger meine Assistentin, hab ich dir das denn nicht erzählt?«

»Was, nein, seit wann?«, hauchte sie. Mit allem hatte sie gerechnet, nur nicht damit. Dabei war es doch das Alltäglichste der Welt. Ein Mann, der einen einmal betrog, der konnte es wieder tun. Es musste nicht passieren, und darauf hatte Katharina gehofft, aber die Wahrscheinlichkeit war hoch. Das hatte sie einmal in einer Frauenzeitschrift gelesen.

»Seit einem halben Jahr ungefähr. Es tut mir so leid, ich wollte es dir eigentlich vor dieser Reise erzählen, aber dann bist du mit der Nachricht gekommen, dass dein Paps nicht mehr lang zu leben hat und wir unbedingt nach Portugal müssen, und dann hast du mir so leid getan und – ich wollte kein Schwein sein.« Treuherzig sah er sie an, als erwarte er einen kräftigen Schulterklopfer und womöglich eine Medaille. »Bester Fremdgeher ever« oder so.

Kein Schwein wollte er sein, dabei hatte er sich genau wie ein solches verhalten. Wie sehr hatte er das erste Mal gebettelt, Katharina möge ihm verzeihen, es sei ein Ausrutscher gewesen, nichts von Bedeutung. Dabei hatte er ihr geschworen, dass er nur sie liebe und dass so etwas nie wieder vorkommen werde. Nie in seinem ganzen Leben. Und Katharina hatte ihm auch noch geglaubt, dass es dabei bliebe. Dem Traumschwiegersohn. Dass er keine andere Frau mehr spannender fände als sie. Wobei das vermutlich gar nicht so viel damit zu tun hatte. Arne war ein Mann, der sehr viel Selbstbestätigung brauchte. Sowohl im Beruf als auch im Privatleben. Und Katharina war keine Frau, die ihn immer stolz ansah, ihn tätschelte und ihm ständig sagte, was für ein toller Hecht er doch sei. Wieder hat dieser Wahnsinnsanwalt einen Fall gewonnen. Wow! Wie einzigartig genial er doch war.

Nein. Katharina war kein Frauchen, das zu einem Mann aufsah, nur weil dieser Erfolg im Beruf hatte. Es zählten noch andere Werte für sie. Diejenigen, die ihr Paps sie gelehrt hatte: Verlässlichkeit, Ehrlichkeit, soziale Kompetenz und Treue. Tja, Letztere schien Arne nicht so viel zu bedeuten wie ihr und Katharina spürte, je länger sie in seine schuldbewusste Miene sah, dass damals, bei seinem ersten Fremdgehen, schon einiges in ihr zerbrochen war. Dass sie es nur nicht hatte wahrhaben wollen. Da sie sonst Konsequenzen hätte ziehen müssen. Einzig die Frage ihres Vaters, ob sie Arne *wirklich* richtig liebe, hatte sie kurz ins Nachdenken gebracht. Natürlich hatte sie mit »Ja« geantwortet, zum einen, weil sie es zu diesem Zeitpunkt noch wirklich glaubte, zum anderen, weil sie immer noch verdrängen wollte, dass ihre Liebe nicht mehr die Unbedingtheit hatte wie

180

noch vor ein paar Jahren. Ja, es wäre ihr geradezu unangenehm gewesen, mit einem Mann zusammen zu sein, den sie nicht über alles liebte. Es durfte also nicht sein. Denn wie sehr wunderte sie sich immer über Leute, die mit jemandem eine Partnerschaft führten, nur um nicht allein zu sein. Einerseits konnte sie es sehr gut verstehen. Andererseits hatte sie schon früh für sich entschieden, dies niemals zu tun. Allein sein konnte auch erfrischend sein, es musste nicht bedeuten, weinend in der Ecke zu sitzen. Ganz im Gegenteil. Katharina genoss es als Kind schon, allein in ihrem Zimmer mit ihren Puppen und Teddybären zu spielen. Lieber glückselig allein, als in einer Beziehung, die einem nicht guttat, die einem das Selbstbewusstsein nahm, die einem seelisch schadete.

Und so wuchs ihr Entschluss mit jeder Sekunde, je länger sie ihm in seine olivgrünen Augen sah. Diese Augen, die einmal die Welt für sie bedeuteten, nach diesem erneuten Verrat aber endgültig ihre Leuchtkraft verloren hatten.

Arne schien eine Antwort von ihr zu erwarten und so sagte Katharina das, was sie fühlte. »Du wolltest kein Schwein sein? Ernsthaft? Arne, du bist ein Schwein. Seit einem halben Jahr und du kannst dich nicht entscheiden? Ich kann mich entscheiden. Es ist aus zwischen uns. Aber so was von.«

Und mit diesen Worten stand sie auf, stieß dabei aus Versehen auch noch fast sein Bier um, konnte es gerade noch packen, hatte einen Geistesblitz, nahm das Glas und kippte es über Arnes Kopf aus. Ein paar Jungs am Nebentisch johlten. Arne saß da wie ein begossener Zwergpinscher, offenbar hatte er damit nicht gerechnet, hatte gedacht, dass sie zwar weinen, ihm dann jedoch wieder verzeihen werde. Dass sie ihn anbettelte, bei ihr zu bleiben. Katharina drehte sich um und rannte davon, immer weiter und weiter, über den Largo da Graça, den Platz der Gnade, und weiter. Das Leben schien keine Gnade für sie zu kennen.

Tränen liefen ihr über das Gesicht und plötzlich ertönte das laute Gebimmel der Tram 28 und das Quietschen auf den Gleisen klang, wie wenn die Tram genauso wütend wäre wie Katharina. Eine Frau riss sie gerade noch beherzt von den Gleisen, in letzter Sekunde, denn nun spürte Katharina den Fahrtwind der Tram, die bergab nicht hätte rechtzeitig bremsen können.

»Everything alright, darling?«, fragte die Frau, eine korpulente Amerikanerin mit rosa Strohhut, besorgt.

»Yes, everthing alright. Thanks.« Katharina schniefte, überlegte fieberhaft, was sie nun tun sollte, und sofort fiel ihr ein, dass sie ihrem Paps ganz unmöglich von all dem erzählen konnte. Zum Ersten, weil sie es schon einmal vor ihm verheimlicht hatte und ihn das ganz sicher unendlich traurig stimmen würde, zum Zweiten, weil er in Arne seinen Traumschwiegersohn sah – und daran war sie selbst schuld –, aber vor allem, weil er seine Tochter vor seinem Ableben versorgt wissen wollte. Unmöglich konnte sie ihm noch mehr Kummer bereiten. Eine schwarze Katze saß auf einer Mauer und hinter ihr sah Katharina die Silhouette von Lissabon, am Horizont ein feuerroter Ball, der dabei war, im Meer zu versinken. Die Katze leckte eine verletzte Pfote und Katharina hätte es ihr am liebsten gleichgetan. Wieso nur, wieso nur hatte sie nichts bemerkt? Seit einem halben Jahr ging das und sie hatte es nicht gespürt? Dass er sich von ihr entfernt hatte, dass er oft länger in der Kanzlei war. Doch natürlich. Im Nachhinein fügten sich die Puzzleteile zusammen. Er hatte ihr erzählt, dass er mehrere Mandanten von seinem Kollegen habe übernehmen müssen, er deshalb in den letzten Monaten so viele Überstunden machen musste und nicht zuletzt daher oft viel zu erschöpft gewesen sei, um Sex zu wollen. Katharina hatte ihm natürlich geglaubt, ihn auch noch bedauert und den Haushalt im Grunde alleine bewältigt. Sie hatte die Küche ohne ihn gestrichen, weil sie es dem armen, überarbeiteten Arne in seiner knappen Freizeit nicht zumuten wollte. Paps, der Gute, hatte ihr geholfen. Obwohl er da schon über Kopfschmerzen klagte. Mein Gott, ihr armer Paps hatte unwissentlich bereits den Tumor im Kopf gehabt und gemalert, was das Zeug hielt, nur weil es Arne mit seiner Lisa auf dem Schreibtisch trieb. Oder auf dem Kopierer oder womöglich in einem Luxushotel.

Angewidert schüttelte sie sich und gleichzeitig, als habe sie ihre Gedanken erraten, schüttelte sich die Katze. Das Tier sah Katharina an, als habe es den Schmerz in seiner Pfote bereits weggeleckt und wollte ihr sagen: Es geht vorbei. Der Schmerz geht vorbei und du wirst wieder merken, wie schön das Leben ist. Und seltsamerweise wusste Katharina, dass es genau so sein würde. Erst recht jetzt, wo sie sich absolut sicher war, dass Arne nicht der Mann ihres Lebens sein konnte. Rein pragmatisch betrachtet gab es also keinen Grund, ihm nachzutrauern. Nur leider funktionierte das menschliche Gehirn nicht rein pragmatisch. Wieder drückten sich Tränen empor und Katharina versuchte gar nicht erst, sie wegzublinzeln. Trauer musste man zulassen und irgendwie war in letzter Zeit einfach alles zu viel. Die Sorge um ihren Paps, diese schreckliche Diagnose, und dann das noch. Ihr Halt, den sie gerade jetzt so dringend gebraucht hätte, hatte sich in Luft aufgelöst. Katharina schwankte ein wenig, irrte weiter durch die Gassen Lissabons. Ohne Ziel, ohne Plan.

Der Schein der untergehenden Sonne umgab sie wie ein flauschiger Bademantel. Und sie beschloss, die restlichen Tage und Stunden der Portugalreise mit ihrem Paps zu genießen. Jede einzelne Sekunde. Erst zu Hause in Berlin würde sie ihm sagen, dass sie sich von Arne getrennt hatte, denn den einzigartigen Aufenthalt mit ihm hier sollte diese Nachricht nicht trüben.

Rasch machte sie ihr Handy-Navi an und ging zielstrebig in Richtung Paps' Pension. Sie wollte jetzt nur noch zu ihm, inzwischen musste er ja längst wach sein. Seltsam, dass er sich noch nicht gemeldet hatte. An einem Damenmodengeschäft hielt sie kurz inne, betrachtete sich in einem Spiegel im Schaufenster. Die Wimperntusche war etwas verlaufen, aber mit den Fingern ließ sich das korrigieren. Schnell trug sie noch etwas Lipgloss und Puder auf und hoffte, dass er ihr nichts ansah.

»Paps, hast du dich etwas erholt? Wie lange hast du denn geschlafen?« Da stand er, der große Bär, und am liebsten hätte sie sich wie als Kind in seine Arme geworfen und geweint. Stattdessen lächelte sie bemüht. Aber sie sah ihm an, dass er ihren sorgfältig verborgenen Kummer sofort spürte. Zum Glück sprach er sie nicht darauf an.

»Gefühlt hundert Stunden, das hat zwar gutgetan, aber eigentlich wollte ich gar nicht so viel schlafen. Allerdings hat jetzt dieses Männchen in meinem Kopf seine Arbeit eingestellt und Hammer und Meißel beiseitegelegt.«

»Wie schön. Hast du Hunger? Hast du etwas getrunken?«

»Du hörst dich an wie Mama.« Er klopfte auf seinen Bauch. »So schnell verhungere ich nicht. Erst recht nicht in Portugal, wo es so leckere Fischgerichte gibt. Mal ganz abgesehen von den süßen Teilchen. Okay, ich habe Hunger. Wollen wir etwas essen gehen und uns stärken?«

»Gern.« Sie verspürte zwar überhaupt keinen Appetit, aber jetzt ging es nicht um sie.

»Wo ist Arne?«

»Der … wollte uns Zeit allein geben«, sagte sie rasch, hakte sich bei ihm ein und gemeinsam schlenderten sie durch die nächtlichen Gassen, vorbei an beleuchteten Bars und Restaurants. Er suchte ein ganz bestimmtes, in dem er öfter mit Marisa gesessen hatte. Dabei kamen sie am Fado-Museum vorbei, einem rosafarbenen Haus mitten in der Alfama. »Hast du Fado schon einmal live erlebt?«

»Nein, aber du bestimmt, oder?«

»Oh ja. Den hören wir uns nach dem Essen zusammen an. Dann denkst du später immer an mich, wenn du Fado hörst. Und dann ist es auch okay, zu weinen. Denn der portugiesische Fado kann zu Tränen rühren.« Sofort wurden Katharinas Augen feucht. Sie sah extra in eine andere Richtung, damit es ihr Paps ja nicht bemerkte, während er weiter vom Fado redete, der ihn ganz offensichtlich verzaubert hatte.

»Ich hab seit damals nie wieder Fado gehört. Weil klar war, dass ich dann heule wie ein Schlosshund. Und das hätte ich Mama ja schlecht erklären können. Aber heute ist es egal. Irgendwie müssen die Tränen raus. Vielleicht ist der Fado ja sogar so was wie eine ganz schlaue Therapie der Portugiesen.«

Katharina, die sich inzwischen wieder im Griff hatte, lachte auf. »Das kann gut sein.«

Der Eintopf mit Venusmuscheln, der eigentlich genau nach Katharinas Geschmack war, rief Übelkeit in ihr hervor. »Mmhm, ist der lecker«, schwärmte ihr Paps. »Genau wie damals.« Er legte seinen Löffel beiseite und sah sie forschend und liebevoll an. »So, und jetzt sagst du mir, wo der Schuh drückt.«

»Nirgends«, erwiderte sie etwas zu schnell.

»Hast du dich mit Arne gestritten?«

Er hatte einfach ein zu gutes Gespür. Aber letztendlich war das auch die perfekte Ausrede. »Ja, genau. Ein bisschen. Im Grunde streiten wir ja nie, aber ich glaube, er hat sich seinen Jahresurlaub einfach anders vorgestellt. Er hat genug vom Camper, hat sich in ein chices Hotel eingecheckt. Wollte, dass ich mitkomme, aber ich wollte nicht.«

»Ui.«

»Nichts ui. Das ist okay für mich. Er spannt aus, wie er es mag, und ich kann die Zeit ganz mit dir verbringen. Es war kein großer Streit, keine Sorge. Wir haben eben grade unterschiedliche Bedürfnisse und das ist in Ordnung in einer Beziehung.«

Katharina hörte sich selbst reden und war sich sicher, dass ihr Paps kein Wort davon glaubte.

»Dass du alleine in dem Camper schläfst, lasse ich aber nicht zu. Noch dazu auf diesem Parkplatz, oder wo?«

»So genau hab ich mir das noch gar nicht überlegt.«

»Du kommst mit in die Pension, da ist noch ein zweites Bett in meinem Zimmer. Keine Widerrede.«

»Na dann.« Sie lächelte ihn dankbar an. Er war eindeutig ihr Nest, das sie mit Mitte dreißig immer noch brauchte. Was sollte sie nur tun ohne ihn? Sie kam sich jetzt schon vor wie ein Küken, das aus dem Nest gefallen war. Wieder überkam sie eine tiefe Traurigkeit. Aber Paps, der ständige Optimist, ließ es nicht zu. »So, und jetzt suchen wir uns ein schönes Fado-Lokal. Nicht so einen Touristennepp, sondern ein richtiges.« Sie bezahlten und spazierten weiter durch die Altstadt. »Fado ist mehr als Musik, er ist das typisch portugiesische Lebensgefühl. Sagt dir der Begriff ›saudade‹ was?«

Katharina musste unwillkürlich lächeln. »Ja, Nuno hat mir ein wenig davon erzählt.«

Die Fado-Sängerin sah stolz und wunderschön aus. Ihre runden Hüften kreisten im Rhythmus der Musik. Ihr streng nach hinten gebundener Dutt wurde von einer bunten Spange zusammengehalten. Ein älterer, hagerer Portugiese spielte auf einer Gitarre dazu. Der melancholische Gesang drang tief in Katharinas Herz. In dieser kleinen urigen Bar, in die sich kaum Touristen verirrt hatten, saßen Einheimische, die der Sängerin andächtig lauschten. Einer alten Frau rannen Tränen die Wange hinunter, ein junger Mann wischte sich über die Augen. Offenbar kamen die Menschen hierher, um zu trauern, um einer unglücklichen Liebe nachzuweinen, um zusammen zu sein. Was für ein schöner Brauch, dachte Katharina, die ihren Tränen hier freien Lauf lassen konnte. Paps reichte ihr sein kariertes Stofftaschentuch, das er immer bei sich trug, und sie schnäuzte hinein und roch seinen Duft. Verlust gehörte zum Leben dazu. Trauer um einen lieben Menschen ebenso. Sie hatte mit Arne einige sehr schöne Jahre gehabt und um die war sie sehr dankbar. Dass ihre Beziehung ausgerechnet jetzt zu Ende sein musste, war hart, aber lieber ein Ende mit Schrecken, als mit einem Mann zusammen zu sein, der sie ständig betrog. Natürlich hätte Paps das sofort verstanden, und sie wollte ihn ja auch nicht anlügen.

Die Sängerin sang mit ihrer wunderschönen Stimme voller Inbrunst und Leidenschaft und Katharina verstand noch mehr, was so viele am Fado liebten. Diese Tragik, diese Melancholie versetzte den Zuhörer in einen seltsamen Zustand. Man litt mit, man fühlte sich gereinigt, spürte die Sehnsucht, das Leid dieses Volkes.

Als das Lied endete, gab es andächtigen Applaus und Rufe, die vermutlich »Bravo« bedeuteten oder etwas in der Art.

Katharinas Vater klatschte berührt mit. Vermutlich dachte er an damals, an seine vergangene Liebe. Wie schön musste es sein, einen Menschen zu finden, den man so sehr liebte, und wie schrecklich, ihn durch geheimnisvolle Umstände zu verlieren.

Warum hatte Marisa diese Liebe aufgegeben, wo sie doch ahnte, dass Gerd keine Chance gehabt hatte, sie zu finden? Sie hatte ihm das doch sicher verziehen, das allein konnte nicht der Grund gewesen sein, warum sie mit ihm Schluss gemacht hatte.

Katharina dachte wieder an Arne, den sie so sehr geliebt hatte, dass sie ihm seinen ersten Fehltritt verziehen hatte. Obwohl sie sich bis zu diesem Zeitpunkt immer sicher gewesen war, dies niemals zu schaffen. Sie hatte es ja auch nicht geschafft, wie sie jetzt gemerkt hatte. Jetzt verstand sie auch, wieso sie für Nuno so plötzlich Gefühle entwickeln konnte, obwohl sie Arne heiraten wollte.

Eines stand für sie aber fest. Nur weil die Beziehung mit Arne zu Ende war, würde sie sich nicht sofort in die nächste stürzen. Dafür hatte er ihr Vertrauen in Männer zu sehr verletzt. Sie hätte ja dumm sein müssen, sich Hals über Kopf auf diesen portugiesischen Surfer einzulassen.

Als Single lebten so viele Menschen. Sehr viele ihrer Freundinnen. Und es lebte sich durchaus auch gut so. Besser allein, als mit einem Mann, der einem früher oder später das Herz brach. Davon hatte sie genug jetzt, von nun an würde sie es, zumindest die nächsten Jahre, gut schützen.

Es war bereits spät und so ging sie zusammen mit ihrem Paps in die Pension. Katharina hatte zwar weder Zahnbürste noch Wechselklamotten dabei, aber das war jetzt egal. Paps bestellte bei der Pensionswirtin zwei heiße Schokoladen und mit diesen mummelten sie sich unter einer Decke auf dem Sofa ein und Katharina begann, ihm alles, was sie von Filippa noch erfahren hatte, zu erzählen.

16. Kapitel

Caxias, im Frauengefängnis, 1974

Marisas Kopf glühte. Wochen oder Monate waren vergangen. Sie fieberte seit Tagen, doch bisher hatte sich kein Arzt blicken lassen, obwohl sie nach einem verlangt hatte. Sie lag auf ihrer Pritsche mit der alten Decke, die nach Moder und Staub roch. Die Wärterin kannte kein Erbarmen. »Stellt euch nicht immer so an. Fieber hat jede mal. Da hätte unser Médico viel zu tun.«

Die gute Paula saß neben Marisa, tunkte ein Tuch in eine Schüssel voll Wasser, wrang es aus und tupfte Marisas schweißnasse Stirn ab. »Du glühst wie ein Ofen. Diese alte Hexe. Ich wollte sie mal sehen, wenn sie so krank wäre. Sie würde bestimmt die ganze Zeit jammern. Wenn sie uns wenigstens Zitronen geben würden. Vitamine, irgendwelche.«

Marisa hustete und wieder wurde der Hustenreiz schlimmer, sie hustete so laut und keuchend, als hustete sie sich gleich die Seele aus dem Leib. Auch zwei andere Frauen husteten bereits. Es klang wie eine Seuche, die sich bei den katastrophalen hygienischen Zuständen in der gemeinsamen Zelle bestimmt bald ausbreitete.

»Draußen wachsen die Zitronen dicht an dicht auf den Bäumen und wir müssen hier drin bei brackigem Wasser und

189

schimmeligem Brot verrecken«, sagte eine, hustete erneut. »Nieder mit diesem mörderischen Regime!«

Ein paar Frauen klopften wie zur Bestätigung mit ihren Blechtassen an die Wand. Auch wenn sie alle nur zu gut wussten, dass es nichts half. Sie saßen hier gefangen wie die Ratten. Und selbst die hielten sich von dieser Zelle fern, dafür gab es Kakerlaken und Bettwanzen zuhauf.

Marisas Hustenreiz schwoll wieder an. Sie drückte sich ihr Stofftaschentuch vor den Mund, das sie bestickt hatte, um es Gerd zu schenken. Weil er Stofftaschentücher so liebte, hatte sie ihm eine Freude machen wollen. Doch bevor sie Gelegenheit gehabt hatte, es ihm zu schenken, war sie von der Pide gefangen genommen und hierher verschleppt worden. Je höher das Fieber stieg, desto weniger glaubte Marisa, je wieder lebend aus dieser Zelle herauszukommen. Wo blieb Gerd? Tat er nicht alles, um sie zu finden und hier herauszuholen? Marisa liebte ihn so sehr. Und er sie doch auch, oder nicht? Im Fieberwahn dachte sie plötzlich wieder an ihre leibliche Mutter, die sie als Baby vor einem Waisenheim abgelegt hatte. Demnach zu urteilen, hatte sie Marisa eindeutig nicht wirklich geliebt, und Marisas Selbstzweifel, überhaupt liebenswert zu sein, die von daher rührten, brachen sich Bahn. Was, wenn Gerd sich inzwischen für eine andere entschieden hatte? Oder einfach nach Deutschland zurückgekehrt war. Zu seiner Mutter, die sich so nach ihm sehnte. Verdenken hätte ihm Marisa das nicht können. Seit sie denken konnte, wünschte sie sich eine Mutter, die sie liebte. So sehr, dass sie dafür alles getan hätte, alles.

Wieder verstärkte sich ihr Husten und plötzlich sah sie Blut in dem schön bestickten Taschentuch.

Paula starrte genauso schockiert darauf. »Oh nein, Blut!«

»Woher kommt das? Aus mir?«

Paula streichelte sie am Arm. »Es wird alles wieder gut, Liebes.«

Filippa hatte das Blut auch gesehen, kam angewidert näher. »Blut. Sie spuckt Blut, alle weg. Sonst steckt ihr euch alle an.«

Sofort wichen die Frauen um Marisa herum zurück. »Ruft nach der Wärterin. Sie soll raus hier.«

»Ja, sie muss auf eine Krankenstation.«

»Sie hat die Krätze, wir werden alle verrecken!« Die Rufe wurden immer panischer. Filippa rannte zur Tür, klopfte mit den Fäusten dagegen, um die Wärterin herbeizurufen.

»Schnell. Sie muss raus hier. Wegen ihr werden wir alle sterben!«

Kurz darauf hörte man Schritte, dann das bekannte Geräusch des Schlüssels und eine Wärterin sah vorsichtig herein. »Was ist hier los? Dreht ihr jetzt alle durch?«

Einige der Frauen standen in der Nähe der Tür, um einen möglichst großen Abstand zu Marisa zu haben. Nur Paula und eine andere saßen noch bei ihr, versuchten ihr ein paar Schlucke Wasser einzuflößen, sofern sie gerade nicht hustete.

»Sie hat Blut gespuckt, sie stirbt«, schrie eine.

»Wir sterben alle wegen ihr«, schrie eine andere.

»Weg da!« Die Wärterin bahnte sich ihren Weg durch die Frauen, blieb aber in gehörigem Sicherheitsabstand zur Kranken stehen. »Ich hole den Médico.«

»Wir wollen hier raus«, rief eine andere. »Wir haben nichts getan. Wir wollen nur frei sein, für unsere Kinder.«

Wieder klopften die Frauen mit ihren Blechtassen auf alles, was in ihrer Nähe stand, Bettpfosten, Stühle, Eimer.

Es entstand ein monotones Klopfen, aber keine der Frauen wurde aggressiv oder gewalttätig, sondern sie fingen an zu singen, in der Art des Fado. Melancholisch, voller Sehnsucht, Liebe und Schmerz. In Marisas kranken Ohren klang diese Melodie wunderschön, friedlich, harmonisch, voll Hoffnung. Ihr Husten beruhigte sich und sie schloss erschöpft die Augen, träumte fiebernd von der Pasteleria, von köstlichen süßen Teilchen, die Gerd immer so liebevoll gebacken hatte. Wo blieb er nur, ihr Gerd? Sie liebte ihn so.

***

Lissabon, 1974

Gerd hatte die Hoffnung nicht aufgegeben, knetete jeden Morgen seinen Frust in den Brotteig, schrieb in der Nacht, wenn er nicht schlafen konnte, Gedichte für Marisa. Immer wieder rief er in seiner Mittagspause ein Gefängnis nach dem anderen an, zunächst diejenigen in der Umgebung von Lissabon, dann weiter entfernte in einem ständig wachsenden Radius. Aber nirgends saß eine Marisa da Silva ein, so sagte man ihm jedes Mal. Schließlich ging er auf Senhor Ferraz' Rat hin zu einem bestimmten Amt, das sich mit verschollenen Portugiesen befasste. Er, der Deutsche, erkämpfte sich Gehör, flehte den zuständigen Beamten, einen kleinen, dicken Mann mit Glatze, an: »Bitte, Marisa da Silva muss irgendwo sein.«

»Vielleicht ist sie ja einem Verbrechen zum Opfer gefallen, einem ganz normalen Überfall. Haben Sie daran schon mal gedacht?«

»Natürlich. Aber dann hätte man ihre Leiche gefunden.«

Der kleine Mann zog die Nase hoch, nahm eine Prise aus seiner Schnupftabakdose. »Nicht unbedingt.«

So ging es die ganze Zeit, bis Gerd der Kragen platzte und er mit seiner großen Faust auf den Schreibtisch des Beamten schlug, dass die Papiere hochflogen. »Sie müssen mir helfen!«

Erschrocken japste der Beamte zurück: »Ich muss gar nichts. Verschwinden Sie. Portugiesische Frauen sind stolz, sie wollen mit Deutschen nichts zu tun haben.«

Gerd atmete tief durch, musste bitter einsehen, dass er auch hier nicht weiterkommen würde, und ging. Enttäuscht und verzweifelt irrte er durch die Gassen Lissabons, kam an Orten vorbei, an denen er mit Marisa glücklich gewesen war. Es durfte nicht sein. Hatte sie ihn wirklich wegen diesem Rodrigo sitzen lassen? Nur weil der mehr Geld besaß, aus einer vermögenden, einflussreichen, portugiesischen Familie stammte? Oder war sie von diesem Regime gefangen genommen worden und lebte womöglich gar nicht mehr?

Gerd tat jeden Tag weiter seine Arbeit, backte Pastéis de Nata unter Tränen, doch sobald Marcos in die Nähe kam, wischte er seine Augen mit dem Hemdsärmel schnell trocken. Marcos, der sich Kommentare zu Marisas Verschwinden nicht verkneifen konnte, ging Gerd gewaltig auf den Geist, sodass ihm das ein oder andere Mal fast wieder die Faust ausgerutscht wäre. Aber er riss sich zusammen, weil er ein friedliebender Kerl war, und außerdem wollte er den Ferraz keinen Ärger bereiten. Sie brauchten ihn hier in der Backstube und er brauchte sie. Denn sie erinnerten ihn an Marisa, gaben ihm das Gefühl, dass sie jederzeit wieder in der Tür stehen konnte. Denn auch Marisa mochte die Ferraz so gern und hätte das Ehepaar doch nie einfach im Stich gelassen. Hatte er sich so sehr in dieser Frau getäuscht? Gerd konnte es nicht glauben, aber allmählich wurde er unsicherer. Er kannte die portugiesischen Frauen zu wenig, um zu wissen, wie sie sich in Liebesdingen verhielten. Vielleicht war tatsächlich die Leidenschaft mit Marisa durchgegangen, vielleicht hatte sie dieser Rodrigo tatsächlich so sehr in seinen Bann gezogen. Anfangs hoffte er noch, dass sie diesen Windhund vielleicht bald satthaben würde. Aber je länger sie fortblieb, umso kleiner wurde sein Selbstbewusstsein als Mann. Ein weiterer Versuch, Rodrigo nach Marisa zu fragen, hatte nichts gebracht, wie beim ersten Mal hatte Gerd nur die Mutter angetroffen, die ihm nicht helfen konnte.

Die Wochen und Monate vergingen und mit jeder Stunde schwand Gerds Hoffnung, Marisa wiederzusehen und mit ihr glücklich zu werden, mehr.

Eines Tages, als er wieder einmal mit seiner Mutter in Deutschland telefonierte, bearbeitete sie ihn unter Tränen besonders eindringlich, dass er doch endlich zurückkommen solle. Worauf er denn noch warte? Dass diese Frau mit dem Kind eines anderen vor ihm stehe etwa? Da packte er seine Sachen, ging hoch zu Senhor und Senhora Ferraz, mit blassem Gesicht, und verkündete, noch heute nach Deutschland abreisen zu müssen. Er halte es hier an diesem Ort, wo ihn alles an Marisa erinnere, einfach nicht mehr aus. Er bitte sie inständig, dass sie ihn so plötzlich gehen ließen.

Senhor Ferraz sah ihn lange stumm an und Senhora Ferraz, die gerade einen Tee aufgebrüht hatte und die Kanne in Händen hielt, schüttelte nur erschüttert den Kopf.

»Du kannst es dir einfach nicht vorstellen, Junge, nicht?«, sagte Senhor Ferraz leise.

»Was?«

»Dass sie sich Marisa geholt haben.«

»Nein, weil Marisa nichts Unrechtes getan hat, da bin ich mir sicher.«

Doch Gerd war sich nicht sicher.

»Nein, sie hat gewiss nichts Unrechtes getan.« Senhor Ferraz, der auf seinem Sofa lag, setzte sich mühsam auf. »Recht und Unrecht sind relativ in einem Unrechtsstaat.«

Und seine Frau fügte hinzu: »Marisa ist ein gutes Mädchen, das schwöre ich.«

Da kam Gerd ins Zweifeln, ob er wirklich abreisen sollte.

»Möchtest du einen Tee?«

»Nein, danke.«

»Manchmal erwärmt ein Tee die Gedanken. Und man kommt auf neue Ideen.« Senhora Ferraz lächelte ihn traurig, aber aufmunternd an.

Und so ließ sich Gerd zu einem Tee überreden und blieb. Seine Mutter zeterte beim nächsten Telefonat, behauptete, plötzlich krank zu sein und seine Hilfe zu benötigen, aber er durchschaute ihr Spiel. Er wollte da sein, wenn Marisa zurückkam, er wollte Gewissheit, musste sie haben. Und er wollte weiter nach ihr forschen.

17. Kapitel

Lissabon, 2018

Voller Mitgefühl betrachtete Katharina ihren Paps, der neben ihr auf dem Sofa saß und traurig vor sich hinstarrte. Sie nahm ihm die leere Tasse Schokolade aus der Hand, stellte sie ab. »Lass uns ins Bett gehen, Paps, du musst müde sein.«

»Das bin ich.« Und nun konnte sie in seinen Augen sehen, dass der Tumor in seinem Kopf wütete, ihn um Jahre hatte altern lassen, mit all dem Schmerz, der Ungewissheit und Sorge. Dass seine Haut blass und wächsern aussah.

»Wahnsinnig müde bin ich. Und die Kerle da oben meißeln auch wieder.«

Am nächsten Tag ging es ihm nicht wirklich besser, auch nicht nach dem guten portugiesischen Frühstück mit Obst, Galão und einem frischen Hefecroissant, das sie soeben in diesem kleinen Café hier zu sich genommen hatten.

»Ich fürchte, ich muss heute passen, und lege mich im abgedunkelten Zimmer ins Bett.« Er nahm seine Medikamentendose heraus und warf sich mehrere Tabletten ein.

»Oh nein, geht es dir so schlecht? Ich mache mir solche Vorwürfe, dass es gestern so spät geworden ist. Überhaupt hättest du nicht nach Portugal kommen dürfen.«

»Ob es mir hier oder zu Hause schlecht geht, ist doch schnuppe.«

So war er, ihr Paps.

»Nur dichten kann ich heute nicht. So wie ich es seit damals kaum noch konnte.«

Er nahm ihre Hand, drückte sie. »Vertrag dich mit Arne wieder. Macht euch einen schönen Tag. Vielleicht kommt ihr ja auch zufällig weiter bei der Suche. Wenn nicht, auch egal.«

Katharina schluckte schwer. Sofort schossen ihr Tränen in die Augen. Rasch setzte sie ihre Sonnenbrille auf, damit ihr Paps nichts merkte. Leise sagte er: »Ich hab es damals nicht geschafft. Was im Nachhinein natürlich an den Anhängern des Regimes lag, die abgeblockt haben. Mit allen Mitteln. Das, was diese Filippa erzählt hat, hat mich echt erschüttert.«

»Mich auch«, brachte sie leise heraus. Sollte sie ihm jetzt doch erzählen, dass sie sich von Arne getrennt hatte? Oder er von ihr? Denn im Grunde hatte er die Beziehung ja zerstört. Aber so schlecht, wie es ihrem Vater gerade ging, sprach doch weiterhin alles dafür, dass sie ihm nicht auch noch seinen zweiten letzten Wunsch nehmen durfte.

Paps fuhr nachdenklich fort: »Diese Filippa war ein Spitzel der Regierung, aber heute tut es ihr leid, dass sie mitgemacht hat.« Er schnaufte verbittert durch. »Wie oft hab ich den Satz schon gehört. Von den ganzen alten Nazis in meiner Jugend. Was glaubst du, warum wir damals rebelliert haben?«

»Was?« Sie hatte nicht richtig zugehört.

»Die 68er-Generation. Die Studentenunruhen, die linken Krawalle. Ich hab zwar nicht studiert, aber ich bin mit auf die Straße gegangen.«

»Du?«

Wieder etwas, das sie von ihrem Vater nicht gewusst hatte, das zu erfahren sie ihm näherbrachte, für immer. Über seinen Tod hinaus.

»Sicher doch. Wir haben gestreikt. Für bessere Arbeitsbedingungen, in ganz Europa. Na ja, in Portugal nicht, wie wir nur zu gut wissen, da haben sie '68 noch nicht gestreikt.«

Sie wurden von der Bedienung, einer kleinen, zarten Person, unterbrochen, die ihnen die Rechnung brachte. »Are you ready?«, fragte sie Paps, da er von seinem Hefecroissant nur ein paar Bissen genommen hatte. »Yes, I'm ready. Fix und ready.« Er zahlte, sah seine Tochter vielsagend an, während die Bedienung die Teller abräumte.

»Ich hab mich lang nicht mehr so fertig gefühlt«, sagte er seufzend. »Aber diese Stunden hier mit dir sind so kostbar. Wieso haben wir das nicht schon viel früher getan?«

»Weil man immer denkt, man hat alle Zeit der Welt. Weil der Alltag und der Brotjob einen auffressen, einem kaum Zeit zum Durchatmen und Denken lassen.«

»Jedenfalls hätte ich zu Hause die selben Schmerzen. Hier unter der portugiesischen Sonne sind Schmerzen sogar etwas erträglicher.«

»Wirklich?«

»Wirklich. Und ich will dir so viel wie möglich von unserer Familiengeschichte erzählen. Denn das ist es doch, was bleibt. In den Köpfen der Menschen, die wir lieben. Das ist er doch, der Sinn des Lebens. Kinder zu haben, die mein Leben nicht ganz vergessen machen. Zumindest für mich ist es so.«

»Es gibt auch einen Sinn im Leben, wenn man keine Kinder hat. Es gibt so viele Menschen, die keine Kinder haben und glücklich sind.«

»Ich weiß doch. Ganz sicher sogar. Aber wie gesagt, für mich ist es eben das.«

Und wieder einmal wurde Katharina bewusst, wie sehr sie ihren Vater liebte. Wie sehr er sie liebte und wie sehr er ihr fehlen würde, ganz bald.

»So.« Er stand auf, schwankte kurz, hielt sich aber tapfer an der Stuhllehne fest. Katharina hakte ihn unter, diesen kranken, lieben Mann, und brachte ihn in die Pension zurück.

Verloren stand sie kurz darauf in der Alfama, Touristen strömten ihr entgegen, ein Mann rempelte sie aus Versehen an, ohne sich zu entschuldigen. Was sollte sie jetzt tun? Arne hatte ihr eine Nachricht geschickt, dass er eben seine restlichen Sachen aus dem Camper geholt habe. Sie habe ja einen zweiten Schlüssel. Ob er seinen auf das rechte, hintere Rad legen solle oder ob sie ihn noch einmal treffen wolle?

Sie wolle ihn im Moment nicht treffen, hatte sie ihm geantwortet. Er solle den Schlüssel gern dort deponieren. Aber wenn er vor ihrem Paps später nochmal den Schwiegersohn spielen könne ..? Natürlich, antwortete er. Es tue ihm ehrlich leid, kam es zurück. Und er danke ihr, dass sie eine Entscheidung für ihn getroffen habe.

Wie unmännlich, dachte Katharina. Und von wegen, Frauen konnten sich oft nicht entscheiden. Dieser Mann hatte sie gebraucht, um zu wissen, dass er eine andere liebte. Wie absurd die Welt doch manchmal war. Seltsamerweise tat es heute schon weit weniger weh, für Katharina eindeutig ein Zeichen, dass die Trennung richtig gewesen war. Sie fühlte sich sogar plötzlich erleichtert. Denn im Nachhinein spürte sie, dass Arne ihr oft das Gefühl gegeben hatte, nicht alles zu seiner Zufriedenheit zu machen. Etwas, um das es in einer Beziehung nicht gehen sollte. Sie hatte gedacht, es liege an ihr, denn dass eine andere Frau dahintergesteckt hatte, die ihm nicht mehr aus dem Kopf ging, das hatte sie nicht vermutet.

Hoffentlich hatte sich ihre Mutter nicht auch all die Jahre so gefühlt, durchfuhr es Katharina. Wenn Paps immer wieder an Marisa, seine große Liebe, dachte. Er hatte ihr zwar mehrfach versichert, dass er ihre Mutter Gisela auch über alles liebe, aber den Zauber der ersten großen Liebe konnte man vermutlich nicht zweimal erleben. Oder doch?

Katharina ging weiter, vorbei an zahlreichen Lebensmittelgeschäften und Restaurants, in Richtung des Parkplatzes, wo der Camper stand. Sie musste schnell den Schlüssel holen, bevor es ein anderer tat. Was sollte sie nun noch mit dem Camper?, überlegte sie. Ihn Nuno zurückbringen? Oder ihren Paps fragen, ob er mit ihr darin ein wenig durch Portugal fahren wolle bis zum Abflug?

Sie entdeckte den Schlüssel auf dem Rad, stieg ein, setzte sich ans Steuer und fühlte sich plötzlich viel mutiger und selbstsicherer als an Arnes Seite. Jetzt, wo sie das große Auto fahren *musste*, würde es gehen. Manchmal musste man einfach über seinen Schatten springen und Dinge wagen.

Sie startete den Wagen, legte den Rückwärtsgang ein und parkte aus. Es ging leichter als gedacht und Katharina fuhr los und gewann mit jedem Meter mehr Selbstvertrauen. In der Nähe von Paps' Pension gab es einen Parkplatz, dort würde sie ihn abstellen und Paps später fragen, was er von der Idee hielt, die Orte an der Algarve abzufahren, die er einst so geliebt hatte. Vielleicht würde das reichen, um ihn glücklich zu machen. Wenn sie schon Marisa nicht finden konnten.

Doch gerade, als Katharina den Motor ausstellte, sah sie, dass die Temperaturanzeige in die Höhe geschnellt war. Sie hatte gar nicht darauf geachtet. So ein Mist. Ein Handbuch gab es in diesem alten Camper nicht und so musste sie notgedrungen den Vermieter, also Nuno, anrufen.

Ein paar Sekunden später ging er auch schon ran.

»Katharina, schön, dass du anrufst.«

»Hallo. Ich rufe eigentlich nur an, weil der Wagen ..., also die Temperaturanzeige ist hochgegangen.«

»Oh. Wo steht ihr?«

»Ich ... also ich bin noch in Lissabon. Auf dem Parkplatz bei der Pension.« Sie nannte Nuno den Straßennamen.

»Wenn ich dich richtig verstehe, soll ich dorthin kommen. Oder kann Arne Kühlwasser nachfüllen?«

Katharina schluckte. Nuno wusste nicht, dass Arne und sie sich getrennt hatten. Sollte sie es vor ihm auch verheimlichen? Vermutlich war das schon aus versicherungstechnischen Gründen gar nicht ratsam, da sie ja ab jetzt den Wagen fuhr, für den Arne als Fahrer eingetragen war. Und vor allem hatte sie keine Ahnung, wo im Camper man das Kühlwasser einfüllte. »Es ist so, also Arne musste ganz überraschend nach Hause fliegen.«

Stille am anderen Ende der Leitung.

»Verstehe. Ich komme.«

Sie legte frustriert auf. Nuno würde ihr sofort ansehen, dass Arne nicht einfach nur so wegen eines Notfalls in der Kanzlei nach Hause gefahren war. Er würde ihr Komplimente machen, um sie aufzubauen. Aber die würden an ihr abprallen. Ganz sicher.

***

Er roch wie immer nach Sommer, Sonne und Meer. Katharina hatte Mühe, sich davon nicht beeinflussen zu lassen. Es fiel ihr schwer. Sie betrachtete seinen gebräunten Nacken und den breiten Rücken, als er sich über die Motorhaube beugte. Nuno trug oben nur ein Shirt, man sah seine Muskeln an den Schultern und Armen. Nicht, dass Katharina auf solche Fitnessstudiotypen stand, eher im Gegenteil. Arnes schlanke Figur hatte ihr immer gut gefallen. Aber Nunos Arme hatte das Meer geformt. Beim Surfen und bei der Arbeit mit seinen kräftigen Händen. Ihr Paps hatte ähnliche Oberarme vom Schleppen der Mehlsäcke und schweren Teigschüsseln. Nuno drehte seinen Kopf, sah sie von der Seite forschend an. »Du hättest das Kühlwasser auch an einer Tankstelle auffüllen lassen können. Du wolltest also, dass ich komme.«

Ertappt blickte sie ihn an. Er hatte recht, sie hatte zwar gar nicht an die Möglichkeit mit der Tankstelle gedacht, aber sie hatte es sich auch nicht eingestanden, dass sie ihn wiedersehen wollte. Jetzt, wo sie von Arnes erneuter Treulosigkeit wusste, fühlte sie sich noch verwirrter als schon zuvor. Hätte sie diese andere Frau in seinem Leben nicht bemerken müssen? Wieso hatte sie ihm geglaubt, dass er plötzlich Handyspiele spielte? Er, der intellektuelle Typ? Die ganze Zeit hatte er mit dieser Lisa gechattet und vermutlich noch nicht einmal ein wirklich schlechtes Gewissen dabei gehabt. Männer wie er sahen es als normal an, ihre Freundin irgendwann zu betrügen. Es galt in den Kreisen vieler Anwälte als Würze des Lebens, eine zweite Frau nebenbei zu haben. Katharina hatte das aus Gesprächen und Witzeleien zwischen Arnes Kollegen schon mitbekommen. Jedes Mal hatte sie an die armen Frauen gedacht, die hintergangen wurden.

Nunos Blick tat im Moment einfach gut. Und Selbstzweifel wollte sie gar nicht erst aufkommen lassen. Arne hatte sie schlichtweg nicht zu schätzen gewusst, nicht so, wie es ein Mann, mit dem man sein Leben verbringen wollte, tun musste. Katharina drehte ihren Kopf weg. Wie enttäuscht würde ihr Vater sein, wenn sie ihm von Arnes Untreue berichten würde. Oder würde er Verständnis haben für einen Mann, der einer »ehemaligen« Liebe nachhing? Mit einem Mal war sich Katharina nicht mehr sicher, was sie denken sollte. Galt es etwa gar nicht als Untreue, wenn ein Mann einer früheren Liebe all die Jahre nachtrauerte? Oder zumindest immer wieder an sie dachte und schließlich kurz vor seinem Tod so dringend wissen wollte, warum sie damals mit ihm Schluss gemacht hatte? Mit einem Mal wurde sie sauer auf ihren Vater. Und sie, seine Tochter, half ihm auch noch, diese Frau zu finden? Ihre arme Mutter, die nichts von all dem wusste. Oder ahnte sie etwas und redete nicht darüber?

Katharina beschloss, bald mit ihrer Mum zu telefonieren, um möglichst unauffällig auf den Busch zu klopfen, ob sie etwas wusste, und natürlich auch, um zu erfahren, wie es ihr ging. Auch wenn Katharina mehr ein Papa-Kind war, so liebte sie ihre Mutter doch über alles. Die Frau, die ihren Beruf als Industriekauffrau für die Familie aufgegeben hatte, wie das damals üblich war, sobald man Kinder bekam. In einer Zeit, in der es keine Kitas gab und der Kindergarten um zwölf Uhr endete, war einer Frau nichts anderes übrig geblieben, als Fulltime-Hausfrau zu werden. Und das nach den aufregenden Studentenrevolten der Achtundsechziger.

»Du siehst wütend aus.« Nunos Stimme holte sie ins Hier und Jetzt zurück.

»Das bin ich auch.«

»Und auf wen?«

»Auf Männer, die in der Vergangenheit leben. Die Frauen hinterhertrauern und dabei die Frauen, die sie umgeben, nicht wertschätzen.«

»Meinst du nicht, andersherum gibt es das auch?«

»Wie meinst du das?«

»Frauen, die ihre frühere große Liebe nicht vergessen können. Meine letzte Freundin konnte das nicht.«

Verblüfft sah sie ihn an. Er hatte recht. Andersherum gab es das natürlich ebenso. Und um ehrlich zu sein, hatte sie Mike, in den sie vor Urzeiten so unsterblich verliebt gewesen war, auch sehr lange hinterhergetrauert. Um ganz genau zu sein, sogar einige Jahre. Und ihre nachfolgenden Männer fanden das auch nicht besonders prickelnd. Katharina beruhigte sich wieder ein wenig.

»Kein Mensch kann etwas für seine Gefühle. Für seine Sehnsucht.« Nunos Stimme klang leise, verletzt. Was hatte dieser Mann in seinem Leben erleiden müssen?

»Das stimmt natürlich.« Und mit einem Mal sah sie den Wunsch ihres Vaters, seine Marisa zu finden, wieder mit anderen Augen. Es stimmte, kein Mensch konnte etwas für seine Gefühle. Weder ihr gutmütiger Paps noch Arne, der im Grunde ein verlässlicher Mann war. Nur kam es eben darauf an, wie jemand damit umging …

Nuno hatte Kühlwasser nachgefüllt und schlug die Motorhaube mit einem Knall zu. Sein Motorrad, mit dem er gekommen war, stand neben ihm, glänzte in der Sonne. »Jetzt fährt er wieder. Tut mir leid, dass er doch immer wieder Ärger macht. Aber die alte Dame ist einfach schon ziemlich betagt und ein bisschen störrisch.«

Er lächelte und Katharina konnte nicht anders als zurückzulächeln. »Schon gut. Ich mag alte Damen ja und sehe es ihr nach.«

»Wie geht es deinem Vater?«

»Ich fürchte, heute nicht so gut. Er hat Schmerzen durch den Tumor und wollte sich heute den ganzen Tag in der Pension ausruhen.«

»Das tut mir leid für ihn. Soll ich dir so lange noch etwas von diesem schönen Land zeigen? Kurz vor Lissabon gibt es traumhafte Strände. Vielleicht kannst du ja morgen mit deinem Vater noch mal da hin, zum Meer.«

»Das wäre schön. Also mit meinem Vater noch mal ans Meer zu fahren, meine ich. Ich weiß nicht. Falls es ihm schlechter geht und er mich braucht und ich ihn zu einem Arzt fahren muss …?«

»Dann bist du in einer halben Stunde bei ihm. Versprochen.«

Katharina haderte mit sich.

»Vertrau mir.«

Genau darin war sie im Moment nicht gut: Männern zu vertrauen. Doch das wollte sie ihm nicht sagen.

»Also gut, wenn es wirklich nur eine halbe Stunde ist. Dann überlegen wir aber auch noch, wie wir diese Marisa vielleicht doch noch finden können. Ich würde meinem Paps diesen Wunsch so gern erfüllen.«

»Wenigstens den«, fügte sie leise hinzu.

»Was?«

»Nichts.«

»In Ordnung. Die halbe Stunde wird nicht überschritten. Von Lissabon aus zu schönen Stränden ist es wirklich nicht weit. Das macht ja den Reiz dieser Stadt aus.«

»Ich habe leider keinen zweiten Helm dabei. Fahren wir mit dem Camper?«

»Von mir aus.« Es kam ihr seltsam vor, mit Nuno allein im Camper zu fahren, aber Arne hatte es schließlich nicht anders gewollt. Vielleicht taten ihr Nunos Aufmerksamkeiten ja jetzt gut. Und Katharina wollte endlich mal an sich denken. Das, was sie schon so lange nicht mehr getan hatte. Wie oft hatte sie vor Entscheidungen erwogen, was Arne gefallen würde, oder ihren Eltern. Viel zu selten hatte sie dabei berücksichtigt, was sie eigentlich wollte. Das portugiesische Lebensgefühl, die Erzählungen über die arme Marisa, all das hatte etwas in ihr bewirkt. Sie war eine Frau Mitte dreißig, alleinstehend und bald ohne Vater. Es war höchste Zeit, sich Zeit für sich zu nehmen. Nur zu tun, was *ihr* guttat. Und wenn dies momentan die Gegenwart eines gut aussehenden, geheimnisvollen Portugiesen war, dann sollte das so sein.

***

205

Der Guincho-Strand, der zwischen dem Ort Cascais und der Kleinstadt Sintra lag, war tatsächlich exakt eine halbe Autostunde von Lissabon entfernt. Nuno hatte sie also diesbezüglich nicht angeschwindelt. Meterhohe Wellen taten sich vor ihnen auf. Sandstrand, so weit das Auge reichte.

»Es ist einer der Surfspots in Portugal. Hier finden Ende Juli, Anfang August die Guincho Wave Masters statt.«

»Die was?«

»Eine Zwischenetappe der Kiteboard Pro World Tour.«

Katharina lachte. »Alles klar.«

Nuno lächelte. »Willkommen in meiner Welt. Wenn du da rüberblickst, siehst du den westlichsten Punkt des europäischen Festlands, Cabo da Roca.«

»Es sieht wunderschön aus.«

»Vor allem die Sonnenuntergänge sind hier ganz besonders.«

»So lange bleiben wir aber nicht. Ich will ganz bald wieder nach meinem Pa sehen«, wehrte sie ab.

»Ich weiß.« Nuno parkte den Camper, stieg aus. Sie wollte auch aussteigen, doch die alte Tür klemmte. Nuno kam um den Wagen herum und öffnete ihr die Tür. Er reichte ihr seine Hand, sah sie dabei lächelnd an. Doch Katharina schüttelte den Kopf. »Danke, aber ich schaffe es allein.«

Sie meinte damit noch so viel mehr. Denn so plötzlich auf sich allein gestellt, ohne Arne an ihrer Seite, fühlte sie sich hier in Portugal erstaunlicherweise nicht einsam und verlassen, sondern eins mit der Natur. Die Weite der Strände, die unendliche Weite des Meeres, dieses Lieblingsland ihres Vaters, all das gab ihr das Gefühl, zu Hause zu sein. Angekommen, verwurzelt. Sie liebte Berlin und natürlich blieb das ihr Zuhause, aber jetzt, wo sie so viel Familiengeschichte in diesem Land erfahren hatte, gehörte Portugal auch dazu.

Der Atlantik toste, als wolle er ihr etwas sagen. Nuno und sie gingen schweigend auf das Meer zu, blieben davor stehen, mit Blick auf den Horizont. Er atmete schwer, sodass sich seine Brust hob und senkte, irgendetwas bebte in ihm, sie konnte es richtig spüren. »Was ist mit dir?«

Er drehte seinen Kopf zu ihr, seine blauen Augen blitzten aus dem braun gebrannten Gesicht hervor. »Ich … kann es dir nicht sagen.«

»Wieso?«

»Nicht dir.«

Verwirrt blickte Katharina ihn an. Was sollte das? Es musste etwas mit dieser Filippa zu tun haben.

»Wie bist du auf diese Filippa gekommen? Woher kennst du sie? Bist du verwandt mit ihr? Oder mit Marisa?«

Er schüttelte den Kopf, ging weiter auf das Meer zu, ohne zu antworten.

Katharina ging ihm nach. »Jetzt rede mit mir. Weißt du etwas über Marisa? Lebt sie nicht mehr?«

Er zuckte die Schultern, sah sie entschuldigend an. »Das weiß ich leider nicht. Willst du surfen lernen? Wellenreiten bedeutet die absolute Freiheit«, wechselte er abrupt das Thema.

»Was? Nein, ich meine ja. Aber nicht, bevor ich eine abschließende Antwort auf meine Suche habe. Meinem Vater geht es schlecht, auch wenn er uns allen nach außen den fröhlichen Mann vorspielt. Er hat Schmerzen, er hat diese schreckliche Diagnose. Kannst du dir vorstellen, wie es ist, zu wissen, dass man bald stirbt?« Ihre Stimme war immer lauter geworden, sie musste bestehen, gegen das Meer. Gegen diesen sturen Mann, der etwas mit sich herumschleppte. Der mit sich rang, ob er es ihr erzählen konnte.

Dann brach es aus Nuno hervor: »Wenn du es weißt, willst du nichts mehr mit mir zu tun haben.«

»Was?« Fassungslos sah sie ihn an. So schlimm sollte es sein? Was hatte er getan?

»Das werde ich dann selbst beurteilen. Sag es mir, bitte.«

Eine Möwe zog ihre Kreise über ihnen. Immer kleiner und kleiner.

Doch er sagte nichts mehr. Katharina schnaubte vor Wut. »Ihr Portugiesen habt eindeutig einen Hang zum Dramatischen. Weißt du, wie ich so etwas leiden kann? Wenn jemand etwas Schreckliches andeutet und dann nicht redet?«

Jetzt wurde auch er wütend. »Dann lass uns einfach fahren. Ich setze dich bei deinem Vater ab, du gibst den Camper zurück und wir haben nie wieder etwas miteinander zu tun.«

Erstaunt über diese Wendung zuckte sie die Schultern und nickte. »Von mir aus. Das ist mir auch sehr recht.«

Natürlich wollte sie dennoch wissen, was ihn so belastete, aber aus diesem verstockten Typen etwas herausschütteln konnte sie schließlich nicht.

Die Fahrt zurück nach Lissabon wurde schweigsam. Katharina checkte ihr Handy wie am Strand vorhin immer wieder. Nicht, dass sie eine Nachricht ihres Paps' verpasste. Aber offenbar schlief er, denn seit der WhatsApp »Versuche jetzt zu schlafen« hatte er nichts mehr geschrieben. Dabei wollte er sein Leben, das, was ihm blieb, nicht verschlafen, erst recht nicht in diesem Land, dachte Katharina traurig. Und so sog sie all die Eindrücke, all die wunderbaren Ansichten dieser Stadt und ihrer Umgebung auch für ihn in sich auf.

Katharina dachte angestrengt nach. Wie konnte sie jetzt weiter etwas über Marisa herausfinden, wenn sich Nuno gleich verabschiedete? Er, der Kontakt zu dieser Filippa hatte, wusste ganz sicher mehr. Sie durfte ihn nicht einfach so gehen lassen. Auch wenn sie es auf der anderen Seite wollte, denn die Anziehungskraft, die er auf sie ausübte, bestand. Ungebrochen.

Arne kam ihr wieder in den Sinn. Ging es ihm ähnlich, wenn er mit dieser Lisa tagtäglich zusammenarbeitete? Ging es vielen so, die mit jemandem im Büro den Tag verbrachten, nur dass sich manche zurückhielten und andere eben nicht? In der

Kanzlei, in der Katharina arbeitete, gab es nur Frauen und einen Mann. Einen kleinen Glatzköpfigen, sehr netten, aber etwas drögen Chef. Katharina dachte an ihre Tätigkeit dort, die sie nicht erfüllte, sondern ihr vielmehr das Gefühl gab, das Leben ziehe sinnlos an ihr vorbei. Doch was ergab Sinn im Leben? Waren es wirklich Kinder, wie für ihren Vater, oder gab es noch viel mehr?

Nach einer halben Stunde des Schweigens lenkte Nuno den Camper wieder durch die engen Gassen der Alfama. Was für ein sturer Hund.

Sie blickte auf ihr Handy. Ihr Paps hatte sich immer noch nicht gemeldet. Sie hatten also noch Zeit.

»Stopp.« Katharinas Stimme klang entschlossen.

Nuno trat so abrupt auf die Bremse, dass das Moped hinter ihnen fast auffuhr. »Was ist denn?«

»Lass uns noch mal zu dieser Filippa fahren. Bitte. Sie ist die Einzige, die über Marisa mehr wissen kann.«

»Kannst du mir das nicht anders mitteilen? Ich hätte fast einen Unfall gebaut.«

»Tut mir leid.« Sie knetete ihre Hände. Wenn sie schon ihrem Vater keinen Traumschwiegersohn bieten konnte, dann musste es wenigstens eine befriedigende Antwort über Marisa sein. Nuno atmete durch. »Sie weiß nicht mehr.«

»Woher willst du das wissen?«

Er zögerte. »Ich weiß es eben.«

»Aber ich habe sie zum Beispiel gar nicht gefragt, wann und weshalb Marisa aus dem Gefängnis kam. Filippa hat zwar gesagt, dass sie nicht weiß, was aus Marisa geworden ist, aber vielleicht bringt es uns weiter, zu hören, wie sie aus dem Gefängnis kam und was dann geschah.«

Er sah sie an, überlegte. »Das kann ich dir sagen.«

»Du?«

»Ich war zwar damals noch lange nicht auf der Welt, aber ich bin sicher, dass sie 1974, im April, befreit wurde.«

»Befreit? Wieso das denn?«

»Hast du schon einmal etwas von der Nelkenrevolution gehört?«

Katharina kramte in ihrem Gedächtnis. Arne hätte jetzt sicher gewusst, von was Nuno sprach, aber um ehrlich zu sein, hatte sie sich bisher viel zu wenig mit Geschichte und Politik auseinandergesetzt. Erst recht nicht mit längst vergangenen politischen Ereignissen anderer Länder.

»Nicht wirklich. Da war ich ja auch noch nicht geboren. Aber mein Vater lebte bis Februar 1975 hier«, fiel ihr ein. »Das hab ich mir gemerkt, weil meine Oma kurz nach seiner Rückkehr gestorben ist und er mir erzählt hat, wie traurig er war, dass er kaum noch Zeit mit ihr verbringen konnte. Und kurz zuvor ist Marisa bei ihm aufgetaucht, hat ihm aber nicht gesagt, wo sie gewesen war. Also, wo war sie von April '74 bis Februar '75?«

Sie sah Nuno aufgewühlt an.

»Das weiß ich nicht.«

»Ich möchte jetzt zu Filippa.«

»Wie gesagt, das wird dich nicht weiterbringen. Lass uns zu deinem Vater fahren. Vielleicht wirft er die Zeitangaben nach so vielen Jahren ja auch durcheinander.«

Er legte den Rückwärtsgang ein und schickte sich an, den Camper in der schmalen Gasse zu wenden, was sich als ziemlich schwierig herausstellte. Der Wagen blieb beinahe an einem Blumentopf mit Geranien hängen, Nuno umschiffte ihn ganz knapp und schaffte es schließlich, dass sie in entgegengesetzter Fahrtrichtung standen. Nachdenklich sah Katharina ihn an. Diesen Mann, der sich so für sie einsetzte. Wieso nur?

***

Ihr Paps sah aus, als habe er gerade eben erst sein Schläfchen beendet. Er kam recht zerknautscht in die Empfangshalle der Pension, in der sie sich per Handy verabredet hatten. Katharina saß mit Nuno in zweien der etwas muffigen Plüschsessel. Sie hoffte, dass sich ihr Paps nicht gleich wunderte, warum sie hier mit ihrem Campervermieter und nicht mit Arne saß.

»Kathi!« Ihr Vater rieb sich verwundert die Augen. »Wo ist denn Arne? Habt ihr euch nicht versöhnt?«

Natürlich hörte er sofort die Flöhe husten. Katharina ging nur flüchtig darauf ein und sagte: »Arne muss etwas für seinen Chef erledigen.«

»Es ist eilig«, half ihr Nuno, er schien zu spüren, dass sie sich in einem Dilemma befand.

Katharina warf Nuno, der wirklich extrem einfühlsam zu sein schien, einen dankbaren Blick zu und stand aus ihrem Sessel auf. »Wie geht es dir, Paps?«

»Es geht schon.« Aber sie sah ihm an, dass er Schmerzen hatte.

»Ich hab mir gerade eine Tablette eingeworfen, die hilft bestimmt gleich.«

»Hoffentlich. Magst du etwas essen gehen?«

Er überlegte. »Lass uns zur Pasteleria spazieren. Ein wenig frische Luft und dann ein Stück Kuchen tun der Seele gut.« Sein Lächeln überwältigte Katharina. Dieses tief unter die Haut gehende Lächeln des todkranken Mannes. Wie konnte man nur immer so positiv sein?

Sie flüsterte ihm zu. »Du wunderst dich sicher, was Nuno hier macht, oder?«

Er flüsterte zurück. »Bei dir wundert mich nichts, mein Kind. Wahrscheinlich will er einfach in deiner Nähe sein, so wie ich.«

Katharina durchströmte eine Wärme, wie wenn die Sonne im Frühling hinter einer dunklen Wolke hervorkommt und den Winter wegflutet.

Zu dritt gingen sie zur Pasteleria, nahmen an einem der Tische vor dem Straßencafé Platz und bestellten bei der Enkelin von Senhora Ferraz drei Galão und drei Stücke vom Bolo de Chocolate com Pêras, Schokoladenkuchen mit Birnen und Portwein, den ihnen die Enkelin empfahl.

»Nun sagt schon, habt ihr etwas herausgekriegt?«

»Nicht direkt«, versuchte Nuno, jegliche Hoffnung zu dämpfen. »Aber Marisa muss ja, wie alle politischen Gefangenen, kurz nach der Nelkenrevolution 1974 freigekommen sein, musste also nicht mehr lange im Gefängnis leiden. Und Katharina sagt, Sie haben in Erinnerung, dass Marisa erst im Februar 1975 zu Ihnen kam.«

»Ich weiß ganz sicher, dass es im Februar '75 war.« Er dachte nach. »Das stimmt, ich habe mich damals auch gefragt, wo sie in der Zwischenzeit war. Aber deshalb bin ich dann davon ausgegangen, dass sie doch nicht im Gefängnis war. Vor allem auch, weil sie das mir gegenüber so vehement verneint hat.«

Nuno sah ihn nachdenklich an.

Die Enkelin brachte den Schokoladenkuchen und Paps nahm sofort ein ordentliches Stück davon und schob es sich in den Mund.

»Vielleicht kamen nicht alle politischen Gefangenen bereits im April '74 frei«, hakte Katharina bei Nuno nach.

Er antwortete ausweichend, zumindest kam es Katharina so vor. »Doch, das weiß ich ziemlich genau.«

Ihr Vater dachte angestrengt nach: »Wieso ist sie nicht gleich zu mir gekommen?«

»Vielleicht gab es doch noch einen anderen. Diesen Rodrigo?«, warf Katharina vorsichtig ein. Nach Arnes Betrug dachte sie nur noch an Untreue und Verrat, wie es schien.

Doch angesichts des verletzten Blicks ihres Vaters bereute sie ihre Worte, lenkte ab. »Kann mir vielleicht mal einer erklären, was es mit dieser Blumenrevolution auf sich hat? Vielleicht verstehe ich dann alles besser.«

»Nelkenrevolution«, verbesserte Nuno. »Auf Portugiesisch: Revolução dos Cravos.« Dann wandte er sich an Katharinas Vater. »Sie waren damals doch noch im Land. Wie haben Sie die Revolution erlebt?«

18. Kapitel

Lissabon, April 1974

Gerd lag in seinem Bett in diesem ehemaligen Zimmer des
Sohnes der Ferraz, der in Afrika als Soldat kämpfte. Seit dort
die Kolonialkriege immer blutiger und brutaler wurden, hatten die Ferraz noch mehr Angst um ihren einzigen Sohn. Die
Söhne zweier Nachbarsfamilien waren in Särgen zurückge-
kommen. Das ganze Viertel hatte mit ihnen getrauert. Senhor
Ferraz sprach nur noch über diese schrecklichen Kriege in den
portugiesischen Kolonien, über die Ausbeutung dieser armen
Menschen, über den Anstieg der Erdölpreise in Portugal und
dass sein geliebtes Land, das seit 1932 von Präsident Antonio
de Oliveira Salazar in den Ruin gewirtschaftet worden war, so
nicht mehr lange überleben konnte. Der alte Bäcker echauffierte sich, dass das Volk klein und dumm gehalten wurde all
die Jahre, auch von Salazars Nachfolger Caetano. Aber das Volk
sei nicht klein und dumm. Die Portugiesen seien ein stolzes
Volk, mit sehr viel Geduld, aber irgendwann sei diese Geduld
am Ende wie auch die der unterdrückten und ausgebeuteten
Länder in Asien und Afrika. Gerd gab ihm recht, denn auch
seine Geduld war längst am Ende. So lange hatte er auf Marisa
gewartet, jeden Tag gehofft, dass sie von wo auch immer zu

214

ihm zurückkehrte. Unzählige Male hatte er versucht, bei den Behörden etwas über ihren eventuellen Verbleib zu erfahren. Doch er rannte gegen Wände und Gewehrläufe. Oder gegen Holzköpfe, die nicht selbst dachten, sondern nur nachplapperten, was man ihnen sagte.

Gerds Gliedmaßen fühlten sich elendig müde an. Die überaus langen Tage in der Bäckerei, das frühe Aufstehen, die vielen schlaflosen Nächte. Und Marcos, der Spitzel der Regierung, darin waren sich die Ferraz immer sicherer, der Gerd jede Minute bis aufs Blut reizte. Aber Gerd hatte sich nicht mehr provozieren lassen, ihm eine reinzuschlagen, auch wenn es ihn täglich in den Fingern juckte. Senhora Ferraz zuliebe ließ er es sein. Im Grunde hätte er es gern stündlich getan. Denn Marcos fing immer wieder damit an, dass Marisa von diesem Rodrigo sicher schon schwanger geworden sei. Und sich das vorzustellen, war für Gerd mit das Grausamste. So sehr wünschte er sich Kinder mit dieser Frau. So oft hatte er von ihren gemeinsamen Kindern geträumt, seit er sie kannte. Von Kindern, die es niemals geben würde.

Die Holzschatulle, in die er seine selbstverfassten Gedichte an Marisa gelegt hatte, stand geöffnet neben ihm auf dem Bett. Leise las er eine Überschrift nach der anderen: »Sehnsucht«, hieß das eine Gedicht, »Vermisst« das andere. Seine Worte klangen holprig, waren jedoch mit dem Herzen geschrieben. Voller Sehnsucht und Leid. Irgendwann hatte er aufgehört, seine Gefühle in Poesie festzuhalten. Irgendwann hatte sein Herz nur noch geblutet. Jeden Tag überlegte er, ob er abreisen und nach Deutschland zurückkehren sollte. Doch dann stellte er sich wieder vor, dass Marisa tatsächlich in den Händen der Pide war, entkommen könnte und ihn dann nicht mehr antreffen würde. Das wäre das Schlimmste gewesen. So hielt er aus, tat seine rechtschaffene Arbeit und debattierte mit Senhor Ferraz über diese Diktatur. Vor Kurzem hatte Senhor Ferraz erfahren, dass sich ein Widerstand bildete. Eine Gruppe von jungen Offizieren wollte die Kolonialkriege beenden und die Demokratie einführen. »Das wäre ein Wunder«, sagte er jedes Mal, wenn er wieder davon anfing.

»Das wäre es.«

»Aber es würde einen schrecklichen Bürgerkrieg bedeuten. Eine Revolution kann nie unblutig geschehen. Noch mehr Mütter würden ihre Söhne verlieren. Es ist eine Zwickmühle. Ich weiß im Grunde gar nicht, ob ich wirklich dafür sein soll.«

Gebannt hörte Gerd Senhor Ferraz zu. Der hatte einen Freund, der wiederum einen Sohn hatte, der Offizier war. Von diesem erhielt er immer die neuesten Nachrichten. In den Zeitungen stand natürlich nichts darüber. Aber es sprach sich herum in der Alfama, breitete sich unaufhaltsam aus, wie ein Lichtschein am Horizont.

Am Abend des 24. April 1974, um kurz vor elf, lag Gerd wieder einmal wach in seinem Bett, dachte an Marisa, während das Radio lief, und passend zu Gerds Stimmung übertrug der Portugiesische Rundfunk melancholische Musik. Das eine Lied verklang und das nächste setzte ein: »E Depois do Adeus«. Gerd kannte es sehr gut, denn es war der portugiesische Beitrag zum Grand Prix Eurovision de la Chanson 1974. Eine Ballade, in der Paulo de Carvalho über die Vergänglichkeit einer Liebesbeziehung singt, in der er seine Liebste mit einer Blume vergleicht. Wie Gerd später erfuhr, war die Übertragung dieses Songs das erste der vereinbarten Geheimsignale an die aufständischen Truppen zum Beginn des Staatsstreichs. Als das nächste Lied gespielt wurde, suchte der ahnungslose Gerd einen anderen Sender, legte sich wieder hin und dämmerte bei Musik ein wenig ein. Gegen 0.20 Uhr wurde er wieder wach, gerade als der Nachtsprecher des katholischen Rundfunks die erste Strophe eines von der Diktatur verbotenen Liedes vorlas, das im Anschluss daran erklang: »Grândola, Vila Morena«. Die Übertragung dieses Liedes war von den Putschisten als zweites Geheimzeichen ausgemacht worden und bedeutete, dass die Operation gut lief. Gerd, der zu diesem Zeitpunkt von all dem nichts wusste, wunderte sich noch, als das Lied erst vorgetragen und dann gespielt wurde, dachte im Halbschlaf wie schon so oft über diese Diktatur des Landes nach, und ihm fiel ein, was Senhor Ferraz ihm Aufrührerisches anvertraut hatte. In seinem Kummer um Marisa und die ganze schlimme Situation nickte Gerd erneut ein. Kurz nach drei Uhr – er hatte vergessen, seinen Apparat auszuschalten – ertönte aus diesem eine Männerstimme, die zur Bevölkerung sprach. Offenbar hatten die Putschisten bereits die Radiosender, den Flughafen, große Plätze und einige Ministerien besetzt. Der Mann bat das Volk, ruhig zu bleiben, zu Hause zu verharren. Gerd war augenblicklich hellwach und setzte sich sofort auf. Eine innere Unruhe ergriff ihn, sein Puls raste.

Er schaute aus dem Fenster und sah, dass sich ein paar Nachbarn bereits auf der von Straßenlaternen spärlich beleuchteten Gasse befanden. Männer und Frauen, voller Elan, voller Hoffnung. Rasch zog er sich das Nötigste an, eilte in den dunklen Flur, lauschte bei Senhor Ferraz und überlegte, ob er ihn wecken sollte. Er tat es, pochte gegen die Schlafzimmertür. Denn er als Deutscher konnte die politische Lage so viel schlechter einschätzen als der alte Bäcker, der sich auf seinem Sofa den lieben langen Tag damit beschäftigte.

Senhor Ferraz öffnete kurz darauf im Pyjama die Schlafzimmertür, hörte gebannt zu, dankte Gerd, dass er ihn geweckt hatte. Ein paar Minuten später gingen sie, gemeinsam mit Senhora Ferraz, die Lockenwickler und einen Morgenmantel trug, auf die Straße. Kaum einen hielt es in seinem Bett, wie ein Lauffeuer verbreitete sich die Kunde und die meisten Nachbarn kamen ebenso schlaftrunken heraus. In Nachthemden mit übergeworfenen Jacken, hektisch angezogenen Hosen, die sie im Laufen noch zuknöpften. Senhora Ferraz machte sich große Sorgen, dass das kranke Herz ihres Ehemanns die Aufregung nicht mitmachen würde, aber der ließ sich diese hoffentlich denkwürdige Stunde nicht nehmen. »Bitte, lieber Gott, lass diese Frau einmal ruhig sein. Und bitte lass es friedlich verlaufen«, betete er leise.

Bevor sich Senhora Ferraz aufregen konnte, rief eine Nachbarin: »Holt rote Nelken!«

»Wieso denn das?«, wunderte sich Gerd.

»Wieso wohl? Sie sind das Symbol der Arbeiterbewegung, deshalb haben wir sie doch im Garten«, sagte ein Mann. »Sie zeigen unsere Unerschrockenheit und Bereitschaft.«

»Wie zur Zeit der Französischen Revolution«, fügte ein anderer begeistert hinzu. »Rasch, Frauen, holt rote Nelken! Wir zeigen jetzt endlich allen, dass wir im Herzen Sozialisten sind.«

Und sofort eilten einige Frauen in ihre Gärten. Oder zupften die symbolträchtigen Nelken aus ihren Blumenkästen. Diejenigen, die keine gepflanzt hatten, bekamen Blumen von ihren Nachbarn.

Senhora Ferraz lief auch schnell in ihren kleinen Garten, um rote Nelken zu holen, und nahm die drei schönsten mit. Außer Atem holte sie ihren Mann und Gerd ein. »Ein Glück, dass ich diesen Sommer wieder neue gepflanzt habe, die alten waren nicht mehr schön. Als hätte ich es geahnt!«

Sie alle gingen stumm und aufgeregt weiter zum Terreiro do Paco. An diesem schönen Platz kamen die rebellierenden Jungoffiziere mit zehn Panzern angefahren. Eine beklemmende Stille machte sich breit, denn die Panzer sahen aus wie Monster. Würde gleich geschossen werden? Gerd zählte noch zwölf weitere Truppenfahrzeuge, zwei Krankenwagen, einen Jeep und ein Zivilfahrzeug. Was würde gleich geschehen? Würden sie alle sterben? Die Anspannung wurde jedoch durch den erst zaghaften, dann immer lauter werdenden Jubel des Volkes zunichtegemacht. Gerd knetete seine Hände ineinander. Er hoffte so sehr, dass bei diesem Aufstand nicht zu viel Blut vergossen würde. Aber er spürte auch, dass diese jungen Offiziere das selbst nicht wollten. Er sah es ihren angespannten, aber freundlichen Gesichtern an. Eine Frau kletterte einfach zu einem Offizier auf den Panzer und steckte ihm eine rote Nelke ins Knopfloch, eine andere beobachtete das, kletterte auf einen anderen Panzer und steckte eine ihrer roten Nelken in den Gewehrlauf des Soldaten. Die Umstehenden klatschten Beifall. Sofort taten es ihnen andere Frauen gleich. Die Soldaten ließen sich Nelken in die Gewehrläufe stecken, sahen sich dennoch immer wieder angespannt um. Wie durch ein Wunder geschah nichts, kein Schuss fiel, keine Gewalt, nur der Jubel des Volkes, das die Freiheit spürte, voller Hoffnung, endlich das Joch der Unterdrückung abwerfen zu können.

Eine friedliche Revolution beendete eine Diktatur. Ein wahres Wunder, wie Senhor Ferraz die ganze Zeit wiederholte. Immer mehr Frauen steckten den Soldaten ihre roten Nelken in die Gewehrläufe, eine küsste einen Soldaten auf die Wange, ihren mutigen Befreier. Gerd hatte so viel Freude noch nie gesehen. Überwältigt sah er den ausgelassenen Portugiesen zu. Er sah das Leuchten in ihren Gesichtern, die Zuversicht und den Stolz. Über vierzig Jahre hatten sie in dieser menschenverachtenden Diktatur ausharren müssen und endlich schien diese vorbei. Senhora Ferraz wurde jetzt erst ihrer Lockenwickler gewahr, löste sie schnell, fuhr sich mit den Fingern durch ihr Haar und lachte. Senhor Ferraz betete die ganze Zeit, schickte Stoßgebete gen Himmel, aber je mehr Soldaten mit roten Nelken in den Gewehrläufen vor ihm standen, desto freier konnte er atmen, wie er sagte. So frei, wie es ihm seit seinem Herzinfarkt nicht mehr möglich gewesen war. Seit Jahren hatte er dieses beklemmende Gefühl in der Brust. Aber was, wenn der Aufstand doch noch schiefging? Gerd, der von jeher immer zuversichtlich in die Zukunft geblickt hatte, versuchte, ihn lächelnd zu beruhigen. »Es wird halten. Der Frieden wird halten. Die Blumen sprechen eine ganz besondere Sprache, riechen Sie nur, wie sie duften.« Er schloss für einen Moment die Augen, atmete den intensiven Duft einiger Nelken ein, die eine Frau neben ihm schwenkte. Er wünschte sich noch etwas: dass er Marisa jetzt ganz bald sehen würde. Denn falls sie doch vom Regime geholt worden war, dann war das hier wohl ihre Chance, freizukommen.

Völlig übernächtigt standen die Menschen auf diesem Platz bei den Panzern und Soldaten mit ihren Nelken, feierten ihre Befreier und kaum einer wagte es, ins Bett zurückzukehren, aus Angst, danach aufzuwachen und feststellen zu müssen, dass alles nur ein wunderschöner Traum gewesen war.

Doch die Brötchen mussten gebacken werden, wenn auch viel zu spät. Gerd und Senhora Ferraz eilten in die Pasteleria, bekamen nur noch über Kunden mit, was sich weiter ereignete.

Am Abend war offenbar der Sitz der Geheimpolizei gestürmt worden, dabei hatten dort verbliebene regimetreue Truppen auf die unbewaffneten Demonstranten gefeuert und vier Menschen getötet. Weitere blutige Ausschreitungen und Opfer blieben zum Glück aus.

Die Menschen kamen in die Pasteleria, um sich etwas zu essen zu kaufen, und feierten auf der Straße. Marcos war wie zu erwarten nicht zur Arbeit erschienen. Offenbar hatte sich der Spitzel gleich verdünnisiert. »Endlich sind wir diesen hinterhältigen Kerl los«, sagte Senhora Ferraz, die mit ihren wilden Locken und den geröteten Wangen heute ganz bezaubernd aussah. Gerd sagte es ihr und die Senhora lachte. »Du bist mir einer. Wenn das mein Mann hört.« Dann wurde sie ernster. »Vielleicht kommt Marisa nun auch wieder zurück.«

Die beiden blickten sich an und Gerds Knie fühlten sich plötzlich so weich an wie ein Butterhörnchen. »Ich wäre der glücklichste Mann der Welt.«

***

Die Wochen und Monate vergingen und das Land befand sich in einem einzigen Ausnahmezustand. Einem großartigen, emotional aufwühlenden, einzigartigen Rauschzustand, den Gerd aber nur noch von seiner Backstube aus beobachtete. Er als Deutscher fühlte nicht das, was die Portugiesen nach ihrer Befreiung vermutlich fühlten. In ihm herrschten noch immer eine quälende Leere, Unrast, Leid. Zum Glück war die Revolution weiter friedlich verlaufen, es schien wirklich so, als wäre dem Land das geglückt, was keiner für möglich gehalten hatte. Ein friedlicher Umsturz. Ein Volk konnte also etwas ändern. Auch ohne Gewalt. Das Symbol der Blumen sprach Bände.

Senhor Ferraz kam ständig in die Backstube und brachte neue Nachrichten: »Es wird noch verhandelt und Marcello Caetano will nur einem General die Regierungsgewalt übergeben. General António de Spínola. Aber das wäre okay, finde ich.«

»Mmhm«, machte Gerd nur, formte ein Mandeltörtchen und spürte Senhor Ferraz' Blick in seinem Rücken.

Gerd sah erschrocken hoch, nahm seine Hände vom Teig. »Was ist? Haben Sie etwas von ihr gehört?«

»Nein. Es tut mir leid. Ich habe nur gehört, dass die meisten politischen Gefangenen entlassen wurden. Schon lang. Schon im April.«

»Verstehe.«

»Wenn ich mehr erfahre, komme ich sofort in die Backstube.«

»Ich weiß. Danke.« Gerd ließ die Hände sinken und Teig bröselte von seinen Fingern zu Boden.

Die Monate vergingen. Senhora Ferraz war seit der Nelkenrevolution förmlich aufgeblüht, drehte sich nicht mehr die Lockenwickler ein, sondern trug nun einen flotten Kurzhaarschnitt. Sie verkaufte die Backwaren in der Pasteleria mit viel besserer Laune, summte hin und wieder ein Lied.

»Gerd«, sagte sie, als er ihr ein Blech voller Bolinhos de Pinhões, Küchlein mit Pinienkernen und Zitrone, brachte. »Bringst du mir auch das Lesen bei?«

»Ihnen?«, entfuhr es ihm verblüfft.

»Wieso denn nicht? Nur weil ich über fünfzig bin, ist das Leben doch lange nicht zu Ende. Im Gegenteil. Jetzt geht es erst richtig los.« Sie lächelte verschmitzt, während sie das sagte, und Gerd musste auch lächeln. Dieser neue Lebensmut, wie sehr er diesen bewunderte. Er hingegen, mit seinen einundzwanzig Jahren, fühlte sich, als sei sein Leben in einer Sackgasse angelangt.

»Natürlich. Entschuldigen Sie, ich bringe es Ihnen sehr gerne bei.«

»Heute nach Feierabend?«

»Ausgemacht.«

Die Lehrstunden mit Senhora Ferraz erinnerten ihn stark an die mit Marisa. Er konnte sich kaum konzentrieren, musste den Kloß im Hals, der sich anfühlte wie ein schwerer Teigklumpen, mehrmals hinunterschlucken. Senhora Ferraz spürte das, legte ihm mütterlich die Hand auf den Arm und sah ihn bedauernd an. »Sie hat dich geliebt. Egal was ihr passiert ist, sie hat dich wirklich geliebt.«

Erschüttert begriff Gerd, dass es wirklich sein konnte, dass Marisa in den Fängen der Pide zu Tode gekommen war. Eine Möglichkeit, die sein Gehirn weitestgehend verdrängt hatte.

Dabei waren so viele politische Häftlinge, also Menschen, die nichts angestellt hatten, außer ihre Meinung zu sagen, durch Folter gestorben.

»Sie ist nicht tot«, sagte er leise. »Das hätte ich doch gespürt.«

»Ganz bestimmt«, erwiderte Senhora Ferraz unsicher. »Wir lassen das. Der Sohn von Senhora Moreira kann mir das Lesen auch beibringen. Er ist aus Mosambik zurück.«

»Ach ja?«

»Ja. Ist das nicht wunderbar?«

»Ja, das ist es.«

***

Lissabon, Februar, 1975

Eines Morgens, als Gerd in der Backstube gerade Pastéis de Nata zubereitete und umgeben von Vanille- und Zimtduft die Puddingcreme auf den Teig verteilte, da hörte er ihre Stimme in seinem Rücken.

»Olá«, sagte sie leise.

Unter tausenden von Frauen hätte er sie erkannt.

Seine Nackenhaare stellten sich beim Klang ihrer Stimme auf. Seine Hände zitterten unwillkürlich. Er drehte sich ungläubig um. Da stand sie, abgemagert, blass, mit strähnigen Haaren. Aber sie lebte und sah ihn aus ihren dunklen Augen ängstlich an.

»Meine Marisa«, flüsterte er überwältigt, sein Herz raste, er wollte sie sofort in seine Arme schließen, für immer, trat einen Schritt auf sie zu.

Doch sie bewegte sich nicht, lächelte nicht, rannte nicht auf ihn zu, um ihn zu umarmen. Und so hielt er inne, blieb ebenfalls stehen, wagte es nicht, weiter auf sie zuzugehen, sie zu berühren. Seine anfängliche unbändige Freude wandelte sich in tiefe Sorge und Unsicherheit.

Auch roch er ihren sonst so lieblichen Duft nicht. Das irritierte ihn.

»Marisa. Oh mein Gott, da bist du endlich. Ich habe mir solche Sorgen gemacht, nach dir gesucht, ich bin fast verrückt geworden. Wo warst du? Wie, wie geht es dir?«

»Es geht mir gut.« Sie antwortete knapp und angespannt wie ein Reh in Habachtstellung, kurz vor der Flucht.

»Und wo bist du gewesen?«, flüsterte er ahnungsvoll. Seine Stimme versagte, klang wie die Knetmaschine, die am Tag zuvor ihren Geist aufgegeben hatte. Langsam und jaulend. So seltsam erstarrt, wie sie wirkte, bestätigte es ihn in seinem schlimmsten Verdacht.

Sie sah ihn an, biss sich auf die Unterlippe, schien nachzudenken. Dann zuckte sie hilflos mit den Schultern, schien genauso zu leiden wie er. »Es … es ist viel geschehen, Gerd.« Sie schluchzte auf, hatte sich aber sofort wieder im Griff.

»Aber was? Was genau ist geschehen?«

»So viel ist geschehen, Gerd.« Sie schüttelte den Kopf. »Wir sind frei, unser Land, die Menschen sind frei. Es ist so wunderbar. Das ist es doch, was zählt, oder nicht?«

»Ja, das ist es.« Er verstand sie nicht. Er wollte mehr wissen, sie berühren. Doch wie zwei Fremde standen sie sich gegenüber. Als hätten all die Leidenschaft, all die Liebe und das Verständnis nie existiert, als sei das nicht seine Marisa.

»Was haben sie mit dir gemacht?«, flüsterte er. Ahnungsvoll, erschüttert.

Marisa zuckte kurz fast unmerklich zusammen. Doch dann schüttelte sie erneut den Kopf. »Nichts. Es geht mir gut. Geht es dir auch gut, Gerd?«

»Was? Nein, ich meine ja, jetzt wieder. Jetzt, wo du wieder da bist. Endlich.«

Sie sahen sich an. Als hätten sie sich noch nie gesehen.

In Gerd arbeitete es. Wie konnte er diese Frau aus der Reserve locken, sie zum Reden bringen? Natürlich, mit Kuchen. »Möchtest du etwas essen? Hast du Hunger auf Törtchen? Ein paar sind schon fertig.« Das würde sie sicher entspannen. Törtchen entspannten jeden Menschen.

»Und wie ich Hunger auf Törtchen habe.«

Zum ersten Mal lächelte sie zaghaft. Gerd atmete erleichtert durch, nahm ein fertig gebackenes Pastel de Nata von einem Backblech und reichte es ihr mit seiner großen Hand. Sie berührten sich kurz. Ihre kleine, zarte Hand zu spüren, fühlte sich an, als fahre ein Blitz in seinen Körper. Endlich leuchteten ihre Augen wieder, zumindest für einen Moment. Er sah sie, diese Liebe zu ihm, diese tiefe Liebe, die nichts und niemand zerstören konnte. Welch Glück, sein Bauch wurde warm.

Doch dann sah sie weg, senkte die Lider und biss in das Pastel de Nata. Für einen Moment schloss sie die Augen, schien den Duft und Geschmack in sich aufzusaugen. Dann kaute sie, schnell und hungrig.

»Kann ich noch eines haben?«

»Natürlich. So viele du willst. Das tut gut, nicht wahr?«

Senhora Ferraz erschien in der Tür zur Backstube. Verblüfft starrte sie Marisa an, schrie freudig los. »Das gibt es doch nicht, Martim, Martim, sie ist wieder da. Halleluja, Gott hat unsere Gebete erhört.«

Senhora Ferraz rannte nach oben, um ihren Mann zu holen, vermutlich auch, um die beiden nicht weiter zu stören.

Gerd lächelte sie an, reichte Marisa noch ein Törtchen. Jetzt würde alles gut werden. Marisa schmeckte es, das sah er. Sie würde wieder seine Marisa werden. Er, der nicht an Gott glaubte, dankte ihm dennoch. In seinem Magen rumorte es gewaltig.

Sie würden heiraten, Kinder bekommen, eine eigene Pasteleria eröffnen. Er durfte sie nur nicht damit überrennen. Vorsichtig mit ihr umgehen, wie mit einer knospenden Blüte.

Sie sah schwach aus.

»Setz dich doch. Möchtest du etwas trinken dazu?«

»Ja, gerne. Ein Glas Wasser vielleicht?«

»Mehr nicht? Einen Portwein zur Stärkung und zur Feier des Tages?«

»Oh nein.«

Rasch holte er ihr ein Glas Wasser, reichte es ihr, doch diesmal berührten sich ihre Hände nicht. Denn Marisa nahm das Glas so entgegen, dass dies nicht möglich war. Gerd registrierte das sofort, aber es konnte auch Zufall gewesen sein. Ganz sicher war es das.

»Bitte, sag es mir. Ich muss es wissen. Wo bist du so lange gewesen?« Er konnte sich nicht mehr zurückhalten. Denn wenn sie mit diesem Rodrigo zusammen gewesen war, ohne sich zu melden, dann hätte das alles verändert.

Sie antwortete nicht, trank das Wasser in kleinen, zaghaften Schlucken, schaute zu Boden dabei. Das hätte sie nicht getan, dachte er.

»Warst du, haben sie dich …?« Er wagte nicht, es auszusprechen. Das Unfassbare, das Schreckliche. Das, wofür er sich verantwortlich fühlte. Denn nur dadurch, dass er ihr das Lesen beigebracht hatte, nur dadurch war sie ein rebellischer Mensch geworden. Und das hatte die Schergen der Pide bestimmt gestört. Oder nicht? Hatte er sich in diese Vorstellung verrannt?

»Warst du … haben sie dich ins Gefängnis gesteckt, Marisa?« Er hauchte es mehr und hoffte so sehr, dass sie verneinen würde.

Erst sagte sie nichts. Dann schüttelte sie entschieden den Kopf. »Nein. Es spielt keine Rolle, wo ich war.«

Sie sah ihn an, voller Liebe, voller Sehnsucht. Gerd wagte es, nahm ihre zarte Hand, überrumpelte sie damit und sie entzog ihm ihre Hand auch sofort. War sie also doch im Gefängnis und schämte sich, es zu sagen?

»Bitte, Marisa, es ist sehr wichtig für mich, es zu wissen. Ich würde es verstehen, wenn du dort warst und sauer auf mich bist, zutiefst enttäuscht, dass ich dich nicht geholt habe. Aber glaube mir, ich schwöre beim Leben meiner Mutter: Ich habe nach dir gesucht! Ich habe in allen Gefängnissen angerufen, bin immer wieder zu allen möglichen Ämtern, habe gebeten und gebettelt, aber sie haben mir jedes Mal nur gesagt, dass du nicht im Gefängnis sitzt, dass sie dich nirgends verzeichnet haben.«

»Es ist alles gut, Gerd.«

Stille.

Sie hatte ihm die Luft aus den Segeln genommen. Selbst wenn sie dort gewesen war und sich schämte, sie hatte ihm offenbar wirklich verziehen. Ein Glück, welch großes Glück. Wenn es denn stimmte.

Er sah sie ernst an. »Ich habe auf dich gewartet, Marisa. Ich liebe dich unendlich, möchte eine Familie mit dir. Kinder. Eine eigene kleine Pasteleria, hier in Lissabon, wenn du möchtest. Ich backe, du verkaufst und um uns herum spielen die Kinder.« Jetzt hatte er es doch gesagt.

»Nein!« Ihr Ton klang scharf. Wie ein Messer, das jemand in einen Holztisch stach.

Ihre Augen füllten sich mit Tränen. Was hatte sie nur? Sie liebte ihn noch immer, das konnte er eindeutig sehen.

Sie wischte sich mit dem Handrücken über die Augen, riss sich zusammen. Es kostete sie Kraft. »Gerd, ich … bin nur gekommen, um dir Lebewohl zu sagen.«

»Was? Nein! Das kannst du nicht tun. Wieso?«

»Ich muss, ich will. Ich meine, ich will, dass du aufhörst, an mich zu denken.«

»Nein, niemals. Was habe ich dir getan?«

»Nichts.«

»Dann hast du doch einen anderen? Diesen Rodrigo, gib es zu!«

Wieder verneinte sie, den Tränen nahe. »Es gibt keinen anderen Mann, gab es nie. Bitte glaube mir.« Es klang ehrlich und ernst. »Das ist es wirklich nicht.«

»Was dann?«

»Bitte, Gerd, mach es mir nicht so schwer.«

Er lachte bitter auf. »Ich mache es dir schwer?«

»Bitte hör auf. Ich gehe jetzt wieder. Bitte lass mich gehen.«

»Nein! Du gehst nicht.« Seine Stimme überschlug sich. Sofort besann er sich, fragte bemüht sanft: »Wohin, Marisa, wo willst du denn hin?«

»Das ist egal. Du musst mich vergessen, Gerd. Du wirst in Deutschland eine Frau finden und sie genauso lieben wie mich. Du wirst der beste Vater der Welt. Da bin ich mir ganz sicher.«

Marisa wandte ihren Kopf ab, drehte sich um und ließ ihn stehen. Gerd erstarrte einen Moment, rannte ihr hinterher, packte sie mit seinen kräftigen Händen am Arm.

»Lass, du tust mir weh.«

Genau in dem Moment kamen Senhora Ferraz und ihr Mann die Treppe herunter. Gerd löste seinen Griff, hob die Hand wie zur Entschuldigung.

»Senhora Ferraz, Senhor Ferraz, ich bin gekommen, um mich zu verabschieden«, sagte sie.

»Aber wo willst du denn hin, mein Kind? Gerd hat so auf dich gewartet. Und ich brauche dich auch, in der Pasteleria. Die Stammkundschaft vermisst dich. Wir sind doch Freundinnen, oder nicht?« Die Senhora sah Marisa nett und besorgt an.

Die schluckte schwer. »Ja, natürlich, das sind wir. Aber es tut mir leid, ich habe eine Entscheidung für mein Leben getroffen. Ich möchte nicht darüber reden. Bitte verzeihen Sie mir. Bitte lassen Sie mich gehen.«

»Natürlich, mein Kind. Es ist dein Leben.«

»Und meines«, brach es aus Gerd hervor. »Sie liebt mich, das sehe ich ihr an. Sehen Sie doch, Senhora, man sieht es in ihren Augen.«

Senhora Ferraz betrachtete Marisa aufmerksam und nickte schließlich. Und auch Senhor Ferraz bestätigte es. Marisa schrie weinend auf. »Machen Sie es mir doch nicht noch schwerer!«

Mit diesen Worten lief sie los, aus der Tür der Pasteleria hinaus auf die Gasse.

Fassungslos sah Gerd ihr nach. Gelähmt, verzweifelt, am Boden zerstört. Dann rannte er ihr nach. Doch die Altstadt Lissabons hatte Marisa bereits verschluckt.

Mit hängenden Schultern stand er da, wurde von Touristen angerempelt, von ein paar Hippies, die, seitdem das Land eine Demokratie geworden war, vermehrt in ihren alten Bussen hierher kamen.

Das, was er sich seit Monaten gewünscht hatte, dass Marisa plötzlich in der Tür stünde, war eingetroffen. Und sie liebte ihn noch, das hatten die Ferraz bestätigt. Wer oder was trieb sie nur dazu, sich so zu verhalten? Wurde sie von der Regierung gezwungen? Aber die Revolution hatte doch das Land verändert.

Unendlich langsam ging Gerd zurück in seine Backstube, den Ort, wo er sich immer so sicher und wohl gefühlt hatte. Was war nur geschehen, was hatte Marisa erlebt? Vermutlich würde er es nie wissen, wurde ihm plötzlich bewusst. Denn durch wen, wenn nicht durch sie selbst, sollte er die Wahrheit jemals erfahren?

Gerd mischte wie in Trance die Zutaten für den Brotteig zusammen, knetete ihn mit zittrigen Händen. Der Teig gab ihm Halt, der Teig hatte ihm immer Halt gegeben, auch wenn er weich und formbar blieb. Er beschloss, sich niemals mehr ganz auf eine Frau einzulassen. Jede würde ihm irgendwann wehtun. Vielleicht war er zu gutmütig, wie seine Großmutter einmal gesagt hatte, als er mit Liebeskummer bei ihr saß. »Was ist denn schlimm daran, Großmutter?«, hatte er geantwortet.

»Nichts. Absolut gar nichts. Aber Frauen wollen Helden, Männer, die ein wenig kantig und geheimnisvoll sind.«

»Ich werde die Frauen nie verstehen. Und backen kann ich mir keine.«

Was hatte Marisa nur? Was trieb sie an, jetzt erst zu ihm zu kommen, um ihn gleich wieder zu verlassen? Wieso ließ sie ihn fallen, obwohl sie ihn liebte, wieso ließ sie ihn fallen wie ein Stück glühende Kohle, als hätte er sie verbrannt?

19. Kapitel

Lissabon, 2018

»Wirklich seltsam, dass sie damals nicht gesagt hat, wo sie gewesen ist«, befand Nuno nachdenklich.

»Das ist es.« Katharinas Vater sah leidend vor sich hin.

»Oh Paps, das alles tut mir so unendlich leid für dich.« Sie nahm seine Hand, drückte sie fest. »Es ist wirklich mysteriös. Aber es klingt eindeutig so, als ob sie dir keine Vorwürfe gemacht hat. Das war nicht der Grund, Schluss zu machen.«

Er versuchte zu lächeln. »Ja, das stimmt. Wenn ich an früher denke, werde ich ganz sentimental, entschuldigt.«

Nuno stand, immer noch sehr nachdenklich, auf, um die beiden allein zu lassen. »Ich drehe eine Runde in der Stadt. Wenn ich dich abholen soll, Katharina, ruf mich an.«

»Danke.«

Nuno ging und kaum war er um die nächste Hausecke gebogen, stellte Paps genau die Frage, die Katharina auch die ganze Zeit beschäftigte: »Wieso hängt sich dieser Nuno bei meiner Geschichte eigentlich so rein?«

Sie zuckte die Schultern. »Langsam, aber sicher hege ich den Verdacht, dass ihn das alles irgendwie betrifft. Ich weiß nur noch nicht wie.«

Paps wunderte sich. »Mein Sohn kann er nicht sein, dafür ist er zu jung«, scherzte er. »Aber womöglich Marisas?«

»Nein, das habe ich auch kurz in Erwägung gezogen. Aber dann würde er mich nicht ewig suchen lassen. Vielleicht ist er doch einfach nur hilfsbereit. Wie die Portugiesen eben so sind.«

»Er ist begeistert von dir, das wird es sein. Genau wie ich.«

Katharina lachte unwohl auf. »Unsinn.«

»Mädchen, du bist eine attraktive, eigentlich kluge Frau, hast das Herz am rechten Fleck. Genau so eine Frau wünschen sich Männer.«

»Moment mal. Was heißt denn hier ›eigentlich kluge‹ Frau?«, empörte sie sich lächelnd.

»Na, weil du nicht merkst, wann ein Kerl dich dufte findet, ganz einfach.«

»Ach, Paps. Ich hab Arne«, fiel ihr gerade noch ein. So ein Mist, nun hatte sie ihren Vater doch angelogen.

»Vielleicht mag mich Nuno, aber ich habe gerade wirklich keinen Kopf dafür. Jetzt gehst du vor, Paps. Wie geht es dir? Hämmern sie wieder?«

Er seufzte. »Sie hämmern ständig. Mal mehr, mal weniger. Aber ich beiße die Zähne zusammen und genieße trotzdem jede Sekunde hier. Frag bitte nicht immer, wie es mir geht. Ich verdränge es ganz gut, auch die Schmerzen. Ich will jetzt einfach die Zeit, die mir noch bleibt, genießen. Und nicht wie so viele ältere Leute nur von den Wehwehchen reden.«

Wie tapfer von ihm. Was für ein Vorbild. Katharina umarmte ihn, sie konnte es nicht oft genug tun. Wie gut er roch, wie warm und weich er sich anfühlte.

Ihr Vater löste sich nach ein paar Atemzügen von ihr, drückte ihr einen Kuss auf die Stirn. »Komm, mein Mädchen, bleib tapfer. Für mich. Und lass dir von diesem Nuno noch ein wenig Lissabon zeigen. Meine Beine sind gerade etwas lahm.

Ich bleibe hier im Café sitzen, lasse mich mit Gebäck verwöhnen und genieße die Sonne.«

»Wirklich? Ich soll dich jetzt allein lassen?«

»Ein, zwei Stündchen. Vielleicht leistet mir Senhora Ferraz ja Gesellschaft. Und vielleicht kriegst du heraus, ob dieser Kerl mehr weiß. Mein Bauch sagt mir, dass er dich mag und etwas vor uns verheimlicht.«

***

Schweren Herzens hatte Katharina ihren Paps in dem Café der kleinen Pasteleria zurückgelassen und Nuno in der Alfama getroffen. Sie schlenderten durch die Gassen und er zeigte Katharina sein Lieblingsviertel.

»Irgendwie sieht das alles hier sehr orientalisch aus.«

»Das stimmt. Das kommt aus der Zeit, als die Mauren hier lebten. Damals war dieses Viertel der Stadtkern Lissabons. Alfama ist ein arabisches Wort und heißt ›heiße Quellen‹ oder ›Bäder‹.«

»Ah. Dann ist also noch sehr viel von früher erhalten.«

»Ja, bei dem großen Erdbeben wurde die Alfama kaum zerstört.«

»Dem großen Erdbeben?«

»Das ist ewig her, hat Lissabon aber sehr geprägt. Es war 1755. Und um deine Frage, woher ich das weiß, gleich vorweg zu beantworten: Ich habe mir mal ein bisschen was als Touristenführer dazuverdient.«

»Verstehe.« Katharina überlegte, wie sie es aus ihm herauslocken konnte. Das, was er vor ihr verheimlichte.

»Aber was ich nicht so recht verstehe, ist, warum du dir so viel Zeit für mich nimmst.«

Er hielt abrupt, atmete durch, sah sie an, zögerte. »Lass uns in ein ganz besonderes Restaurant gehen.«

233

»In ein Restaurant? Ich habe keinen Hunger.«

»Trotzdem.«

Irritiert folgte sie ihm, den Hügel der Alfama weiter hinauf. Vor einem großen weißen Haus mit vielen Fenstern hielt er inne. Es befand sich ein Restaurant darin, das »Chapitô à Mesa«. Er drehte sich zu ihr, deutete auf den Ausblick von hier oben über die Dächer von Lissabon. »Wie gefällt es dir hier?«

»Sehr gut. Aber mir würde es noch besser gefallen, wenn ich wüsste, warum du mich hierher führst.«

»Dieses Restaurant befindet sich in einem ehemaligen Frauengefängnis.«

Verblüfft sah Katharina ihn an. Hatte das etwas mit Marisa zu tun? »Und saß hier Marisa?«

»Nein.«

»Wieso zeigst du es mir dann?«

»Komm rein. Bei einem Vinho verde redet es sich besser.«

»Wein um diese Uhrzeit? Lieber nicht.«

»Nur ein Glas. Es ist ein köstlicher portugiesischer Wein.«

»In einer Stunde möchte ich aber wieder bei meinem Vater sein.«

»Das wirst du.«

Sie folgte ihm und erfuhr, dass in dem ehemaligen Gefängnis neben dem Restaurant auch eine Zirkusschule untergebracht war. Viele kleine künstlerische Besonderheiten wurden hier anscheinend gezeigt. Die beiden setzten sich an einen Tisch, von dem man auf die Dächer der Alfama und den Tejo sehen konnte. Wunderschön sah das aus.

Nachdem Nuno den Vinho verde bestellt und dem Ober noch etwas auf Portugiesisch zugeraunt hatte, sah Katharina ihn erwartungsvoll an. Seine Gesichtszüge wirkten angespannt. Entspannt gefiel er ihr besser.

»Es ist so, dass … ich habe es selbst erst vor ein paar Jahren erfahren.«

»Was?«

»Es hat eigentlich nichts mit eurer Familiengeschichte zu tun.«

»Und uneigentlich?«

»Es ist nur der Grund, warum ich euch helfe. Warum ich so viel Zeit dafür investiere, dich bei der Suche zu unterstützen, so gut ich kann. Also nicht nur.«

Katharina wurde ungeduldig. »Könntest du mir bitte einfach sagen, um was es geht?«

Doch Nuno zögerte jetzt wieder, nahm sein inzwischen serviertes Glas Wein und erhob es, um mit ihr anzustoßen. »Bevor du nichts mehr mit mir zu tun haben willst.«

Katharina verstand nicht. Die Sache wurde immer mysteriöser. Sie stieß mit ihm an und beide tranken einen Schluck.

»Gut der Wein, nicht?«

»Ja. Also? So schlimm kann es schon nicht sein. Oder bist du ein Mörder und solltest im Gefängnis sitzen?«

»Er lachte auf. Nein. Keine Sorge. Nicht ich habe Schuld auf mich geladen. Aber jemand … aus meiner Familie. Und ich frage mich, ob ich damit nicht auch schuldig bin. Irgendwie.«

Er blickte sie melancholisch an. Sie spürte wieder seine Sehnsucht, hatte das Gefühl, dass er sie am liebsten berührt hätte.

»Wenn du mir nicht sagst, worum es geht …«

Er nahm erneut einen Schluck. Die Sache schien diesen sonst so locker wirkenden Mann große Überwindung zu kosten.

»Ich habe vor drei Jahren erfahren, dass meine Mutter vor der Nelkenrevolution ein Gefängnis geleitet hat. Nicht das hier und nicht das, in dem Marisa saß. Sie war eine der jüngsten Gefängnisleiterinnen damals.«

»Oh.«

»Ja, oh.«

Katharina versuchte, das soeben Gehörte zu verstehen.

»Also nicht das in Caxias?«

»Richtig. Meine Mutter war also Teil dieses menschenverachtenden Regimes. Hat unter Salazar Frauen foltern und misshandeln lassen, hat dabei zugesehen und keine Emotionen gespürt, wie sie mir sagte, als ich es herausbekam und sie zur Rede gestellt habe. Sie war jung und leicht beeinflussbar.«

»Das ist … schrecklich.«

»Ich schäme mich, so eine Mutter zu haben. Ich fühle Schuld, auch wenn ich selbst nichts verbrochen habe.«

Katharina verstand. »Ich glaube, so würde es mir auch gehen. Wenn ich herausfinden würde, dass jemand aus meiner Familie … ein Nazi-Offizier in einem KZ war zum Beispiel. Und Juden vergast hat. Aber wir wissen beide, dass das Unsinn ist. Die Kinder tragen keine Schuld. Überhaupt keine. Und das weißt du.«

Nuno atmete durch. »Ja. Aber es ist so ein schreckliches Gefühl. Ich habe den Kontakt zu meiner Mutter vor drei Jahren abgebrochen. Weil es ihr noch nicht einmal leid getan hat. Ich habe lange überlegt, was ich tun kann, um irgendetwas wiedergutzumachen. Bisher ist mir nichts eingefallen. Ich kann die Jahre, die Frauen unter ihr leiden mussten, nicht rückgängig machen. Aber dann kamst du. Mit der Geschichte deines Vaters. Ich habe gedacht, wenn ich euch helfe, wird die Schuld unserer Familie vielleicht ein wenig kleiner. Vor Gott. Es tut mir leid, dass wir Marisa immer noch nicht gefunden haben.«

Überwältigt sah Katharina diesen Mann an, der so viel mit sich herumschleppte. Sah ihn plötzlich mit anderen Augen.

»Deshalb kanntest du diese Filippa? Über deine Mutter?«

»Ja, sie war damals ein Spitzel der Regierung. Vor Caxias war sie in dem Gefängnis eingesetzt, das meine Mutter leitete. Sie kannten sich, sind tatsächlich noch heute so etwas wie befreundet. Als du ›Filippa die Große‹ gesagt hast, wusste ich plötzlich, dass ich etwas tun kann.«

Katharina schluckte, sah auf die Dächer der Stadt, auf den Tejo, dessen Wasser ruhig dahinfloss. Heute ahnte man so wenig von den dramatischen Geschichten, die sich in dieser Stadt abgespielt hatten. Von portugiesischen Frauen und Männern, die so viel erleiden mussten, nur weil sie eine eigene Meinung hatten.

Sie blickte auf Nuno, der in einem inneren Gefängnis lebte, seit er von den Taten seiner Mutter erfahren hatte.

»Wie hast du deine Mutter denn zuvor erlebt, bevor du das wusstest? Als Kind, meine ich? Liebevoll? Mütterlich?«

»Nein, ganz und gar nicht. Einer meiner Schulfreunde hat sie immer ›den Stock‹ genannt. Weil sie so steif wirkte und nur selten lächelte.«

»Und wieso? Ich meine, kein Mensch ist von Geburt an ohne Gefühle.«

»Ich weiß. Meine Großmutter hat kurz nach der Geburt meiner Mutter ihren Mann verloren. Sie wurde von ihrer Familie verstoßen, musste sich und das Baby alleine durchbringen. Soviel ich weiß, waren das sehr harte Zeiten. Salazar hat sein Volk in Armut leben lassen. Da gab es keine großen Hilfen. Meine Mutter erzählte, meine Großmutter habe all ihre Wut über ihr Schicksal an ihr ausgelassen. Hat sie geschlagen und als Kleinkind in ihren vollen Windeln liegen lassen. Aber dennoch ist das alles keine Entschuldigung, Menschen zu foltern und zu quälen.«

»Das ist es nicht. Aber ein Ansatz für eine Erklärung.«

»Mein Vater hat meine Mutter auch nach meiner Geburt verlassen. Es wundert mich nicht. Es ist das Schicksal der Frauen meiner Familie. Ich hatte fast Glück, dass meine Mutter so viel in einem kleinen Obstladen gearbeitet hat. Ich wuchs die ersten Jahre mehr oder weniger bei einer sehr netten Nachbarin auf.«

Nuno blickte auf seine Hände, sah dann auf in Katharinas Augen. »Was denkst du jetzt über mich?«

»Was soll ich denken? Dass so eine Familiengeschichte sehr furchtbar ist und es mir leid tut, dass du nicht so liebevolle Eltern hattest, wie ich sie hatte.«

»Du *hast* deine Eltern noch, Katharina.«

»Oh mein Gott, ja.« Wieder drängten sich Tränen in ihre Augen. Sie blinzelte sie weg. Vermisste ihren Paps schon jetzt, und ihre Mutter, um die sie sich viel zu wenig gekümmert hatte. Sobald sie wieder in Deutschland sein würde, wollte sie das nachholen.

Nuno nahm ihre Hand. Sie ließ es geschehen.

»Erst wollte ich euch nur deshalb helfen. Aber dann, als ich gemerkt habe, was für eine einfühlsame, sensible Frau du bist, so anders als meine Mutter …«

Sag es nicht, flehte Katharina insgeheim, sie wusste nicht, was sie fühlte, nach der Trennung von Arne und dem, was sie alles hier erfahren hatte.

Doch er fuhr ernst fort: »… habe ich mich in dich verliebt.«

Katharina versteinerte, blickte auf den Tisch. Seine Hand fühlte sich warm und kräftig an. Er erwartete eine Reaktion. Irgendeine.

Er wollte hören, dass es ihr auch so ging. Vielleicht hatte sie auch längst unbewusst Signale gesandt. Mit Blicken. Und Gesten. Seit sie in dieses Land gekommen war, hatte sich viel geändert. Die Enttäuschung durch Arne, die Angst und Sorge um ihren kranken Vater, all das nahm ihr den Glauben, mit einem Mann für immer glücklich sein zu können.

Eine Frau am Nebentisch lachte. Katharina fühlte sich schrecklich, blickte Nuno zerrissen an und dennoch durchströmte sie ein warmes Gefühl.

»Ich bin sehr durcheinander. Es … es geht mir alles viel zu schnell. Das mit Arne hat mir, glaube ich, mehr weh getan, als ich es mir eingestehen wollte. Ich glaube, ich kann dem Leben im Moment einfach nicht mehr vertrauen.«

Er entzog ihr sanft seine Hand, fühlte sich schrecklich, das sah sie ihm an.

Schnell setzte sie hinzu: »Es tut mir leid, ich bin manchmal zu ehrlich. Ich mag dich sehr. Sehr sehr. Aber im Moment …«

»Was war mit Arne?«

Richtig, sie hatte ihm noch gar nicht davon erzählt.

»Er, er hat mich betrogen. Bereits das zweite Mal.« Wieso erzählte sie ihm das, schalt sie sich im nächsten Moment selbst.

»Dieser Idiot. Das tut mir sehr leid für dich.« Er atmete durch. »Dann verstehe ich dich auch. Danke, dass du es mir gesagt hast.«

Der Kellner brachte Rissóis de Camarão, gefüllte Krabbenbällchen, und Pastéis de Bacalhau, Kabeljau-Küchlein. »Die hatte ich vorhin bestellt. Es tut mir leid, ich habe wohl alles falsch gemacht.«

Katharina starrte die köstlich aussehenden portugiesischen Tapas an. Sie hatte zwar immer noch keinen Hunger, aber diese Leckerbissen machten sie an.

»Nein, du hast nicht alles falsch gemacht.« Sie langte zu, steckte sich ein Krabbenbällchen in den Mund und genoss den Geschmack nach Krabben und Meer. »Mmhm. Nuno, ich möchte dir danken. Du hast so viel für mich und meinen Vater getan. Und ich hoffe, du unterstützt uns weiter. Und vor allem hoffe ich, dass du mir Zeit gibst, dass ich dich noch besser kennenlernen darf.«

Sie lächelte ihn an und spürte erneut, dass es eine starke Verbindung zwischen ihnen beiden gab, die sie nicht leugnen konnte.

Er lächelte nun auch wieder etwas, nahm einen Schluck Wein. »Ich gebe dir alle Zeit der Welt.«

Doch im selben Moment wurde ihnen klar, dass sie die nicht hatten, weil Katharina bald schon wieder abreisen musste.

Entschlossen stellte Nuno sein Glas ab. »Ich nehme wieder Kontakt zu meiner Mutter auf. Deinetwegen. Vielleicht bekommt sie Einblick in die Listen von damals. Wer wann freikam. Vielleicht erinnert sich ja auch jemand an die Liebesbriefschreiberin, an Marisa.«

»Das würdest du für mich tun?«

Kontakt mit seiner Mutter aufnehmen, mit der er seit drei Jahren nicht mehr gesprochen hatte. Konnte sie das zulassen?

»Das brauchst du nicht. Es ist unwahrscheinlich, dass dort noch jemand von damals arbeitet, so lange wie das alles her ist.«

»Wenn etwas im Leben unwahrscheinlich ist, besteht immerhin eine kleine Wahrscheinlichkeit. Katharina, du darfst nicht aufgeben. Niemals.«

»Und du solltest deiner Mutter verzeihen.«

Verblüfft sah er sie an.

»Sie ist deine Mutter.«

»Sie war grausam und sie sieht es noch nicht mal ein. Weißt du, im Grunde sind wir Portugiesen ein besonders empathisches Volk. Und deshalb schäme ich mich für meine Mutter.«

Katharina fühlte mit ihm. Sie hätte sich auch geschämt, wenn sie gewusst hätte, dass ihr Vater oder ihre Mutter das getan hätten.

Nuno bat den Kellner auf Portugiesisch um die Rechnung.

»Ich bezahle«, kam ihm Katharina zuvor.

»Auf keinen Fall. Wir Portugiesen sind auch ein sehr stolzes Volk.«

Sie lächelte. »Dann danke ich dir.« Sie strich sich ihr Haar zurück. »Wie hast du herausgefunden, was deine Mutter getan hat? Sie hat es doch offenbar bis vor drei Jahren vor dir verschwiegen.«

Der Ober kam und Nuno zahlte. Dann wandte er sich wieder Katharina zu. Ernst und sehr nachdenklich. »Ich habe vor drei Jahren ein Gespräch zwischen ihr und Filippa mitbekommen. Daraufhin habe ich keine Ruhe gegeben. Nachgefragt, sie gelöchert, bis sie mir einiges erzählt hat. Ich wurde 1980 geboren. Sechs Jahre nach der Nelkenrevolution. Es hatte sich zum Glück schon einiges in diesem Land geändert. Es durfte nicht mehr gefoltert werden. Sie wurde von den neuen Wärterinnen, die ihr zugeteilt wurden, geschnitten. Zwar sollten alle, die die Folterungen damals ausführten, entlassen werden, aber meine Mutter wurde wohl irgendwie vergessen. Außerdem wurde sie gebraucht. Sie hatten zu viele ungebildete Frauen in diesem Land und nicht genug Führungspersönlichkeiten, so hat sie es genannt. Aber als ich auf die Welt kam – ich war ein ›Unfall‹ –, regten die Hormone in ihr wohl kurz so etwas wie Mütterlichkeit an. Jedenfalls wollte sie mich stillen und musste aussetzen. Als sie ihre Stelle wieder antreten wollte, hatte diese bereits eine andere Frau gut ausgefüllt. Und wegen ihrer Vergangenheit wurde sie nicht wieder eingestellt. Ihre Wut darüber, ihre Verzweiflung, hat sie an mir, einem wehrlosen Kleinkind, ausgelassen.«

Erschrocken hakte Katharina nach: »Hat sie dir etwas angetan?«

»Ich glaube nicht. Wie mir die Nachbarin sagte, hätte sie das dann doch nicht gewagt. Aber Liebesentzug ist auch eine Folter.«

»Das stimmt. Wie furchtbar.« Eine riesige Woge des Mitleids überströmte sie. Am liebsten hätte sie Nuno, in dessen Augenwinkeln sich Tränen gesammelt hatten, jetzt in den Arm genommen und fest an ihre Brust gedrückt.

Nuno stand rasch auf, wandte sich zum Gehen.

»Gehen wir? Du willst ja wieder zu deinem Vater und ich werde mich in die Höhle der Löwin wagen.«

Entschlossen sah sie ihn an. »Ich komme mit zu deiner Mutter.«

»Du?«

»Ich werde es Paps erklären. Das Gespräch wird ja nicht ewig dauern. Ich will dich nicht allein lassen. Schließlich tust du es für mich.«

Ihre Blicke trafen sich und es kam Katharina vor, als scheine die Sonne warm durch sie hindurch. Oder war es nur die eine Wolke am Himmel, die sich verzog?

***

Paps fand es eine gute Idee, Nunos Mutter zu befragen, wollte aber unbedingt mit. Er wollte diese Frau kennenlernen, sie nach Marisa befragen und Nuno Rückendeckung geben. Nuno willigte nach kurzem Zögern ein: »Dann denkt sie wenigstens nicht, ich sei wegen ihr gekommen.«

So lief Katharina also eingehakt bei ihrem Vater durch die Gassen der Alfama. Sie folgten Nuno, der zum Parkplatz des Campers voranlief. Mit dem Camper wollten sie nach Caparica, zu Nunos Mutter.

»Ich habe das Gefühl, dass es mir besser geht.«

»Oh wie schön, Paps!«

»Ich hab sogar gerade ein paar Zeilen gedichtet«, verkündete er stolz. »Hier in diesem Land kommen mir plötzlich wieder so viele Gedanken.« Ihr Vater rieb sich die großen Hände und lächelte.

Katharina freute sich unbändig, dass er sich besser fühlte und auch auf sein Gedicht, das er ihr widmen wollte. Und falls ihn die Muse küsste, wollte er später ein zweites für Mama schreiben. »Weißt du, das ist doch was Schönes, was ich euch hinterlasse – meine Gedichte. Auch wenn sie bestimmt keine große Kunst sind. Aber sie sind von mir.«

»Paps, bitte …«

»Entschuldige, jetzt hab ich mich selbst nicht dran gehalten, nicht darüber zu sprechen.« Er lächelte sie bemüht aufmunternd an. Diese Reise schien ihm erstaunlich gutzutun. Er sah deutlich besser aus als nach seiner Ankunft. Dann lenkte er ab, deutete auf Nuno, der sich vor ihnen durch einen italienischen Touristenschwarm kämpfte. »Der Junge tut mir leid«, sagte er leise. »Ein Kind, das nicht geliebt wird. Wie grausam. Aber ich bin mir sicher, dass er einen Menschen finden wird, der ihn ganz dolle liebt – und das wird ihn heile machen.«

Katharina staunte immer wieder über die weisen und lebensklugen Worte ihres Vaters. »Meinst du?«

»Das weiß ich.«

Ahnte er, dass etwas mit Arne im Argen lag? Sie betrachtete ihn von der Seite, doch er ließ sich zumindest nichts anmerken. Wirkte etwas außer Atem.

»Sollen wir langsamer gehen?«

»Was? Nein.«

»Nuno, bitte nicht so schnell«, rief sie nach vorne. Nuno drehte sich um. »Natürlich.«

Dabei sah er sie einen Moment an, mit diesem traurigen Blick, der ihr wehtat. Konnte sie dieser Mensch sein, der ihn heilte?, durchfuhr es sie. Unsinn! Zu frisch und tief fühlte sich ihre eigene Wunde an, die Arne hinterlassen hatte. Arne, der Mann ihres Lebens, der sein Leben in den Armen einer anderen verbringen würde. Katharina fröstelte in der Hitze Portugals. »Wir sind gleich auf dem Parkplatz.« Nunos warme Stimme holte sie ins Hier und Jetzt zurück, in die Straßen von Lissabon.

Am Camper angekommen, wollte Katharina wie selbstverständlich hinten einsteigen. Ihr Vater sollte natürlich vorn als Beifahrer sitzen. Nuno hielt sie ab. »Warte, du fährst.«

»Ich? Ich trau mich nicht so eine längere Strecke mit diesem Riesengefährt. Die kurze Fahrt vorhin war okay, aber …«

Er sah sie warm an. »Du kannst das.« Ihr Vater grinste in sich hinein, hielt sich raus und kletterte auf den Beifahrersitz.

Katharina zögerte kurz, stieg dann auf der Fahrerseite ein, Nuno hinten im Wagen. Sie ließ den Motor an, parkte aus. Ihr Vater warf ihr aufmunternde Blicke zu und etwas ruhiger fuhr Katharina los. Ein erhebendes Gefühl stellte sich bald ein. Auch auf der Autobahn fühlte sie sich wohl.

»Siehst du, du kannst es«, hörte sie Nuno von hinten.

»Natürlich kann sie es. Ist ja auch mein Mädchen.«

Katharina lachte. »Ich kann alles, was ich will«, alberte sie. Ihr Vater an ihrer Seite und Nuno im Rücken gaben ihr Sicherheit. Aber vermutlich hätte sie es auch ohne die beiden hinbekommen. Sie dachte an Arne, der ihr das Autofahren auf der Autobahn nie zugetraut hatte. Der immer mitbremste, sich die Augen zuhielt, wenn sie einen Wagen überholte. Mit Sicherheit hätte er jetzt seine altbekannten Kommentare und grunzenden Geräusche von sich gegeben. Wie jedes Mal, wenn sie in seinen Augen etwas falsch machte. Sein Grunzen und Räuspern hatte sie die letzten Jahre so verunsichert, dass sie kaum noch Autobahn gefahren war. Ein eigenes Auto kam in Berlin und mit ihrem Gehalt sowieso nicht infrage und Arnes teuren Audi wollte sie nie fahren. Abgesehen davon hätte er sie auch nicht gelassen.

Caparica lag zwanzig Autominuten von Lissabon entfernt.

»In Caparica bin ich aufgewachsen«, erzählte Nuno, während er sich zu den beiden nach vorn beugte. »Dort gibt es einen vierzig Kilometer langen weißen Sandstrand, die Costa da Caparica, die fast aussieht wie die Strände in der Karibik.«

Katharina lächelte. »Den muss ich unbedingt sehen. Kennst du den, Paps?«

»Na klar. Er ist traumhaft.«

»Es ist *der* Hausstrand der Lissabonner«, fuhr Nuno fort. »Touristen gibt es dort gar nicht so viele.« Je näher sie Caparica kamen, desto belegter klang seine Stimme, wenn er etwas erzählte. Katharina bog mit dem Camper in den Ort ein. Nach ein paar neueren Gebäuden kamen sie in den Ortskern, der wirkte wie ein kleines Fischerdorf mit engen Gassen. Fischrestaurants und idyllisch aussehende Fischerboote gaben dem Ganzen ein besonderes Flair.

»Ein bisschen was verändert hat sich hier aber schon«, stellte ihr Vater fest.

»Das ist doch klar, Paps. Du bist in den Siebzigern hier gewesen.«

»Die Welt ist im Wandel«, seufzte er. »Hier wohnt also deine Mutter, Junge?«

Nuno nickte angespannt. Die Idylle trügt, dachte Katharina. Hier wohnte eine Frau, die Menschen hatte foltern lassen, die ihren Sohn all die Jahre belog und ihn emotional hatte aushungern lassen.

Nuno wies Katharina an, wo sie den Camper abstellen konnte. Katharina tat es, parkte ohne Probleme ein, zog den Zündschlüssel ab und sah die beiden an. »Wir können gern erst kurz an den Strand gehen, was haltet ihr davon?«

Auch sie fühlte sich nicht gut bei dem Gedanken, dieser Frau gleich unangemeldet gegenüberzustehen.

Nuno und ihr Paps willigten ein und Katharina startete den Wagen erneut. Mittlerweile fühlte sie sich wohl hinter dem Lenkrad, ohne Arnes mäkelige Kommentare fuhr es sich eindeutig besser.

Nuno zeigte ihr den Weg, erzählte, dass er an diesem Strand schon als Kind das Surfen gelernt hatte. »Ich hab es mir mit sieben selbst beigebracht. Meine Nachbarin hat mir ein altes Board geschenkt, das sie am Strand gefunden hatte. Ich bin sofort in die Wellen, bin draufgekrabbelt und nach ein paar

Metern wieder im Meer gelandet.« Er lachte. »So viele Versuche und Misserfolge, aber ich hab mich nicht unterkriegen lassen und plötzlich hatte ich es raus.«

»Sehr gut, Junge, so soll das sein.« Paps schien sich mit Nuno gut zu verstehen. Registrierte er auch, wie Nuno Katharina immer wieder ansah? Hoffentlich nicht.

»Stimmt, wenn man gleich aufgibt, lernt man es nie«, beeilte sie sich zu sagen und Nuno dabei extra nicht anzusehen. Gleichzeitig ging ihr durch den Kopf, wie sehr das auf so vieles im Leben zutraf. Und wie stark ihr Vater, der gegen seine Krankheit ankämpfte, anstatt einfach aufzugeben, ihr das vorlebte. Diese Reise nach Portugal, die Sonne, die Liebe seiner Tochter, gaben ihm Antrieb, weiterzukämpfen, das spürte sie. Auch wenn die Reise körperlich extrem anstrengend für diesen kranken Mann sein musste.

Der Atlantik tat sich vor ihnen auf. Die endlose Weite des Meeres, die berauschte und süchtig machen konnte. Die Sonne glitzerte in den Wellen, die im gleichmäßigen Rhythmus auf den Strand zuliefen, immer höher wurden und schließlich gischtgekrönt brachen.

Katharina stellte den Wagen ab, zog ihre Schuhe aus und half ihrem Paps aus dem Camper. Palmen, weißer Sandstrand, blaues Meer. Paps atmete befreit durch. Karibikfeeling pur. Nuno hatte nicht übertrieben.

»Mädchen, Mädchen, ist das nicht schön?« Zu dritt gingen sie über den Sand. Der azurblaue Himmel leuchtete, ein paar nette Strandcafés und Fischrestaurants luden zum Verweilen ein.

»Es ist wunderschön«, entfuhr es Katharina. »Ich kann nur immer wieder sagen, wie froh ich bin, dass ich mit dir diese Reise machen darf.« Sie schmiegte sich an seine Schulter, erhaschte einen Blick von Nuno, sah rasch hinaus auf das Meer. »Wie gern wäre ich auch hier aufgewachsen.«

»Nur nicht bei der Mutter.« Nuno klang bitter.

Katharina strich ihm für einen Moment sanft über den Arm.

So standen sie zu dritt im heißen Sand, Katharinas Zehen gruben sich tiefer. Keiner von ihnen sagte mehr etwas. Nunos Haut hatte sich gut angefühlt. Wie musste es sich erst anfühlen, ihn nackt auf ihrem Körper zu spüren? Was dachte sie da überhaupt? Die Hitze schien ihr Gehirn zum Kochen zu bringen. Sie ging rasch weiter zum Meer, ließ ihre nackten Füße von den auslaufenden Wellen umspülen und kühlte sich ab.

»Ganz schön heiß in der Sonne«, hörte sie ihren Vater. Er wischte sich mit seinem Stofftaschentuch die Stirn ab.

»Oh weh, ja, lasst es uns hinter uns bringen.«

»Von mir aus.« Nuno verkrampfte sich sofort wieder. Rasch drehte er sich um und ging vor zum Wagen.

In Caparica angekommen, parkten sie zentral, um die paar Schritte zu seiner Mutter zu Fuß zurückzulegen. Vor einem kleinen, schäbigen Haus, das dringend eine Renovierung benötigte, blieb Nuno stehen. Seine Mutter wohnte mitten in Caparica in einer der engen Gassen. Katharina sah nervös auf das Haus, das sie anzustarren schien wie ein gefährliches Tier.

»Bist du ihr in den letzten drei Jahren nie zufällig über den Weg gelaufen? Ich meine, Lissabon ist nur zwanzig Minuten entfernt, sie war bestimmt öfter dort.«

»Nein, zum Glück nicht. Lissabon hat weit über fünfhunderttausend Lisboetas.«

»Damit meint er Einwohner«, dolmetschte Paps.

»Ich verstehe schon.« Sie sah Nuno an, der sich sichtlich unwohl fühlte angesichts des bevorstehenden Besuchs. Er blickte zum ersten Stock hoch, dann in den Himmel. Er tat es nur für sie. Und das beeindruckte sie. Was hatte Arne je wirklich für sie getan, was ihm schwergefallen war, was eine wirkliche

Überwindung bedeutet hätte? Katharina fiel spontan nichts ein. Selbst auf seine Fußballübertragung hatte er nie verzichtet, auch nicht, als sie ihn einmal darum gebeten hatte, mit ihr ins Krankenhaus zu fahren, weil sie plötzlich starke Bauchkrämpfe bekommen hatte. Erst jetzt fiel ihr diese Episode wieder ein. Es war an einem Sonntagabend gewesen, ein Bundesligaspiel lief und Arne hatte sie davon überzeugt, erst am Montag ins Krankenhaus zu gehen. Weil man sonntags so lange in der Notaufnahme warten müsse. Und weil das Bauchweh bestimmt bald vergehe. Sie willigte ein und tatsächlich verschwanden die Bauchschmerzen – allerdings erst am nächsten Morgen. Und natürlich musste sie zugeben, dass es so richtig gewesen war. Wie sie überhaupt oft zugeben musste, dass er mit seiner Einschätzung richtig gelegen hatte. Lang hatte sie nicht mehr daran gedacht, aber gerade fiel ihr das wieder ein. Dennoch war sie sich sicher, dass Nuno sofort mit ihr gefahren wäre. Und keinen dummen Spruch losgelassen hätte, wenn sich die Bauchschmerzen als Fehlalarm herausgestellt hätten.

Hatte sie nicht genug auf ihre Bedürfnisse geachtet? Den Mann, mit dem sie ihr Leben hatte teilen wollen, nicht genug geprüft? Sich von Äußerlichkeiten blenden lassen? Dann Paps aber auch. Ihm hatte es sehr imponiert, dass seine Tochter einen Anwalt anschleppte. Ein guter Versorger gefiel wohl jedem Vater. Und dass dieser Studierte dann auch noch Fußball im Schrebergarten mit Bier und Grillwürsten mochte, machte ihn zu einem richtig guten Kandidaten. Ob Paps sich Nuno auch für sie vorstellen konnte?

Und sie? Konnte sie das überhaupt? Katharina wischte den Gedanken beiseite. Dachte an diese Lisa, die Geliebte von Arne, der sie fast dankbar sein musste. Durch sie waren ihr die Augen geöffnet worden. Durch sie hatte Katharina gerade noch erkannt, dass Arne doch nicht der Traummann war, für den sie ihn gehalten hatte. Er hatte sie betrogen. Bereits zum zweiten Mal. Obwohl sie ihm eine zweite Chance gegeben hatte. Wie sollte sie das nach ihrer Reise nur alles ihrem Paps beibringen? Wie ihm erklären, warum sie behauptet hatte, ihn über alles zu lieben?

Sie hatte ihn geliebt. Sehr sogar. Bevor er fremdgegangen war.

Hatte sie in letzter Zeit deshalb so sehr von ihm geschwärmt, um ihre längst vorhandenen Zweifel unbewusst zu übertünchen? Wieder schämte sich Katharina, ihren kranken Paps zu belügen, beziehungsweise ihm nicht früher, bei Arnes erstem Vertrauensbruch, schon die Wahrheit gesagt zu haben. Wie sehr würde er sich Sorgen machen, sie ohne Beschützer zurücklassen zu müssen.

Katharina hatte eine Idee. Sie musste ihm beweisen, dass sie sich selbst beschützen konnte. So, wie sie sich und ihm vorhin erst bewiesen hatte, dass sie ihre Angst überwinden und den großen Camper fahren konnte. Auch auf der Autobahn.

Hier in der Sonne Portugals wuchs sie über sich selbst hinaus, das spürte sie. Sie brauchte keinen Mann. Sie würde alles alleine schaffen.

»Meine Mutter ist da«, vernahm sie in dem Moment Nunos Stimme. »Ich habe einen Schatten am Fenster gesehen.« Nuno atmete sichtlich aufgewühlt durch.

»Wir hätten uns doch anmelden sollen.«

»Habt ihr nicht?« Paps wunderte sich.

»Nein. Nuno meinte, dass sie ihm nur dann aufmacht, wenn er sie überrumpelt.«

Nuno trat entschlossen zur Tür, drückte auf die Klingel und wartete ab. Sein breiter Rücken vor ihr hob und senkte sich. Mit jedem Atemzug wurde dieser große Mann kleiner, so schien es ihr.

Eine müde klingende weibliche Stimme ertönte aus der Sprechanlage. »Olá?«

Nuno antwortete auf Portugiesisch, nannte seinen Namen. Dann passierte nichts. Er sah Katharina bestätigt an. Doch dann hörte man den Summer und Nuno drückte die Tür auf.

Katharina und ihr Vater folgten ihm in einen dunklen Hausflur und die Treppe zum ersten Stock hinauf. Es roch nach Gemüsesuppe Aber auch nach Moder, der sich durch die salzhaltige, feuchte Luft in Häusern am Meer festsetzte.

Eine hagere Frau Anfang siebzig, im grauen Kittel und das Haar zu einem strengen Dutt zusammengefasst, stand mit ernster Miene in der Tür. Sie sah sichtlich verwundert aus, dass ihr Sohn sie besuchte, noch dazu in Begleitung zweier Fremder. Paps schnaufte etwas, stützte die Arme auf den Knien auf.

Sie sagte etwas zu Nuno, er antwortete knapp. Bei beiden merkte man keine Freude, sich nach Jahren endlich wiederzusehen.

Katharina tat Nuno leid. Ganz offensichtlich hatte diese Frau wirklich nichts verstanden.

»Olá, Senhora.« Katharina riss sich zusammen, freundlich zu sein. Dabei hätte sie ihr am liebsten ins Gesicht gespuckt. Aber sie brauchten eine Information von ihr. Diese Frau wirkte tatsächlich, als bereue sie nichts. Ihre Miene sah aus, als sei sie genervt, gestört zu werden.

Sie nickte Katharina kühl zu und bat den Überraschungsbesuch herein, in eine recht große, dunkle Wohnung, in der einige Antiquitäten standen. Hier inmitten der verschnörkelten, alten Möbel war Nuno also aufgewachsen. Ein Kind, das sich nach Wärme sehnte, nach Zuwendung, nach einer liebevollen Mutter. Inmitten dieser bedrückenden Dunkelheit hatte er sich hoffentlich seine eigene Welt erträumt, hatte es offenbar irgendwie geschafft, trotz allem zu dem feinfühligen Menschen zu werden, den Katharina bisher kennenlernen durfte.

Seine Mutter bot ihnen nur ein Glas Wasser an, hörte sich an, was Nuno von ihr wollte, und beäugte Katharina und ihren Vater misstrauisch. Katharina verstand nicht mehr als den Namen Marisa da Silva. Das Gesicht der hageren Frau blieb unbeeindruckt, sie verriet mit keiner Regung, ob sie den Namen kannte. Dann antwortete sie etwas, was Nuno aufbrachte. Er stand wütend auf, bat Katharina und ihren Vater, ihm zu folgen. Sollte es das schon gewesen sein? Sollten sie bei dieser Frau tatsächlich auf Granit gestoßen sein?

»Wie, du willst schon aufgeben, Junge?« Katharinas Vater, der alles verstanden hatte, blieb unwillig und brummelig sitzen.

»Ja, es hat keinen Sinn, das haben Sie doch gehört. Tut mir leid, sie ist verbohrt wie eh und je.«

»Was hat sie genau gesagt?«, wollte Katharina wissen.

Nuno erklärte schnell: »Sie sagt, woher sollte sie Marisa kennen, wenn die in einem anderen Gefängnis saß. Nicht einmal die Insassinnen in ihrem Gefängnis habe sie alle mit Namen gekannt. Außerdem sei es ewig her, sie könne uns also keine Auskunft geben.«

Katharina beobachtete ihren Vater, der selten aus der Ruhe zu bringen war. Aber diese unterkühlte Portugiesin schaffte es, den gemütlichen Bäcker fast zum Platzen zu bringen. Er ballte seine Hände zu Fäusten, sodass die Knöchel weiß hervortraten.

Gerd blieb sitzen, seine Stimme überschlug sich beinahe. In holprigem, eingerostetem Portugiesisch redete er auf die Frau ein. Katharina verstand kein Wort, aber sie sah Nuno an und seine Mutter, die sich immer wieder Blicke zuwarfen. Anfangs unwillig und abweisend, irgendwann betreten und traurig. Katharina verstand zwar nicht, was ihr Paps da sagte, aber sie wusste, er konnte das: verbohrten, sturen Leuten die Leviten lesen. Geradeheraus und polternd, aber auch irgendwie einfühlsam. Mal klangen seine Worte wild und ungestüm, dann wieder sanft und ruhig. Nuno schien das Ganze sichtlich unangenehm, aber er blieb stumm. Offenbar hatte er inzwischen erkannt, dass Katharinas Paps, der redete wie ein Wasserfall, durch nichts und niemanden aufzuhalten war.

Nunos Mutter antwortete plötzlich und es hörte sich an, als wenn sie sich verteidigte. Anfangs noch hart und überheblich, dann immer vehementer, aufgewühlter.

Katharina warf Nuno einen entschuldigenden Blick zu. Denn Nunos Mutter regte sich jetzt fürchterlich auf. Und auch Nuno schien ziemlich aufgewühlt, stand auf und verließ, ohne sich zu verabschieden, die Wohnung.

Seine Mutter blickte ihm sauer nach, stand nun sogar ebenfalls auf und stampfte mit dem Fuß auf. Katharina zuckte zusammen, aber Paps wirkte unbeeindruckt und zufrieden.

Dann endlich erhob sich auch Paps. Katharina tat es ihm gleich.

Die beiden verabschiedeten sich von einer sichtlich erregten, missmutigen Frau, die ihr Kinn nach vorn streckte, aber beiden die Hand gab. Bevor sie die Wohnung verließen, hielt sie Paps am Arm zurück, sagte etwas zu ihm, notierte eine Nummer und einen Namen auf einem Zettel.

Als Katharina und ihr Vater wieder auf die Straße traten, stand Nuno schlecht gelaunt an der Hausecke. Katharina wollte sofort wissen, was ihr Vater dieser Frau alles gesagt hatte, um was es ging.

Doch der winkte ab.

Dafür echauffierte sich Nuno über seine Mutter: »Ich habe sie gebeten, mir zu helfen. Dieses eine Mal«, erklärte er. »Und sie hat sich verweigert. ›Damals war eine andere Zeit. Punkt‹, hat sie gesagt. Ich solle mich lieber um sie in ihrer gegenwärtigen Situation kümmern. Ihr Geld geben.«

»Was? Geld?«

»Sie hat nicht viel. Aber sie hat genug. Sie kommt mir immer mit dieser Mitleidstour. Es geht immer nur um sie.«

Er schnaubte durch. »Sie hat nichts verstanden, nichts.«

Paps pflichtete ihm einfühlsam bei. »Die wenigsten Menschen können zugeben, dass sie Fehler gemacht haben. Oder glaubst du, Stasioffiziere, die Menschen in der DDR haben foltern lassen, verfügen auch nur über so viel Unrechtsbewusstsein?« Er zeigte mit Daumen und Zeigefinger einen Zentimeter.

Katharina dachte an einen Nachbarn in Paps' Schrebergartenkolonie, der bei der Stasi gewesen war. Den hatte er sicher auch gerade im Sinn. Paps hatte sich schon so oft mit ihm angelegt, über die Missstände und Machenschaften der DDR diskutiert, aber der alte Mann sah nichts ein.

Sie dachte an Arne, der auch nie geschafft hatte, einen Fehler zuzugeben. Selbst wenn es sich nur um eine Kleinigkeit handelte, wie zumeist. Und Kritik vertrug er ebenso wenig, wenn es zum Beispiel um etwas im Haushalt gegangen war, was er ignoriert oder nicht richtig erledigt hatte, schoss er sofort zurück. Das hatte sie zwar schon während ihrer Beziehung registriert, aber jetzt, nach dem Aus ihrer Partnerschaft, wurde es ihr erst so richtig bewusst.

Aus einem Geschäft neben ihnen strömte der versöhnliche Duft von Kräutern, vermischte sich mit Nunos Geruch nach Sonne und Meer. »Sie lebt noch in längst vergangenen Zeiten«, versuchte sie, diese Frau zu verstehen.

»Wie so viele bei uns«, pflichtete Paps bei. »Manche in den neuen Bundesländern wünschen sich ja sogar die Mauer zurück. Sicher war damals nicht alles schlechter. Einiges ganz sicher besser. Aber sich danach zu sehnen, wieder eingesperrt zu sein, in einem Überwachungsstaat zu leben …?« Er schüttelte den Kopf.

»Fakt ist also«, fasste Katharina zusammen, »dass wir leider bei der Suche nach Marisa nicht schlauer sind als vor diesem Besuch, oder? Paps, was hat sie dir denn aufgeschrieben?«

Nuno hakte nach. »Aufgeschrieben?«

»Yepp«, erwiderte ihr Vater. »Sie hat mir im Rausgehen noch diesen Zettel zugesteckt und gesagt, dass das die Nummer der damaligen Gefängnisleiterin aus Caxias ist. Einer Kollegin, die lange Kontakt zu einigen ehemaligen politischen Häftlingen hielt. Um so etwas wie eine Absolution für ihr Handeln zu bekommen – auch wenn ihre Rechnung vermutlich nicht aufgegangen ist.«

»Vermutlich nicht«, pflichtete ihm Katharina bei. »Aber dann hatte deine Mutter ja doch so etwas wie ein Einsehen. Immerhin hat sie versucht, uns weiterzuhelfen.« Katharina warf Nuno einen aufmunternden Blick zu.

Paps faltete den Zettel auf. Eine hingekritzelte Telefonnummer und ein Name standen darauf.

Nuno, der sich offenbar etwas zurückgesetzt fühlte, sah darauf. »Der Vorwahl nach muss es hier in der Nähe sein.«

»Ruf doch einfach an«, empfahl Katharina aufgeregt.

Ihr Vater pflichtete ihr bei. »Dein Portugiesisch ist besser.«

Nuno nahm sein Handy, wählte die Nummer. Katharina und ihr Vater sahen ihm gespannt zu.

Dann schien jemand abzunehmen, Nuno redete auf Portugiesisch und Paps, der angestrengt mithörte, nickte nervös und wandte sich dann an Katharina. »Kathi, wir fahren nach Sintra.«

»Sintra?«

»Das ist nicht weit von Lissabon«, flüsterte Nuno.

Paps flüsterte jetzt auch, übersetzte beinahe synchron. »Sie weiß von einer Marisa da Silva, die vom Alter her infrage kommt. Zu ihr hatte sie noch einige Jahre Kontakt gehalten. Weil diese ungewöhnliche Frau, die den anderen Gefangenen im Gefängnis das Lesen beigebracht und sie beim Verfassen ihrer Liebesbriefe unterstützt hat, sie von Anfang an fasziniert hatte. Sie hat wohl ein paar Jahre nach ihrer Gefangenschaft in einer Sekundarschule in Sintra gearbeitet, als Lehrerin. Wir fahren morgen nach Sintra.«

20. KAPITEL

Sintra, westlich von Lissabon, 2018

Paps hatte in dieser Nacht sehr unruhig geschlafen. Katharina, die wieder am Steuer des Campers saß, sah ihrem Paps auf dem Beifahrersitz an, dass seine Nervosität wuchs, je näher sie Sintra kamen. Auch wenn er sich nach außen hin eher gelassen gab, so spürte sie förmlich, wie es in seinem Bauch kribbelte. Aber es war auch kein Wunder, dass er so durch den Wind war. Bevor sie losgefahren waren, hatten sie in der Schule angerufen und erfahren, dass Marisa noch immer dort arbeitete.

Die karge Landschaft huschte an ihnen vorbei. Agaven, diese für Portugal typischen Gewächse, standen am Wegesrand. »Schön, diese Kakteen«, sagte Katharina, um nur irgendetwas zu sagen.

»Das sind keine Kakteen, sie gehören zur Familie der Spargelgewächse«, erklärte Nuno.

»Was der Junge alles weiß.« Paps, der seinen Schrebergarten liebte und als Hobbygärtner fast jedes Blümchen und Gemüse mit Namen zu nennen wusste, nickte Nuno anerkennend zu.

Und dann redete er von Mama, wie um zu signalisieren, dass sie die Frau seines Lebens war und er dieser Marisa nicht so viel Gewicht beimaß, wie es auf Außenstehende wirken musste.

»Mama vermisst uns, schreibt sie. Ich sie auch. Richtig dolle.«

»Ich auch.« Katharina lächelte ihn dankbar an. Sie vermisste ihre Mutter unendlich. Gerade nach der Begegnung mit Nunos kaltherziger Mutter wurde ihr wieder bewusst, was für ein Glück sie hatte, in einem so liebevollen Elternhaus aufgewachsen zu sein. Katharina wollte sich noch viel mehr Zeit für die beiden nehmen, wenn sie zurück in Deutschland sein würde. Das nahm sie sich fest für die hoffentlich noch lange Zeit, die sie ihre Eltern noch hatte, vor.

Mitleidig betrachtete sie Nuno im Rückspiegel. Er erschien seit dem Besuch bei seiner Mutter zum Glück ein wenig gelöster.

Endlich, nach ungefähr dreißig Minuten, kamen sie am Ortsschild von Sintra an. »Kennen Sie die Paläste in Sintra?«, fragte Nuno Paps.

Der schüttelte den Kopf. »Leider nein, aber ich hab schon davon gehört. Ich hab damals viel in der Bäckerei geschuftet, da blieb mir kaum Zeit für Sightseeing.«

»Aber das können wir doch nachholen«, schlug Katharina vor. »Später, meine ich.«

»Die Kulturlandschaft von Sintra ist sogar Weltkulturerbe der UNESCO geworden«, erzählte Nuno. »Es gibt einige Monumentos. Besonders schön ist der Palácio de Monserrate und der Palácio Nacional da Pena.«

Paps seufzte. »Ja, es gibt noch verdammt viel zu sehen auf dieser Welt.«

Katharina ahnte, wie er sich fühlte. Er, dem nicht mehr viel Zeit blieb.

Das Navi führte sie zu der Schule und Katharina parkte auf dem Schulparkplatz. Vermutlich hatten die Kinder noch Unterricht, man hörte Stimmen aus dem großen Gebäude. Paps, der immer blasser aussah, nahm Katharinas Hand, nachdem sie den Motor abgestellt hatte. Die seinige zitterte leicht. »Ich glaube, ich komme nicht mit rein. Ich sehe mir diese Paläste an und du erzählst mir, was sie über mich gesagt hat.«

»Was? Ausgerechnet jetzt, wo wir sie gefunden haben?«

Nuno räusperte sich. »Ich steige schon mal aus.« Er sprang aus dem Camper.

»Sie lebt, ich bin so froh, dass sie lebt. Ich komme mir gerade richtig albern vor. Wie ein alter Narr. Was erhoffe ich mir denn? Ich habe die beste Ehefrau, die ein Mann haben kann, die mir die weltbeste Tochter geschenkt hat. Was will ich denn mehr im Leben?«

»Antworten, die du damals nicht erhalten hast, nicht mehr und nicht weniger. Paps, ich verstehe ja, dass du gerade kalte Füße bekommst, aber sag ihr doch wenigstens Hallo und dass du sie nicht vergessen hast. Das hören Frauen gern.« Sie lächelte.

Er drückte ihre Hand. »Wenn du das sagst.«

»Komm. Wir müssen ja nicht lang bleiben. Es hat dich damals viele Jahre nicht losgelassen. Und jetzt … jetzt hat es dich wieder eingeholt. Manchmal braucht man einfach Antworten auf gewisse Dinge im Leben.«

Katharina dachte daran, dass auch sie gern eine Antwort gehabt hätte, nämlich darauf, warum Arne einer anderen Frau verfallen war. Lag es an ihr? Nein, so durfte man nicht denken, das wusste sie selbst. Sicher hatte sie Macken, die ihn bestimmt im Alltag immer wieder gestört hatten. So wie Arnes Macken ihr manchmal auf die Nerven gegangen waren. Aber im Wesentlichen hatten sie eine harmonische Beziehung geführt. Für seinen Geschmack vielleicht zu harmonisch, möglicherweise hatte ihm der Nervenkitzel gefehlt. Dabei hatte ihr das gerade gut gefallen, zu Hause keinen Stress zu haben, denn den hatte sie oft genug im Büro. Die interessantesten Frauen gerieten an treulose Männer. Es lag meist an dem jeweiligen Mann, dass er das Jagen nicht lassen konnte, und seine Liebschaften wie Trophäen sammelte. Ob Nuno auch so war? Anfangs hatte sie das von ihm geglaubt, aber je näher sie ihn kennenlernte, umso klarer wurde ihr, dass er nur so machomäßig wirkte, weil er gut aussah. Wenn man hinter die Fassade blickte und wusste, wie wenig Liebe er erfahren hatte, ahnte man, dass er nur bedingungslos geliebt werden wollte. Wie im Grunde doch jeder.

»Also gut«, sagte ihr Paps. »Wie sehe ich aus?«

Er lächelte wieder. »Ich hoffe doch mal, ich sehe schnittig aus, oder?«

Katharina musste lachen. »Du siehst sehr gut aus, Paps.« Seine Augenränder, die sich seit Auftreten seiner Krankheit gebildet hatten, verschwieg sie ihm. Aber insgesamt sah er wirklich deutlich besser aus, seit er in Portugal war.

Sie stiegen aus und Nuno trat auf sie zu. »Ich warte in Sintra, da gibt es einen guten Surfshop, ich kenne den Besitzer.«

»Danke.« Sie blickte ihm in die Augen und spürte wieder diese Wärme, die sie ausstrahlten.

»Kommst du?« Jetzt schien ihr Vater wild entschlossen. Er stand bereits vor der Eingangstür der Escola Secundária de Santa Maria, in der Marisa da Silva angeblich als Lehrerin arbeitete.

»Wir müssen aber warten, bis der Unterricht zu Ende ist.«

In dem Moment ertönte der Gong. Laut und so plötzlich, dass sie beide zusammenzuckten. Katharina fühlte sich an ihre Schulzeit erinnert.

»Ich finde es großartig, dass sie Lehrerin geworden ist«, stellte ihr Vater fest.

Katharina pflichtete ihm bei. »Und durch dich hat sie Lesen und Schreiben gelernt.«

Sie betraten das Schulgebäude, einen altehrwürdigen Bau. Selbstgemalte Bilder von Kindern hingen an den Wänden. In Vitrinen waren neben ein paar Pokalen Bastelarbeiten der Schüler ausgestellt. Es roch nach Tomatensoße, Bohnerwachs und abgestandener Luft.

Katharina ging voraus und entdeckte das Sekretariat. »Hier, Paps, jetzt musst du fragen, ich kann kein Portugiesisch.«

»Und ich gerade kaum noch.« Aber er klopfte mutig an und fragte, nachdem sie eingetreten waren, die schon etwas ältere, streng aussehende Sekretärin nach Marisa da Silva.

Diese antwortete und deutete mit den Händen in den ersten Stock.

»Was hat sie gesagt?«

»Dass sie im Klassenraum ihrer Klasse sein müsste. Erster Stock, Zimmer 103.«

Sie stiegen die Treppe empor, Katharina stützte ihren Vater, der jetzt plötzlich wieder schwer atmete. Was, wenn er gleich zusammenklappen würde?

Endlich erreichten sie das Zimmer 103. Katharina fasste sich ein Herz, klopfte, und als sie eine Stimme hörte, öffnete sie die Tür. Am Lehrerpult saß eine attraktive Frau Anfang sechzig mit schwarzen, schulterlangen Haaren. Sie sah von einem aufgeschlagenen Heft auf, saß und schien zu korrigieren, außer ihr war niemand im Raum.

»Excuse me, are you Marisa da Silva?«

»Yes.«

»Das ist sie«, flüsterte ihr Vater hinter ihr beeindruckt. »Sie ist immer noch eine sehr schöne Frau.«

Katharina drehte sich zu ihm, sah ihn liebevoll und auffordernd an. Er trat vor und sah sie einfach nur an.

Fassungslos hob Marisa ihre Hand vor den Mund, starrte ihn an, schüttelte den Kopf, stand auf, schwankte ein wenig, hielt sich an dem Stuhl fest. Dann kam sie auf ihn zu. »Gerd«, entfuhr es ihr tonlos.

»Geht es?«, fragte er.

»Ja.«

»Soll ich euch allein lassen, Paps?«

»Auf keinen Fall.«

Marisa kam näher, betrachtete diesen Mann, der ihr einmal sehr viel bedeutet hatte, das sah man heute noch. Eine kleine, zierliche Frau mit schwarz gefärbten Haaren. Sie wirkte gepflegt, trug einen dunklen Samtrock, dazu eine rote Bluse. Sie sah plötzlich aus, als schämte sie sich.

Ihr Paps stellte ihr stolz seine Tochter vor und Marisa, die immer noch gebrochen Deutsch konnte, freute sich, sie kennenzulernen.

»Du wunderst dich jetzt sicher, was ich hier mache. Ich … bin gekommen, um dich etwas zu fragen«, fuhr Katharinas Vater umständlich, nach Worten suchend, fort. Dann schwankte auch er plötzlich. Katharina fasste ihn sofort am Arm, doch sie konnte diesen großen, schweren Mann kaum stützen. Marisa eilte ihr zu Hilfe, stützte ihn am anderen Arm, schaffte es aber nicht, ihm in dieser Nähe in die Augen zu sehen. Sie schlug die Augenlider nieder, redete leise. »Ich habe auf dich gewartet.«

»Hören Sie auf, sehen Sie nicht, dass es meinem Vater nicht gut geht?«, fuhr Katharina sie an. Mit einem Mal bekam sie Angst, dass sich das einstige Liebespaar wieder finden könnte. Die beiden auf diese Weise wieder zusammenzuführen, war das Letzte, was ihr in den Sinn gekommen wäre, sie wollte doch nur ihrem Vater seinen letzten Wunsch erfüllen, eine Antwort auf seine Frage zu bekommen. Wenn das mit seinem Traumschwiegersohn schon nicht funktionierte.

Ihr Paps atmete schwer, hielt sich jetzt aber, gestützt von den beiden Frauen, auf den Beinen. »Es geht wieder, Kathi.« Er wandte sich an Marisa: »Es hat mich einfach nicht losgelassen. Warum du dich damals von mir getrennt hast, obwohl ich es in deinen Augen gesehen habe, dass ich dir wichtig war. War es doch, weil ich dich nicht ausfindig machen konnte im Gefängnis? Ich weiß es jetzt, aber ich wusste es damals nicht, dass sie dich gefangen hielten, bei Gott, ich schwöre. Ich habe so nach dir gesucht.«

»Nein, nein, Gerd. Das war es nicht.«

Paps verteidigte sich dennoch weiter: »Was hätte ich noch tun sollen? Ich kannte mich in eurem Land kaum aus, ich war ein einfacher Bäcker.«

Katharina mischte sich ein. »Paps, jeder hier versteht das und hätte es nicht anders machen können.«

»Selbst Senhor Ferraz fühlte sich machtlos.«

Marisa nickte beschwichtigend.

»Du musst schon im April '74 freigekommen sein. Als das Gefängnis in Caxias gestürmt wurde, habe ich recht?«

Marisa nickte wieder, blieb stumm.

»Und wieso hast du mich erst viele Monate später, ja, fast ein Jahr danach aufgesucht? Anfang 1975? Noch dazu, um mit mir Schluss zu machen? Was habe ich dir getan?«

Marisa sah ihn erschrocken an und Katharina konnte die aufflackernde Liebe, aber auch die Verzweiflung in ihren dunklen, mit zarten Falten umrandeten Augen sehen.

»Komm mit, ich brauche Luft.«

21. KAPITEL

Die Stimmung unter den Frauen in der Zelle wurde immer angespannter. Seltsame Nachrichten drangen in aller Frühe zu ihnen durch und keine wusste, was davon zu halten war. »Es hat heute Nacht einen Aufstand gegeben«, sagte die neue Wärterin gerade. »Es ist aber keine Gewalt angewandt worden.«

Filippa lachte laut auf. »Dann kann es auch kein Aufstand gewesen sein. Unsere Polizei würde Rebellen sofort niederschießen. Oder das Ganze war so lächerlich, dass sie nicht einmal ihre Gewehre gezückt haben, um die müde Demonstration zu unterbinden.«

Marisa und Paula saßen zusammen und Paula flüsterte: »Aber so etwas denkt sich doch keine Wärterin aus.«

»Was bedeutet das für uns?«, wollte Marisa wissen.

»Nichts. Ihr bleibt hier drin. Ich habe nichts gesagt.« Man sah der Wärterin an, dass sie Angst hatte. »Ich weiß selbst nicht, wie es weitergeht. Was jetzt mit uns geschieht, mit all denen, die für das Regime gearbeitet haben.«

Keine der Frauen ging auf ihre Sorge ein. Die Hoffnung unter den Insassinnen wuchs. Freude kam auf, kaum dass die Wärterin die Zelle verlassen hatte.

»Marisa, kannst du mir nach der Arbeit einen Brief an meinen Mann schreiben?« Eine Gefangene, Susana, die Marisa fast täglich um einen Liebesbrief bat, setzte sich zu Marisa.

»Du musst ihm keinen Brief mehr schreiben, ich bin sicher, die lassen uns jetzt bald frei.«

»Ich weiß. Das will ich ihm ja schreiben, dass er kommen soll und mich holen.«

Filippa lachte erneut höhnisch auf. »Träumt weiter. Ein Aufstand ohne Gewalt, der den Estado Novo beenden soll, wie naiv seid ihr eigentlich?«

Sie hörten wieder das Geräusch des Schlüssels im Schloss. Die Tür zur Zelle wurde geöffnet und eine der langjährigen Wärterinnen erschien, um die Frauen wie jeden Tag zur Arbeit zu holen. Sofort wurde sie mit Fragen bestürmt. »Stimmt es, dass es eine Revolution gab?« »Dass sie unblutig verlief?« »Hatten die Aufständischen Erfolg?«

»Moment, Moment.« Die Wärterin hob abwehrend die Hände. »Also, ja, es gab eine Revolution.«

»Siehst du«, juchzte die eine.

»Halleluja, Gott hat unsere Gebete erhört!«

»Ruhe, wartet doch ab, was sie uns zu sagen hat.«

Alle sahen die Wärterin gespannt und voller Hoffnung an. Diese sagte bedächtig: »Es wurde anscheinend wirklich kein Einziger ermordet. Wie durch ein Wunder. Zumindest bisher nicht.«

»Das ist es. Ein Wunder.« Ein paar Frauen schickten Stoßgebete gen Himmel.

»Aber das heißt noch lange nichts. Wahrscheinlich landen die Aufständischen morgen alle hier.«

Ein Raunen ging durch die Zelle. Marisa machte sich Sorgen um diese mutigen Menschen.

»Es darf nicht sein«, flüsterte sie Paula zu.

»Jetzt kommt, marsch, marsch zur Arbeit.« Die Wärterin scheuchte die Frauen hinaus, so wie jeden Tag um diese Zeit.

Sie wurden gründlich durchsucht wie immer und dann in die jeweiligen Arbeitsbetriebe verteilt. Die Arbeit mit der Holzsäge fiel Marisa schwer, anfangs hatte sie jeden Abend blutige Hände vom Sägen gehabt, inzwischen hatten sich Narben gebildet, Hornhaut und Schwielen. Die Frauen mussten unterschiedliche Dinge herstellen und wurden dabei gnadenlos von einer Wärterin angetrieben, selbst wenn sich eine verletzte, durfte sie keine Pause einlegen. Wer nicht spurte, kam für einen Tag in eine spezielle Zelle. Musste dort im Stand verharren, bekam nichts zu essen und nicht einmal etwas zu trinken.

Heute saß Marisa wieder diese Frau gegenüber, Joana, die sehr verwirrt, aber liebenswürdig wirkte. Marisa hatte ihr schon das ein oder andere Mal Arbeit abgenommen, wenn diese nicht mehr konnte. Die Frau war höchstens Ende dreißig, ging aber gebückt und wirkte innerlich gebrochen. Man erzählte sich, dass sie schon vor einer halben Ewigkeit von der Pide in dieses Gefängnis gebracht und bis zum Exzess psychisch gefoltert worden war. Damals waren die Foltermethoden noch härter, sagten die Frauen, die schon länger hier »verrotteten«, wie sie es selbst nannten. Was genau sie damals den Frauen antaten, wusste keine, aber allein die Vorstellung, so viele Jahre hier eingesperrt zu sein und ständig schikaniert zu werden, jagte Marisa einen tiefen Schrecken ein. Joana sang bei der Arbeit oft leise ein Volkslied vor sich hin, wurde aber, sobald es die Wärterin hörte, dafür geschlagen. Marisa versuchte immer, sie zu verteidigen, und erhielt dann ebenfalls Schläge. Wie konnten Menschen so grausam sein?

Joana wiegte sich vor und zurück, umarmte sich dabei selbst, vergaß, zu arbeiten. Sofort kam eine Wärterin und schlug sie auf den Rücken. »Arbeiten sollst du!«

»Hören Sie auf! Sie hat Ihnen nichts getan«, schrie Marisa.

»Wenn sie nicht arbeitet, muss ich sie in die Einzelzelle stecken.«

»Das müssen Sie nicht. Sehen Sie denn nicht, dass das eine gebrochene Frau ist? Sie kann nicht mehr arbeiten.«

»Du wagst es …?« Drohend stellte sich die Wärterin vor Marisa auf. Doch bestärkt durch die Revolte draußen, blieb auch Marisa einfach stehen. »Ja, ich wage es. Wie es meine Landsleute gerade draußen wagen. Und wenn ich Sie wäre, würde ich statt hier herumzuprügeln lieber überlegen, was aus Ihnen und Ihrer Familie wird, wenn wir bald in einem freien Staat leben.«

Die Wärterin schien tatsächlich ins Nachdenken zu kommen. Woraus Marisa schloss, dass die Stimmung im Land gekippt war und es wirklich eine Revolution gegeben hatte. Ihr Herzschlag beschleunigte sich.

Die Wärterin atmete nur hörbar aus und verzog sich an das andere Ende des Raumes, um dort eine weniger rebellische Gefangene zu kontrollieren. Joana warf Marisa einen dankbaren Blick zu, wiegte sich weiter mit um den Körper geschlungenen Armen.

Marisa beugte sich zu ihr hinüber. »Es wird alles gut. Schschsch, es wird alles gut«, flüsterte sie. Sie hoffte es so sehr, für sich und alle anderen Inhaftierten in diesem menschenunwürdigen Gefängnis. Diese Frau brauchte eindeutig seelische Hilfe. Die würde sie hier bestimmt nicht finden.

Am nächsten Tag wurden sie wieder von der neuen Wärterin geweckt. »Sie haben den Soldaten Nelken in die Gewehrläufe gesteckt, hat meine Cousine gesagt.«

»Was? Nelken?«

»Rote Nelken.«

»Wer hat das getan?«

»Vor allem die Frauen. Damit es friedlich abläuft. Und bis jetzt ist auch noch keine Gewalt angewandt worden. Die Menschen feiern draußen.«

Die Nachrichten verbreiteten sich im Gefängnis wie ein Lauffeuer. Die Revolution schien geglückt zu sein. Anhand der spärlichen Informationen, die die Frauen erhielten, bildeten sich viele Gerüchte, die die Frauen verunsicherten und Ängste nährten.

»Glaubt bloß nicht, was gesagt wird«, machte sich Filippa wieder wichtig. »Wenn das alles stimmen würde, wieso sitzen wir dann noch im Gefängnis? Hä?«

»Da hat sie auch wieder recht«, sagte Paula traurig.

Das Frühstück wurde ausgegeben, aber Marisa hatte keinen Appetit. Was, wenn von den politischen Gefangenen nur die befreit wurden, die Verwandte oder Männer hatten? Wenn sie hier drin vergessen werden und zu den Diebinnen und Mörderinnen gesteckt würde? Eine grauenhafte Vorstellung, die ihr die Kehle zuschnürte. Paula, deren Familie sie ganz sicher herausholen würde, versprach Marisa, im Fall, dass sie hier vergessen würde, draußen alles dafür zu tun, ihr zu helfen.

Nach dem Frühstück wurden sie wieder zur Arbeit geschickt. Marisa merkte sofort, dass Joana fehlte.

»Wo ist Joana?«, fragte sie eine Wärterin.

»Welche Joana?«

»Die Frau, die hin und wieder ein Lied singt.«

Die Wärterin zuckte die Schultern. »Vielleicht hat sie wieder nicht gespurt. Sie lernt es einfach nicht.«

Marisa schrie sie an. »Sie lernen es auch nicht. Wie können Sie nur so gefühlskalt sein! Sie müssen doch nicht alles tun, was ihnen von oben befohlen wird!«

»Dann verliere ich meinen Job. Ich habe ein kleines Kind und keinen Mann.«

»Sie finden eine andere Arbeit. Eine bessere. Es wird ein besseres Leben, das verspreche ich Ihnen.«

Die Wärterin sah Marisa hin- und hergerissen an. Dann wurde ihre Miene eisig: »Hier drin wird es keine Revolte geben. Sie halten jetzt Ihren losen Mund, sonst kommen Sie in Einzelhaft.«

Marisa biss sich auf die Zunge. In Einzelhaft würde sie erst recht keiner finden, wenn bald die politischen Gefangenen befreit werden würden. Sie schnaubte aus, wandte sich von der Wärterin ab und ihrer Arbeit zu. Es konnte nicht mehr lange dauern, sagte sie sich. Und sie bemühte sich, nur diesen Gedanken zu denken. Zumindest ihre Gedanken konnte sie selbst beeinflussen. Ihre düsteren, sich immer wieder im Kreis drehenden Gedanken umlenken in positive. Nur so hatte sie es geschafft, jeden einzelnen Tag hier zu überstehen und nicht gebrochen zu werden wie Joana.

Mich nicht, hatte sich Marisa immer wieder im Geiste vorgesagt, wenn sie schikaniert wurde. Dies und der Gedanke an Gerd, an ihre Liebe, gaben ihr Kraft. Was, wenn er inzwischen eine andere hatte? Doch auch diesen Gedanken gestattete sie sich nicht. Zumindest nicht oft.

***

Caxias, nahe Lissabon, zwei Tage später, 27. April 1974

Auch in dieser Nacht quälte sich Marisa mit dem Schlaf. Seit sie im Gefängnis saß, eingepfercht mit so vielen Frauen, kam sie schlecht zur Ruhe und wurde jede Nacht mehrmals wach. Filippa schnarchte, Paula redete oft im Schlaf, irgendeine drehte sich immer um. Marisa hielt es hier nicht mehr aus. Und die Aussicht, dass eine Revolution das Land verändern könnte, man sie aber hier drin vergessen würde, bereitete ihr Panik. Sie bekam kaum Luft, versuchte ruhig zu atmen, aber es half nichts. Ihr Herz raste.

Da hörte sie Stimmen auf dem nachts sonst so ruhigen Flur. Aufgeregte Stimmen, ein paar riefen etwas, man hörte Schritte. Marisa setzte sich auf ihrer Pritsche auf und lauschte. Sie weckte Paula, die neben ihr schlief. »Paula, wach auf.«

»Was? Was ist denn?« Schlaftrunken rappelte sich Paula auf und horchte. Ein Lächeln überzog ihr Gesicht. »Sie kommen. Meine Familie kommt und holt mich hier raus. Meine Mama ist eine ganz resolute, endlich hat sie es geschafft.«

Marisa wurde wieder schmerzlich daran erinnert, keine Mutter und keinen Vater zu haben. Auch sonst keine Familie, nur Gerd. Bitte, lieber Gott, lass ihn jetzt kommen. Ich schwöre, ich verzeihe ihm, dass er nicht früher kommen konnte. Es lag ganz sicher nicht in seiner Macht.

Filippa stand alarmiert auf, klopfte gegen die Tür der Zelle. »Hey, was ist da los?«

Nun waren alle Frauen wach, sahen sich irritiert, aber voller Hoffnung an. »Kommen sie und befreien uns?«

»Hoffentlich. Ich halte das hier nicht mehr aus.«

»Betet, bitte, betet alle.«

Endlich hörten sie das altbekannte Schlüsselgeräusch in der Tür, und eine Wärterin, die Neue, öffnete aschfahl. »Sie stürmen das Gefängnis. Eure Familien sind da.« Dann lachte sie. »Kommt, Mädels. Ihr dürft raus.«

Freudenschreie ertönten, einige weinten sogar vor Erleichterung. Alle rafften ihre wenigen Habseligkeiten zusammen, drängten an der Wärterin vorbei in die Freiheit. Marisa blieb bei ihr stehen. »Wo bekomme ich denn meine Wertsachen zurück, die ich abgeben musste, als ich hier reinkam?«

Verblüfft sah die Wärterin sie an. »Na, so wertvoll kann das doch nicht sein. Ich würde an deiner Stelle lieber gehen, bevor es sich die Leiterin noch anders überlegt.«

Marisa zögerte. »Doch, für mich ist es wertvoll.« Sie dachte an ihre Kette, die sie als Baby mitbekommen hatte, als sie vor das Waisenhaus gelegt wurde. Ihre Kette mit dem Jesuskreuz daran, das Einzige, was sie von ihrer Mutter besaß. »Es ist von meiner Mutter. Mehr habe ich nicht von ihr.«

Die Wärterin verstand. »Geh den Gang in die andere Richtung, dann in den ersten Stock, da ist die Ausgabestelle. Keine Ahnung, ob um die Uhrzeit da jemand ist, vermutlich eher nicht.«

Marisa sah sie verzweifelt an.

»Na gut, ich komme mit und schließe dir auf.«

»Danke, vielen, vielen Dank!«

Gemeinsam hasteten die beiden den Gefangenen aus den anderen Zellen, die zu ihren Familien in die Freiheit stürmten, entgegen. Hoffentlich tue ich das Richtige, durchfuhr es Marisa.

Endlich gelangten sie bei der Ausgabestelle an. Natürlich war hier nachts niemand und so schloss die Wärterin auf und suchte Marisas Sachen heraus. Rasch nahm diese die Kette mit der ungewöhnlichen gekreuzigten Jesusfigur und legte sie sich um den Hals. So konnte sie diese am wenigsten verlieren.

Marisa umarmte die Wärterin stürmisch, drückte ihr einen Kuss auf die Wange und rannte den anderen nach, hinaus vor das Gefängnistor.

Draußen im Dunkeln hatte sich eine Menschenmenge gebildet. Verwandte von Gefangenen herzten und umarmten ihre so sehnlich Vermissten, aber auch Militär war anwesend und dann wurde plötzlich geschossen.

Schreiend stob die Menge auseinander, Marisa, die die ganze Zeit nach Gerd Ausschau hielt, rannte los, Hauptsache weg hier. Vielleicht hatte sie ihn ja nur nicht gesehen. Aber nein, schalt sie sich innerlich selbst. Er hätte sie gesehen, als sie durch das Tor kam. Er war nicht da, so lautete die bittere

Wahrheit. Die ganze Anspannung fiel von Marisa ab, Tränen schossen in ihre Augen, sie schluchzte im Rennen, rannte aber immer weiter und weiter. Wie gut das tat. Diese frische Luft, die in ihre Lungen strömte, die Bäume und Grünanlagen ringsum.

Irgendwann an einem größeren Gebüsch wagte sie, kurz innezuhalten. Stützte die Hände keuchend auf die Knie. Geschafft. Sie war tatsächlich draußen. Auch ohne Familie, auch ohne Gerd. Plötzlich fühlte sie sich stark und selbstbewusst, und ihre Enttäuschung, dass er nicht gekommen war, machte reiner Freude Platz. Frei zu sein, dem Terror der Geheimpolizei lebend entkommen zu sein. Das zählte.

Da hörte sie auf einmal ein Wimmern, das aus dem Gebüsch zu kommen schien. Marisa ging einen Schritt darauf zu und erkannte dahinter eine Frau, die sich krümmte. Es war die verwirrte Frau aus dem Gefängnis, mit der sie gearbeitet hatte. Joana.

»Joana, was ist? Wir sind frei!« Sie lächelte Joana aufmunternd an, setzte sich zu ihr neben den rosa blühenden Busch. Joana sah auf, musterte Marisa und ihr Blick versteinerte. Sie starrte auf die Kette, streckte ihre Hand danach aus, nahm das Kreuz in die Hand und befühlte die Jesusfigur.

»Woher, woher hast du sie?«, hauchte sie.

Marisa schluckte. »Wieso fragst du?«

»Woher hast du sie?«

»Von meiner Mutter. Ich wurde von ihr vor ein Waisenheim gelegt. Mit dieser Kette im Körbchen.«

Joana erstarrte. Schüttelte den Kopf. »Nein, nein, das kann nicht sein.«

»Was kann nicht sein?« Marisa beschlich eine Ahnung und ihr Herz pochte plötzlich so wild, als renne sie seit Stunden durch eine Wüste. Ihr Mund fühlte sich staubtrocken an. Konnte es sein? Hatte das Schicksal ihr das größte Geschenk gemacht, das sie nie erhofft hatte, zu bekommen? War diese psychisch geschundene, verwirrte Frau ihre Mutter? Vom Alter her war es durchaus möglich. Dann musste Joana ungefähr in ihrem Alter gewesen sein, als sie ihr Baby bekam. Marisa betrachtete das Gesicht der Frau, suchte nach Ähnlichkeiten und fand sie. Die vollen Lippen, die leicht geschwungene Nase. Die zarte Gestalt und dann diese filigranen Hände mit den langen Fingern. Gerd hatte Marisas Hände immer so bewundert. »Sie sind einzigartig«, hatte er einmal gesagt. Doch jetzt gab es sie zweimal.

»Bist du …« Marisa wagte nicht, es auszusprechen. Das, was ihr Leben verändern würde, das, wovon sie als kleines Mädchen so oft geträumt hatte. Ihre Mutter zu finden, eine Erklärung zu bekommen, warum sie ihr Kind nicht liebte, warum sie es weggegeben hatte.

Joana traten Tränen in die Augen, sie nickte aschfahl, schlug sich die Hände vor das Gesicht und wimmerte. »Verzeih mir, bitte verzeih mir!«

Sie war es wirklich und diese Gewissheit traf Marisa mit einer Wucht, die sie nie für möglich gehalten hätte. Diese arme Frau hatte ihr Kind über alles geliebt und hatte es hergeben müssen. Marisa spürte unwillkürlich eine tiefe Verbundenheit mit ihr. Dieser Fremden, die in ihrem Leben so viel hatte erleiden müssen.

»Ich verzeihe dir«, antwortete Marisa spontan mit sanfter Stimme. Sie wollte Joana beruhigen, die völlig außer sich schien. Marisa nahm die Hände ihrer Mutter von deren Gesicht, hielt sie sanft in ihren und sah ihrer Mutter in die tränengefüllten Augen. »Bitte, beruhige dich.«

Nach und nach hörte Joana auf, sich vor und zurück zu wiegen. Die beiden saßen da, beobachteten stumm eine Biene, die neben ihnen von Blüte zu Blüte flog und summte.

»Hast du mich im Gefängnis bekommen?«, fragte Marisa leise.

Joana bestätigte es flüsternd, sah Marisa mit diesem unendlich traurigen Blick an.

»Sie haben mich gefangen genommen, da war ich hochschwanger. Ich habe nichts getan, ich habe nur meine Meinung gesagt.«

»Wie ich«, flüsterte Marisa.

Joana umklammerte ihre Knie und starrte vor sich hin: »Ich wollte dein Bestes, bitte glaub mir, ich habe dich einer Mitgefangenen anvertraut, die frei kam. Sie haben es erlaubt. Sonst wärst du in eine fremde Pflegefamilie oder ein Heim gekommen. Sie war eine Freundin. So dachte ich zumindest. Sie hat mir versprochen, dich großzuziehen und mich ganz oft mit dir zu besuchen. Ganz oft.«

Marisa verstand bestürzt. »Ich glaube dir, natürlich glaube ich dir. Aber … sie hat mich einfach vor einem Waisenheim abgelegt.«

Joana weinte auf.

»Schsch. Wer weiß, was sie für Gründe dafür gehabt hat …«

Joana bemühte sich, sich zu beruhigen und nickte. »Ich habe so auf euch gewartet. Jeden einzelnen Tag, so viele Jahre lang. Aber sie kam nicht. Hat sich auch nie wieder bei mir gemeldet.«

Ihre arme Mutter, durchfuhr es Marisa bestürzt. Sie war wahrhaftig keine Hexe, wie ihr der Hausmeister im Kinderheim hatte weismachen wollen, ganz im Gegenteil. Sie wurde von diesem Regime gefangen genommen, hochschwanger, und wollte nur das Beste für ihr Kind.

»Die Geburt im Gefängnis war schrecklich. In einer Zelle mit mehreren Frauen. Auf einer dreckigen Pritsche. Ohne Hebamme, denn es war keine aufzutreiben. Eine Wärterin hat sich erbarmt und die Nabelschnur durchgeschnitten. Mit einem Taschenmesser.«

»Oh Gott, du Arme, wenn ich mir das vorstelle.«

»Dann hat sie mich gewarnt. Dass die Pide mir mein Baby wegnimmt. Ich hatte so eine Angst, dachte, so ist es das Beste für dich.« Joana zitterte wieder am ganzen Leib, wiegte sich erneut vor und zurück, vor und zurück.

Marisa konnte ihre Tränen nicht mehr zurückhalten, spürte sie ihre Wangen hinunterlaufen. Sie nahm diese arme Frau, ihre Mutter, in den Arm, wie um sie zu beschützen. Sog zum ersten Mal bewusst ihren Geruch ein, und auch wenn sie wusste, dass Joana psychisch krank war, durch die Folter der Pide, so fühlte sie sich erleichtert, geliebt und so glücklich wie nie zuvor.

Joana flüsterte in ihren Armen. »Ich habe jeden Abend gebetet, dass Gott mich zu dir führt. Und nur weil ich eine gute Katholikin bin, hat er es getan.«

»Du glaubst gar nicht, wie sehr ich es mir immer gewünscht habe, dich kennenzulernen, Joana.«

»Nenn mich Mutter. Bitte.«

»Mutter.« Es hörte sich seltsam an, aber auch aufregend und wärmend zugleich.

Joana löste sich aus der Umarmung. »Sag, bist du eine gute Katholikin geworden?« Joana kniff die Augen zusammen.

»Ich denke schon.«

»Du denkst es nur? Bist du verheiratet?«

»Nein.«

»Dann gibt es also auch keinen Mann, hoffe ich?« Ihre Stimme klang plötzlich streng. Und so schüttelte Marisa den Kopf. »Nein, gibt es nicht.« Jetzt zählten nur noch sie beide. Mutter und Tochter lächelten sich an. Die Biene hatte Gesellschaft bekommen und so summten und flogen sie zu zweit von einer Blüte zur nächsten.

Ihre Mutter, diese strenggläubige Katholikin, hätte es niemals gebilligt, dass Marisa mit einem ungläubigen Deutschen zusammen war, selbst wenn sie diesen heiraten wollte, das wurde ihr schlagartig klar und nahm ihr die Luft zum Atmen.

Musste sie sich Gerd also aus ihrem Herzen reißen? Ihre Liebe, um die sie nach ihrer Freilassung hatte kämpfen wollen? Musste sie Gerd aufgeben, für ihre Mutter? Ja, genau das bedeutete es. Sie würde den Mann ihres Lebens verlieren, aber sie gewann dafür eine Mutter. Und das gab ihr so viel mehr, das spürte sie jetzt schon. Wie oft hatte sie als Kind in ihr Kissen geweint, weil sie dachte, ihre Mutter habe sie überhaupt nicht geliebt. Wie einsam fühlte sie sich heute noch, im tiefsten Innern ihrer Seele. Jetzt konnte sie diese vielen verlorenen Jahre aufholen, sich ihrer Mutter widmen. Sie wollte die Zeit, die ihr mit der Mutter blieb, solange diese nicht vollends in anderen geistigen Welten schwebte, nutzen und genießen. Diese vermutlich wenige Zeit. Denn Joanas geistiger Zustand wirkte besorgniserregend, das spürte Marisa, je länger sie mit ihr sprach, je länger sie ihr in ihre trüben Augen sah. Sie brauchte einen Arzt, für den Körper und für die Seele, und liebevolle Pflege.

Was hatten sie mit ihr gemacht? Diese gefühllosen Schweine.

Dennoch schmerzte es so sehr, Gerd vergessen zu müssen.

»Willst du wissen, wer dein Vater war?«, fragte Joana plötzlich.

»Oh ja, ich wollte dich nur nicht mit dieser Frage bedrängen.«

»Er war ein wunderbarer Mann. Mutig, rebellisch, klug. Er hat Medizin studiert, ich lernte damals Krankenschwester. Wir haben uns in einem Krankenhaus in Lissabon um die verwundeten Soldaten gekümmert, die aus den Kolonien zurückgeschickt wurden. Wir verliebten uns unsterblich und haben ein Jahr vor deiner Geburt geheiratet. Er war ein guter Katholik. Durch ihn habe ich mehr über Politik erfahren. Doch genau das wurde uns damals zum Verhängnis. Wir sind zusammen in einem Restaurante verhaftet worden.«

Marisa atmete traurig aus, erinnerte sich an ihre eigene Verhaftung in der Bar. Sie wagte es nicht, zu fragen, ob ihr

275

Vater noch lebte, denn Joana hatte in der Vergangenheit von ihm gesprochen.

»Er ist für die Freiheit gestorben, für uns alle«, flüsterte diese jetzt. Und wieder traten ihr Tränen in die Augen. »Dieser mutige, kraftstrotzende Mann. Er hat mich immer an einen starken, unverwundbaren Bären erinnert.«

Ein Bär, genau wie Gerd, dachte Marisa. Wie traurig, dass sie ihren Vater nicht hatte kennenlernen dürfen. Marisa fühlte so sehr mit dem Verlust dieser Frau, dachte immer wieder an ihre eigene große Liebe, die sie nicht leben durfte, an Gerd. Denn jetzt brauchte ihre Mutter sie dringender.

Wie gern hätte sie ihren mutigen Vater kennengelernt. Aber das Glück, ihre Mutter wiedergefunden zu haben, überwog die Trauer um einen Menschen, den sie nicht kannte.

»Mutter, ich bin so froh, dass es dich gibt. Ich gebe dich jetzt auch nicht mehr her. Nie wieder. Wir beide, wir bleiben zusammen.«

»Aber wo sollen wir denn hin?«

»Ich weiß es nicht.«

***

Lissabon befand sich nach der Revolution in einem Ausnahmezustand. Joana besaß keine Angehörigen mehr, wie sie sagte, und Marisa wusste, wenn sie sich von Gerd fernhalten wollte, durfte sie auch nicht mit dem Ehepaar Ferraz, ihrer Ersatzfamilie, in Kontakt treten. Marisa und Joana liefen mit großen Augen durch Lissabon, freuten sich mit den anderen Menschen, frei zu sein. Wie viel stärker aber spürten sie ihr Glück, denn sie hatten sich endlich gefunden. Als es Abend wurde, fanden sie Unterschlupf bei einer Bekannten von Marisa aus der Lerngruppe, Ava. Marisa erfuhr von Ava, dass auch Rodrigo damals festgenommen und inhaftiert worden war. Ihm hatten Folter und die Gefangenschaft so zugesetzt, dass er sich das Leben genommen hatte. Zwei Wochen vor der Nelkenrevolution war er erhängt in seiner Zelle aufgefunden worden. Als Marisa das hörte, brach sie weinend zusammen. Wie schrecklich und furchtbar. Wie viele Leben diese grausame Diktatur auf dem Gewissen hatte.

Sie beschloss umso mehr, etwas Sinnvolles aus ihrem wiedergewonnenen Leben zu machen.

Nach ein paar Tagen brachte Ava Neuigkeiten. Für die Tochter einer wohlhabenden portugiesischen Familie wurde eine private Nachhilfelehrerin gesucht, die in der Nachbarschaft ihrer Schülerin in einem kleinen Appartement wohnen konnte. Marisa hatte zwar nicht studiert, aber Kindern Nachhilfe in Lesen und Schreiben zu erteilen, das traute sie sich zu. Immerhin hatte sie es auch ihren Zellengenossinnen beigebracht. Überglücklich bedankte sie sich bei Ava, als sie die Stelle tatsächlich bekommen hatte. Die Arbeit mit dem schüchternen Mädchen bereitete ihr große Freude. Sie spürte, dass es sie erfüllte, Kinder, die sich mit dem Lesen und Schreiben schwertaten, zu unterstützen und zu fördern. Ihre Mutter, die sich kaum aus der kleinen Wohnung traute, so ungewohnt und angsteinflößend fühlte sich die Freiheit für sie an, versorgte Marisa nebenher selbst. Zeit für sich blieb dabei nicht. Aber für ihre Mutter, die unter dramatischen Angst- und Panikattacken litt, da sein zu können, ihr in den schweren Stunden Halt zu geben, fühlte sich richtig an. Immer wieder dachte sie an Gerd, aber sie merkte selbst, er hatte keinen Platz in ihrem neuen Leben.

Eines Tages jedoch, als sie über den Campo de Santa Clara ging, auf dem gerade der Feira da Ladra, der »Markt der Diebin« stattfand, ein Flohmarkt, auf dem sie gern nach günstigen Dingen stöberte, da sah sie ihn von Weitem. Wie er gerade an ein Café ein Backblech voller Kuchen auslieferte. Er lebte also wirklich noch hier in der Alfama, arbeitete offenbar nach wie vor in der kleinen Pasteleria. Wie gut er aussah, so groß und blond und feinsinnig.

Marisa zögerte. Sollte sie sich bemerkbar machen? Aber so spontan fühlte sie sich einem Wiedersehen nach all dem, was geschehen war, nicht gewachsen.

Am Abend wollte sie ihrer Mutter endlich von Gerd erzählen. Aber sobald die Sprache auf Männer kam, blockte Joana ab und äußerte sich vernichtend. Sie sei so froh, dass Marisa kein leichtes Mädchen geworden war. Dass sie sich nicht vor einer Heirat verschenkte, wie das heutzutage so viele täten. Es sei eine Sünde, und Gott werde diejenigen bestrafen.

In dieser Nacht lag Marisa wieder lange wach. Gerd hatte traurig ausgesehen. Sein sonst immer lächelndes Gesicht hatte keine Freude ausgestrahlt. Was, wenn er wirklich immer noch auf sie wartete? Das durfte er nicht. Sie liebte ihn über alles und deshalb wünschte sie sich für ihn, dass er glücklich werden würde. Mit ihr konnte er das nicht. Vermutlich hatte sie sich auch durch die Zeit im Gefängnis zu stark verändert. Einen Knacks bekommen. Nein, Gerd sollte frei sein, sich keine Gedanken mehr machen, was mit ihr geschehen sein könnte. Marisa beschloss, am nächsten Tag zu ihm zu gehen und ihn von der Liebe zu ihr zu befreien. Freiheit, das war das höchste Gut eines Menschen. Auch die Liebe konnte Menschen unfrei machen, das spürte sie ja selbst.

22. KAPITEL

Überwältigt und zutiefst bewegt saß Katharina neben ihrem Paps und Marisa auf der Bank im Schulgarten. Ein kleiner Vogel hatte sich in den blühenden Busch ihnen gegenüber gesetzt, pickte in einer roten Blüte herum und flog davon, als das Gezwitscher eines anderen Vogels ertönte. Marisas Erzählung hatte alle drei erschüttert. Paps starrte auf seine Schuhe, nahm Marisas Hand und drückte sie. »Endlich verstehe ich dich. Mein Gott, ich hätte ganz genauso gehandelt wie du.«

»Wirklich?«

»Ganz wirklich. Du hättest es mir damals aber doch sagen können.«

»Ich war mir sicher, dass du um mich kämpfen würdest.«

Er dachte nach und nickte. »Vermutlich hätte ich das getan. Als junger Mann will man die Welt verändern, statt Althergebrachtes einfach so hinzunehmen. Lebt deine Mutter noch?«

»Leider nein. Sie ist vor einem Jahr verstorben.«

»Das tut mir sehr leid.«

»Sie hat die letzten Jahre in ihrer eigenen Welt verbracht. Sie hat sich immer mehr von der Realität verabschiedet. Das nahm rasant zu. Erst konnte man ja noch gut mit ihr reden, aber dann … Sie müssen ihr damals besonders grausam zugesetzt haben. Ich bin froh, dass sie in den Siebzigern, als ich einsaß, wohl schon etwas gemäßigter vorgingen.«

»Ich auch«, flüsterte Gerd. Dann sah er Marisa an. »Ich habe fünf Jahre später in Deutschland geheiratet. Eine ganz wundervolle Frau, mit der ich sehr glücklich bin.«

»Das ist schön. Das habe ich mir für dich gewünscht. Sehr sogar.«

Katharina, die die ganze Zeit nicht gewagt hatte, etwas zu sagen, beteuerte, wie leid auch ihr das alles tue, was Marisa und all die anderen hatten erleiden müssen. »Ein Glück, dass diese schreckliche Zeit in Portugal vorbei ist.«

»Ja, es ist ein großartiges Land geworden, mit mutigen, herzlichen Menschen.«

Katharina lächelte die beiden an. »Und einer davon wartet auf uns, Paps. Er hat uns zu Ihnen geführt. Wisst ihr was, ich lasse euch jetzt alleine und treffe schon mal Nuno. In Ordnung, Paps? Ruf mich einfach an, wenn wir dich abholen sollen.«

Er zögerte einen Moment, sah erst Marisa, dann Katharina an, willigte schließlich ein.

Katharina stand auf, ließ die beiden auf ihrer Bank zurück. Musste sie sich Sorgen um die Ehe ihrer Eltern machen? Was, wenn diese alte Liebe doch stärker war als die zu ihrer Mutter, die zu Hause in Berlin saß und Paps und Katharina vertraute. Die ihnen beiden ein paar Vater-Tochter-Tage gönnte? Ein ungutes Gefühl beschlich sie erneut. Dennoch, sie hatten Marisa endlich gefunden und Katharina musste ihrem Paps vertrauen. Musste lernen, wieder zu vertrauen. Er würde schon keinen Unsinn machen.

Katharina nahm ihr Handy heraus und rief Nuno an. »Hallo. Bist du noch bei deinem Freund im Surfshop?«

»Ja. Aber ich kann kommen.«

»Nein, ich fahre mit dem Camper zu dir. Die beiden brauchen noch etwas Zeit.«

»Schön. Ich freue mich.«

***

Nuno stand vor dem Surfshop, sah ihr mit leuchtenden Augen entgegen. Was für ein attraktiver Mann. Welche Seele von Mensch. Katharinas Herz schlug unwillkürlich schneller, als sie ihn erblickte. Sie hielt den Wagen neben ihm an und Nuno stieg ein. Unvermittelt beugte er sich zu ihr und gab ihr ein sanftes Küsschen rechts und links auf die Wangen. Katharina hielt unwillkürlich den Atem an. Wie er duftete, wie unglaublich weich sich seine Lippen anfühlten. »Wofür war das denn?«

»Einfach so, dafür, dass es dich gibt.«

Er lächelte, sah aus dem Fenster, deutete in eine Richtung. »Dort hinten zeige ich dir einen wunderschönen Strand, ganz nahe an Sintra, wenn du magst. Den Praia da Ursa. Wollen wir hin, solange dein Vater und Marisa über damals reden?«

»Ein schöner Strand, kühles Wasser, klingt sehr verlockend in dieser Hitze. Du weißt, was Frauen hören wollen«, scherzte sie.

Er lachte, wurde dann ernst, blickte sie an. »Dann willst du offenbar dasselbe wie ich.«

Katharinas Magen zog sich zusammen. Sie hatte vergessen, zu atmen.

»Wer weiß«, antwortete sie schnell, drehte den Zündschlüssel um und gab Gas.

***

Der Praia da Ursa, von Klippen gesäumt, gehörte mit Sicherheit zu den schönsten Stränden, die Katharina je gesehen hatte. Sie hatten den Camper oben an der Straße geparkt und waren gut zehn Minuten entlang den Markierungen an Steinen einen steilen Pfad mühsam hinabgestiegen. Gut, dass Katharina heute Turnschuhe zu ihrem Kleid trug, als hätte sie es geahnt, festes Schuhwerk zu benötigen. »Sind wir bald da?«, hatte sie Nuno beim Hinuntersteigen mehrmals gefragt, denn sie wollte ihren Vater mit Marisa nicht allzu lang allein lassen.

»Ist es dir zu anstrengend?«, hatte er sie nur geneckt und das konnte sie natürlich nicht auf sich sitzen lassen. Der Anblick dieses einsamen, natürlichen Strandes lohnte den Weg. Hohe, teils spitze Felsen umrahmten die Bucht, einzelne kleinere Felsbrocken ragten aus dem Wasser. Ein paar Nacktbadende lagen im Sand, in einem schmalen Schattenstreifen hatte sich eine Familie mit Kindern niedergelassen.

Nuno stand einfach nur da und sah auf das glitzernde Meer hinaus. »Man sollte nur bei Ebbe hierherkommen«, sagte er. »Es kann sonst gefährlich werden.«

Wurde dieser Mann gefährlich für sie, fragte sich Katharina, während sie beide ihre Schuhe auszogen und barfuß den wunderbar feinen und sauberen Sand genossen.

Katharina trat als Erste zum Meer, ließ das heranfließende Wasser über ihre Füße laufen, es fühlte sich kalt an.

»Mhmm, das tut gut. Sehr schade, dass meine Badesachen oben im Camper sind.«

Nuno lächelte nur, zog sein T-Shirt und seine Shorts aus und rannte in seiner schwarzen, eng anliegenden Unterhose ins Wasser. Sein braun gebrannter Körper sah umwerfend aus, und Katharina dachte sofort an ihre weiße Haut, die in Berlin nur mäßig viel Sonne abbekommen hatte. Was trug sie eigentlich für Unterwäsche? Die gelbe, das ging. Sie beschloss, dass diese trotz der Spitzeneinsätze als Bikini-Ersatz taugte, zog sich ihr Kleid über den Kopf und rannte ins Wasser, ihm hinterher.

Puh, war das kalt, aber einfach herrlich! Nuno schwamm vor ihr, wandte sich um und sah ihr lächelnd entgegen, aber Katharina schwamm mit ein paar kräftigen Zügen an ihm vorbei und, soweit die Wellen es zuließen, extra schnell hinaus ins weite Meer. Nach einer Weile erst drehte sie sich zu ihm um, konnte ihn aber nicht mehr sehen. Wie von Zauberhand schien er plötzlich verschwunden.

»Nuno? Nuno, wo bist du?«

Er konnte doch unmöglich bereits zurückgeschwommen sein und wenn, hätte sie ihn doch am Strand gesehen. Oder gab es hier Strömungen? Panik überkam sie, ihr Atem ging flach.

Nach gefühlt endlosen Sekunden tauchte er mit einem Mal direkt neben ihr auf, prustete ihr Wasser ins Gesicht und lachte. Dieser unverschämte Kerl!

»Mann, hast du mich erschreckt.«

Seine blauen Augen schienen das Meer und den Himmel gleichzeitig zu spiegeln, als er sie nun ernst ansah. Katharina spürte, wie sie schwach wurde. »Mach das nie wieder.« Sie hatte gemerkt, wie viel er ihr bereits bedeutete. Sie wollte das nicht.

Rasch schwamm sie zurück Richtung Strand, watete aus dem Wasser, ging zu ihren Sachen, hob ihr Kleid auf. Mist, dass sie nicht einmal ein Handtuch dabei hatten. Sie spürte seinen Blick, zog ihr Kleid über ihren klatschnassen Körper. Dann klebte es eben an ihr. Besser, als halb nackt vor ihm zu sitzen. Nuno kam auch heraus, setzte sich neben sie in den Sand. »Tut mir leid.«

»Schon gut.«

Er sah auf das Meer, dann immer wieder sie an, doch sie sah bemüht geradeaus. Die Spannung zwischen ihnen fühlte sich unglaublich an. Man hörte sie förmlich knistern.

Er räusperte sich. »Es ist der falsche Zeitpunkt, vor allem ist es zu früh, habe ich recht?«

Was musste dieser Kerl nur so sensibel und einfühlsam sein!

»Ja. Das ist es«, flüsterte sie. »Können wir bitte wieder gehen? Es ist traumhaft schön hier, aber … ich will nicht, dass er so lang mit dieser Marisa zusammen ist. Sie sieht sehr gut aus für ihr Alter.«

»Mach dir keine Gedanken. So wie ich deinen Vater einschätze, ist er eine treue Seele.«

»Das stimmt.«

»Nicht alle Männer sind Fremdgeher.«

»Ach nein?«

»Nein. Ich kenne zufällig ein anderes Exemplar.« Er sah sie fest an. »Man begegnet nicht oft jemandem, dem man sofort blind vertraut, mit dem man sich alles vorstellen kann, obwohl man ihn kaum kennt.«

Das hatte noch kein Mann zu ihr gesagt. In dieser Entschiedenheit. Katharina wusste nicht, was antworten. Ohne sich selbst zu verlieren.

»Du denkst bestimmt, ich hatte schon viele Frauen, richtig?«

»Etwa nicht?«

»Nein. Ein paar natürlich schon. Aber meine Mutter hat in mir nicht gerade ein gutes Frauenbild hinterlassen. Ich lasse nicht viele an mich ran.«

»Es sind ganz sicher nicht alle wie deine Mutter, Nuno.«

»Natürlich nicht. Aber einige haben schon schlechte Erfahrungen gemacht und meinen, sie müssten sich von vornherein gegen einen Mann wehren, indem sie ihn möglichst kühl behandeln. Ich hoffe, du wirst jetzt nicht so wegen Arne.«

»Ganz sicher nicht.«

»Ich habe noch nie eine so warmherzige Frau wie dich kennengelernt.«

Katharina sah ihn überfordert an.

»Vielleicht wirke ich ja nur so.«

»Das glaube ich nicht. Dadurch, dass ich deinen Vater ein wenig kennenlernen durfte, weiß ich, woher du das hast. Und deine Mutter ist bestimmt ähnlich.«

»Das ist sie.« Ihre Mutter war die warmherzigste Person, die sie kannte. Nach ihrem Paps.

Katharina stand auf. Es wurde ihr eindeutig zu heiß. Die Sonne brannte.

»Nuno, ich … können wir jetzt bitte gehen?«

»Natürlich.« Er stand ebenso auf, strich sich den Sand vom Körper, zog sich seine Sachen an und ging mit hängendem Kopf voran. Oder bildete sie sich das ein? Katharina folgte ihm hin- und hergerissen, kletterte hinter ihm den Felsen hinauf. Jedes Mal, wenn er ihr helfen wollte, wehrte sie ab. Sie schaffte es schließlich allein. Gedankenverloren stieg sie weiter bergauf. Sie hatte ihm wehgetan. Und das hatte sie nicht gewollt. So warmherzig, wie er dachte, schien sie nicht zu sein.

***

Katharina und Nuno betraten den Schulgarten. Es roch nach Blumen, nach Wiese, nach Sommer. Wie ein älteres Liebespaar saßen ihr Paps und Marisa noch immer auf dem Bänkchen im Schulgarten und unterhielten sich.

Fehlte nur, dass sie sich an den Händen hielten. Aber das taten sie zum Glück nicht. »Das ist sie.«

»Sie sieht sympathisch aus. Aber sie passt nicht zu deinem Vater. Ein ganz anderer Typ.«

»Hoffentlich. Ich habe wirklich Angst, dass sie sich wieder ineinander verlieben.«

»Das glaube ich nicht.«

»Kathi, da seid ihr ja wieder.«

»Ja, darf ich vorstellen, das ist Nuno. Das Marisa.«

Die beiden gaben sich die Hand.

Marisa lächelte. »Ein schönes Paar.«

»Wir sind kein Paar«, beeilte sich Katharina zu sagen.

»Schade. Aber was nicht ist …«

»Sind wir zu früh, Paps?«, unterbrach Katharina sie.

»Ich glaube, wir könnten noch Tage weiterreden, so viele Jahre wie wir uns nicht gesehen haben. Ein halbes Leben. Aber …«

Er sah Marisa liebevoll an, nahm ihre Hand.

Katharinas Herz stockte.

»Aber was, Paps?«

»Aber wir können unser Leben nicht nachholen, so oder so nicht.«

Katharina dachte darüber nach. Keiner konnte sein Leben nachholen. Darum musste man im Hier und Jetzt leben, zu seinen Entscheidungen stehen. Sie warf Nuno, der sie beobachtete, einen Blick zu, sah rasch wieder weg. Nur, welche Entscheidung war die richtige? War sie nach der Enttäuschung mit Arne schon wieder bereit für die Liebe? Konnte Nuno mehr als nur ein Urlaubsflirt werden? Ein Portugiese in Lissabon, sie in Berlin, was hatte das für eine Zukunft?

Ihr Vater stand mühevoll auf. »Geht es?« Marisa half ihm, stützte ihn.

»Es geht, danke. Ich bin nur ein bisschen eingerostet, ansonsten topfit.« Er zwinkerte Katharina vielsagend zu, bedeutete ihr mimisch, nichts von seiner Erkrankung zu sagen. »Leider geht unser Flieger morgen früh.«

»Sehen wir uns denn wieder, Gerd?«, fragte Marisa und in ihrer Stimme schwang Sehnsucht mit.

»Nein.« Seine Stimme klang fest und entschieden. »Meine liebe Frau wartet zu Hause auf mich.«

»Ich verstehe.« Sie lächelte ihn traurig an. »Die Jahre mit meiner Mutter waren schwer und ich kam oft an den Rand meiner Kräfte, aber ich habe sie als Kind so vermisst. Das kannst du dir nicht vorstellen. Es war keine schöne Zeit im Waisenhaus.«

»Ich weiß, das hast du mir damals erzählt, ich verstehe dich gut, Marisa, du musst nichts weiter erklären.«

Sie nickte. »Diese letzten Jahre mit meiner Mutter kann mir keiner mehr nehmen.«

»Das ist wahr.« Er nahm ihre Hand, bückte sich ein wenig, führte sie zu seinem Mund und küsste sie. So galant kannte Katharina ihren Vater gar nicht, er überraschte sie immer wieder. »Lebe wohl, Marisa. Du hast dich damals richtig entschieden. Und wenn ich es erfahren hätte als junger Mann, hätte ich es nicht akzeptiert. Das hast du richtig vermutet.«

Sie lächelten sich an. Wie auf magische Weise verbunden.

Katharina spürte wieder Nunos Blick auf sich, drehte sich zu ihm und lächelte ihn an. Vielleicht würde er es auch irgendwann verstehen, warum sie sich zum jetzigen Zeitpunkt nicht auf ihre Gefühle einlassen konnte. Denn auch sie wollte die letzte Zeit, die ihr Paps noch hatte, ganz für ihn da sein, wie Marisa für ihre Mutter damals. Eine neue Liebe hatte da keinen Platz.

Katharina kämpfte mit sich. So sehr fühlte sie sich zu Nuno hingezogen, zu gern hätte sie sich jetzt einfach von ihm in die Arme nehmen lassen.

Aber sie blieb stark. »Nuno, ich fahre dich zu deinem Motorrad, Paps muss sich in der Pension hinlegen. Heute Abend bringe ich dir den Camper zurück, auch, um mich von dir zu verabschieden.«

Er sah sie an, als habe sie ihm gerade ein Messer in den Bauch gerammt. Voller Schmerz, Sehnsucht, Leidenschaft.

23. KAPITEL

Lissabon, 2018

»Da seid ihr ja endlich.« Arne saß mit Sonnenbrand im Gesicht und am Handy daddelnd in der Lobby von Paps' Pension, als Katharina und ihr Vater eintraten. Sie hatte ihn hierherbestellt, um Paps vor dem Abflug morgen und nach dem Treffen mit Marisa nicht noch mehr aufzuregen. Um diesen einen Tag noch das perfekte Paar zu spielen. Hoffentlich schafften sie das.

»Entschuldige, aber wir haben Marisa endlich gefunden«, entgegnete Katharina bemüht normal und bedeutete Arne, sich mehr Mühe zu geben und mitzuspielen.

»Ein bisschen freundlicher bitte, Herr Schwiegersohn«, rügte Paps Arne. Ein ungewohnter Ton. Ahnte er doch etwas? Arne registrierte das auch sofort, besann sich, spielte zum Glück weiter mit. »Oh ja, du hast recht, Gerd. Frauen sollte man immer wie Prinzessinnen behandeln, hab ich recht?«

»Ganz genau. Und vor allem meine Tochter. Und in ein Hotel zu ziehen und Kathi im Camper zurückzulassen ist ja wohl nicht dufte.«

»Ich …«

»Schon gut, Paps. Ich fand das in Ordnung, wie gesagt. Und vorhin hat mir Arne mehrere Nachrichten geschrieben, die habe

ich erst gerade gesehen, deshalb klang er eben etwas gestresst.«
Sie bedeutete Arne mit einem Blick, dem zuzustimmen.

»Äh, ja genau. Ich habe mir einfach Sorgen gemacht, Gerd.
Und das mit dem Hotel war im Übrigen Kathis Idee.«

Sie funkelte ihn an, warf den Ball zurück. »Ja, weil du im
Camper ständig rumgemeckert hast.«

»Kinder, bitte nicht streiten. Vertragt euch. Könnt ihr das
für mich tun?«

Arne und Katharina sahen sich an, nickten nur.

»Ich muss mich jetzt hinlegen, ich bin am Ende meiner
Kräfte.«

»Natürlich, Paps. Kann ich noch irgendwas für dich tun?«

»Das ist lieb, aber ich hab alles.« Er lächelte Katharina an.
»Dich, Mama … ich ruf sie gleich an, ich vermisse sie.«

»Das ist schön.«

»Und ihr zwei könnt euch jetzt auch endlich Zeit für euch
nehmen. Vielleicht hat euch das einfach gefehlt, wo ich so
plötzlich angereist bin. Eine Beziehung ist manchmal Arbeit,
aber es lohnt sich. Zumindest, wenn es im Prinzip passt.«

Offenbar hatte er doch noch nichts gemerkt. Katharina
wusste nicht, was besser war.

»Ja, da hast du sehr recht. Sag Mama ganz liebe Grüße. Und
dass ich sie auch vermisse.«

»Mach ich.« Paps schlurfte langsam in den Flur zu seinem
Zimmer. Ein kranker, aber glücklicher Mann.

Sobald er außer Sichtweite war, stand Arne auf, sah
Katharina unwohl an. »Ich komme mir vor wie ein Verräter.«

»Du bist ja auch einer. Du hast unsere Liebe verraten. Und
mich und Paps.«

»Du lügst deinen Vater auch an.«

»Das ist etwas anderes. Ich mache es, um diese Reise
nicht zu belasten. Weil es eine wunderschöne Reise ist. Und
vermutlich unsere letzte. Ich sag es ihm gleich morgen, wenn

wir in Berlin gelandet sind und mit Mama Kuchen essen. In Mamas Gegenwart und beim Kuchenessen verträgt er es am ehesten.«

»Eure Familie ist seltsam. Immer diese Kuchenesserei.«

Katharina funkelte ihn wütend an. »Meine Familie ist nicht seltsam. Ganz im Gegenteil. Und Kuchen essen ist etwas sehr Beruhigendes, es tut der Seele gut. Vielleicht solltest du dir auch öfter mal ein Stück Kuchen gönnen.«

Arne aß selten Kuchen, weil er auf keinen Fall einen Bauchansatz wollte, wie ihn so viele in seinem Alter hatten. Er achtete sehr auf sein Äußeres, Katharinas Meinung nach zu sehr. Hätte er mal besser auf innere Qualitäten Wert gelegt. Denn das war es doch, was zählte. Vertrauen, Treue, für den anderen da sein.

»Schaffst du es noch, bis morgen früh mitzuspielen?«

»Ja, natürlich. Deinem Pa sagen wir, ich hätte einen Termin für morgen Vormittag reinbekommen, in Ordnung?«

»Das ist mir sehr recht.«

Sie sahen sich an. Ernst. Ohne die geringste Nähe.

»Ich hatte es mir auch anders vorgestellt«, sagte Arne leise. »Ich habe auch gedacht, dass wir zusammenbleiben. Wie deine Eltern, unser großes Vorbild. Aber vielleicht schafft das einfach nicht jeder.«

»Zumindest nicht, wenn er sich nicht genug Mühe gibt.«

»Ich habe mir Mühe gegeben.«

»Manchmal ja. In letzter Zeit nicht mehr so.«

»Wie meinst du das?«

»In letzter Zeit hast du mich respektloser behandelt. Und immer, wenn ich dich darauf angesprochen habe, hast du es abgetan und mich so hingestellt, wie wenn ich wieder zu anstrengend gewesen wäre oder mir was eingebildet hätte.«

»Es ist ja auch immer irgendwas bei dir.«

»Nein, nicht immer, nur dann, wenn etwas ist.«

Er seufzte. »Vielleicht hast du recht.«

»Was? Könnte ich diesen Satz bitte noch mal hören?«

Er musste unwillkürlich lachen. »Jetzt tu nicht so, als ob ich ein alter Rechthaber bin.«

»Ich tu nicht so. Du bist es einfach, daran gibt es nichts zu rütteln.«

Katharina wusste selbst nicht, woher sie plötzlich die Souveränität besaß, mit Arne so zu sprechen. Aber es tat gut. So vieles hatte sich angestaut und formierte sich jetzt erst in ihrem Mund.

»Also gut, vielleicht hab ich alles als viel zu selbstverständlich genommen in letzter Zeit. Dass du da warst, dass du so … lieb bist.«

»Ja, ich glaube, das hast du. Den Fehler machen viele in ihren Beziehungen. Erst wenn einem das bewusst wird, kann man es ändern. Wenn man aber meint, man selbst macht alles richtig und nur an dem anderen stimmt etwas nicht, dann wird es schwer. Klar kann man auch fremdgehen, wenn einem der andere zu langweilig wird, und hoffen, dass der neue Partner anders ist und aufregender. Das ist er anfangs ja auch, weil man ihn noch nicht so gut kennt. Außerdem gibt sich anfangs jeder automatisch mehr Mühe. Man will ja gefallen. Ach, Arne, ich hoffe wirklich, dass du glücklich mit deiner Lisa wirst. Allerdings solltest du aber auch mehr auf sie eingehen, als du es bei mir getan hast. Mehr für sie da sein, wenn es ihr schlecht geht. Nicht immer nur dich sehen. Wenn es dem anderen gut geht, geht es einem selbst gut.«

»Wow. Woher hast du das alles?«

Katharina lächelte. »So denke ich schon immer, vielleicht kennst du mich einfach nicht wirklich. Ich denke, viel habe ich von meinem Vater. Er hat einige Gedichte geschrieben, das hab ich jetzt erst erfahren. Natürlich hatten meine Eltern auch schlechte Zeiten. Und allein, dass er immer wieder an diese

Marisa gedacht hat und jetzt sogar nach ihr suchen wollte, das zeigt ja schon auch, dass er manchmal ganz schön zerrissen war. Aber er hat sich immer wieder für Mama entschieden. Weil er weiß, dass er so einen lieben, guten Menschen so schnell nicht wieder findet. Dass er sie liebt und nicht verletzen will. Dass er unsere Familie nicht zerstören will. Auch wenn ich schon lange aus dem Haus bin. Eine Familie sind wir immer, selbst wenn ich einmal eigene Kinder haben werde. Gerade dann sogar, weil er dann Enkel ...« Sie brach ab. Der Gedanke erschütterte sie, dass er seine Enkel wohl nicht mehr erleben würde. Zumindest vermutlich nicht. Mal sehen, was die Ärzte sagten. Das Ergebnis seiner letzten Untersuchung stand noch aus. Er würde noch diese Woche erfahren, ob sich der Tumor in seinem Kopf vergrößert hatte oder nicht. Ob er bald auf Gehirnregionen drücken und Paps dadurch stark beeinträchtigt sein würde. Was kam da noch alles auf ihre Familie zu? Katharina kämpfte mit den Tränen. Arne sah das, trat zu ihr, nahm sie in den Arm. Und Katharina ließ es zu. Sie spürte und roch diesen vertrauten Menschen, aber sie spürte auch, dass sie ihn nicht mehr liebte. Oder zumindest nicht mehr so sehr, wie sie es noch vor ein paar Tagen gedacht hatte. Wie viel ein einziger Fehltritt bei ihr kaputtgemacht hatte. Sie wusste von einer Freundin, bei der es nicht so gewesen war. Die Menschen sind da offenbar sehr unterschiedlich. Bei ihr jedenfalls hatte es die große, ganz tiefe Liebe zerstört.

Katharina löste sich aus der Umarmung, sah ihm in die Augen. »Schön, dass wir noch so miteinander umgehen können.«

»Das müsste eigentlich ich jetzt sagen.«

Sie lachten. Dann drückte Arne ihr einen Kuss auf die Stirn, drehte sich um und ging. In der Tür blieb er stehen. »Ach, den Camper, kannst du den wirklich allein zurückbringen?«

»Klar. Ich mach das.«

»Wirklich?«

»Ich bin ihn die ganze Zeit jetzt gefahren. Auch auf der Autobahn.«

Verblüfft sah er sie an. »Danke. Und Kathi, weißt du was?«

»Was?«

»Du bist eine klasse Frau.«

»Ich weiß.«

Arne lächelte und ging.

Katharina sah ihm nach und spürte, dass ein langer Lebensabschnitt zu Ende ging.

Was würde jetzt kommen? Sofort dachte sie an Nuno, den sie später sehen würde, wenn sie ihm den Camper brachte. Ob das so eine gute Idee gewesen war? Aber sie wollte sich nicht so einfach aus seinem Leben schleichen, dafür empfand sie zu viel für ihn. Viel zu viel. Katharina seufzte. Nuno hatte vorhin so traurig ausgesehen. Allein wenn sie an die Geschichte mit seiner Mutter dachte, tat er ihr unendlich leid. Dass sie in dieser kurzen Zeit so tiefe Gefühle für diesen Mann entwickelt hatte, erstaunte sie selbst. Aber so wie man seine Gedanken lenken konnte, musste das doch bei Gefühlen genauso zu bewerkstelligen sein, oder?

Wie Marisa sich auf ihre Mutter wollte sie sich jetzt auf ihren Paps konzentrieren, ihre Familie hatte oberste Priorität.

Außerdem war ihr durch diese Reise noch etwas bewusst geworden. Nämlich, dass sie nicht nur, was Männer betraf, etwas in ihrem Leben ändern musste, sondern auch in Bezug auf ihre berufliche Tätigkeit. Ihre Arbeit erfüllte sie nicht und sie wollte keiner dieser Menschen sein, die sich ständig über ihren Job beschwerten, aber nichts in ihrem Leben änderten. Katharina hatte sich durch diese Geschichte, die sie in Portugal erfahren hatte, wieder daran erinnert, warum sie damals Jura studiert hatte. Um Menschen zu ihrem Recht zu verhelfen. Katharina wollte sich dafür einsetzen, dass Menschen überall

in der Welt ihre Meinung ohne Angst und Bedrohung kund-
tun und frei leben durften. Sie beschloss, ihren Food-Blog zu
einem kritischen Blog auszubauen, denn jeder konnte etwas
bewirken. Außerdem wollte sie ihr Zweites Staatsexamen absol-
vieren und Anwältin für Menschenrechte werden. Wie Nuno
ihr erzählt hatte, sollte Amnesty International 1961 gegründet
worden sein, nachdem Zeitungen vermehrt über Fälle berichtet
hatten, in denen Menschen wegen ihrer politischen Einstellung
vonseiten der Regierung gefoltert und unterdrückt wurden. Ein
Artikel war darunter, der über zwei portugiesische Studenten
berichtete, die in einem Restaurante in Lissabon auf die Freiheit
angestoßen hatten und daraufhin für lange Zeit im Gefängnis
landeten.

Katharina hatte zwar keine reichen Eltern, die ihr die
Fortsetzung ihres Studiums finanzieren konnten, aber sie hatte
einige Ersparnisse und würde es versuchen. Vielleicht konnte sie
nebenher auch noch ein wenig dazuverdienen. Mit Mitte dreißig war man nicht zu alt, um Neues zu lernen und sich umzu-
orientieren. Das war man eigentlich nie. Genauso, wie man
nie zu alt war, lesen und schreiben zu lernen. Vielleicht würde
es ihren Paps ein wenig beruhigen, dass sie sich weiterbildete,
dann irgendwann einen besseren Job hatte und mehr verdiente.
Wenn sie ihm nun schon morgen in Berlin erzählen musste,
dass Arne als Traumschwiegersohn und Ernährer seiner Tochter
ausfiel. Vielleicht würden ihn ihre Studienpläne sogar mit Stolz
erfüllen und die Sorgen ein wenig verringern. Hoffentlich.

Insofern hatte sie erst recht keine Zeit für einen neuen
Mann in ihrem Leben. So konnte sie das Nuno gut erklären.
Doch allein bei dem Gedanken an ihn zog sich ihr Bauch erneut
zusammen und das Kribbeln nahm zu. Bauch gegen Kopf, Kopf
gegen Bauch.

***

Als sie mit dem Camper auf das Gelände von Nunos Vermietstation einbog, sah sie Nuno schon von Weitem. Er stand mit einer Frau zusammen, die auf ihn einredete. Katharina konnte nicht sehen, wie jung oder alt die Frau war, denn sie stand mit dem Rücken zu ihr. Nuno hörte ihr zu, kraulte seinen Hund. Katharina kniff die Augen zusammen. Jetzt sah sie die Frau von der Seite und erkannte sie. Nunos Mutter!

Sie war tatsächlich gekommen. Hatten Paps' Worte doch etwas bewirkt. Hoffentlich.

Katharina wollte nicht stören, überlegte, mit dem Camper kehrtzumachen und etwas später wiederzukommen, aber Nuno hatte sie bereits entdeckt und winkte sie zu sich. Daher stellte sie den Wagen ab, stieg aus und ging auf die beiden zu.

Seine Mutter wirkte angespannt, grüßte Katharina nur kurz, sah dann Nuno wieder erwartungsvoll an, fragte ihn etwas. Er antwortete mit einer Gegenfrage.

»Ich warte im Büro«, schlug Katharina vor.

»Nein, bleib.« Nuno sah sie bittend an. Katharina blieb stehen.

Dann wandte er sich wieder zu seiner Mutter, sagte etwas auf Portugiesisch. Die flüsterte etwas, drehte sich geknickt um und ging zu ihrem Wagen, einem kleinen Renault. Sie stieg ein und fuhr vom Hof.

Katharina blickte Nuno fragend an.

»Das, was dein Vater zu ihr gesagt hat, was auch immer es war, hat sie wohl doch zum Nachdenken gebracht. Ich weiß nicht, ob ihr alles leid tut, was sie damals getan hat. Aber sie will ein besseres Verhältnis zu mir und mich öfter treffen.«

»Das ist doch schön.«

»Ja. Aber ich weiß nicht, ob ich das kann.«

Katharina verstand ihn gut. Wenn sie eine Mutter gehabt hätte, die all diese Taten in der Vergangenheit zu verantworten gehabt hätte und vor allem, die ihr Leben lang lieblos mit ihr umgegangen wäre, sie hätte nicht gewusst, wie sie damit klargekommen wäre, sich einer solchen Frau auf einmal anzunähern.

»Ich finde es immer unendlich schade, wenn Eltern mit ihren Kindern keinen Kontakt mehr haben. Egal, aus welchen Gründen. Ich würde es versuchen.«

Nuno lächelte. »Ich weiß, dass du das würdest.«

Katharina hielt den Camperschlüssel in ihrer Hand, wusste nicht, wie sie sich von diesem Mann verabschieden sollte, diesem Mann, der ihr Herz so berührte. Der so viel Liebe zu geben hatte – das sah sie in seinen Augen –, obwohl er selbst als Kind kaum Liebe bekommen hatte.

Der Autoschlüssel fiel ihr hinunter. Sofort bückten sich beide danach, sie roch seinen unverkennbaren Duft, spürte seinen Kopf ganz nah an ihrem. Sie hielten beide inne, ihre Wangen berührten einander ganz leicht. So verharrten sie. »Ich möchte nicht, dass du gehst«, flüsterte er.

»Ich weiß. Aber ich, ich kann nicht bleiben. Nuno, das mit uns kommt einfach zum falschen Zeitpunkt. Die Trennung von Arne … Mein Paps, der mich jetzt voll und ganz braucht, und …«

»Und was?«

»Und ich möchte mein Jurastudium fortführen. Einen Beruf ergreifen, bei dem ich anderen Menschen helfen kann.«

Er sah sie traurig an. Seine blauen Augen funkelten kaum noch. »Verstehe.«

Er richtete sich mit dem Schlüssel in der Hand auf. Sie tat es ihm gleich. Sie hatte ihm wehgetan und sich ebenso. Fühlte sich, als habe sie sich selbst einen Hieb in den Magen versetzt. Ihr Herz pochte bis in den Hals.

»Dann leb wohl. Wenn das alles wichtiger ist.«

»Es ist nicht wichtiger, beziehungsweise ich meine …« Sie wusste nicht weiter.

»Es ist typisch deutsch.« Seine Stimme klang enttäuscht. »Ihr lebt nach der Vernunft. Wollt alles geregelt haben, das ganze Leben. Aber manchmal kommt einfach etwas dazwischen. Etwas Wunderbares. Etwas, das nicht alle Menschen erleben dürfen. Was ich bisher so auch nicht erlebt habe. Glaub mir. Eine Frau, die sich so für ihren Vater einsetzt, ihm so viel Liebe gibt … Aber wenn du mit deinem Lebensplan glücklich wirst, will ich dir nicht im Weg stehen. Ich hoffe nur für dich, dass du im Alter, kurz bevor du stirbst, nicht immer noch an mich denken wirst. Wie dein Vater an Marisa. Und dass du nicht denkst, ›hätte ich damals doch …‹ oder ›was wäre gewesen, wenn …‹. Das hoffe ich für dich.«

Sein Hund Ella kam zu Katharina, drückte sich an ihr Knie. Nuno pfiff ihn zu sich, sah sie noch einmal voller Sehnsucht an. »Ich rufe dir ein Taxi. Guten Flug.«

Stolz drehte er sich um und ging, den Hund an seiner Seite und mit dem Handy am Ohr in sein Büro. Ohne sich noch einmal umzudrehen.

Katharina fühlte sich sterbenselend. Was hatte sie getan? Es fühlte sich falsch an, oder nicht? Sie wusste nicht mehr ein noch aus. Die Sonne brannte auch noch gnadenlos auf sie herunter. Das sollte es jetzt gewesen sein? Ein unversöhnlicher Abschied – für immer? Sie wartete, rang mit sich, aber Nuno kam nicht aus seinem Büro zurück. Katharina wurde wütend. Was bildete sich dieser Kerl ein, sie einfach so stehen zu lassen. Ohne Verständnis zu haben für ihre Situation. Von wegen einfühlsam.

Nach ein paar Minuten kam zum Glück das Taxi. Katharina stieg ein, nannte dem Fahrer die Adresse von Paps' Pension und das Taxi fuhr los. Traurig sah sie noch einmal durch die Fensterscheibe zu seinem Büro, doch Nuno ließ sich nicht mehr blicken. Einzig sein Hund rannte aus dem Bürocontainer und dem Taxi bellend ein paar Meter hinterher.

***

297

Am nächsten Morgen verabschiedete sich ihr Paps von Senhora Ferraz und ihrer Enkelin. Der alten Dame standen Tränen in den Augen, sie überreichte ihm eine Pappschachtel frischgebackener Pastéis de Nata. »Gerd, ich freue mich so, dass wir uns in diesem Leben noch einmal sehen durften. Da oben, bei unserem Herrn, sehen wir uns wieder.«

»Ich freue mich darauf, Senhora Ferraz.«

Auch Katharina verabschiedete sich von diesen gastfreundlichen Menschen und half ihrem Vater, seinen Koffer zur nächsten Straßenecke zu ziehen, wo das Taxi warten sollte.

Ihr Paps trug die Kuchenschachtel, lächelte Katharina sentimental an. »Mama liebt diese Puddingteilchen so wie du.«

»Ich weiß.«

»Kathi, das war eine so schöne letzte Reise.«

»Paps, rede bitte nicht so.«

»Entschuldige. Aber es war nun mal so wunderschön. Was hast du denn, Kathi? Irgendwas ist doch?«

»Ich, ich hab verdammt Angst vor dem Ergebnis deiner Untersuchungen«, überspielte Katharina ihren Liebeskummer und ihre Zerrissenheit.

»Ich auch. Aber wenn wir zu Hause sind, futtern wir erst mal die portugiesischen Törtchen, trinken Kaffee mit Mama und erzählen ihr von unserer Reise.«

»In Ordnung.« Sie lächelten sich an. Der Himmel über Portugal wirkte noch blauer als sonst, Katharina verdrängte die Gedanken an Nuno, wollte diesen Moment mit ihrem Vater möglichst unbeschwert in ihrem Gedächtnis abspeichern. Warum gab es nur keine speziellen externen Speicherplatten für schöne Erinnerungen? Dann hätte sie ihre Mutter an all den wundervollen Orten, die sie mit Paps gesehen hatte, teilhaben lassen können. Zum Glück besaß sie wenigstens ein paar Fotos. Leider zu wenige und von Nuno hatte sie auch keines, fiel ihr ein, und sie bedauerte es sehr.

Das Taxi zum Flughafen stand schon an der Kreuzung bereit, sie gaben dem Fahrer die Gepäckstücke, setzten sich beide auf den Rücksitz und fuhren schließlich ein letztes Mal zusammen die engen Gassen der Alfama entlang.

Katharina nahm die Hand ihres Vaters, drückte sie fest, blickte auf den Tejo und sie wusste: Dies würde nicht ihre einzige Reise nach Portugal bleiben. Ob sie dann Nuno besuchte, wusste sie noch nicht, je nachdem, wie schnell sie es schaffte, diesen Kerl zu vergessen. Wieder zog es in ihrem Bauch und Tränen verschleierten ihren Blick. Alles hier würde sie an ihren Paps erinnern, an diese Zeit mit ihm, und allein der Gedanke daran nahm ihr die Luft zum Atmen. Ihr Paps schien ähnliche Gedanken zu haben. Ohne sie anzusehen, drückte er ebenfalls ihre Hand und wischte sich verstohlen mit der anderen Hand über die Augen.

Die karge portugiesische Landschaft flog an ihnen vorbei. Endlich kamen sie am Flughafen an. Katharina bezahlte, versuchte sich zusammenzureißen und schaffte es tatsächlich, nicht wieder zu weinen. Vielleicht war es typisch deutsch, seine Gefühle hintanzustellen, jedenfalls schien es ihr in ihrer jetzigen Situation das Beste zu sein.

Katharina nahm beide Rollkoffer und zog sie zum Check-in. Paps, mit der Kuchenschachtel in der Hand, folgte ihr, setzte sich im Flughafengebäude auf eine Bank, tupfte sich den Schweiß mit seinem Stofftaschentuch ab. Katharina bat ihn, das restliche Wasser zu trinken, bevor es in den Sicherheitsbereich ging.

Gerade als sie von einer Sicherheitsbeamtin abgetastet wurde, erblickte sie ihn in einiger Entfernung. Nuno.

Er rannte durch den Terminal, sah sich hektisch und völlig außer Atem um. Ihr Herz flatterte. Er war gekommen, wegen ihr. Sie spürte die Sehnsucht nach ihm, erkannte, wie sehr er ihr bereits gefehlt hatte.

Da entdeckte er sie. Ein Strahlen huschte über sein Gesicht und augenblicklich spurtete er los.

Sofort wurde er von Sicherheitsbeamten aufgehalten, rechts und links gepackt und festgehalten. Nuno versuchte, sich zu erklären, aber die beiden schwerbewaffneten Männer ließen ihn nicht los. Paps, der vor Katharina durch die Schleuse gegangen war, hatte das Ganze jetzt auch gesehen, warf Katharina, die nun neben ihm stand, einen Blick zu, den sie nicht deuten konnte. Oh mein Gott, er dachte ja immer noch, dass sie mit Arne …

»Kindchen, denkst du eigentlich, ich bin ganz Stulle?«, sagte er liebevoll lächelnd.

»Was?«

»Dass das mit Arne nicht die große Liebe sein konnte, hab ich inzwischen begriffen. Und auch, dass du in diesen Nuno ganz schön verschossen bist.«

Verdattert sah Katharina ihn an. Ihren sensiblen, unglaublichen Paps.

»Excuse me«, sagte sie zu der Sicherheitsbeamtin und quetschte sich zwischen einigen Touristen hindurch wieder aus dem Sicherheitsbereich hinaus zu Nuno.

»Hey, Misses«, rief ihr die Beamtin nach.

Aber Katharina reagierte nicht. Sie drängte sich an weiteren Fluggästen vorbei, unbeirrt auf Nuno zu, der immer noch von den bewaffneten Beamten festgehalten wurde. »Please, it is okay. It is only love«, sagte Katharina zu denen. Etwas Besseres fiel ihr im Moment nicht ein.

Die Security-Männer sahen sich an und mussten grinsen. Endlich ließen sie Nuno los.

Nun standen sich beide gegenüber, sahen sich in die Augen und Katharina wusste plötzlich, dass er vielleicht nicht in ihr Leben passte, man aber manchmal in Situationen kam, denen man sich stellen musste. Um zu leben.

»Nu küsst euch doch endlich!«, rief Paps auch noch herüber.

Nuno lächelte, gleichzeitig traten sie einen Schritt aufeinander zu und in der nächsten Sekunde spürte Katharina seine vollen Lippen auf den ihren, spürte die Sehnsucht, Liebe und Leidenschaft, die sich einfach richtig anfühlten. Ein paar Leute klatschten Beifall, und normalerweise wäre Katharina das hochnotpeinlich gewesen, aber jetzt nahm sie es gar nicht wahr, lebte nur im Moment. Das hatte sie auf dieser Reise mit ihrem Paps gelernt.

Doch irgendwann wurden sie von der Durchsage unterbrochen, die ihren Flug aufrief. Katharina löste sich aus Nunos Umarmung, die so guttat, sie so sehr wärmte. »Ich muss, Nuno.«

»Ich besuche dich. Dann zeigst du mir dein Berlin.«

»Das werde ich. Bis ganz bald, du verrückter Kerl. Ich liebe dich.«

»Ich liebe dich. Bis wir uns wiedersehen weißt du, was die Portugiesen mit ›saudade‹ meinen.«

Sie küssten sich noch einmal, dann löste sich Katharina und ging zu ihrem Paps zurück, der sie liebevoll in den Arm nahm. »Mein Mädchen, weißt du denn immer noch nicht, dass du mir alles sagen kannst?«

»Doch, bitte Paps, nicht traurig sein, ich hätte es dir heute Nachmittag in Berlin gesagt. Ich wollte einfach nicht, dass es dich auf unserer Reise belastet.«

»Ach Liebchen, du bist einfach ein Schatz. Hab ich im Leben wohl doch alles richtig gemacht, was?«

»Das hast du.«

»Und warum der Arne deine Augen nicht mehr so zum Leuchten bringt, das erzählst du mir im Flieger.«

»Das mach ich, Paps. Ich hab dich so lieb.«

24. KAPITEL

Berlin, 2018

»Mama!« Katharina flog ihrer Mutter, die den beiden gerade die Wohnungstür öffnete, in die Arme, als wäre sie gerade mal zehn und ein Jahr verreist gewesen. Manchmal kam das innere Kind einfach in einem durch. Auch ihre Mutter schien sie sehr vermisst zu haben und drückte sie fest an sich, so fest wie schon lange nicht mehr. »Kathi, endlich hab ich euch wieder.«

Sie löste sich von ihrer Tochter, sah ihren Mann liebevoll-angespannt an, wandte sich dann streng zu Katharina. »Hast du mir auch gut auf den Papa aufgepasst?«

»Hat sie«, erwiderte der. »Genauso streng wie du immer, Gisi. Komm her, meine Zuckerschnecke.«

Katharina nahm ihm die Kuchenschachtel ab und ihr Paps umarmte seine Frau innig. »So schön, dass es dich gibt, Gisi.«

Lächelnd ging Katharina weiter durch in den Flur der elterlichen Wohnung, in der sie aufgewachsen war, sog den vertrauten Geruch ein, drehte sich zu ihren Eltern um. Nach all den Jahren konnte sie es immer noch sehen, dieses tiefe Gefühl, das die beiden verband.

Wie Paps ihr im Flieger verraten hatte, wäre ihm Marisa ganz sicher zu anstrengend gewesen. »Außerdem, eine Lehrerin und ein Bäcker, das passt einfach nicht. Die hätte mich bestimmt immer korrigiert. Die Mama dagegen, die lässt mich so sein, wie ich bin. Und liebt mich genau so. Die Mama, da hab ich manchmal das Gefühl, die hab ich mir echt gebacken.«

Katharina hatte es natürlich unglaublich gefreut, das zu hören. Gerade brachte sie den Kuchenkarton ins Wohnzimmer, stellte ihn auf den Esstisch, der bereits für den Begrüßungskaffee gedeckt war, und öffnete ihn. Der Duft Portugals strömte ihr entgegen und beim Anblick der Törtchen dachte sie sofort an Nuno, an seinen gut schmeckenden Kuss heute Morgen am Flughafen. An seine weichen Lippen, seinen warmen Körper, seine kräftigen Hände. Seit diesem Kuss wusste sie, dass es zwischen Arne und ihr schon lange nicht mehr gepasst hatte. Natürlich küsste man sich nach sieben Jahren nicht mehr so leidenschaftlich wie am Anfang einer Beziehung, aber je länger Katharina darüber nachdachte, desto klarer wurde ihr, dass ihr Arnes Küsse nie so die Füße zu Vanillepudding hatten werden lassen, wie es heute Morgen geschehen war. Fast wäre sie in sich zusammengesunken, aber Nuno hatte sie gehalten und Katharina hatte sofort das Gefühl gehabt, dass er dies in jeder Situation wieder tun würde. Außerdem konnte man an der Art, wie ein Mann einen küsste, sehr viel erkennen. Die Tiefe seiner Liebe, seine Leidenschaft, seinen Charakter. Nuno küsste zärtlich, fordernd, bedingungslos. Genau das war es, was sie so an ihm anzog. Dieses Gefühl, etwas ganz Besonderes für diesen einen Menschen zu sein, unaustauschbar, einzigartig.

Ihr wurde warm in der Magengegend und sie ertappte sich selbst dabei, immer noch zu lächeln. Welch Glück, dass Nuno nicht aufgehört hatte, an sie zu glauben, dass er nicht auf sie gehört, sondern seinen portugiesischen Stolz überwunden hatte. Wäre er ihr nicht zum Flughafen nachgefahren, dann hätte sie vermutlich wirklich versucht, ihn zu vergessen. Wie es ihr Paps mit Marisa damals versuchen musste. Aber aus ganz anderen, viel schrecklicheren Gründen. Sie dagegen hätte es nur aus Feigheit getan. Weil sie zu feige war, sich auf eine verrückte neue Liebe, die ihr das Schicksal ein wenig zum falschen Zeitpunkt beschieden hatte, einzulassen. Sie hatte eine Wahl, im Gegensatz zu ihrem Paps und Marisa damals, die sich nicht lieben durften. Sie hatte in diesem freien Land die Chance, ihre Liebe zu leben. Während ihre Eltern immer noch im Flur standen und wie verliebte Teenager tuschelten, setzte sich Katharina verträumt an den Kaffeetisch. Ihr Blick fiel auf ein Foto ihrer Eltern, das in einem Holzrahmen auf dem Wohnzimmerbuffet stand. Sie mussten ungefähr im selben Alter gewesen sein wie Nuno und sie. Mitte dreißig, das Leben noch vor sich. Es gab keine Garantie auf das ewige Glück, aber wer nichts wagte, der gewann auch nichts.

Sie wollte Nuno kennenlernen, ihm ihr Herz öffnen, auch wenn sich dieses noch ziemlich verletzt anfühlte. Wie eine Auster, die gerade im Begriff stand, sich zu schließen, so fühlte es sich an. Vielleicht hatte sie Nuno ja sogar gerade noch rechtzeitig getroffen, um sie nicht wie die Menschen werden zu lassen, die ihr Herz nach einem großen Vertrauensverlust zumachten.

Jetzt würde er sie erst mal in Berlin besuchen und dann würde man weitersehen. Katharina wusste noch nicht, wie er in ihr Leben passen konnte, aber sie wusste, dass es irgendwie gehen musste. Denn einen Menschen zu finden, zu dem von Anfang an so eine fast schon magische Verbindung bestand, kam sicher selten vor. Das sah sie ja an ihren vielen Single-Freundinnen in Berlin, die sich seit Jahren auf der Suche nach der großen Liebe befanden, diese aber nicht fanden oder sie einfach nicht sahen.

Hand in Hand kamen ihre Eltern ins Wohnzimmer und setzten sich an den Tisch. »Ach Kathi, das sieht ja lecker aus.«

Hatte ihre Mutter geweint?

»Ist irgendwas, Mum? Du siehst so traurig und blass aus.«

Ihre Mutter seufzte, schenkte allen Kaffee ein, sah ihren Mann dabei an, dann Katharina. »Es hilft ja nichts, du wirst es ja doch erfahren.«

»Was?«, fragte Katharina tonlos nach.

»Das Ergebnis der Untersuchung ist da.«

Katharina blickte ihre Mutter erschrocken an, ihrem Blick nach zu urteilen, sah es nicht gut aus. »Und? Gibt es eine Verbesserung?«

Ihre Mutter schüttelte nur den Kopf, Tränen traten ihr in die Augen und sie nahm schnell eine Pastel de Nata und biss ein großes Stück ab.

Paps blickte betroffen auf seinen Teller, sagte nichts.

»Mmhm, die originalen Teilchen aus Portugal schmecken ja noch besser«, versuchte ihre Mutter abzulenken. Doch Katharina spürte einen riesigen Kloß im Hals, versuchte ihrem Paps zuliebe, jetzt nicht auch noch zu weinen. Das hieß also, dass er wirklich nicht mehr lange zu leben hatte. Dass sie sich ganz bald von ihm verabschieden musste, für immer?

»Dr. Hell will mich morgen noch mal sehen.«

»Ich komme mit.«

»Nein, das ist lieb, Kathi. Mama geht mit mir hin. Ruf du lieber Nuno an und frag, ob er diese Woche schon kommen kann.«

»So schnell …?« Bestürzt blickte sie ihn an. So wenig Zeit hatten ihm die Ärzte gegeben?

Dabei war es ihrem Vater in Portugal gegen Ende doch etwas besser gegangen. Das konnte doch nicht sein, oder? Ihre Mutter aß vor Kummer ein Törtchen nach dem anderen, aber diesmal half es nichts, das konnte Katharina in ihrer verzweifelten Miene sehen. Wie grausam konnte das Schicksal sein. Ihr Vater war mit Mitte sechzig noch viel zu jung, um zu sterben. Gerade erst hatte er seine Rente angetreten, hatte so viele Pläne zusammen mit seiner Frau. Im Schrebergarten wollten sie eine neue Hütte bauen und ein Gewächshaus für die Tomaten, ein Vogelhaus für die Spatzen, zusammen ins Allgäu reisen und Ausflüge machen, mit ihrer Wandergruppe das Berliner Umland erkunden, sich endlich einen Hund anschaffen, den sich ihr Vater schon immer wünschte. Doch solange er als Bäcker gearbeitet hatte, hatte er keinen gewollt. Erst, wenn er in Rente käme. Und jetzt? Jetzt konnte er seine ganzen Pläne vergessen.

Das Kaffeetrinken verlief schleppend und ruhig. Keiner der drei wusste viel zu sagen, die Reiseberichte aus Portugal klangen hohl.

Ihr Vater wollte sich hinlegen und schickte Katharina nach Hause in ihre Wohnung, in der sie mit Arne seit drei Jahren lebte. Katharina trat auf die Straße, bewegte sich wie in Trance, sah die Menschen, die alle gesund und fröhlich um sie herum unterwegs waren.

Dann zog sie ihr Handy heraus, um Nuno anzurufen.

Arne hatte eine Nachricht geschickt: Habe meine wichtigsten Sachen geholt und wohne jetzt bei Lisa. Alles Liebe, Arne.

Es interessierte Katharina gerade herzlich wenig. Jetzt, wo sie diese furchtbare Nachricht gehört hatte. Ihr Paps würde ganz bald sterben, jegliche Hoffnung war zerplatzt wie eine Seifenblase.

Sie wählte Nunos Nummer und er ging sofort an sein Handy, freute sich unbändig, von ihr zu hören. Doch er wusste sofort, dass etwas nicht stimmte, hörte sich alles betroffen an und versprach, den nächsten Flieger zu nehmen.

»Und weißt du, was ihn jetzt noch extra traurig macht, da bin ich mir ganz sicher?«

»Was?«

»Dass er keine Zeit mehr hat, einen Hund zu kaufen, ihn für meine Mutter stubenrein zu kriegen und gut zu erziehen. Er hat mir mal verraten, dass er den Hund auch für Mama will, damit sie nicht so allein ist und was zum Liebhaben hat, wenn er nicht mehr da ist. Weil sie ihn streicheln und verwöhnen kann, wie sie es mit ihm immer so gern tut.« Katharina stand auf der Straße in Moabit und ihr liefen die Tränen die Wangen hinunter. Sie sehnte sich unendlich nach Nuno.

Als sie spät in der Nacht in ihrer ehemals gemeinsamen Wohnung allein in dem großen Bett lag, fühlte sie sich unsagbar traurig. Arne hatte ihr einen netten Brief geschrieben und auf das Bett gelegt. Er hatte fast alle Anzüge und sehr viele Habseligkeiten mitgenommen. Einzig die Möbel, die Wasch- und Spülmaschine mussten sie noch irgendwann auseinanderdividieren. Aber das habe ja Zeit, hatte er geschrieben.

Katharina hatte bereits alle Schokoladenvorräte aufgegessen, aber es half nichts und Nuno ging nicht mehr an sein Telefon. Sie wälzte sich unruhig hin und her, hatte vor zwei Stunden noch mal mit ihrem Paps telefoniert. Ihr sonst immer so positiv eingestellter Vater schien seinen Optimismus verloren zu haben.

Plötzlich klingelte es an der Tür. Um diese Uhrzeit? Es war kurz vor Mitternacht. Hatte Arne etwas Wichtiges vergessen, das er morgen in der Kanzlei brauchte? Katharina schlurfte müde in ihrem Schlaf-T-Shirt zur Tür und sprach in die Gegensprechanlage. »Hallo?«

»Olá, ist da Katharina?«, hörte sie eine warme, männliche Stimme. Nuno! Was machte er denn schon hier? Hatte er so schnell einen Flieger bekommen? Ihr Herz schlug Purzelbäume und sie drückte zutiefst erleichtert auf den Türöffner und machte ihre Wohnungstür weit auf. Sie hörte im Treppenhaus seine Schritte näherkommen, dann plötzlich ein Hecheln und Nunos Hund Ella kam die Stufen hochgewetzt und begrüßte Katharina freudig. Das gab es ja nicht. »Ella! Ja, was machst du denn hier?«

Nuno trat lächelnd dazu. »Ich kann sie ja schlecht allein lassen. Und dein Vater freut sich vielleicht, dachte ich.«

»Und wie«, flüsterte sie überwältigt. Ella rannte bereits in die Wohnung, um alles zu erkunden, und Nuno machte einen Schritt auf Katharina zu, stand ganz dicht vor ihr, blickte ihr tief und voller Liebe in die Augen und sein Mund näherte sich dem ihren. Wie warm und weich sich seine Lippen anfühlten, wie gut und richtig. Er nahm sie fest in den Arm und flüsterte ihr ins Ohr. »Ich habe dich schon so vermisst.«

»Das klingt gut. Sehr gut sogar.«

»Ja?«

Er hielt ihren Kopf zwischen seinen Händen, sah sie fasziniert und sehnsüchtig an.

»Ich habe gehört, dass du noch ein WG-Zimmer frei hast.«

»Wo hast du denn das gehört?« Sie lächelte. »Ich hab aber noch ein paar andere Bewerber«, neckte sie ihn.

»Das hab ich mir schon gedacht. Aber keinen, der so gut küssen kann, hab ich recht?«

Er küsste sie erneut und wieder wurden ihre Knie zu Pudding.

Ella bellte kurz und Katharina schlug erschrocken die Augen auf. »Ich darf hier aber keinen Hund haben. Das steht in der Hausordnung.«

Nuno schüttelte lächelnd den Kopf. »Ich hab mir schon gedacht, dass das in Deutschland oft vorkommt. Aber bei deinen Eltern ist es erlaubt, nehme ich an, einen Hund zu halten, oder?«

Katharina sah ihn an, wie er lächelte, und sie verstand.

»Ella ist stubenrein und gut erzogen, und wenn ich sie oft besuchen darf, würde ich sie deinem Paps leihen. Für länger. Für deine Mama.«

Überwältigt sah Katharina ihn an. Diesen einfühlsamen Mann, der Ella ganz bestimmt nur deshalb mitgebracht hatte.

Ganz sicher hätte er jemanden gehabt, wo er sie hätte lassen können. »Du bist verrückt, Nuno. Wie hast du es nur geschafft, so schnell ein Hunde-Flugticket für Ella zu bekommen? Und die Impfungen und so.«

Er lächelte. »Gegen Tollwut ist sie geimpft und einen Chip und so hat sie zum Glück auch von ihrem letzten Flug. Ich kenne da einen, der am Flughafen jobbt und …«

»Lass mich raten, einen Surfer?«

Er nickte lachend, hob Katharina hoch und trug sie über die Türschwelle in die Wohnung hinein.

25. KAPITEL

Ihre erste gemeinsame Nacht würde sie nie vergessen.

Ella hatte sich zwischen sie gelegt und war nicht dazu zu bewegen gewesen, das Bett wieder zu verlassen.

Nuno hatte gelacht, musste zugeben, den Hund ein wenig verwöhnt zu haben. Aber Katharinas Mama brauchte doch etwas zum Kuscheln. Über den Hund hinweg hielten sie Händchen und schliefen so zusammen ein.

Am nächsten Morgen bereitete er ihr ein leckeres Obstfrühstück, wie es dies oft in Portugal gab, und einen Galáo.

»Der heißt hier Milchkaffee, du bist jetzt in Berlin.«

Sie lächelten sich verliebt an. Aber in der nächsten Sekunde schossen Katharina Tränen in die Augen, als sie an ihren Paps dachte. Nuno kniete sich zu ihr, legte seinen Kopf in ihren Schoß und umarmte sie so. »Ich bin bei dir«, flüsterte er. »Die Campervermietung macht erst einmal mein Kumpel, der braucht eh Geld. Ich muss nur ab und zu hin. Wir können einfach schauen.«

»Das klingt gut«, flüsterte sie zurück.

Am späten Nachmittag gingen Katharina und Nuno mit Ella im Charlottenburger Schlosspark spazieren und warteten, bis sich Paps, der heute den Termin bei Dr. Hell hatte, meldete. Sie wollten ihren Eltern Ella bringen und mit ihnen Kuchen essen. Zusammen sein in diesen schweren Stunden. Und ihnen dann von Nunos Vorschlag mit Ella erzählen.

Katharinas Handy klingelte. »Kathi, ich bin's, Papa.« Seine Stimme klang angestrengt. Oder täuschte sie sich?

»Grüß dich, Paps, bist du fertig, sollen wir gleich zu euch zum Kaffee kommen? Nuno kommt auch mit, wenn euch das recht ist.«

»Wie schön, ja, macht das. Könnt ihr was beim Bäcker holen? Bei meinem Kollegen, du weißt schon.«

»Klar, machen wir.«

Rasch fuhren sie an seiner früheren Arbeitsstelle vorbei, kauften seine Lieblingskuchen, die seine Kollegen mit lieben Grüßen mitgaben, und klingelten bei ihren Eltern.

Als ihre Mutter die Wohnungstür öffnete, drückte sich Ella sofort an ihr Bein. »Ja, was ist das denn für ein schönes Hundi?« Sie bückte sich angetan und kraulte Ella hinter den Ohren. Die genoss es.

»Mama, das ist Ella. Und das ist Nuno.«

Ihre Mutter stellte sich wieder hin und lächelte ihn tapfer an. »Mein Mann hat mir schon viel von Ihnen erzählt, wie schön, kommen Sie doch rein.«

»Sehr gern.« Katharina lächelte Nuno an und gemeinsam gingen sie durch den Flur ins Wohnzimmer. Sie stellte das Kuchenpaket auf den Tisch, an dem schon ihr Vater saß und sehr erschöpft wirkte.

»Grüß dich, Nuno. Kathi«, er stand mühevoll auf.

»Wie war es, Paps?«

»Dr. Hell meinte, ich sähe nach unserer kleinen Reise viel besser aus. Dass sie mir sehr gut getan habe. Die Psyche spiele ja immer eine ganz große Rolle bei so was, sagt er …«

»Jetzt red doch nicht lang um den Pudding«, rügte ihn Katharinas Mutter.

»Ja, stimmt. Also er hat von einer ganz neumodischen Strahlentherapie erzählt, und weil ein Patient abgesagt hat, bin ich nachgerückt. So ein Glück, ich sag dir, Kathi. Normal wartest du bestimmt lang auf so einen Termin.«

»Wie schön.«

»Ja, Cyberknife heißt das, gibt es nicht so oft in Deutschland, aber in der Charité zum Glück schon. Da wird der Tumor mit einem Roboterbestrahler miniklein geschrumpft oder wenn man viel Glück hat, ganz entfernt. In neunzig Minuten, wie mit einem Messer, ganz exakt. Also, was die heutzutage schon alles können.«

»Gerd, jetzt sag ihr doch, was er noch gesagt hat.« Katharinas Mutter lächelte.

»Ja, also auf jeden Fall sagt er, er glaubt … ich hab jetzt doch noch ein bisschen, vielleicht sogar ein paar Jährchen.«

»Was?« Katharina plumpste ein Stein vom Herzen, in der Größe eines Hinkelsteins. Sie ging zu ihm, umarmte ihn überschwänglich, drückte sich fest an ihn. »Das ist so wunderbar, Paps, so genial, ich freu mich wie irre.«

»Das ist richtig toll, herzlichen Glückwunsch«, sagte auch Nuno lächelnd. Ihre Mutter ging zum Kühlschrank, kam mit einer Flasche Schaumwein zurück. »Und deshalb stoßen wir jetzt an, Kinder, was sagt ihr?«

»Oh ja.«

Ihre Mutter gab Nuno die Flasche zum Aufmachen und holte derweil vier Sektgläser. Mit einem lauten Plopp öffnete Nuno die Flasche und schenkte ein.

»Auf das Leben, auf die Liebe, auf die Familie«, sagte ihr Vater, sie stießen an und der einfache Schaumwein schmeckte besser als jeder Champagner der Welt.

»Und Paps«, Katharina lächelte. »Ich glaube, ich kann dir doch alle drei letzten Träume erfüllen. Sogar vier.«

»Ach ja? Na, dann erzähl.« Mit Blick zu Mama sagte er schnell. »Also das mit Portugal ist ja klar, nich.«

»Ja, genau. Und zweitens steht hier dein Traumschwiegersohn …«

Gerd lachte und nickte kräftig. »Und wie.«

»Und drittens kann er Motorrad fahren. Er kann eine Harley leihen und nimmt dich hintendrauf mit.«

»Das würdest du tun, Nuno?«

»Natürlich, sehr gern.«

»Und viertens? Ich weiß ja gar nicht mehr, was ich mir sonst noch gewünscht hab.«

»Viertens wolltest du doch einen lieben Hund.« Sie blickte zu Ella, dann zu Mama, dann zu ihm und lächelte.

»Aber das ist doch Nunos Hund.«

»In Katharinas Wohnung dürfen wir keine Tiere halten. Ella darf gern hier bei Ihnen leben, wenn Sie das möchten.«

Überwältigt sah Gerd die beiden an, stellte sein Glas ab, ging zu ihnen, breitete seine Arme aus und drückte sie an sich. Und Mama lockte Ella erfreut zu sich, die sogleich den Kopf an ihrem Bein rieb.

Katharina sah zu ihrem Paps auf, dann zu Nuno, dessen Gesicht ganz nah war. Ihr Herz klopfte und sie fühlte sich unendlich erleichtert und überglücklich. In diesem Moment. Und das war es, worauf es ankam. Im Moment zu leben.

ANMERKUNG

Die Handlungen und Orte dieses Romans sind frei erfunden, ebenso die darin vorkommenden Personen. Eventuelle Ähnlichkeiten oder Namensgleichheiten mit lebenden oder verstorbenen Personen wären rein zufällig.

PORTUGIESISCHE BACK-REZEPTE

Portugiesische Vanilletörtchen – Pastéis de Nata

> 1 Packung Blätterteig, gefroren oder aus dem
> Kühlfach
> 1/2 Liter Milch
> 275 g Zucker
> 35 g Mehl
> 1 Prise Salz
> 1 TL Butter
> 1 Ei, 5 Eigelb
> 1 Vanillezucker
> Zimt

Den Blätterteig, falls gefroren, auftauen lassen, einzelne Scheiben leicht überlappend zu einem Rechteck zusammenlegen und ausrollen. Die Teigplatte von der kurzen Seite her aufrollen und ins Tiefkühlfach legen, bis sie sehr fest, aber nicht gefroren ist. Dann 1 cm dicke Scheiben von der Teigrolle abschneiden und in Muffinförmchen legen.

Milch und Butter in einem Topf zum Kochen bringen. Sobald die Milch kocht, Zucker, Salz und Mehl dazugeben und kräftig rühren. Kurz aufkochen lassen, vom Herd nehmen und abkühlen lassen. Die Eigelbe, das Ei und den Vanillezucker hineingeben und alles glatt rühren. Die Masse in die Teigförmchen füllen und im vorgeheizten Backofen bei ca. 240 Grad 8–10 Minuten backen. Die Oberseite darf etwas dunkel werden. Vor dem Essen mit Zimt bestreuen.

Portugiesische Macarons – Alfajores de Maizena

>   320 g Speisestärke
>   200 g Puderzucker
>   100 g Mehl
>   3 Eigelb
>   1 Eiweiß
>   150 g Margarine, zimmerwarm
>   1 TL Backpulver
>   etwas Zitronenabrieb
>   1 Pck. Vanillezucker
>   1 Dose Karamellcreme, russisch
>   100 g Kokosraspel
>   n. B. Lebensmittelfarbe

Erst die Eier schaumig schlagen, dann die weiche Margarine und den Puderzucker unterrühren. Mehl, Backpulver, Vanillezucker und Speisestärke mischen und ebenfalls unterrühren. Wer mag, kann Lebensmittelfarbe dazugeben.

Kleine runde Kleckse auf ein mit Backpapier belegtes Blech geben und bei 180 Grad 10 Minuten backen. Die Kekse auskühlen lassen, die Hälfte davon auf der flachen Seite mit russischer Karamellcreme bestreichen und Boden auf Boden jeweils mit einem unbestrichenen Keks zusammendrücken. Anschließend die Doppelkekse entlang der Cremeschicht in Kokosraspeln wälzen.

Guten Appetit – Bom apetite!

Zeitfracht Medien GmbH
Ferdinand-Jühlke-Straße 7
99095 Erfurt, Deutschland
produktsicherheit@kolibri360.de

Druck:
CPI Druckdienstleistungen GmbH
im Auftrag der
Zeitfracht Medien GmbH
Ein Unternehmen der Zeitfracht - Gruppe
Ferdinand-Jühlke-Str. 7
99095 Erfurt